maritim

Das Buch

Spätherbst 2007: Kurz nach dem Stapellauf und nur wenigen Tauch- und Systemtests in der Barentssee verschwindet unter mysteriösen Umständen das modernste russische Atom-U-Boot, die *Bizon*, das über einen metallgekühlten Reaktor verfügt. Als es sich klammheimlich durch die Straße von Gibraltar schleicht, schrillen bei den Amerikanern die Alarmglocken. Dass nach dem Tod Arafats Milliardensummen an Hilfsgeldern vermisst werden, die nach Ramallah gingen, ist ein offenes Geheimnis. Bahnt sich da, ungeachtet der Seeblockade des Libanon durch die Nato zur Verhinderung des Waffenschmuggels an die Hisbollah, ein Deal ungeahnten Ausmaßes an? Die US Navy beordert sofort die *Alaska* ins Mittelmeer, ein Atom-U-Boot der Seawolf-Klasse. Als Troubleshooter wird der U-Boot-Analytiker der CIA, Captain Robert DiAngelo, aus Amerika nach Zypern eingeflogen. Per Hubschraubertransfer gelangt er an Bord der deutschen Fregatte *Wiesbaden*, von der er auf die *Alaska* übersetzt und das Kommando bei der Jagd auf die *Bizon* übernimmt. Ein mit allen taktischen Raffinessen durchgeführtes Duell unter Wasser beginnt ...

Der Autor

Peter Brendt, Jahrgang 1964, wuchs im Badischen auf. Nach dem Abitur ging er zur Marine und diente dort zunächst als Navigator, bevor er zu den Waffentauchern wechselte; Teilnahme im Rahmen der NATO an diversen Einsätzen, zusammen mit der US Navy. Nach turbulenten Jahren in Sonderkommandos nahm er seinen Abschied, studierte Informatik, der er dann als selbständiger Softwareentwickler fast zwanzig Jahre treu blieb, bevor er sich verstärkt der Schriftstellerei zuwandte. Seiner Leidenschaft für die Wracktaucherei, die ihn unter anderem in der Irischen See in 168 Meter Tiefe zur *Empress of Britain* führte, frönt er aber nach wie vor weiter.

Von Peter Brendt sind in unserem Hause bereits die U-Boot-Thriller *Crashdive*, *Shallow Waters*, *Subdown* und *Dead Soul* erschienen.

Peter Brendt

Deep Hunters

Thriller

Ullstein

Besuchen Sie uns im Internet:
www.ullstein-taschenbuch.de

Umwelthinweis:
Dieses Buch wurde auf chlor- und säurefreiem Papier gedruckt.

Originalausgabe im Ullstein Taschenbuch
1. Auflage Juni 2008

Umschlaggestaltung: Hilden Design, München/
Buch und Werbung, Berlin
Titelabbildung: Viktor Gernhard
Satz: LVD GmbH, Berlin
Gesetzt aus der Sabon und Antique Olive
Druck und Bindearbeiten: CPI – Ebner & Spiegel, Ulm
Printed in Germany
ISBN 978-3-548-26870-5

Prolog

Die Runde der versammelten Ärzte wirkte müde und gleichzeitig fassungslos. Allerdings war es auch gerade einmal kurz nach halb vier Uhr morgens, eine Zeit also, zu der ein gewisses Maß an Schlafbedürfnis normal war, was sowohl für die diensthabenden Ärzte als auch für jene galt, die man zuvor in aller Eile daheim aus den Betten getrommelt hatte. Und das Entsetzen war in Anbetracht dessen, was geschehen war, verständlich.

Der Chefarzt runzelte die Stirn, während er seine Kollegen der Reihe nach ansah. »Ich muss Sie in dieser Sache um absolute Verschwiegenheit bitten, meine Herren. Sollte von dieser Sache auch nur das Geringste durchsickern, dann ...« Er ließ den Rest offen. Es war auch nicht nötig, mehr zu sagen, ihr Patient war tot, und es gab nichts mehr, was sie noch hätten tun können. Jetzt ging es nur noch darum, die Folgen zu begrenzen.

»Trotzdem, es würde mich interessieren, wie ...«

Noch bevor die Frage überhaupt ausformuliert war, unterbrach der Chefarzt den jüngeren Kollegen. »Es wird keine Obduktion geben, damit das klar ist. Außerdem kommt uns in diesem Fall die Religion zur Abwechslung auch einmal entgegen.«

»Verdammt noch mal, der Mann wurde höchstwahrscheinlich vergiftet!« Der junge Mediziner funkelte seinen Vorgesetzten wütend an. »Das wissen wir schließlich alle. Eine Obduktion ...«

Der altgediente oberste Militärarzt verzog sein Gesicht. »Die wird es, wie ich gerade sagte, nicht geben.« Seine Stimme wurde eine Spur leiser. »Denn wenn zutrifft, was Sie vermuten, Doktor Treville, dann ist es hier bei uns geschehen, direkt unter unserer Nase. Können Sie sich vorstellen, was passiert, wenn publik würde, dass der Mann ausgerechnet in einem französischen Militärhospital ermordet wurde?«

»Aber die Wahrheit ...«

»... hat in solchen Fällen keinerlei Bedeutung, Herr Kollege. Sie könnte schwerste Unruhen auslösen und ein paar tausend Leute das Leben kosten. Ist es das, was Sie wollen, Monsieur Treville?«

Ein beklemmendes Schweigen senkte sich über das Besprechungszimmer, und ein jeder der Anwesenden hing seinen eigenen Gedanken nach. Der hippokratische Eid, den sie geschworen hatten, hatte mit dieser Sache de facto gar nichts mehr zu tun – der Patient war schließlich bereits tot. Es ging eher um Prinzipien, aber die konnten, wie schon geschehen, per dienstlicher Anweisung einfach auch außer Kraft gesetzt werden.

»Und wie steht die Witwe zu dem Ganzen?«, wollte einer der Anästhesisten wissen.

»Sie wirkte zumindest sehr gefasst.«

»Soll das heißen, sie weiß nicht, dass ...«

»*Mon Dieu!* Natürlich nicht!« Der Chefarzt sah in die Runde. »Und damit Sie mich richtig verstehen, die Anweisung stammt von ganz weit oben.«

Die Ärzte des in der Nähe von Paris gelegenen Militärhospitals blickten einander betreten an, und etliche waren noch eine Spur blasser geworden. Sie gehörten schließlich selbst dem Militär an, und die wenigen, die es nicht taten, waren zumindest Staatsbedienstete. Und wenn schon ihr Chefarzt einräumte, dass die Vertuschung der wahren Todesursache nicht seine Idee war, sondern dass es dafür Befehle gab, dann waren derart hohe Stellen im Spiel, dass deren Entscheidung zu diskutieren ganz und gar müßig war.

Einer der Oberärzte nickte mehrmals bedächtig. »Was also halten wir in unserem Bericht fest?«

»Wie wäre es mit Gehirnblutung, eventuell als Folge eines gestrigen Leberversagens?«

»Die Patientendaten vom Vortag sind vielleicht schon im Computer«, wandte der Oberarzt ein. »Das Leberversagen müsste also nachträglich noch von jemandem eingefügt werden.«

»Das lassen Sie mal meine Sorge sein. Darum wird sich ganz schnell jemand kümmern. Und ansonsten möchte ich Ihnen allen nochmals eindrücklich ins Gewissen reden, sich hundertprozentig an die offizielle Version der Krankengeschichte zu halten, schon in Ihrem eigenen Interesse.«

Der Reihe nach signalisierten die Ärzte ihre Zustimmung. Es war schließlich nicht das allererste Mal, dass in diesem Krankenhaus etwas geheim gehandhabt wurde. Die Patienten hier waren oftmals wichtige Leute, gehörten zur Politprominenz aus aller Welt, und deshalb galten noch ganz andere Schweigepflichten als nur die ärztliche.

Ein paar Tage später kehrte der Tote, in Begleitung seiner Witwe und in Frankreich mit allen militärischen Ehren verabschiedet, zurück nach Palästina. Seinen Wunsch, am Tempelberg beigesetzt zu werden, verweigerte der israelische Justizminister mit dem Kommentar: »In Jerusalem liegen jüdische Könige begraben, keine arabischen Terroristen.«

In Palästina kam es zu Ausschreitungen und Morddrohungen, in Nordkorea und Kuba wurde Staatstrauer angeordnet. Zur Beisetzung des Toten waren Vertreter von Regierungen aus aller Welt anwesend, auch wenn sich einige, wie beispielsweise die USA, nur in Form untergeordneter Ränge zeigten. Am 12. November 2004 wurde Mohammed abd el-Rahman abd el-Ra'uf Arafat al-Quadwa al-Husaini in Ramala beigesetzt. Yassir Arafats Weg war zu Ende, die Gerüchte hatten gerade erst begonnen.

1. Kapitel

1. Tag 11 : 30 Ortszeit, 17 : 30 Zulu – Langley, Virginia

Captain Robert DiAngelo blätterte lustlos ein paar Berichte durch. Im Grunde schlug er nur die Zeit bis zum Lunch tot, was an sich nicht seine Art war, aber er hatte ohnehin bereits den gesamten Vormittag damit verbracht, an irgendwelchen Sitzungen teilzunehmen. Von acht Uhr morgens bis kurz nach elf – und er konnte sich auch beim besten Willen nicht daran erinnern, dass auf einer der drei Dienstbesprechungen etwas Wesentliches abgehandelt worden wäre. Die Terrorwarnstufe war mal wieder auf Rot, aber sein spezieller Fachbereich war davon nicht betroffen. Die Kameraden von der Satellitenaufklärung wollten mehr Geld aus dem CIA-Topf, was insofern ein Witz war, als sich die National Security Agency diesen Bereich mehr und mehr unter den Nagel gerissen hatte, nur um jetzt festzustellen, dass dies ein teures Vergnügen war. Und das FBI forderte einen erweiterten Zugriff auf die CIA-Datenbanken, was ebenfalls ein Witz war, denn die meisten Datenbanken wurden ja ohnehin schon zentral von der NSA verwaltet.

DiAngelo überlegte, ob sich wenigstes für ihn selbst ein etwas schnellerer Zugriff auf die Daten seiner eigenen Abteilung arrangieren ließe. Aber er verfolgte den Gedanken nicht weiter. Wenn es um den Krieg im administrativen Dschungel ging, dann wurden die Dinge schwierig, weshalb er derartige Probleme in der Regel einfach an Thomas Wilks delegierte. Der kannte sich wenigstens mit so etwas aus. Und an Tagen wie diesem war er neidlos bereit, das anzuerkennen.

Das Klingeln des Telefons ließ ihn aufblicken. Als er die Nummer im Display erkannte, grinste er flüchtig und nahm ab. »DiAngelo! Roger, was kann ich für Sie tun?«

»Hallo, Bob!«

Roger Marsdens Stimme klang in etwa so, als hätte der Mann eine Rolle Stacheldraht gefrühstückt und nun Verdauungsprobleme. Heiser und schlechtgelaunt. Bob runzelte die Stirn. »Roger, Sie hören sich an, als hätte Sie ein grippaler Infekt erwischt!« Er blickte aus dem Fenster. Draußen lag Schnee, und es würde noch mehr werden. Die richtige Jahreszeit für eine Erkältung.

Roger Marsden, mittlerweile Vice-Director und verantwortlich für die sogenannte HUMINT*, grollte. »Ich arbeite gerade diverse Rapporte durch und versuche herauszufinden, wer woran interessiert sein könnte.« Der ehemalige Feldagent raschelte mit Papier. »Bob, was ist ein Bison?«

Der Captain blinzelte verdutzt. »Spontan würde ich sagen, ein Büffel, braun, mit Hörnern.« Er schüttelte den Kopf. »Die Viecher sind allerdings nicht gerade mein Fachgebiet.«

Marsden ließ ein Brummen vernehmen. »Ich dachte es mir. Vor mir liegt ein etwas diffuser Bericht, und ich

---

* Abk. f. Human Intelligence, Informationsgewinnung mittels menschlicher Quellen (Agenten, Spitzel).

dachte dabei deshalb an Sie, weil auch ein russischer Admiral darin vorkommt, ein Vizeadmiral, um genau zu sein.«

»Der fällt schon eher in mein Metier. Um wen handelt es sich?«

»Um einen gewissen Schugarew. Er hat in Komsomolsk an der Kolabucht einen ›Bison‹ besichtigt und danach mit ein paar Freunden gesoffen.«

DiAngelo, der gerade nach seiner Kaffeetasse geangelt hatte, verhielt in der Bewegung. »Schugarew?«

»Ja ...« Marsden zögerte kurz. »Ich habe mir angesehen, was wir über ihn haben, und auch die Datenbank abgeklappert. Die Akte ist dünn und der Datenbankeintrag noch kärglicher. Haben Sie denn schon mal von ihm gehört?«

»Flüchtig. Er war Kommandant auf einem der alten Victor-Boote. Kein schlechter Mann, aber auch nicht gerade in den Top Ten, wenn Sie verstehen? Hinter vorgehaltener Hand wurde gelästert, er sei nur wegen seiner familiären Kontakte so weit gekommen. Der übliche Rees nach Backbord. Ich weiß aber nicht, wie viel da wirklich dran ist.«

»In den Unterlagen wird jedenfalls nichts davon erwähnt. Geboren in Moskau, Offiziersanwärter, Bordkommandos, ohne dass vermerkt wäre, welche.« Marsden seufzte. »Nicht einmal ein Eintrag über sein Privatleben existiert. Anscheinend hat niemand ihn als Person für wichtig gehalten, und auf einmal ist der Mann dann Vizeadmiral.«

»Das kann er aber noch nicht lange sein, denke ich. Er ist schließlich nur unbedeutend älter als ich.«

Marsden ging auf die letzte Bemerkung nicht ein, sondern meinte stattdessen: »Na ja, aber es könnte bedeuten, dass etwas an den Protektionsgerüchten dran war. Ich frage mich nur, was für Kontakte das sein mögen, wenn sie ihm jetzt noch helfen können.«

»Russland ist eher Ihr Spielplatz, Roger, jedenfalls, soweit es das Festland betrifft.« DiAngelo dachte nach. »Kann es sein, dass es ›die‹ Bizon heißen muss?« Er sprach den Namen etwas anders aus.

»Schon möglich, keine Ahnung.« Marsdens Stimme wurde eine Nuance neugieriger. »Worauf zielen Sie ab, Bob?«

Der Captain lehnte sich in seinem Stuhl zurück. »Die *Bizon* ist bis hin zum Namen nicht mehr als ein Gerücht.«

»Und das besagt?«, drängte ihn der Vice-Director.

»Da gibt es nicht so viel zu erzählen. Die Russen haben von ihrem Projekt 971, also den Akulas, eine Art neues Modell ableiten wollen, das Projekt 885 Granay.«

»Und wieso dann die niedrigere Nummer?«

»Die Projektnummern werden nicht durchgängig vergeben. Neunhunderter sind Angriffsboote, Achthunderter raketenbestückte Boote.«

»Also ein ballistisches Boot wie die riesigen Oskars?«

»Auch nicht!« DiAngelo schüttelte den Kopf. »Eher ein Modell in Richtung unseres eigenen Seawolf-Konzepts. Marschflugkörper, Torpedos und so weiter. Ein Mehrzweckboot, wenn man so will. Unsere Seawolves wurden ja aus Kostengründen eingestellt, und wir bauen nun die Virginias.«

»Ich dachte, die sind besser?«

»Sie sind billiger, der Rest, na ja … geschenkt.«

»Und was geschah mit dieser sogenannten *Bizon*?«

Bob verzog das Gesicht, obwohl er an das allgemein fehlende Basiswissen längst gewöhnt war, wenn es um das Thema U-Boote ging. »Ebenfalls zu teuer, und die

Russen drehten den Geldhahn zu. Das war 1996, glaube ich. Was dann geschah, ist nicht ganz klar. Es gibt Quellen, die besagen, dass das erste Boot dieses Typs, die *Sewerodwinsk*, damals eingemottet wurde. An anderer Stelle heißt es, das Boot sei bereits vom Stapel gelaufen. Es existiert aber auch noch die Behauptung, die *Sewerodwinsk* sei seinerzeit noch nicht einmal zur Hälfte fertiggestellt gewesen.«

»Und das war's?«

»Nicht ganz. In der Zwischenzeit will man läuten gehört haben, dass die Russen die Bauarbeiten wiederaufgenommen haben und das Boot angeblich 2010 der Flotte übergeben werden soll.«

»Und *Bizon*?«

»Schwer zu sagen. Es gab 1996 Gerüchte, die Russen hätten ein zweites Boot dieser Klasse bereits auf Kiel gelegt, und in diesem Zusammenhang fiel mehrfach auch der Name *Bizon*. Ob daraus was geworden ist, wissen wir nicht.«

DiAngelo hörte Marsden auf seiner Tastatur klappern. »Ich finde nur den Namen einer russischen Maschinenpistole namens ›Bizon‹, aber kein U-Boot.« Er suchte weiter. »Eine *Sewerodwinsk* gibt es, da haben Sie recht. Aber das gibt nicht viel her.« Offenkundig überflog er die Daten. »Wenn die Russen das Ding gebaut haben, dann handelt es sich um einen ganz schönen Brocken.«

»Stimmt!« DiAngelos Stimme klang trocken. »Falls sie das Boot tatsächlich fertiggestellt haben, was wir nicht wissen, dann hätten wir ein Problem.«

Marsden gluckste leise. »Langsam, Bob, langsam. 1996 liegt schließlich schon ein Weilchen zurück. Ein derartiges Modell dürfte von daher mittlerweile schon lange überholt sein, meinen Sie nicht?«

Der Captain verdrehte die Augen. Wie machte man so etwas einem Mann klar, der von U-Booten in Wirklichkeit so viel Ahnung hatte wie eine Kuh vom Klavierspielen? Am besten schonungslos. »Vergessen Sie es. Unsere Los-Angeles-Boote sind ein Produkt der späten Sechziger. Von den Seawolves wurden nur drei gebaut, und das Konzept stammt auch bereits aus den Achtzigern.« Er grinste freudlos. »Die 885er-Boote waren im Grunde eine Weiterentwicklung der Akulas, ebenfalls aus den Achtzigern. Aber so, wie die Russen ihre Boote bauen, kann man von einem kompletten Redesign ausgehen.«

»Wollen Sie damit zum Ausdruck bringen, ein solches Boot wäre unseren überlegen?« Marsden klang etwas ungläubig.

»Das sind schon deren Akulas. Ein verbesserter Nachfolger könnte sogar den Vorsprung noch vergrößern.«

Der Vice-Director der Feldaufklärung räusperte sich. »Und was ist mit unseren neuen Virginias?«

DiAngelo lachte rau. »Die sind eine reine Kostensparlösung, nicht mehr: langsamer, kleiner, schwächer bewaffnet, und die Tauchtiefe reicht nicht mal annähernd an die der Russen heran. Lediglich beim Sonar haben wir noch einen kleinen technischen Vorsprung, der uns aber schon gegen die Akulas nichts nützt.«

»Das klingt nicht gut.«

»Nein, vor allem dann nicht, falls die Russen die Dinger auch noch exportieren sollten. Aber dass Schugarew ein solches Boot besichtigt hat, bedeutet ja nicht zwangsläufig, dass es fertig ist. Schließlich ist Komsomolsk ja nur eine Werft.«

»Sie machen mir Freude.« Marsden seufzte. »Ich glaube, ich sollte mal ein paar Leute auf diese Sache ansetzen. Und auf Schugarew gleich mit.«

»Ich frage mich, was dessen Position beinhaltet. Seit Scholokoffs Ableben* ist ja der Stuhl des kommandierenden Admirals der U-Boote der Nordmeerflotte immer noch nicht wieder besetzt worden«, sagte DiAngelo nachdenklich. »Es ist ja auch nicht so, dass die Iwans viele Stühle frei hätten. Und irgendwo muss er ja hin.«

»Fragt sich bloß, ob das gut oder schlecht ist«, knurrte Marsden.

1. Tag 20 : 30 Ortszeit, 17 : 30 Zulu – Moskau

»Fragt sich, ob das gut oder schlecht ist, Genosse Schugarew!«

Der Vizeadmiral setzte ein Lächeln auf. »Es ist alles eine Frage der sich daraus entwickelnden Möglichkeiten, Genosse Koljunow.« Die in Russland schon lange aus der Mode gekommene Anrede als »Genosse« kam Schugarew ohne das geringste Zögern von den Lippen.

Koljunow wirkte für einen Augenblick irritiert. Er hatte schon immer leichte Zweifel an Schugarews Partei- und Linientreue gehegt. Und es hatte schließlich mehr als genug Leute gegeben, die ihr Mäntelchen nach dem Wind gehängt hatten, damals, als der große Wandel einsetzte. Als der Herr Mineralsekretär** an

---

* Siehe Peter Brendt: *Dead Soul.*

** Michail Sergejewitsch Gorbatschow hat als Generalsekretär der KPdSU u. a. ein Programm eingeführt, um den Alkoholismus zu bekämpfen, der in Russland ein erschreckendes Problem geworden war. Die Preiserhöhungen bei Wodka und die gleichzeitige Verbilligung von Mineralwasser brachten ihm den Spitznamen »Herr Mineralsekretär« ein.

die Macht kam und freiwillig alles aufgab, was Russland zur Großmacht gemacht hatte.

Der Vizeadmiral schien die Gedanken seines Gegenübers zu ahnen. Bereits Jelzin hatte nach dem erfolglosen Putsch die KPdSU verboten, und noch immer waren Aktivitäten von deren Seite strafbewehrt. Schugarew konnte das Misstrauen des alten Mannes ihm gegenüber förmlich spüren. Demonstrativ lehnte er sich zurück und sah sich um. Ihr Treffen fand in Koljunows Stadtwohnung, nicht weit vom Djerwinski-Prospekt gelegen, statt. Einerseits nichts Besonderes, eben eine kleine Dreizimmerwohnung, andererseits aber doch. Denn im modernen Russland gab es unzählige Familien, die in Plattenbauten unter beengtesten Verhältnissen mit zwei winzigen Räumen vorliebnehmen mussten und von drei Zimmern nur träumen konnten. Er räusperte sich. »Wissen Sie, ich habe immer geglaubt, Andropow hat Gorbatschow nur deshalb unter seine Fittiche genommen, weil sie beide aus Stawropol kamen und sozusagen Landsleute waren. Aber Gorbatschow war nie wirklich einer von uns. Na gut, er war eben Sekretär für Landwirtschaft, Vorsitzender der ständigen Kommission für Jugendarbeit und so.«

Der alte Mann auf der anderen Seite des Tisches lächelte zustimmend. »Das stimmt schon, er war keiner von uns, aber er hat viel dazugelernt, weil ein paar von uns ihm vertraut haben.« Er zuckte mit den Schultern. »Oder dies mussten.«

Schugarew beobachtete, wie Koljunows Blick sich in der Ferne verlor, als ob seine Gedanken einer weit zurückliegenden Vergangenheit galten. »Sie sollten mir gelegentlich davon erzählen, Genosse Koljunow.«

»Nein!« Koljunow hatte sich in seinem Sessel aufgerichtet, und seine Stimme klang plötzlich sehr bestimmt.

»Natürlich nur, wenn Sie möchten, Genosse«, lenkte Schugarew sofort ein.

Der Altkommunist musterte den Marineoffizier einmal mehr und versuchte ihn einzuschätzen. Eine imposante Erscheinung war er ganz sicher nicht. Er war nicht besonders groß, das Gesicht eher breit und flach denn markant, das Haar war bereits dünn und nur noch mit Spuren von Braun durchsetzt. Koljunow war überzeugt, dass Schugarew, sollte er ohne seine Uniform in Moskau unterwegs sein, von niemandem beachtet werden würde. Ein unscheinbarer Mann unter seinesgleichen. Aber es waren die Augen, die verrieten, für wie bedeutungsvoll und wichtig der Vizeadmiral sich selbst hielt. Beinahe hätte Koljunow gegrinst. »Nein, es ist besser so, wie es gekommen ist, weil Putin einer von uns war.«

»Ist er es nicht mehr?«

Koljunow zuckte mit den Schultern. »Es entspräche nicht gerade den Gepflogenheiten unseres Geschäftes, darauf einzugehen, zumindest nicht ohne Not, Genosse Schugarew!«

Schugarew verzog keine Miene. »Und die herrscht jetzt, wenn ich Ihre Anweisungen richtig verstanden habe.«

Koljunow schüttelte den Kopf. »Das nicht. Sagen wir es einmal so: Die Zeit ist reif.«

»Das Boot habe ich jedenfalls gestern besichtigt.«

»Und?«

»Es ist bereit.«

»Wladimir Jefimowitsch Semischastny erklärte mir einmal, nichts sei jemals so hundertprozentig bereit, wie es von Untergebenen gemeldet wird.« Koljunow zwinkerte. »Aber das ist lange her.«

Schugarew hob abwehrend die Hände. »Ich habe bereits meine Bedenken gegenüber unseren Freunden dargelegt, Genosse Koljunow. Natürlich wäre es besser, dem Kommandanten und der Besatzung Zeit zu geben, das Boot einzufahren, zumal es das bisher einzige seines Typs ist. Aber ...«

»Aber gerade nach der unseligen Geschichte, die Ihr Vorgänger Scholokoff angezettelt hat, würde das nur unliebsame Aufmerksamkeit erregen.« Der Kommunist winkte ab. »Scholokoff hat den Preis dafür bezahlt.«

»Wie ich beim FSB hörte, waren in unserem Sicherheitsdienst die Meinungen geteilt.« Die Stimme des Admirals klang ausdruckslos, obwohl es ihm ein inneres Vergnügen war, Koljunow, der ihn an seinen großen Lehrmeister Semischastny erinnert hatte, zu signalisieren, dass auch er ein paar Leute kannte. Die Situation glich der zweier Spinnen in ihren Netzen. Wo die sich überlappten, vermochte auch die winzigste Bewegung an den Fäden die Aufmerksamkeit beider Spinnen gleichzeitig zu erregen. Allerdings waren Koljunow und Schugarew beide erfahren genug, um zu wissen, dass es immer auch etwas gab, das sich außerhalb der eigenen Netzwerke abspielte, die über Jahre und Jahrzehnte aufgebaut worden waren. Aber das hieß nicht, dass sie nicht auch zerrissen werden konnten.

Koljunow musterte sein Gegenüber. »Soso, das kolportiert man dort also?« Er lächelte nachdenklich. »Und was ist Ihre Meinung, Genosse?«

»Scholokoff war ein Narr!« Schugarews Stimme klang kalt. »Er wollte einen Krieg provozieren, weil er an etwas glaubte, nicht weil er sich sicher war, auch zu gewinnen. Aber wie Sie richtig feststellten, er hat den Preis dafür bezahlt.«

»Und Sie sind sich Ihrer Sache absolut sicher?«

Schugarew nickte. »Zumal es kein Krieg ist, Genosse. Selbst wenn wider Erwarten alles schiefgeht, müssen wir zumindest diese Sorge nicht haben.«

»Nein, der Krieg wird nur ausbrechen, wenn Sie Erfolg haben.« Koljunow nickte bedächtig. »Und den wir dann nicht einmal selbst zu führen brauchen.«

Später, als Schugarew zu seinem Wagen ging, dachte er immer noch darüber nach, was Koljunow gesagt hatte, und noch viel mehr über das, was er nicht gesagt hatte. Koljunow, der alte Mann. Wer ihn heute so sah, konnte sich kaum vorstellen, was er einst gewesen war. Er hatte sie alle gekannt, die Großen, und ein paar kannten auch ihn immer noch. Semischastny hatte in den späten Sechzigern eine Anzahl von Wölfen aufgezogen, die unter seiner fürsorglichen Begleitung in die höchsten Positionen aufgestiegen waren.

Er sah sich um. Wie immer war der Djerwinski-Prospekt voller Menschen. Selbst der Schneefall und die Kälte änderten daran nichts. In Russland war man an beides gewöhnt. Nichts hatte sich geändert, viele von Semischastnys Zöglingen waren in der einen oder anderen Form immer noch an der Macht. Und sie zogen ihrerseits bereits wieder neue Jungwölfe groß. Aber Koljunow, der war und blieb nach wie vor etwas Besonderes. Aus dem Killer des KGB-Chefs in den Sechzigern war der geheimdienstliche Pendelbotschafter der Siebziger, der Administrator der Achtziger und der Putschist der Neunziger geworden. Nun war er über achtzig Jahre alt, aber Schugarew fragte sich, was er nun war, was sich jetzt wohl hinter der Fassade des betagten Rentners verbergen mochte.

1. Tag 18 : 30 Ortszeit, 15 : 30 Zulu – Murmansk, Marinewerft Komsomolsk an der Kola-Bucht

Kapitän Erster Klasse Igor Sarubin blickte vom Turm hinunter auf das lange Vordeck. Wie bei allen russischen Booten glich der Turm mehr einem Buckel auf der ansonsten glatten Haut des Bootes als einem richtigen Turm. Keine hohe, scharfgeschnittene Flosse wie auf den amerikanischen Booten, aber hoch genug, um die Übersicht zu haben.

Er hätte stolz sein sollen, denn immerhin war er nun Kommandant des größten und modernsten Bootes der russischen Marine. Es war der Höhepunkt seiner bisherigen Karriere. Aber seine Gefühle waren gemischt, und so ging es auch seiner Besatzung. Er wusste es, ohne sich umzusehen. Es gab ein ganz merkwürdiges Fluidum, das zwar nicht zu greifen war, das aber nichtsdestotrotz fühlbar vorhanden war. Etwas, das es nicht geben sollte, wenn man sich anschickte, mit einem neuen Boot in See zu gehen.

»Sie sehen besorgt aus, Kapitän!«

Sarubin wandte sich um. Sein neuer Erster sah ihn eher beiläufig an, aber der Kommandant spürte die Frage hinter der Bemerkung. Gibt es Grund zur Besorgnis? Er zwang sich zu einem Lächeln. »Ich denke, das Boot ist so weit in Ordnung, nur die Besatzung wird noch etwas Zeit brauchen.«

Balakin, der Erste, lächelte eine Spur zu knapp. »Es sind erfahrene Männer, allesamt.«

Wie wahr … nur ihre Lebensläufe lesen sich streckenweise wie die von Angehörigen der Mafia. »Sie sind trotzdem noch nie zusammen gefahren. Und ein paar … nun ja, Sie kennen die Personalakten so gut wie ich.«

»Eine raue Bande!« Balakin zuckte mit den Schultern. »Bei ein paar wundert man sich, wieso die überhaupt noch in der Marine sind.«

Sarubin hatte bereits aufgehört, sich zu wundern, wieso ausgerechnet er diese zusammengewürfelte Besatzung bekommen hatte! Denn dahinter stand bereits ein Name, und die Dinge veränderten sich im Augenblick schnell. Noch vor acht Wochen war er Kommandant eines anderen Bootes gewesen, nun stand er hier, auf dem Turm der *Bizon*, und wusste nicht so recht, ob er sich dabei wohl fühlte. Erneut blickte er über das Deck und den gedrungenen Rumpf. Von außen war dem Boot nicht anzusehen, was alles in ihm steckte. Einhundertzwanzig Meter Länge bei einer Breite von zwölf Metern ergaben getaucht eine Verdrängung von knapp dreizehntausend Tonnen – Registertonnen natürlich –, aufgeteilt in neun wasserdichte Abteilungen. Ein einzelner Reaktor, der es aber in sich hatte, lieferte die Energie, das Boot anzutreiben und alle Geräte mit Energie zu versorgen. Laut den offiziellen Verlautbarungen, den wenigen, die es gab, sollte das Boot einen Druckwasserreaktor vom Typ OK-650B an Bord haben, der ziemlich genau zweihundert Megawatt liefern konnte. Die offiziellen Verlautbarungen untertrieben schamlos.

Beinahe automatisch folgte sein Blick den Druckdampfschläuchen, die sich von der Pier zu den Anschlüssen achtern des Turms wie dicke Schlangen über das Boot wanden. Wenn ein Reaktor mit Flüssigmetallkühlung nicht in Betrieb war, musste er künstlich auf Temperatur gehalten werden, einer der Hauptgründe, warum die meisten Atom-U-Boote Druckwasserreaktoren verwendeten. Unstrittig war jedoch, dass die Flüssigmetallreaktoren mehr Leistung brachten –

wesentlich mehr. Und genau so ein Reaktor war an Bord der *Bizon* installiert worden, dem wahrscheinlich schnellsten, leisesten und modernsten U-Boot der Welt – und dazu als Besatzung die beinhärtesten Galgenvögel, die Vizeadmiral Schugarew hatte auftreiben können.

1. Tag 20 : 30 Ortszeit, 17 : 30 Zulu – Bagdad, nahe dem Tigris

»Armes Schwein!« Der GI starrte auf den Toten herunter und schluckte schwer. Auch wenn ein derartiger Anblick in Bagdad längst zum Alltag gehörte, konnte man sich an so etwas nicht wirklich gewöhnen.

Sein Begleiter blickte auf den verstümmelten Leichnam. »Wir müssen den melden.«

»Logisch!« Der größere der beiden Soldaten wandte sich um und winkte den Kameraden zu, die rund um den Humvee standen. Die personelle Zusammensetzung bei diesem Einsatz war nicht so ganz nach seinem Geschmack. Sie hatten einen Sergeant dabei, der so gut wie keinen Schuss Pulver wert war, und einen Leutnant grüner als Gras. »Sarge, funken Sie mal durch, wir haben hier einen Toten!«

»Wart mal!«

Der GI wandte sich um und sah seinen Kameraden neben dem Toten knien. Er blinzelte kurz. »Spinnst du? Die schlauen Leute von der Spurensicherung wollen …«

»Vergiss es!« Sein Kamerad hatte den Ärmel des Toten emporgeschoben und starrte nun auf dessen weiße, blasse Haut. »Verdammt, das war einer von uns, kein Mufti!« Er wandte sich um. »Sarge, Sie sollten sich das hier ansehen!« Er verzog das Gesicht und fügte leiser hinzu: »Wahrscheinlich hat der noch nie einen Toten aus der Nähe gesehen.« Aber der Spott klang kläglich, sogar in seinen eigenen Ohren.

Der Sergeant stapfte die Uferböschung hinunter. »Ich hatte schon die Zentrale dran. Wo brennt's denn?«

»Bei dem Fund hier handelt es sich keinesfalls um einen Araber, dafür hat er eine zu helle Haut.«

Der Sarge beugte sich vor und nahm die Leiche in Augenschein. »Hat einer von euch Hirnakrobaten eigentlich daran gedacht, dass hier noch irgendwo sein Kopf liegen muss?«

Der größere der beiden Soldaten sah ihn ausdruckslos an. »Gedacht schon, aber noch nicht nach gesucht.« Er zuckte mit den Schultern und deutete über die glitzernde Wasserfläche des Stromes. »Sie schmeißen die Dinger meistens in den Fluss.« Zufrieden sah er, wie das gebräunte Gesicht des Sergeants einen gräulichen Ton annahm.

1. Tag 22 : 30 Ortszeit, 17 : 30 Zulu – Islamabad,
irgendwo in einem Außenbezirk

Aiman al-Sawahiri saß an einem Schreibtisch und arbeitete sich durch einen schier endlosen Stapel von Listen durch. Draußen vor dem kleinen Haus in einem Vorort der pakistanischen Hauptstadt herrschte vor allem Dunkelheit, was kein Wunder war, da die meisten Bezirke nur ein paarmal in der Woche für wenige Stunden Strom hatten.

Für Sawahiri war das kein Problem, denn in einem schallisolierten Raum im Keller lief ein Generator. Und er brauchte sich auch nicht selbst darum zu kümmern, dass für dessen Betrieb genügend Benzin im Tank vorhanden war, denn das erledigte ein junger Bursche für ihn, der täglich vorbeikam und sich darum sowie auch um anderen technischen Krimskrams kümmerte. Was an sich etwas übertrieben war, da sich außer Aiman al-Sawahiri noch vier Leibwächter im Haus befanden, harte, kampferprobte Männer, von denen zwei sogar ein abgeschlossenes Ingenieursstudium an europäischen Universitäten vorzuweisen hatten.

Sawahiris Problem waren eher diese Listen. Als Verfasser mehrerer Schriften über den Islam, den heiligen Krieg und den Terror als Waffe der Armen war er mit dem Umgang mit Papier vertraut. Doch diese Zahlenkolonnen waren eher etwas für einen Buchhalter. Zumal, wenn auch nur die Hälfte der Angaben einigermaßen stimmte, die Organisation in finanziellen Schwierigkeiten steckte. Aiman al-Sawahiri, vom Chefideologen der Al-Qaida durch die Umstände zum Oberbuchhalter befördert, seufzte. Hätten die Amerikaner nicht bereits vor zwei Monaten den Finanzchef Osama bin Ladens bei einer Razzia erschossen, dann müsste er sich nicht auch noch um so profane Dinge wie Geld kümmern. Allerdings wäre ihm dann nicht bewusstgeworden, wie nahe Al-Qaida daran war, bankrottzugehen. Sein »Vorgänger« hatte nur insofern Glück gehabt, dass er nicht mehr lebte, als ihn Aiman spätestens jetzt langsam und qualvoll hätte umbringen lassen.

Sein Blick fiel auf die Liste der Dinge, die Suleiman vor seinem plötzlichen Ende noch geplant hatte. Ein paar der Aktionen waren ihm bekannt: diskrete Spendensammlungen über ein Dutzend Tarnorganisationen im gesamten arabischen Raum, ein paar Extraeinnahmen durch Söldneraufträge, die zwar nicht sehr islamisch-fundamentalistisch, dafür aber gewinnbringend waren. Er runzelte die Stirn, denn da stand noch etwas, bestehend nur aus einem Operationsnamen und einer kurzen Notiz. »Deep Hunters«, sauber mit der Schreibmaschine getippt, und daneben hatte Suleiman handschriftlich angemerkt: »Mit Sergej sprechen.« Aiman starrte auf das Blatt. Sergej, das klang alles andere als arabisch ...

2. Kapitel

3. Tag, 09 : 00 Ortszeit, 06 : 00 Zulu – Moskau

»Genosse, hören Sie, es gibt ein Problem. Suleiman abd-el-Kadr ist tot.«

Der alte Mann sah seinen Gesprächspartner ausdruckslos an. »Und? Das ist doch kein Grund, mich um diese Zeit hier zu überfallen, Genosse?«

»Aber er war unser Kontakt«, betonte Sergej Antonowitsch Rogow. »Wir müssen ›Deep Hunters‹ abblasen.«

Koljunow winkte ab. »Beruhigen Sie sich, Genosse. Wie wär's mit einem Tee?« Der alte Mann machte sich umständlich an seinem Samowar zu schaffen, aber der gab nur ein unwilliges Brodeln von sich. »Warum sollten wir das tun? Eine Veranlassung dafür sehe ich nicht.«

»Abd-el-Kadr war unser Verbindungsmann zu Al-Qaida, oder besser, deren Kontakt zu uns. Und von ihm stammte schließlich die ganze Idee.«

Der pensionierte KGB-Mann nickte langsam, aber seine Augen blickten kalt wie zwei polierte Steine. »Damit hat er ja bereits seinen Teil beigesteuert, nicht wahr? Weshalb sollte die Sache nicht ohne ihn weiterlaufen können? Das Problem mit euch jungen Leuten ist, dass ihr viel zu schnell in Panik verfallt.« Koljunow starrte den Samowar böse an. »Wir brauchen mehr heißes Wasser.«

»Ich verstehe nicht?«

»Für den Tee!«

»Verschonen Sie mich bitte mit Ihrem Tee, Genosse«, bat Rogow. »Was meinen Sie übrigens mit ›er hat bereits seinen Teil beigesteuert‹?«

»Er ist tot, folglich kann er nicht mehr plaudern. Seine Idee hat er Ihnen vorher schon geliefert, also ist das auch kein Problem«, erklärte Koljunow im Plauderton, als spräche er über das Wetter. »Man könnte sagen, dass die Amerikaner eine durchaus zufriedenstellende Arbeit abgeliefert haben.«

»Mag sein, aber der gesamte Deal war auf Abd-el-Kadr abgestellt, und wer sein Nachfolger wird und wie der sich verhält, wissen wir nicht.«

Koljunow dachte einen Augenblick schweigend nach. Sergej Antonowitsch Rogow war kein Genosse, und falls irgendwie doch, dann erst in zweiter Linie. Zuallererst gehörte er der russischen Mafia an. Was nichts daran änderte, dass einige der großen Namen, die hinter ihm standen, Genossen waren, nicht nur, was ihre Ansichten betraf, sondern auch ihre Herkunft. Es war ein offenes Geheimnis, dass sich an der Spitze der russischen Mafia viele ehemalige KGB-Mitarbeiter etabliert hatten, teilweise sogar Exgeneräle. Aber für Koljunow, der die Betreffenden größtenteils persönlich kannte, war dies einfach die logische Konsequenz aus dem Umbruch, der die einstige Sowjetunion dahingerafft hatte. Macht und Geld gingen schon immer weltweit Hand in Hand mit dem Verbrechen. Hatte er nicht selbst, Jahrzehnte zuvor, im Dienst seines Mentors Mordaufträge durchgeführt? Es gab keine scharf gezogenen Grenzen. Die alten Kameraden, die diesen Rogow zu ihm geschickt hatten, mochten vielleicht mittlerweile anderen Zielen folgen, an andere Dinge glauben, aber die Methoden unterschieden sich nicht sehr gegenüber früheren Zeiten. Und immerhin war Sergej Antonowitsch nicht gerade ein kleines Licht. »Ich nehme an«, sagte Koljunow, »dass Sie sich bereits ausgerechnet haben, welcher Gewinn bei dem Deal für Sie herausspringt. Der dürfte vermutlich den Wert der Fracht um ein Vielfaches übertreffen.«

Rogow zuckte mit den Schultern. »So genau lässt sich das nicht beziffern, Genosse Koljunow.«

»Sicher nicht. Drogentransportwege, Menschenhandel, Waffenschmuggel, Wirtschaftsspionage …«, begann er aufzuzählen. »Habe ich etwas vergessen?«

»Auftragsmord und Geldwäsche.« Sergej grinste. »Hören Sie, Ihre Leute sind auch nicht gerade Waisenknaben.«

»Besser, Sie vergessen das nicht.« Koljunow lächelte kalt. »Es geht bei der Geschichte für Sie à la longue um mindestens den drei- oder vierfachen Profit des Wertes der Ladung. Klar, dass es Sie schmerzen würde, wenn die Sache nicht zustande käme.«

»Und was ist Ihr Interesse?«

»Sie beginnen zu verstehen. Es gibt so manche Dinge, die meine Freunde und ich anstreben. Solange Amerika mit dem Krieg gegen den Terror beschäftigt ist, sind die Tschetschenen in den Augen der Weltöffentlichkeit einfach nur ein paar Terroristen mehr. Keiner hinterfragt wirklich, was wir dort tun, um dieser Kaukasusrepublik nicht verlustig zu gehen. Und solange wir dort hart auftreten, werden es sich deren Nachbarn dreimal überlegen, ähnliche Sperenzchen zu machen.«

»Also wird der Konflikt andauern, und dann?« Sergej Antonowitsch beugte sich leicht vor. »Worauf hoffen Sie? Dass Putin unter Druck gerät? Ich dachte immer, er sei einer von Ihren Leuten?«

»Vielleicht?« Koljunow lächelte. »Auf alle Fälle kenne ich ihn schon aus Zeiten, als er noch ein Unbekannter war.« Nachdenklich sah er sein Gegenüber an. »Ich werde Ihnen sagen, was wir tun werden. Wir werden ›Deep Hunters‹ wie geplant durchführen. Entweder wird sich jemand an Sie wenden und sich als Nachfolger von Abd-el-Kadr vorstellen, oder Sie werden ihn gegebenenfalls selbst ausfindig machen müssen. Wie auch immer, in jedem Fall befinden wir uns in der besseren Position, wenn wir bereits die Ladung abgeborgen haben.«

Sergej Antonowitsch ließ sich den Vorschlag durch den Kopf gehen. »Soll das heißen, Sie sind bereit?«

Koljunow wandte sich erneut dem Samowar zu. »Verdammt heiß, das Ding, aber wenigstens gibt es endlich Tee.« Seine Augen trafen die des Verbrechers. »Wenn Sie es genau wissen wollen, das Boot wird in der kommenden Nacht auslaufen. Der ›Deep Hunter‹ ist auf dem Weg.«

3. Tag, 08 : 30 Ortszeit, 14 : 30 Zulu – Langley, Virginia

»Ich schicke gleich jemanden runter zu Ihnen, der Ihnen ein paar Bilder vorbeibringt, Bob!« Marsdens Stimme klang eindringlich. »Ich möchte Ihre Meinung dazu hören, und das verdammt schnell.«

»Worum geht es?«

»Um Ihren Büffel!«

DiAngelo pfiff durch die Zähne. »Das ging aber flott!«

»Erwarten Sie nicht zu viel, es sind überwiegend Satellitenaufnahmen.«

»Und geben sie was her?«

Marsden zögerte. »Die Bildauswerter sind bereits an der Arbeit, aber als U-Boot-Experte sollten Sie ruhig auch mal einen Blick drauf werfen. Offenbar sind die Russen schon viel weiter als bisher angenommen.«

»Da bin ich ja mal gespannt. Ich rufe Sie zurück, wenn ich die Fotos begutachtet habe.« Bob legte auf.

»Probleme, Sir?« Lieutenant Commander Thomas Wilks sah seinen Vorgesetzten neugierig an.

DiAngelo schüttelte den Kopf. »Noch nicht. Roger Marsden hat einen Schwung Satellitenaufnahmen zu bieten und meint, die Russen seien dabei, ein neues Boot fertigzustellen. Angeblich soll es sich um die *Bizon* handeln.«

»Sir?« Wilks' Gesicht nahm einen irritierten Ausdruck an, und einmal mehr fragte sich DiAngelo, wieso er einen Assistenten hatte, der nicht viel von Seefahrt und noch weniger von U-Booten verstand.

»Ein zweites Modell der Granay-Klasse. Die Russen nennen den Typ Jansen oder auch nach dem Typboot *Sewerodwinsk*.«

»Das sagt mir leider nichts, Sir, aber ich werde mich umgehend schlaumachen.«

»Recherchen können nie schaden«, erklärte Bob. »Die russische Projektbezeichnung ist 885, und das Typboot soll noch in Bau sein. Darüber kursiert seit Jahren das Gerücht, es sei ein zweites Boot mit dem Namen *Bizon* auf Kiel gelegt worden. vermutlich sind das ziemlich große Biester, aber das ist ja bei russischen Booten nichts Ungewöhnliches.«

»Ich kümmere mich darum, Sir.« Wilks schlug die Mappe auf seinem Schoß auf. »Wenn ich Ihre Aufmerksamkeit für einen kurzen Moment auf die Budgetlisten lenken dürfte ...«

Der Captain winkte ab. »Ich nehme an, Sie haben dazu ohnehin schon was vorbereitet.«

»So ist es, Sir. Ich habe mir die Freiheit genommen, aber ich fürchte, nicht alle werden damit hundertprozentig zufrieden sein.«

»Da jeder immer das größte Stück vom Kuchen will, ist das auch kaum möglich«, meinte DiAngelo gelassen. »Also geben Sie den Kram her, ich zeichne ihn ab.«

Die nächsten Minuten waren die beiden Offiziere damit beschäftigt, die administrativen Dinge abzuwickeln, dann klopfte es. DiAngelo, zwischen der Erklärung, warum die Abteilung für strategische Analysen mehr und neue Computer brauchte, und einer Abrechnungslist für Verbrauchsmaterial, die aus irgendwelchen Gründen von der Buchhaltung zurückgewiesen worden war, hob den Kopf und rief: »Herein!«

Einer von Marsdens Leuten, dem man den durchtrainierten Feldagenten ansah, schob sich durch die Tür. »Ich soll Ihnen etwas bringen, Captain!«

DiAngelo streckte die Hand aus, während er gleichzeitig Wilks ansah. »Kann es sein, dass Artikel 852-34433-87432 Toilettenpapier ist?«

Beide Männer sahen ihn verdutzt an. »Die Buchhaltungsliste, Thomas«, half der Captain seinem Assistenten auf die Sprünge. »Schauen Sie mal nach, ob das da drin aufgeführt ist. Ich will nicht, dass die uns eine Budgetsperre anhängen wegen fehlendem Toilettenpapier.« Er wandte sich an den Ankömmling. »Dann lassen Sie mal sehen, was Mr. Marsden für mich hat.«

Der Agent reichte ihm eine schmale Mappe, und DiAngelo begann die Bilder durchzusehen. Der Großteil bestand aus Satellitenbildern, darunter auch Wärmebilder. Der Rest waren mehr oder weniger unscharfe Fotos. Wenn man bedachte, dass die Schnappschüsse von einem militärischen Sperrgebiet in Russland stammten und es in nur drei Tagen bis auf seinen Schreibtisch geschafft hatten, dann war das schon beachtlich. Bob konzentrierte sich wieder auf die Aufnahmen. Während er Bild für Bild genau studierte, wurde sein Gesicht immer ernster. »Das ist unglaublich!«, sagte er leise vor sich hin.

»Sir?«

DiAngelo schob ihm die Mappe zu. »Sehen Sie selbst, Thomas, und achten Sie dabei auf das Heck!«

»Sieht aus wie ein Ring um eine Schraube. Oder eher wie zwei Schrauben hintereinander ...«

Der Captain nickte. »Ein Pumpjetantrieb wie auf den Booten der Seawolf-Klasse.«

»Und was bedeuten alle diese Schläuche hier?« Wilks deutete auf eines der anderen Bilder.

Bob holte ein Vergrößerungsglas aus einer Schublade und nahm die Schläuche unter die Lupe, die sich, irgendwo aus dem Hintergrund kommend, über das Deck bis zu Anschlussstutzen hinter dem Turm zogen. »Für Öl oder Kabel sind es zu viele, und außerdem sind sie zu dick.« DiAngelo schupperte sich nachdenklich den Bart, blickte dann auf und sah den Agenten an, der immer noch wartete. »Bestellen Sie Mr. Marsden ... ach was, ich sage es ihm selbst.« Während er aufstand, wandte er sich an Wilks. »Und Sie gehen diesem ominösen Artikel nach, den wir angeblich nicht abgerechnet haben.« Er angelte nach seinem Stock und der Mütze. »Ich gehe mal hoch zu Marsden.«

»Und ich kümmere mich währenddessen um die Buchhaltung.« Wilks hüstelte etwas verlegen. »Sir, ich glaube, Sie haben da etwas auf der Mütze!«

»Ich habe ... was?« Der Captain sah auf seine weiße Mütze. Tatsächlich prangte darauf ein etwas schmieriger Abdruck, der von einer winzigen Kinderhand zu stammen schien. »Na, wenn's sonst nichts ist«, erklärte DiAngelo und strahlte fröhlich über das ganze Gesicht. »Ich kann auch ohne den Deckel auskommen.«

3. Tag, 08 : 30 Ortszeit, 14 : 30 Zulu – Norfolk, Virginia

Angela DiAngelo sah sich kurz um, aber sie hatte nichts vergessen. Zufrieden parkte sie den kleinen Ethan in den Kinderwagen und machte sich auf den Weg. Bis zum Haus der Williams war es nicht weit.

Die Luft war ziemlich frisch, aber nicht unangenehm. Auch wenn es noch drei Wochen hin war bis Weihnachten, hatte es bereits erste Schneefälle gegeben, doch war die weiße Pracht nicht liegengeblieben und schon wieder bis auf winzige Reste weggeschmolzen. Wie üblich ließ Angela den Blick über die große Marinebasis schweifen. Zwei Träger, eine Gruppe Zerstörer, ein einsamer Raketenkreuzer und eine Unzahl Hilfs- und Versorgungsschiffe boten ein beeindruckendes Bild. Aus alter Gewohnheit galt ihr Hauptaugenmerk jedoch den dunklen glatten Formen der U-Boote. Sie erkannte die *San Diego*, Roger Williams' altes Boot*, und gleich dahinter lag an der Pier die *Tuscaloosa*, an der wahrscheinlich keinerlei Spuren der alten Schäden mehr zu entdecken sein würden, nachdem das Boot in der Werft über ein Jahr lang instand gesetzt

* Siehe Peter Brendt: *Crashdive*.

worden war. Aber irgendetwas blieb immer zurück, eine Kleinigkeit, die man nicht einfach mit Schweißarbeiten reparieren konnte. Sie wusste es, Bob wusste es, die vielen, die zur See gefahren waren, sie alle wussten es.

Sie blieb stehen und starrte neugierig zur fernen Pier hinüber. Der Turm mit dem eigentümlichen Design, der so aussah, als sei er versehentlich verkehrt herum auf die Bootshülle gesetzt worden, verriet ihr, dass es sich nicht um eines der üblichen Boote der Los-Angeles-Klasse handelte.

Ein Wagen hupte hinter ihr, und beinahe widerwillig wandte sie den Blick von dem neuen Boot ab.

Jennifer Williams, die Frau von Bobs bestem Freund, ließ die Seitenscheibe des Vans heruntergleiten. »Hallo, Angela, ich dachte, wir kommen dir schon mal ein Stück entgegen.«

»Dank, Jenn, das ist wirklich nett.«

Jennifer Williams drehte den Kopf kurz nach hinten und sagte. »Macht keinen Unfug, Mama ist gleich wieder da.«

Mark presste sein Gesicht gegen die Scheibe und starrte auf die graugetönten Schiffskörper an den langen Molen. Vicky hingegen, seine jüngere Schwester, war in ihrem Kindersitz bereits wieder eingenickt.

»Findest du nicht, dass es nach Schnee riecht?«, fragte Angela ihre Freundin.

»Nein«, sagte Jennifer und klappte die Hecktür auf. »Setz Ethan schon mal rein, ich verstaue derweil deinen Kinderwagen. Übrigens, im Wetterbericht von vorhin war von Schnee nicht die Rede.«

»Doch, es riecht nach Schnee!«, beharrte Angela und atmete die kalte, salzige Luft tief ein. Atom-U-Boote tauchten selten auf, aber wenn sie es in der Arktis taten, dann schmeckte die Luft so wie jetzt. Das wusste sie aus eigener Erfahrung aus ihrer Zeit als Sonaroffizier. Und wenn die Luft hier nun genauso schmeckte, dann konnte sie nur von dort kommen. War das ein Omen? Sie spürte den plötzlichen Schauer.

Jenn sah sie besorgt an. »Ist mit dir alles in Ordnung? Du siehst aus, als hättest du ein Gespenst gesehen.«

»Es geht schon wieder.« Angela seufzte. »Du weißt doch, was man sagt. Seeleute sind alle abergläubisch.«

3. Tag, 17 : 30 Ortszeit, 14 : 30 Zulu – Bagdad

Jack Small verdrehte die Augen. »Ich spüre es in meinen Knochen, Boss. Irgendetwas ist im Schwange. Wir haben drei Informanten und einen Agenten verloren, wobei die verdammten Mistkerle ihm auch noch den Kopf abgeschnitten haben!«

Marsden am anderen Ende der sicheren Leitung räusperte sich mühsam. »Armes Schwein! Aber was bringt Sie darauf, dass etwas Ungewöhnliches vorgeht? Bisher haben die Brüder ja auch immer jeden von unserem Haufen getötet, den sie kriegen konnten. Selbst der geringste Verdacht ...«

»Ja, ich weiß, schließlich bin ich hier vor Ort, Boss.« Jack Small würde Marsden Boss nennen, bis einer von ihnen tot umfiel. Dass Marsden inzwischen Vice-Director war und Small Leiter für Sonderprojekte, hatte nichts an der alten Freundschaft aus den Tagen des ausgehenden Kalten Krieges geändert. Small wusste, dass Marsden ihn verstehen würde. »Ich habe einfach den Eindruck, dass dem so ist.«

Roger Marsden seufzte, aber er war ein viel zu erfahrener Mann, um eine derartige Aussage einfach als

Hirngespinst abzutun, auch wenn er wusste, dass andere genau dies tun würden. »Können Sie mir nicht wenigstens ein bisschen was Konkretes an die Hand geben, womit sich der größere Aufwand rechtfertigen ließe?«

Small ließ sich ein paar Augenblicke Zeit mit der Antwort und starrte aus dem Fenster der Botschaft. Der hohe Zaun und die Metallbarrieren vermittelten ein Gefühl von Sicherheit, doch sollte jemand einen Anschlag planen, dann würde es immer einen Weg geben. Das hier war Bagdad, eine Stadt, in der die Realität eine andere war und nur wenig mit dem Bild zu tun hatte, das in den Medien verbreitet wurde. Aber niemand hatte ein Interesse an einer ungeschminkten Berichterstattung. Die amerikanische Regierung musste gewisse Dinge herunterspielen und dafür die eigenen Erfolge betonen, weil sonst populistische Stimmenfänger wieder mal nach einem Cut&Run schrien. Dabei konnte sich niemand ernsthaft einbilden, dass das Morden und der Terror mit einem Abzug der Amerikaner wirklich enden würden. Das Einzige, was man erreichen würde, wäre, dass sich Al-Qaida wieder bemüßigt sähe, sich Ziele in den USA auszusuchen. Aber im Augenblick … Jack Small verzog das Gesicht. »Ich hoffe, Sie verstehen mich, Boss?«

»Irgendwie schon …« Marsden zögerte. »Ich war schließlich selbst lange genug als Feldagent unterwegs.«

»Ja, aber im Gegensatz zu früher müssen wir nun nicht mehr selbst hinaus auf die Straßen.« Small sah durch das Fenster zum Himmel empor, wo Regenwolken aufzogen. Das Klima hatte in Bagdad im Winter nichts Angenehmes an sich, meist war es einfach nur unfreundlich und allenfalls um die zehn Grad warm.

Small spürte, dass er gedanklich abschweifte, aber das Wetter passte irgendwie zu seiner trüben Stimmung. Er riss sich wieder zusammen. »Ich habe ein Dutzend Leute draußen im Einsatz, und unsere lokalen Dienststellen noch mal in etwa die gleiche Anzahl, wobei noch mal eine Menge Informanten dazukommen. Manche zuverlässig, andere eher nicht. Es gibt Berichte, denen zufolge ein paar Zellen Vorbereitungen für Anschläge zunächst zurückgestellt haben sollen. Unter uns gesagt, es ist nicht viel, aber vielleicht können Sie das verwenden, Boss.«

»Haben Sie denn eine Idee, was wir tun können?«

Der Leiter für Sonderprojekte dachte nach. Er war zwar erst seit ein paar Wochen vor Ort, um herauszufinden, was man von geheimdienstlicher Seite anders machen konnte, aber trotz dieser relativ kurzen Zeitspanne konnte er dennoch einen gewissen Wandel bereits spüren. Nichts, was sich an Fakten festmachen ließ. Die Al-Qaida-Zellen operierten nach wie vor mit unverminderter Brutalität, doch ihr Vorgehen schien nicht mehr ganz so geballt und massiv zu sein wie ehedem. Und was die schiitischen Milizen des Hasspredigers Al Sadr anging ... Jack konnte nur vermuten, dass es dort vielleicht interne Querelen gab. »Es gibt Gerüchte, Boss, dass Al-Qaida in Zahlungsschwierigkeiten steckt, was ihre Leute anbetrifft. Vielleicht ist das der Grund?«

»Es sind Fanatiker, die warten nur begrenzt auf Geld.« Smalls Vorgesetzter überlegte kurz. »Trotzdem könnten solche Gerüchte Osama und seine Führungsriege in Probleme bringen. Die Familien von Selbstmordattentätern haben immer ein paar tausend Dollar erhalten, quasi als Absicherung. Und jeder weiß ja, dass wir nicht auf deren Familien losgehen.«

»Ergo haben sich die Burschen in der Gewissheit, dass für ihre Familien gesorgt ist, in die Luft gesprengt.« Jack grinste. »Ich verstehe, wo Ihre Gedanken hingehen, Boss.«

»Gut!« Marsden lachte leise. »Es wäre ja fast zu schön, um wahr zu sein, wenn diesen Mistkerlen endlich die Knete ausginge. Also dann. Ich will zum einen wissen, was an den Gerüchten dran ist, und ich will zum anderen, dass Sie diese Gerüchte verstärken, indem Sie sie gezielt streuen.« Er machte eine Pause. »Das wird Osama zumindest nötigen, Geld fließen zu lassen, um zu zeigen, dass er noch welches hat. Selbst wenn die Kriegskasse fast leer sein sollte.«

3. Tag 23 : 30 Ortszeit, 20 : 30 Zulu – Murmansk,
Marinewerft Komsomolsk an der Kola-Bucht

»Ruder Steuerbord zehn, langsam zurück!« Sarubin wartete ab, bis der Befehlsübermittler hinter ihm die Anweisungen weitergegeben hatte. Am Heck quoll ein leichter Wasserschwall auf, als sich der schwere Bootskörper gegen den Zug der Achterspring zu bewegen begann. Die Trosse begann sich zu spannen, aber gleichzeitig drückte sich auch schon das Heck gegen die Fender, und der Bug begann langsam wie in Zeitlupe von der Betonpier wegzuscheren.

»Stopp, Achterspring ein.« Der Kapitän zählte die Sekunden im Geiste mit. Noch immer ließ der Drehimpuls den Bug weiter ausschwenken, und das Becken in der Halle der Werft war nicht gerade groß, zumindest nicht für ein Boot wie die *Bizon*. Ungeduldig wartete er ab, bis die Männer des Bootsmannes die Trosse weit genug gefiert hatten, um sie vom Poller zu nehmen.

Triefend wurde sie an Bord geholt. Beruhigt wandte Sarubin sich wieder dem Befehlsübermittler zu. »Backbord zehn, langsam voraus.«

Die Maschinenbesatzung brauchte einen Tick zu lange, um dem Befehl nachzukommen. keine Frage, der Besatzung fehlte noch Übung, bloß war dafür einfach keine Zeit vorgesehen. Nicht dieses Mal. Er verzog das Gesicht. Aber wenigstens nahm das Boot langsam Vorwärtsfahrt auf.

Die Leinen und Fender verschwanden im Inneren, eine ungeheure zusätzliche Platzverknappung auf einem U-Boot. Aber sie brauchten das Zeug und dazu noch vieles mehr, um, allein auf sich gestellt, auf alle Situationen reagieren zu können.

Langsam schob sich der schwarze Rumpf aus der Halle. Nur ein paar kleine Lichter wiesen ihnen den Weg. Sarubin schüttelte es, als der eisige Wind ihn traf. Murmansk im Winter war selbst unter günstigen Bedingungen nahezu unerträglich, unter schlechteren aber … Sarubin verfolgte den Gedanken nicht weiter und konzentrierte sich stattdessen wieder auf die Manöver des Bootes. »Stützruder!« Er spähte nach vorn. Grün blitzende Markierungen verrieten ihm den Verlauf des Tiefwasserweges. Sie würden der Kola-Bucht folgen, vorbei an Seweromorsk, dem Stützpunkt der Nordmeerflotte, bis sie die offene See erreichten. »Backbord zwanzig, kleine Fahrt voraus.« Sichtlich zufrieden, lehnte er sich auf die Brüstung. Das Boot reagierte trotz seiner Größe erstaunlich beweglich, und wenn sie erst einmal getaucht waren, würde es noch besser werden.

Die *Bizon* schwenkte in den Tiefwasserweg ein, und Sarubin ließ die Fahrt steigern. Niemand war mehr auf dem Vorderdeck, und es gab keinen Grund mehr, die

Welle zu vermeiden, die bei höherer Fahrt über die stumpfe Nase flutete.

»Von Zentrale, alle System arbeiten einwandfrei!«

»Sehr gut!«, konstatierte er, obwohl »einwandfrei« bis hierher nicht sonderlich viel bedeutete. Sarubin sah auf die Uhr. In drei Stunden würden sie unter Aufsicht eines Hilfsschiffes mit den ersten Tauchmanövern beginnen. Danach ... daran wollte er besser nicht denken. Was danach kam, kam eben danach. Admiral Schugarew hatte keinen Zweifel daran gelassen, dass er die Ausführung seiner Befehle unter allen Umständen erwartete. Die bloße Erinnerung an das letzte Gespräch mit Schugarew machte seine an sich gar nicht mal so schlechte Stimmung schlagartig zunichte. Der ›Deep Hunter‹ war unterwegs. Und als Kommandant war er mit dabei, weil er keine andere Wahl hatte. Wie jeder an Bord.

3. Kapitel

3. Tag, 4 : 00 Ortszeit, 1 : 00 Zulu – USS *Alaska*, Barentssee, 30 Seemeilen nördlich von Seweromorsk, Hauptquartier der russischen Nordmeerflotte auf der Halbinsel Kola

»Verdammte Gringos!«, knurrte Lieutenant-Commander Joshua Martinez. Dass seine Verwünschung Russen galt, spielte für ihn keine Rolle. Den Spruch hatte er einfach gewohnheitsmäßig so drauf.

»Es muss ein U-Boot da sein!«

Der Kommandant sah John Turk, seinen XO, etwas säuerlich an. »Das ist mir auch klar. Wir hören es nur nicht, und das macht mir etwas Sorgen.« Er angelte nach dem Mikrofon und drückte den Knopf. »Sonar, tut sich was?«

»Nichts, gar nichts.« Simon Jeffries, der Sonaroffizier, klang frustriert. »Wir hören das Begleitschiff klar und deutlich an der Oberfläche. Es peilt in grün null-eins-drei, ungefähr zehn Meilen. Läuft langsame Fahrt und im Kreis.«

Turk grinste gequält. »Es gibt Momente wie diesen, da hätte ich gerne unser altes Boot zurück.« Er zuckte mit den Schultern.

Diese an sich harmlose Bemerkung versetzte Joshua Martinez einen Stich. Bei seinem alten Boot handelte es sich um die *Baton Rouge*, ein in die Jahre gekommenes Los-Angeles-Jagdboot, das bei ihrem letzten Einsatz im Nordatlantik mehr abbekommen hatte, als ihnen allen lieb war.* Im Augenblick prüfte eine Kommission, ob es nicht günstiger sei, das Boot außer Dienst zu stellen, anstatt es zu reparieren. Doch wie immer die Entscheidung auch ausfallen mochte, das Thema *Baton Rouge* hatte sich so oder so für Martinez erledigt.

»Dieser Schlitten hier ist auch nicht schlecht.« Aber irgendwie klang in der Stimme des Kommandanten keine wirkliche Begeisterung mit, obwohl dieses vierte und vorerst letzte Boot der Seawolf-Klasse nach amerikanischen Vorstellungen als Jagd-U-Boot das Nonplusultra darstellte. Mit einer Verdrängung von über zwölftausend Tonnen getaucht, waren die Boote dieses Typs in etwa vergleichbar mit den russischen Akulas. In dem über hundert Meter langen Bootskörper steckten modernste Hightech-Waffensysteme, Computer und unter anderem das vermutlich leistungsfähigste Sonarsystem der Welt. Der Pumpjetantrieb mit zweiundfünfzigtausend Pferdestärken, der seine Energie von einem Westinghouse W6 S Druckwasserreaktor bezog, versetzte die Seawolves in die Lage, falls erforderlich bis zu neununddreißig Knoten zu laufen. Und innerhalb der taktischen Geschwindigkeit verursachte ein Seawolf weniger Geräusche als die alte *Baton Rouge*, wenn sie an der Pier lag. Die *Alaska* war eine Produktentwicklung, die noch in der Ära des Kalten Krieges begonnen worden war, gebaut, um ihre Gegner unter Wasser aufzuspüren und zu vernichten. Alle sonstigen Fähigkeiten waren eher sekundär.

»Na ja«, meinte Turk, »bei dem Preis kann man das wohl auch erwarten, Sir.« Mit dieser Feststellung hatte der Erste natürlich recht. Inklusive Entwicklungskos-

---

* Siehe Peter Brendt: *Dead Soul.*

ten hatte jede Einheit der Seawolves zweieinhalb Milliarden Dollar verschlungen. von daher war es kein Wunder, dass man im Senat beschlossen hatte, das Programm einzustellen und die preisgünstigeren Versionen der Virginia-Klasse zu bauen. Auch wenn die Seawolves außergewöhnliche Boote waren, vermisste sowohl Martinez als auch John Turk die gute alte *Baton Rouge*. Sie mochte zwar ihre Mucken gehabt haben, aber sie war durch und durch erprobt gewesen und hatte sich als zuverlässig bewährt. Bei der *Alaska* mussten sie erst selbst noch herausbekommen, was sie wirklich zu leisten vermochte.

»Tja, Geld ist eben nicht alles.« Martinez zuckte mit den Schultern. »Ganz offenbar befindet sich da ein U-Boot beim Probetauchen, denn sonst wäre der andere Schwimmvogel nicht hier und würde seine Kreise ziehen. Allerdings ist unser Sonar nicht in der Lage, das U-Boot aufzuspüren, was laut Bedienungshandbuch mehr oder weniger bedeutet, dass überhaupt keins da ist.« Er seufzte. »Und was soll ich jetzt glauben?«

Lieutenant Simon Jeffries, der hinter den Kontrollen des modernsten Sonarsystems der Welt saß, lauschte in seine Kopfhörer. Die Wassertiefe betrug über sechshundert Fuß, die Schichtungen und Strömungen waren bekannt, die Geschwindigkeit des Bootes lag weit unter der eigentlich taktisch günstigsten Geschwindigkeit, was im Augenblick aber nur bedeutete, dass sie leise waren. Ideale Sonar-Verhältnisse also. Die allgegenwärtigen Computer filterten jedes Geräusch heraus, untersuchten es auf bekannte Muster und glichen es mit ihren Datenbanken ab. Ein aufwendiger Prozess, denn in der Unterwasserwelt herrschte niemals Stille. Für das Sonar war das Ganze ein riesiger Raum, voll mit den seltsamsten Geräuschen. Mal blubberte irgendwo Methangas aus dem Boden, mal säugte eine Walmutter ihr Junges, oder es knackte einfach nur hier und da, und ab und zu knallte es leise, wenn zwei Pistolenkrabben aneinandergeraten waren.

»Er dreht weiter!«

Jeffries nickte seinem Unteroffizier kurz zu. »Er hält seine ungefähre Position, das sind alles nur Kreise.« Aufmerksam studierte er die Computerdaten. Seismische Anomalien waren nicht gerade ungewöhnlich in diesem Seegebiet, und natürlich waren auch diese Geräusche längst automatisch auf wiederkehrende Muster gecheckt worden. Er lauschte wieder, denn es gab immer etwas, das vom Computer nicht identifiziert werden konnte, weil einfach zu viele Geräuschquellen unter Wasser existierten, die natürlichen Ursprungs waren. Wissenschaftler, die glaubten, alles sei bereits erforscht, sollten sich mal für eine Stunde an ein Sonargerät setzen und versuchen, auch nur die Herkunft der Hälfte dieser Töne zu erklären. Und Computer? Die vermochten nur zu erkennen, was sie aus ihren Suchalgorithmen und Datenbanken ergab. Alles andere wurde als »nicht identifiziert« gemeldet, und das war nicht gerade wenig.

»Irgendwo muss das Boot doch stecken!« Der Lieutenant fühlte sich versucht, der Konsole einen kräftigen Tritt zu versetzen, auch wenn das nichts bewirken würde. Ihn nervte einfach, dass sich in der Umgebung ein russisches U-Boot herumtummelte und er es partout nicht finden konnte. Eigentlich sollte es mit diesen Geräten doch möglich sein, ein verdammtes Akula aufzuspüren.

Als er das andere Boot schließlich doch noch ganz plötzlich in seinem Kopfhörer vernahm, geschah das alles andere als leise. Es handelte sich dabei nicht um das beinahe unhörbare Surren einer großen siebenflügeligen Schraube, es war auch nicht das leichte, kurze Scheppern, das daher rührte, dass jemand im anderen Boot aus Versehen etwas umgefallen war, und es hatte auch nichts mit dem dezenten Tackern eines Hilfsaggregates zu tun. Es war überhaupt keines jener Geräusche, mit denen sich ein U-Boot üblicherweise unfreiwillig zu verraten pflegte. Stattdessen gab es ein grelles Ping, so laut, dass er meinte, es würde ihm die Trommelfelle zerreißen. Fluchend riss er sich den Kopfhörer vom Kopf. »Wir haben ihn … und er uns!«

3\. Tag, 04 : 15 Ortszeit, 01 : 15 Zulu –
Russisches Jagd-U-Boot *Bizon*, Barentssee,
25 Seemeilen nördlich von Seweromorsk.

»Alle Außenbordsverschlüsse dicht, Passivsonar arbeitet, Antrieb arbeitet, Kapitän!«

»Danke, IO.« Kapitän Sarubin legte kurz die Hand an die Mütze. »Schotten öffnen, wir machen weiter mit den Systemtests.«

»Zu Befehl, Kapitän!« Der Erste griff nach seinem Mikrofon. »Sonar? Klar zum Test des Aktivsonars.« Er wartete die Antwort ab, bevor er weitersprach: »Wir beginnen mit einem Rundumscan, Sonar!«

Kapitän Erster Klasse Igor Sarubin machte es sich in seinem Kommandantensessel bequem. Die Übungen waren Standardprozeduren, die, wenigstens im Augenblick, weitestgehend ohne sein Zutun ablaufen konnten. Üblicherweise wurde für die ausgiebige Erprobung eines neuen Bootes mindestens ein Jahr veranschlagt, bevor es wirklich der Flotte übergeben werden konnte. Tauchtests, Systemtests, dazu Simulationen aller nur erdenklichen Ausfälle bis hin zu sämtlichen Gefechtsübungen. Alles Dinge, die man in Erfahrung bringen musste, um überhaupt zu wissen, wie gut das Boot wirklich war. Was theoretisch möglich war, erwies sich in der Praxis nicht immer als zutreffend. Und eines hatten die vielen Jahre auf See Igor Sarubin gelehrt: Meistens kam alles etwas anders, als man es eigentlich geplant hatte.

»Aktivsonar ein ... jetzt!« Oberleutnant Balakin gab mit der Hand zusätzlich das Startzeichen, und beinahe gleichzeitig drückte der Sonaroffizier den entsprechenden Knopf.

Sonarimpulse wurde in das Dunkel der See gestrahlt. An Übungszielen fehlte es in der Gegend nicht. Das Wrack eines eigens zu diesem Zweck versenkten Zerstörers aus dem Zweiten Weltkrieg gehörte mit dazu.

»Kontakt in drei-vier-drei, Abstand sechs Meilen, Tiefe siebzig Meter!« Der Sonaroffizier klang regelrecht erschrocken. »Das ist keines der Übungsziele!«

Sarubins Kopf ruckte herum. »Umschalten auf Passivsonar!« Der Kommandant sprang aus seinem Sessel auf und steuerte schnurstracks den elektronischen Kartentisch an, unter dessen Glasplatte die Seekarten computergesteuert eingeblendet wurden. Man konnte Ausschnitte vergrößern, verkleinern oder, je nachdem, den Kurs automatisch mitkoppeln, und vor allem war es möglich, sich die Unterwasserlandschaft wie ein Relief anzeigen zu lassen. Sarubin stellte fest, dass das andere Boot etwas höher stand als sie selbst. Mit Sicherheit gehörte es nicht der russischen Flotte an, denn sonst hätte er davon gewusst. Folglich konnte es sich nur um einen der amerikanischen Schnüffler handeln, die sich aus Angst vor den Horchbojen am Grund normalerweise weiter draußen aufhielten. Dieses hier jedoch ... Sarubin zeigte sich verärgert. »Trifft es wirklich zu, dass wir das Boot nicht ausmachen konnten, als wir auf Passiv liefen?«

3. Tag, 04 : 30 Ortszeit, 01 : 30 Zulu – USS *Alaska*, Barentssee, 30 Seemeilen nördlich von Seweromorsk

Die schrillen Impulse des Aktivsonars, von denen die Hülle der *Alaska* getroffen wurde, kamen für alle an Bord überraschend. Nicht unbedingt deshalb, weil sich das russische Boot beinahe genau dort befand, wo es Martinez vermutet hatte, sondern vor allem, weil es überhaupt durch sein Aktivsonar seinen Standort verriet. Schon drang die Stimme von Jeffries, dem Sonaroffizier, aus dem Lautsprecher. »Kontakt in rot-viereins, Abstand sechs Meilen, dreihundert Fuß!«

»Der Gringo fährt offenbar Systemtests!«, konstatierte Joshua Martinez.

»Was wird er nun Ihrer Meinung nach tun, Commander, nachdem er uns entdeckt hat?«

»Eine gute Frage. Die halbe russische Flotte herbeizurufen brächte jedenfalls nichts, da wir uns in internationalen Gewässern befinden. Ich nehme daher an, er wird eine Nachricht zu seinem Begleitschiff hochschicken und dann versuchen, uns abzuhängen, um danach wieder mit seinen Tests fortzufahren.« Er hob den Kopf, als die Sonarimpulse plötzlich wieder abbrachen. »Sieh an, er hat seinen Fehler erkannt.« Wider Willen musste er grinsen. »Wenigstens ist er nun nicht schlauer als wir.«

»Wie wäre es, wenn wir den Kurs ändern und nach Norden drehen«, schlug der XO vor. »Dabei müsste er ja irgendwo an uns vorbeikommen, und wir könnten uns an ihn anhängen.«

»Zu offensichtlich!« Der Kommandant schüttelte den Kopf. »Der wird nicht nach Norden drehen!« Er angelte nach dem Mikrofon. »Sonar, haben Sie ihn jetzt, nachdem Sie ja ganz genau wissen, wo er ist.«

»Negativ, Sir!« Jeffries klang alles andere als glücklich. »Der ist mucksmäuschenstill.«

»Der muss seine Maschine ganz abgestellt haben«, meinte der XO, der die Meldung mitgehört hatte. »Ansonsten würde unser Sonar seine Schraube mit Sicherheit erfassen. Es sind gerade einmal sechs Meilen, Sir, und ...«

»Umdrehungen für fünfundzwanzig Knoten, wir wechseln Kurs auf null-neun-fünf!« Martinez wandte sich kurz zum Navigationsoffizier um. »Wir folgen etwas der Küste. Dreißig Meilen Abstand. Frage: Wassertiefe?«

»Überall zwischen fünfhundert und sechshundert Fuß hier, Sir!«

»Gut! Wir gehen auf vierhundert Fuß!« Etwas leiser setzte er hinzu: »Dann wollen wir mal sehen, als welchem Holz er geschnitzt ist.«

»Sir!« Wieder kam die Stimme des Sonaroffiziers aus dem Lautsprecher. »Er hat gerade mit Pressluft eine Nachrichtenkapsel nach oben geschossen!«

Martinez lächelte nachdenklich. Der russische Kommandant hatte also, wie von ihm vorhergesehen, reagiert. Folglich würden sie in ein paar Augenblicken auch auf dem Begleitschiff wissen, was hier los war. »Er hat zwei Möglichkeiten, er kann nach Norden drehen und woanders seine Tests durchführen, oder er kann sich wieder nach Poljarny zurückziehen, was ich für wahrscheinlicher halte, da er ja vermutlich nicht gerade scharf darauf sein dürfte, uns alle seine Tricks vorzuführen.«

3. Tag, 04 : 30 Ortszeit, 01 : 30 Zulu – Russisches Jagd-U-Boot *Bizon*, Barentssee, 25 Seemeilen nördlich von Seweromorsk

Mit seiner Annahme lag Martinez nicht ganz richtig, da Sarubin tatsächlich drei Alternativen offenstanden.

»Balakin, Umdrehungen für sechsundzwanzig Knoten! Gehen Sie auf zwo-sieben-fünf!« Sicherheitshalber befragte Sarubin seinen Navigationsoffizier zu den Tiefen: »Entlang der Küste nach Westen sind es überall so hundertfünfzig bis zweihundert Meter, richtig?«

»Jawohl, Kapitän, bei fünfundzwanzig Meilen Abstand.«

»Danke! Wir folgen also der Küste nach Westen, halten aber vorsichtshalber einen Abstand von dreißig Meilen. Der Amerikaner wird sich anhängen, doch sobald wir weiter nach Westen kommen, werden die Horchverhältnisse schlechter, und dann hängen wir ihn ab.« Er sah seinen Ersten nachdenklich an. »Es ist schon irgendwie verrückt. Uns ist ziemlich genau bekannt, wo er sich befindet, aber wir können ihn ohne das Aktivsonar nicht orten.«

»Doch auch er dürfte wissen, wo wir sind, Kapitän!«

»Anzunehmen. Unsere Boote sind zwar eindeutig leiser als die amerikanischen, doch deren Sonarsysteme sollen besser sein.«

»Unseres ist leistungsfähiger als alles, was wir vorher hatten«, betonte Balakin. »Wir bräuchten einfach nur mehr Zeit, um es unter Einsatzbedingungen besser durchzutesten.«

Der Bug des amerikanischen Bootes wandte sich nach Osten, der des russischen nach Westen. Jeder der beiden Kommandanten war davon überzeugt, dass der jeweils andere fähig sein würde, ihn zu erfassen, sollten sie einander zu nahe kommen. Und dies, obwohl zum gegenwärtigen Zeitpunkt keines der beiden Boote Sonarkontakt zum anderen Boot hatte. Aber es war ja ohnehin unwahrscheinlich, dass das jeweils andere Boot einfach an der Küste entlanglaufen würde.

3. Tag, 8 : 30 Ortszeit, 5 : 30 Zulu – Bagdad

»Natürlich handelte es sich bei diesen ... äh ... Gegenständen um Eigentum des irakischen Volkes.« Der General am Kopfende des Tisches sah den Repräsentanten der irakischen Sicherheitskräfte säuerlich an. »Schließlich haben sich Ihre Leute ja genug davon unter den Nagel gerissen.«

Small, der an dieser Sitzung aus dienstlichen Gründen hatte teilnehmen müssen, hörte dem Disput nur mit halbem Ohr zu. Das Thema, um das es ging, war alt, es zog sich bereits seit Jahren nicht nur durch die Geheimdienstberichte. Die sagenhaften Golddepots des inzwischen verblichenen Saddam Hussein schienen der Stoff einer unendlichen Geschichte zu sein.

»Es gibt immer noch Gerüchte, Ihre Leute hätten in der Wüste zwei derartige Depots entdeckt«, sagte der Iraker lauernd.

General Hopkins zuckte mit den Schultern. »Wir haben, und sie waren leer.« Er lächelte süffisant. »Sie können die Dinger herzlich gern besichtigen, wenn Sie möchten. Wir haben die Geschichte absichtlich nicht an die große Glocke gehängt, um die Gerüchteküche nicht noch weiter anzuheizen.«

»Dass sie heute leer sind, nehme ich Ihnen ohne weiteres ab, nur heißt das ja nicht, dass sie das zuvor auch schon waren.«

Small hob den Kopf und angelte nach einer Cola, da er dem Kaffee im Irak nichts abgewinnen konnte, von dem er nur Sodbrennen bekam. Als er die Bemerkung des Irakers hörte, musste er den Impuls unterdrücken, die Augen zu verdrehen. Es war eines der grundsätzlichen Probleme, dass man hier eigentlich nie genau wusste, wo ein Iraker stand. Jemand konnte ein hoher Offizier bei den Sicherheitskräften sein und trotzdem mit der einen oder anderen fundamentalistischen Organisation sympathisieren. Und so ziemlich jeder Iraker schien davon auszugehen, dass Amerika sein Land irgendwie heimlich ausplünderte, zum Beispiel, indem sich das amerikanische Schatzamt die Golddepots unter den Nagel riss. Nur hatten, wie Small wusste, die bisherigen Depotfunde hinsichtlich Gold nichts erbracht. Mal war man auf gehortete Luxusgüter gestoßen oder eine Kollektion gestohlener Gemälde aus aller Welt, deren Besitzer mit Recht die Rückgabe erwarteten. Besonders kurios waren jene viertausend Paar handgefertigter Schuhe gewesen, von denen keines weniger als zweitausend Dollar gekostet haben dürfte. Was man mit denen anfangen sollte, wusste niemand so richtig, und daher lagen sie noch immer in einem bewachten Schuppen. So viel also zu Saddams sagenhaftem Schatz.

Hopkins schnappte nach Luft. »Sie unterstellen hier Ungeheuerliches!«

»Ich wollte damit nicht ausdrücken, dass Sie oder Ihre Leute …« Der Iraker hob abwehrend die Hand, da er spürte, dass er mit seinen Worten zu weit gegangen war. »Aber es wäre trotzdem interessant gewesen, herauszufinden, wer und wann die Dinge, die dort gelagert waren, weggebracht hat ... und wohin.«

Hochinteressant! Small spürte, wie sein ohnehin geringes Interesse noch weiter erlahmte. Die CIA versuchte seit Jahren dahinterzukommen, wo der Kram abgeblieben war, bisher ohne Ergebnis. Lästermäuler innerhalb der Firma behaupteten, Saddams Schatz liege zusammen mit Hitlers SS-Gold, dem Schwert Excalibur und der Bundeslade irgendwo in Hollywood vergraben. Auch wenn der Witz ziemlich dürftig war, so brachte er dennoch auf den Punkt, was von den meisten dieser Schatzlegenden zu halten war. Vielleicht hatte ja der inzwischen gehängte Diktator des Irak gar keinen Goldschatz besessen, aber das warf dann wieder die Frage auf, wozu die Depots, die sie in der Wüste gefunden hatten, gedient haben mochten.

General Hopkins zwang sich gewaltsam zur Ruhe. »Da stimme ich Ihnen zu.« Er zögerte. »Wir wissen zwar nicht genau, wann, aber etliches deutet darauf hin, dass es Abtransporte bereits vor 2003 gab.«

Für einen Augenblick herrschte Schweigen. Etwa dreißig hochrangige Angehörige sowohl des amerikanischen wie des irakischen Militärs und der Geheimdienste befanden sich in dem Konferenzraum. Das Treffen war eine wöchentliche Einrichtung, die dazu beitragen sollte, die Zusammenarbeit zu verstärken. An sich war das dringend notwendig, wenn man von etwa fünfzig bis achtzig Anschlägen pro Tag ausging, blieb aber trotzdem erfolglos, denn wie immer dienten die Besprechungen eher als Plattform für die Bekundung von gegenseitigen Standpunkten und Ressentiments. Im Prinzip drehte man sich immer nur im Kreis, und es war selten, dass etwas wirklich Neues auf den Tisch kam. Was der General soeben vorgetragen hatte, gehörte dazu.

Überrascht hob Small den Kopf. »Davon habe selbst ich bisher noch nichts gehört!«

»Ich habe auch erst seit gestern Abend davon Kenntnis«, erklärte Hopkins. Dass in der Vergangenheit schon längst leergeräumte Depots aufgespürt wurden, ist allgemein bekannt. Bei dem jüngsten Fall sind aber ein paar Unterlagen offenbar versehentlich zurückgelassen worden. Entsprechende Kopien befinden sich schon auf dem Weg zu Ihren jeweiligen Dienststellen. Wir sind auf das fragliche Depot erst vor wenigen Tagen aufmerksam geworden, und selbst das war Zufall. Ein paar mutmaßliche Räuber haben versucht, dort einzudringen, und eine Streife hat sie dabei entdeckt. Es kam zu einer Schießerei, bei der ein Soldat und einer der Iraker getötet wurden. Die anderen sind entkommen.« General Hopkins blickte in die Runde. »Ich nehme an, wir können dieses Thema damit für den Augenblick als abgehakt betrachten und uns den weiteren Punkten auf der Tagesordnung zuwenden.«

Small lehnte sich zurück. Es würde nunmehr um Patrouillenpläne gehen und einen Informationsaustausch darüber, welche Gruppierungen mutmaßlich demnächst andere Gruppierungen ins Visier nehmen wollten und umgekehrt. Tagesgeschäft im Irak. Wer glaubte, das Land würde allein zu einem Frieden finden, wenn nur die bösen Besatzer erst einmal weg wären, saß einem schweren Irrtum auf.

3. Tag, 04 : 45 Ortszeit, 01 : 45 Zulu – USS *Alaska*, Barentssee,
30 Seemeilen nördlich von Seweromorsk

»Kontakt, Sir!« Jeffries brüllte seine Meldung förmlich über Lautsprecher in die Zentrale. »Genau voraus, Lage null. Sehr nahe!«

»Aktivsonar!«, befahl Martinez sofort. »Alarm, auf Kollision vorbereiten!«

Die ersten Impulse wurden von der *Alaska* in die dunkle Barentssee abgestrahlt, die beinahe ohne Zeitverzögerung vom russischen Boot zurückgeworfen wurden. Zusätzlich zu den schrillen Impulsen rasten weitere im für das menschliche Ohr nicht wahrnehmbaren Ultraschallbereich durch das Wasser. Nicht auszuschließen, dass deswegen einige Wale in etlichen Seemeilen Entfernung vorübergehend die Orientierung verloren, als die beiden auf allen Frequenzbändern strahlenden Kolosse aufeinander zufuhren.

»Er ist etwas unter uns!«

Martinez nickte. »XO, bringen Sie uns hoch auf zweihundert Fuß. Hart Steuerbord!«

Das Boot bewegte sich in einer schwindelerregenden Korkenzieherkurve nach oben. Martinez war sich bewusst, dass der Russe sich auf vierhundert Fuß befand und genau auf sie zukam. Außer dem Versuch, so schnell wie möglich wegzukommen, blieb ihm nichts. Doch genauso schlagartig wurden ihm die Fehler klar, die er begangen hatte.

Als es zur Kollision kam, ging jedoch lediglich ein erstaunlich leichter Ruck durch das Boot, und das Quietschen von Stahl auf Stahl währte nur Sekunden. Von nirgendwo her gellten Schreie, die der Meldung eines Wassereinbruchs galten, auf dem Tableau des XO flackerten keine Warnlampen auf, und als das Knirschen des Stahls nachließ, ging das Boot gehorsam wieder in seine Normallage und folgte den Ruderbefehlen, die es nach oben zwangen.

»Er ist weg, im toten Winkel!« Der Sonaroffizier klang ungläubig.

Martinez sah sich um. »Aber eindeutig gestreift hat er uns. Schadensmeldungen?«

»Nichts, Sir!« Auch Turk hörte sich an, als könne er es nicht fassen. »Er muss uns direkt unten am Ballastkiel ›geküsst‹ haben.«

»Dann geht es dem Gringo jetzt aber erheblich schlechter als uns«, erklärte der Commander trocken. »Sonar, auf Sinkgeräusche achten.«

John Turk war ziemlich mulmig zumute. Wenn der Russe sehr schwer beschädigt war, dann hatten sie gerade versehentlich ein russisches Boot auf den Grund geschickt und einen internationalen Zwischenfall provoziert.

Die Stimme seines Kommandanten riss ihn aus seinen Gedanken. »Mr. Turk, wenn Sie dann so weit sind, will ich einen weiten Kreis um diese Position sehen.« Martinez nahm die Mütze ab und fuhr sich durch das schwarze Haar. »Und wenn wir dann nichts finden, gehen wir hoch und melden den Vorfall.« Er setzte die Mütze wieder auf. »Hoffen wir, dass es dem Iwan nicht allzu dreckig geht.«

Dreißig Minuten später schoben sich der Bug und die hohe Flosse durch die Wasseroberfläche. Funksprüche rasten aus den Antennen und wurden von den empfangenen Stellen bestätigt. Die Meldungen wurden entschlüsselt und weitergegeben, erneut chiffriert und an andere Dienststellen weitergeleitet. Und irgendwo existierte wie üblich eine undichte Stelle, die

die Informationen der Presse zuspielte. Je nachdem, wo man sich befand, wurde die Meldung unterschiedlich gelesen. Mal hatte ein russisches U-Boot ein amerikanisches Boot gerammt, mal ein amerikanisches Boot ein russisches. Auf die Idee, dass die beiden Boote einfach zusammengestoßen sein könnten, kam jedoch niemand. Es wurde spekuliert über rücksichtslose Navigation, mal der einen, mal der anderen Seite, zum Teil wurden Vorwürfe erhoben, einer der Kommandanten habe versucht, »Rambo« zu spielen, und es fehlte auch nicht an Schuldzuweisungen bestimmter Politiker, die von dem Zwischenfall überhaupt nicht betroffen waren.

Stunden später, die *Alaska* hatte keine Spur der *Bizon* gefunden, gesellte sich das Hilfsschiff der russischen Marine zu ihr. Über der Barentssee ging die Sonne auf, die aber nicht die Kraft hatte zu wärmen. Fröstelnd standen Männer auf der Flosse des U-Bootes und tauschten Signale mit dem russischen Begleitschiff aus.

»Er fragt an, ob wir Hilfe brauchen, Sir«, sagte John Turk etwas erstaunt.

»Bestellen Sie ihm, uns geht es gut.« Martinez fror trotz des dicken Parkas. »Er soll lieber versuchen, seine Kameraden zu finden.«

Turk schlug dem Signalgasten, der die Morsesignale gab, auf die Schulter. »Dann los, Sie haben den Kommandanten gehört.«

Für ein paar Augenblicke war nur das Klappern der Signallampe zu hören. Lieutenant Commander Martinez ließ den Blick über die graue See gleiten. Die Eisgrenze reichte bis weit nach Süden und ließ Überwasserschiffen nur einen schmalen Korridor frei. Der eisige Wind kam direkt aus den Weiten der Arktis und versetzte die See in eine schwere, bleierne Dünung. Gedanken wurden wach, Erinnerungen an die *K-159*, die hier mit einer Überführungsbesatzung 2003 auf Grund gegangen war, an die *Kursk*, die 2000 in der Barentssee abgesoffen war, an die *Komsomolez*, die nach einem Brand während einer Tauchfahrt 1989 nur zwei Tagesreisen weiter westlich gesunken war. Die Barentssee war seit vielen Jahren eines der Operationsgebiete der Atom-U-Boote, und ein paar hatten den Preis dafür bezahlt.

Die Antwort des Russen verwirrte den Signalgast erkennbar. »Er fragt, ob wir sicher seien?«

»Wie, ob wir sicher seien ...« Martinez blinzelte verdutzt. »Was für einen Bären will der verdammte Gringo uns hier denn aufbinden?«

4. Kapitel

3. Tag 12 : 15 Ortszeit, 07 : 15 Zulu – Islamabad, irgendwo in einem Außenbezirk

Die Lautsprecher der Muezzins riefen die Gläubigen zum Gebet, eine Aufforderung, der sich auch Sawahiri nicht entziehen wollte und konnte. Aber obwohl tief im Glauben an Allah verankert, hatte der Mann, der ständig predigte, alles sei dem Dienst an Gott untergeordnet, ganz andere Probleme im Kopf. So verrichtete er die rituelle Waschung und das anschließende Gebet mehr mit automatischen Bewegungen, rollte seinen Gebetsteppich zusammen und setzte sich wieder an seinen Schreibtisch. Als einer seiner Leibwächter eintrat, um sich zu erkundigen, ob er auch etwas Tee wolle, fand er den Chefideologen von Al-Qaida bereits wieder über seinen Laptop gebeugt, und Aiman, der große selbsternannte Mufti neben Osama bin Laden, nickte nur abwesend, während er weiter seine elektronische Post durchsah.

Natürlich erreichten ihn keine regulären Briefe, da seine jeweilige Aufenthaltsadresse strikt geheim gehalten wurde, denn sonst hätte Aiman al-Sawahiri rasch einmal Besuch von der in Pakistan operierenden CIA oder, schlimmer noch, vom pakistanischen Militär erhalten. Deshalb erfolgte die Kommunikation mit dem Terrornetz über Dateien, meist Bilddateien von bestimmten Webseiten, in welche die geheimen Nachrichten digital eingefügt waren und die er herunterlud. Denn auch wenn man in Europa den Amerikanern, insbesondere ihrem technischen Geheimdienst, der NSA, unterstellte, das gesamte Internet zu kontrollieren, so wusste man bei Al-Qaida doch sehr genau, dass die Amerikaner dazu eben nicht in der Lage waren. Das System der sogenannten Steganographie, der versteckten Informationen, im Internet hatte sich seit vielen Jahren als schnell und effektiv bewährt, da für nicht Eingeweihte nicht zu erkennen war, ob in einem scheinbar harmlosen Medium verborgene Botschaften enthalten waren.

So war es auch nicht die Sicherheit seiner Post, die ihm Sorgen machte, sondern deren Inhalte. Die finanzielle Ausstattung des Al-Qaida-Netzwerks war immer kritisch gewesen. Terrorismus kostete Geld, viel Geld. Und während die schiitischen Gruppen, die Aiman mehr oder weniger als Konkurrenz empfand, großzügig aus Teheran unterstützt wurden, und zwar in einem Umfang, der mittlerweile die iranische Volkswirtschaft ernsthaft belastete, mussten die sunnitischen Gruppen sehen, wo sie blieben.

Sicher, es fehlte nicht an Förderern und diskreten Spenden, und erkleckliche Summen flossen auch auf dem Umweg über angebliche islamische Wohltätigkeitsorganisationen. Manch ein Gläubiger, der dem Gebot des Korans folgte, Almosen zu geben, hatte nicht einmal die geringste Ahnung, was mit seinem Geld wirklich passierte. Aber trotzdem war das alles nicht viel mehr als ein Tropfen auf den heißen Stein. Die Familien der Selbstmordattentäter erhielten umgerechnet ungefähr zehntausend Dollar, was ein Vermögen für diese armen Leute darstellte, und nicht immer war es religiöse Inbrunst, sondern pure materielle Not, die einen jungen Mann dazu brachte, sich selbst in die Luft zu sprengen – nur damit seine Angehörigen versorgt waren.

Aiman al-Sawahiri wusste all das natürlich nur zu gut, denn es gehörte mit zu seinem täglichen Geschäft und bildete jenen Teil davon, der sich von den hehren Thesen, die er in seinen Büchern vertrat, grundlegend unterschied. Das Handeln und Tun der Al-Qaida-Führung war nicht immer nur von Religion und Glaube geprägt, manchmal ging es auch um das irrationale Gefühl der Macht, und Geld war eindeutig ein Machtfaktor.

Immerhin hatten die Zellen im Irak, die er um Unterstützung gebeten hatte, schnell reagiert. Suleiman abd-el-Kadr hatte sich in der Woche vor seinem Tod im Irak mit einem Russen namens Sergej getroffen, Sergej Antonowitsch Rogow. al-Sawahiri hatte von dem Mann gehört, und er fragte sich, was zum Teufel Suleiman mit diesem Kontakt zur russischen Mafia bezweckt haben mochte. Er musste es herausfinden, und dazu würde er vielleicht in den Irak reisen müssen, nicht gerade ein ungefährlicher Trip für ihn, denn die Amerikaner passten auf wie Schießhunde.

3. Tag 8 : 35 Ortszeit, 14 : 35 Zulu – Langley, Virginia

Als Bob in den Besprechungsraum hinkte, war er bereits ein paar Minuten zu spät dran. Aber an Tagen wie diesem schien alles etwas langsamer zu gehen. Vielleicht waren es der Schnee, der während der Nacht gefallen war, und die feuchte Kälte, die ihm zu schaffen machten. Jedenfalls schmerzte sein verletztes Bein ständig.

Roger Marsden grinste ihm zu, als er zur Tür hereinkam. »Hallo, Bob, ich dachte schon, Sie hätten uns vergessen.«

»Nein, aber da ist ja immer was im letzten Augenblick. Sie wissen, wie das ist.« Er wandte sich dem dritten Mann im Besprechungsraum zu. Captain James Ross war etwa in seinem Alter und hatte ungefähr die gleiche Statur. Aber damit endete die Ähnlichkeit auch schon. Während Bob eher etwas gutmütig wirkte, ein Eindruck, der allerdings je nach Situation täuschen konnte, wirkte John Ross wie ein Falke, jederzeit bereit zuzustoßen. Die blauen Augen des Mannes schienen überall zu sein, jedes Detail wahrzunehmen, und als sich die beiden Captains die Hände schüttelten, spürte Bob förmlich den Strom, unter dem der Mann stand. »Hallo, Captain.«

Ross' Stimme klang etwas heiser. »Hallo, Captain. Wie es scheint, haben Sie ein wenig Staub aufgewirbelt mit dem, was Sie Mr Marsden erzählt haben, der wiederum die Navy darüber informiert hat. Und deshalb bin ich nun hier, um mir die Sache von Ihnen persönlich anzuhören.«

DiAngelo runzelte die Stirn. »Sie kommen von Admiral Sharps Stab, sind aber kein U-Boot-Fahrer«, stellte Bob fest, da an der Uniform von Ross U-Boot-Abzeichen fehlten und nur welche von Zerstörern und Kreuzern vorhanden waren.

»Ich war bei Admiral Sharp im Stab, bin aber in der Zwischenzeit wieder nach Norfolk überstellt worden. Ihr Freund Roger Williams kennt mich übrigens, falls Sie eine Referenz brauchen.«

Marsden schüttelte den Kopf. »Es geht hier nicht um unsere Geheimnisse, sondern um die der Russen.« Er sah DiAngelo fragend an. »Ist das akzeptabel? Ich habe Ihre Vermutungen der Navy mitgeteilt, Bob, und die Navy hat Captain Ross geschickt, damit er sich ein Bild von der Situation macht.«

»Für mich ist das in Ordnung, obwohl ich auch nicht mehr weiß als jeder andere.« DiAngelo taxierte den anderen Mann. *Ein Captain, der nicht sagen wollte, welche Funktion er bekleidete, auch wenn Marsden dies vermutlich bekannt war. Doch was sollte es, es gab verrücktere Dinge in der Welt der Geheimdienste.*

»Sehr gut, Bob!« Ross sah ihn prüfend an. »Ich darf Sie doch Bob nennen?«

»Nur wenn Sie mir endlich erzählen, was Sie wollen.« Captain DiAngelo ließ sich in einen der Sessel sinken. Sein Bein schmerzte höllisch, und das trug nicht gerade zur Besserung seiner Laune bei. »Was also kann ich für Sie tun, John?«

»Die Bilder, die Ihnen Mr Marsden hat zukommen lassen, wurden auch von ein paar unserer Männer begutachtet. In den meisten Details stimmen Ihre Einschätzungen und die unserer Leute überein. Größe, Typ, all das.«

Bob, der ahnte, was gleich kommen würde, schwieg.

»Nur was den Antrieb anbelangt, gehen die Meinungen auseinander.« Captain Ross verzog keine Miene. »Wenn ein halbes Dutzend Experten sagt, so ist es, und lediglich ein einziger sagt, es sei anders, dann glaubt man meistens ganz einfach der Mehrheit. Nur wurden unsere Experten sehr nachdenklich, als Ihr Name fiel, Bob.«

»Ja, wurden Sie?« DiAngelo zeigte sich nicht sonderlich beeindruckt.

Ross sah ihn irritiert an. »Also noch einmal, was hat es mit diesem Antrieb auf sich?«

»Eigentlich nichts Besonderes, da es sich dabei um

einen normalen Pumpjet-Antrieb handelt. Er macht das Boot extrem leise und sehr manövrierfähig. Es dürfte also ziemlich schwer sein, so ein Boot zu entdecken.« DiAngelo zuckte mit den Schultern. »Das Problem scheint mir in dem Reaktor zu bestehen.«

»Inwiefern?«

»Ich nehme an, Sie haben die Schläuche auf den Fotos gesehen.« Marsden und Ross nickten. Bob verzog das Gesicht. »Es muss sich um Heißdampfanschlüsse handeln, nur sind es ganz ungewöhnlich viele und dicke! Warum in aller Welt braucht ein U-Boot an der Pier so viel heißen Dampf?«

»Ihrer Meinung nach für einen Reaktortyp mit Flüssigmetallkühlung, wie Sie ja schon gegenüber Mr Marsden ausgeführt haben«, sagte Captain Ross. »Obwohl auch die Möglichkeit in Betracht kommen könnte, einfach die Bordheizung mit Heißdampf zu betreiben, wenn der Reaktor runtergefahren ist.«

»Sicher doch. Aber dafür würde einer dieser dicken Schläuche voll und ganz ausreichen. Wozu dann all die anderen?«

»Gegen Ihre These spricht zunächst, dass so ein metallgekühlter Reaktor von der Anlage her problematisch ist, wie ich mir von unseren Experten habe sagen lassen«, erklärte Ross. »Die Russen haben in der Alfa-Klasse solche Reaktoren verwendet, aber das war bereits in den Siebzigern, und es gab etliche Probleme damit. Dann soll es noch ein weiteres Boot mit einem derartigen Reaktor gegeben haben, was jedoch von sowjetischer Seite dementiert wurde. Anscheinend war den Russen das System als solches zu kompliziert, und sie haben sich daher wieder davon verabschiedet. Deswegen können unsere Leute auch nicht so recht an diesen Reaktor glauben.«

Bob verzog das Gesicht. »Ihre Experten in allen Ehren, aber offenbar hat die Zeit für Ihr Briefing nur ausgereicht, Ihnen die halbe Geschichte zu erzählen.«

Marsden, der die aufkommende Spannung spürte, hob die Hand. »Bitte, meine Herren!«

Ross musterte DiAngelo abschätzend. »Dann lassen Sie doch jetzt auch mal den Rest hören.«

»Also schön.« Bob lehnte sich etwas zurück. »Metallgekühlte Reaktoren sind an sich nicht so ungewöhnlich, und in Atomanlagen an Land arbeiten beispielsweise etliche natriumgekühlte Reaktoren. Bei einem U-Boot hingegen ist die Sache eigentlich nur aus zwei Gründen etwas kritischer. Einerseits muss man das gesamte System für die Kühlung auf engstem Raum unterbringen, andererseits laufen auch U-Boote mal in den Hafen ein und fahren die Anlagen dann meistens herunter.«

Marsden und Ross sahen einander ratlos an, aber DiAngelo fuhr einfach fort. »Bedingt durch die kompakte Größenauslegung gibt es eine höhere Störanfälligkeit, und die Platzverhältnisse machen die Wartung generell schwieriger. Aber der springende Punkt ist, was passiert, wenn man solch einen Reaktor herunterfährt?«

»Er kühlt ab und liefert keine Energie mehr, denke ich.« Ross sah ihn fragend an.

»Nur mit dem Herunterfahren ist das so eine Sache, denn so einfach geht das nicht. Wenn die Temperatur nämlich unter einhundertfünfundzwanzig Grad Celsius absinkt, verfestigt sich das Flüssigmetall, und der Reaktor geht vor die Hunde«, erläuterte Bob den beiden anderen. »Bei drei der sechs Alfa-Boote ist genau diese Panne eingetreten, die Reaktoren wurden unbrauchbar und blieben kalt. Zu Strahlungsunfällen, über die gemunkelt wurde, ist es auf diesen Booten nie gekommen.«

»Selbst wenn dem so gewesen sein sollte«, sagte Ross, »dann ändert das wohl nichts daran, dass die Russen jede Menge Probleme mit diesem Bootstyp hatten, etwa bei den Tauchtiefen.«

»Natürlich gab es die. Die Alfas konnten zwar extrem hohe Fahrt laufen, aber dann war der Antriebsstrang so laut, dass die eigene Sensorik nichts mehr mitbekam. Und was die Tauchtiefen und die Geschwindigkeiten angeht?« Bob lächelte. »Fragen Sie doch mal Ihre eigenen U-Boot-Fahrer, diejenigen, die in den Siebzigern mit unseren Booten versucht haben, mit den Dingern Schritt zu halten. Die können Ihnen sagen, wie tief die Alfas tatsächlich getaucht sind und wie schnell sie waren. Und man sollte auch nicht vergessen, dass die Russen noch immer ein Alfa als Versuchs- und Entwicklungsboot im Einsatz haben.«

Ross ließ nicht locker. »Und was ist mit den Kosten? Unsere Leute sind der Ansicht, dass sie mit ein weiterer entscheidender Grund für die Einstellung der Baureihe waren.«

Captain DiAngelo nickte. »Das ist richtig, und sie bedeuteten auch das Aus für die Alfas, als die Sowjetunion zusammenbrach. Soviel ich weiß, sind zwei Boote auf die preiswerter zu wartenden Druckwasserreaktoren umgerüstet worden. Aber zum Teil resultierten die höheren Kosten auch aus deren Bauweise als Einhüllenboot mit Titanhülle. Als den Russen das Geld ausging und gerade in Murmansk die Anlagen teilweise verfielen, mussten die Alfas ihre Reaktoren permanent weiterlaufen lassen, weil kein überhitzter Dampf zur Verfügung stand, um sie auf Temperatur zu halten.« Er zuckte mit den Schultern. »Natürlich gab es die anderen Probleme, die Boote waren zu laut, die Sensorik nicht ausgereift, stimmt alles. Aber das sind alles Dinge, die heute lösbar wären, es nur vor dreißig Jahren eben noch nicht waren. Und was den Reaktor betraf, der war eigentlich gut, solange es gelang, ihn permanent auf Temperatur zu halten.«

Für einen Augenblick hing Schweigen im Raum.

»Dann war also das Konzept der Russen eigentlich gar nicht mal schlecht?«, fragte Marsden.

»So ist es, und im Grunde genommen basierte es auf ähnlichen Überlegungen, wie wir sie bei unserer alten Skipjack-Klasse angestellt haben. Nur haben die Russen diese weiter vorangetrieben und umgesetzt.«

»Und was ist mit dem anderen Boot, das die Experten gegenüber Captain Ross erwähnten?«, erkundigte sich Roger Marsden.

»1983 haben die Russen ein einzelnes Boot der Mike-Klasse gebaut. Laut unbestätigten Informationen sollen sich an Bord ein oder zwei metallgekühlte Reaktoren befunden haben. Ob das stimmt, wissen wir bis heute nicht, da das Boot im April 1989 nach einem Feuer an Bord gesunken ist. Den russischen Verlautbarungen zufolge führte das auch zur Abschaltung des Reaktors, wodurch es dann an Energie für die Sicherheitssysteme gemangelt habe.« DiAngelo sah Ross an. »Ihre Experten werden Ihnen vermutlich auch erzählt haben, dass das Boot eine Fehlkonstruktion und der Ausbildungsstand der Besatzung mangelhaft war.«

»Ja, sie erwähnten so etwas«, räumte Ross ein. »Sind Sie etwa auch in diesen Punkten anderer Meinung?«

»Nur bedingt. Das Mike-Ding war sicherlich eine misslungene Entwicklung, aber ob die Besatzung versagt hat, wage ich nicht zu beurteilen.« Bobs Gesicht wurde ernst. »Sie müssen bedenken, dass der Reaktor sich abgestellt hatte und von den Männern während der ganzen Zeit bis zum endgültigen Untergang des Bootes offenbar nicht wieder angefahren werden konnte.«

In Ross' kalten Augen dämmerte Begreifen. »Sie meinen, weil sie gar nicht dazu in der Lage waren?«

»Wenn die einen intakten Druckwasserreaktor gehabt hätten, würden sie es versucht haben. Am Ende stiegen der Kommandant und vier Besatzungsmitglieder in die Rettungskapsel, die das Mike-Modell als erstes russisches Boot überhaupt mit sich führte. Aber die war mit giftigem Gas gefüllt, und nur einer von den fünfen überlebte. Es bleiben also Fragen, erstens, woher kam das Gas, und zweitens, warum der Reaktor nicht wieder hochgefahren wurde, um Strom für die Sicherungssysteme zur Verfügung zu haben?«

»Und woher stammte das Gas Ihrer Meinung nach?«, fragte Marsden, sichtlich gespannt auf die Antwort. Das Drama, das sich irgendwo im Atlantik beinahe zwanzig Jahre zuvor abgespielt hatte, schien ihn weit über die technischen Fakten hinaus gefangen zu nehmen.

Bob sah ihn an. »Verbrennungsgase als Folge des Brandes an Bord. So zumindest lautete die seinerzeit verbreitete offizielle Version. Aber das würde bedeuten, dass die Russen eine Menge entflammbares Plastikmaterial verbaut hätten, aber das sähe ihnen nun wieder überhaupt nicht ähnlich.« Er zögerte. »Andererseits, wenn Seewasser in die Hülle eingedrungen war und in die Batterien gelangte …«

»Chlorgas?«

DiAngelo zuckte mit den Schultern. »Darüber kann nur gemutmaßt werden, wohingegen mit ziemlicher

Sicherheit feststehen dürfte, dass der Reaktor sich nicht mehr anfahren ließ, weil er hinüber war, und das spricht dafür, dass er mit einer Flüssigmetallkühlung betrieben wurde.«

Ross nickte nachdenklich. »*Komsomolez*, nicht wahr? Da gibt es noch mehr ungelöste Rätsel, aber das ist jetzt nicht unser Thema.«

»Wenn ich Sie also richtig verstehe«, versuchte Marsden ein Zwischenresümee zu ziehen, »dann haben die Russen dieses Reaktorkonzept bei U-Booten nie aufgegeben.«

»Die Reaktoren haben funktioniert, sie stellten nur besondere Anforderungen an Wartung und Logistik in den Stützpunkten. Zudem ist bekannt, dass Murmansk und Poljarny wieder intakt sind, jedenfalls weitgehend. Den russischen Streitkräften mangelt es zwar generell an Geld, aber primär betroffen ist derzeit eher die Armee. An Anstrengungen hingegen, die Jahre, die nach dem Zerfall der Sowjetunion marinetechnisch verpasst wurden, wieder aufzuholen, fehlt es nicht. Die Russen haben neue ballistische Boote im Bau, überholen ihre alten und rüsten sie mit moderner Technik nach, und vor einiger Zeit drang durch, dass sie ein Versuchsboot haben, um weitere Neuentwicklungen zu erproben.«

Captain Ross zeigte sich wenig begeistert ob dieser Aussage. »Was meinen Sie, wie schnell so ein Boot mit einem derartigen Reaktor sein kann?«

»Die Akulas sind in etwa genauso schwer und benutzen Druckwasserreaktoren. Manche schätzen sie auf siebenunddreißig Knoten und dürften damit nicht ganz falsch liegen.«

Marsden sah ihn etwas missbilligend an. »Captain Ross weiß, dass Sie sich erst vor ein paar Monaten mit so einem Ding rumgeschlagen haben.* Also, Karten auf den Tisch, wie schnell?«

»Mit einem stärkeren Reaktor?« Bob zuckte mit den Schultern. »Schwer zu sagen, möglicherweise über vierzig.«

Ross pfiff durch die Zähne. »Das wäre ja mehr als bei einem Zerstörer, das grenzt fast schon an Schnellbootgeschwindigkeit.«

»Bei denen unserer Navy schon. »Bei den russischen Tragflüglern dürfen Sie getrost noch was drauflegen.«

Roger Marsden wirkte etwas gequält. »Was würden Sie anhand der Bilder denn sagen, wie lange es dauert, bis die Russen das Boot auslaufen lassen können?«

»Auslaufen oder einsetzen?« Captain DiAngelo dachte nach. »Auslaufen zu ersten Seeerprobungen? Ich würde meinen, ein paar Tage. Die angelegten Schläuche deuten darauf hin, dass sich bereits Flüssigmetall im Kühlkreislauf befinden muss.« Er zögerte. »Üblicherweise nehmen die Russen sich allerdings viel Zeit für die Erprobung neuer Einheiten, bevor diese offiziell der Flotte übergeben werden. Doch fraglos wird das Boot bald in See gehen, um getestet zu werden, und es könnte vielleicht sogar schon unterwegs sein.«

Der Vice-Director seufzte. »Bingo!«

DiAngelo sah ihn fragend an, aber es war nicht Marsden, sondern Captain Ross, der antwortete: »Heute am frühen Morgen ist es zur Kollision der *Alaska* mit einem russischen U-Boot gekommen, in der Barentssee und nicht weit weg von Poljarny. Ein erster Bericht besagt, dass unser Boot den Russen weder hören noch seine Geschwindigkeit klar einzuschätzen vermochte.«

Bob kraulte sich nachdenklich den Bart. »Aber

* Siehe Peter Brendt: *Dead Soul.*

wieso hat der Iwan unser Boot nicht gehört? Er zumindest hätte ja ausweichen können.«

Ross breitete die Arme zu einer hilflosen Geste aus. »Die Russen behaupten, sie jedenfalls hätten kein Boot verloren, und die *Alaska* konnte keine Spur ihres Unfallgegners finden.«

»Wie geht es unserem Seawolf?«

»Die *Alaska* wurde von unten gerammt und hat, wenn überhaupt, am Ballastkiel was abbekommen. Ansonsten gibt es keine Schäden, zumindest nicht solche, die sich ohne die Hilfe einer Werft feststellen ließen, und die Besatzung ist wohlauf«, berichtete Ross.

Aber Bob saß einfach nur da und starrte ins Leere. »Da gibt es eine Menge Möglichkeiten«, sagte er schließlich, und das Leben kehrte in seine Augen zurück. Marsden, der Bob schon eine Weile kannte, wusste, dass der Captain für einen kurzen Augenblick im Geiste dort draußen in der Barentssee gewesen war. DiAngelos Stimme klang plötzlich müde. »Die Russen veranstalten also nicht einmal eine Suche nach ihrem Boot, von dem die Alaska nicht einmal weiß, wo es abgeblieben sein könnte. Irgendetwas ist an der ganzen Sache faul.«

»Sehen Sie, zu diesem Schluss kamen unsere Leute auch.«

»Sie verraten mir wahrscheinlich nicht, wer Ihre Leute sind«, sagte Bob.

»Tut mir leid, denn wenn ich es täte …«

»… müssten Sie mich töten, ich weiß. Der Witz ist alt.«

Ross versuchte ein harmloses Gesicht zu machen. »Ich dachte jetzt eigentlich eher daran, Sie einen Schwung Verpflichtungserklärungen zum Thema Stillschweigen und nationale Sicherheit ausfüllen zu lassen.«

3. Tag 16 : 45 Ortszeit, 14 : 45 Zulu – Außerhalb Jericho, palästinensische Autonomiegebiete

Der brutale Hieb wirbelte den Kopf des Mannes nach hinten, aber der Körper konnte nicht folgen, da er von zwei anderen Männern festgehalten wurde, die ihm die Arme mitleidlos auf den Rücken pressten, während der dritte, ihr Anführer, die Schläge austeilte.

Ahmed ben Sharraf war sich darüber im Klaren, dass die Männer ihn töten würden, wenn er ihnen gesagt hatte, was sie wissen wollten. Und er wusste, es würde der Punkt kommen, an dem er das als Erlösung empfinden würde. Denn sie würden ihn so lange quälen, bis sie ihr Ziel erreicht hatten.

Eine Hand griff in sein Haar und riss seinen Kopf nach oben. Aus dem Nebel vor seinen Augen schälte sich ein braunes Gesicht hervor, wobei die schwarzweißen Karos auf der Kufiya undeutliche Flecken blieben.

»Wo ist es?«

Ahmed stöhnte. »Weg …« Er kam nicht dazu, es ihnen zu erklären, da bereits der nächste Schlag seines Peinigers folgte. Blut lief über sein Gesicht, warm und klebrig, aber der Schmerz blieb irgendwie dumpf. Zu viel hatte er schon einstecken müssen, und alles hat irgendwann seine Grenze.

»Noch einmal … wo ist es?«

»Gestohlen, er …«

Ein weiterer Schlag folgte. Ahmed konnte kaum noch aus den zugeschwollenen Augen schauen. Seine Blase hatte sich bereits vor einer halben Ewigkeit entleert. Er stank, er litt … und trotzdem spürte er den Drang zu lachen, irr zu lachen und nie wieder damit aufzuhören. Sie folterten ihn, weil sie herausfinden wollten, wie die Sache wirklich abgelaufen war, aber die Wahrheit würden sie ihm niemals abnehmen.

»Wir wissen, dass du den Kontakt mit den Irakern hergestellt hat. Wir wissen, was damals passiert ist. Jetzt rede endlich ... oder ich werde dich dazu bringen, um den Tod zu betteln.«

»Du verstehst nichts, gar nichts!«, brüllte Ahmed und begann wie ein Verrückter zu kichern.

Der Palästinenser stutzte kurz und trat dann seinem Opfer wütend genau zwischen die Beine. Der grelle Schmerz ließ Ahmed verstummen, und mühsam japste er nach Luft. Wenn die beiden anderen ihn nicht gehalten hätten, hätte er sich auf der staubigen Erde gekrümmt. Aber selbst das ging nicht, er war hilflos, hilfloser, als sie ahnten. Er kannte nur die Wahrheit und nicht einmal die vollständig. Doch da er wusste, er würde so oder so sterben müssen, war ihm alles gleichgültig geworden und sämtliche Furcht vor dem Ende von ihm gewichen.

»Musa ...« Mehr als ein Flüstern brachte Ahmed nicht mehr zustande.

Der Palästinenser beugte sich vor, um ihn besser zu verstehen. »Was?«

Ahmed riss sich mit aller Kraft zusammen. »Musa ... es war sein Plan!«

Der Mann mit der Kufiya trat einen Schritt zurück und starrte Ahmed ungläubig an. »Musa?« Auch wenn es Tausende Musas in Palästina gab, wusste er sofort, wer gemeint war.

»Musa!« Ahmed mobilisierte nochmals das letzte bisschen an Kraft. »Du Arschloch bist so gut wie tot!«

Der Palästinenser blickte in die Gesichter seiner beiden Begleiter, die den Alten festhielten. Er sah es ihnen an und ahnte es auch selbst, tief in seinem Inneren, dass es so kommen würde. Wutentbrannt zog er die Pistole aus dem Holster und jagte Ahmed eine Kugel mitten in die Stirn. Als der Schuss in der staubigen Einsamkeit verhallt war, nickte er kurz. Seine Stimme war heiser. »Begrabt das Schwein, aber so, dass es keiner findet.«

5. Kapitel

5. Tag 09 : 00 Ortszeit, 08 : 00 Zulu – Nordatlantik, etwa 15 Grad Ost, russisches Jagd-U-Boot Bizon

Seit ihrem Zusammenstoß mit dem amerikanischen U-Boot hatte die *Bizon* etwa vierhundert Meilen zurückgelegt. Theoretisch hätte sie eine weit größere Strecke schaffen können, aber die meiste Zeit hatte sich das Boot in der taktisch günstigsten Geschwindigkeit von etwa fünfundzwanzig Knoten bewegt, wobei Kapitän Sarubin dennoch darauf aufpasste, jedem Kontakt aus dem Weg zu gehen.

Nur in der ersten Nacht hatte es eine Ausnahme von diesem Versteckspiel gegeben, als die *Bizon* kurz aufgetaucht war, um das Boot auf äußere Schäden hin zu untersuchen, nachdem im Inneren keine hatten festgestellt werden können. Was niemand zuvor so richtig hatte glauben können, war eingetreten. Abgesehen von deutlichen Schleifspuren am Turm hatte das Boot bei der Kollision nichts weiter abbekommen. Was auch damit zusammenhing, dass die *Bizon* dafür ausgelegt worden war, beim Auftauchen unter der Polkappe meterdickes Eis zu durchstoßen, und so hatte man den Turm und das Vorschiff entsprechend verstärkt. Und außerdem war das Boot bei dem Crash nur gestreift worden.

Trotzdem wusste Kapitän Sarubin, dass er einen

Fehler begangen hatte. Sich nach dem Zwischenfall abzusetzen war unklug gewesen, denn die Amerikaner würden daraus folgern, dass die *Bizon*, falls sie zuvor überhaupt etwas von deren Existenz gewusst hatten, nicht zu einer normalen Seegangserprobung unterwegs gewesen war. Als ob es nicht auch so schon schlimm genug war, mit einem neuen, unerprobten Boot herumzufahren.

All das ging Sarubin durch den Kopf, während er in die Runde seiner Offiziere blickte, die sich bei ihm versammelt hatten. Balakin, sein Erster, war gerade dabei, die Flasche Wodka dem Navigationsoffizier zuzuschieben, der sein Glas füllte und sie dann an den Sonaroffizier weiterreichte. Die Nächsten, die an die Reihe kamen, waren der Waffenleitoffizier und der Leitende sowie der zweite Ingenieur, die beide wie üblich etwas distanziert wirkten. Auf der anderen Seite des Tisches saßen der Zweite, der Versorgungsoffizier und der Arzt. Sich selbst nicht mitgerechnet, waren zehn Offiziere an Bord, wobei der Funkoffizier und der zweite Sonaroffizier derzeit auf Wache waren.

Der Kommandant wartete, bis die Flasche ihre Runde gemacht hatte. Schnaps auf einem U-Boot entsprach zwar nicht den Dienstvorschriften, doch das war Sarubin im Moment egal. Er räusperte sich. »Meine Herren, wie mir der Navigationsoffizier versichert, sind wir dabei, in den Atlantik durchzubrechen, und dies allem Anschein nach, ohne dass wir verfolgt werden.«

Der Sonaroffizier hob den Kopf. »Nur wissen wir das nicht mit völliger Sicherheit, Kapitän. Und nicht ganz klar ist auch, mit welchem amerikanischen U-Boot-Typ wir vor Seweromorsk zusammengestoßen sind, denn wir haben den Burschen überhaupt erst gehört, als er sein Aktivsonar eingeschaltet hat.« Seine Stimme klang immer noch ungläubig. »Verdammt, der Kerl kam genau von vorne auf uns zu, von den Bedingungen her eigentlich günstig, und wir haben ihn dennoch nicht gehört.«

»Ja, ich verstehe.« Sarubin zwang sich zu einem Grinsen und hob das Glas. »Nasdarowje!« Die Männer kippten den Schnaps hinunter, und Sarubin schüttelte sich etwas. »Anscheinend bin ich nichts Gutes mehr gewohnt«, sagte er und fasste dann den Sonaroffizier ins Auge. »Was glauben Sie, hat der Amerikaner uns gehört?«

»Unwahrscheinlich, Kapitän«, erklärte Fedorow, »denn andernfalls wäre er ja wohl ausgewichen.«

»So ist es!« Sarubin lehnte sich zurück. »Das hätte er getan, wenn er gewusst hätte, dass wir auf ihn zuhalten.« Er setzte ein etwas schiefes Lächeln auf. »Es sei denn, er hat angenommen, dass wir es sind, die ihn doch hören müssten.«

Die Offiziere starrten ihn entgeistert an. Es war Balakin, der zuerst die Sprache wiederfand. »Sie meinen also, er hat uns nicht gehört, aber seinerseits geglaubt, dass wir *ihn* hören?«

»So in etwa.« Sarubin zuckte mit den Schultern. »Was immer es war, es war mit Bestimmtheit keines der Los-Angeles-Boote. Ich würde am ehesten auf einen Seawolf tippen. Immerhin aufschlussreich zu wissen, dass wir den Kerl nicht erfassen konnten.« Er zuckte mit den Schultern. »Selbst wenn es einer der ganz wenigen Seawolves gewesen sein sollte, dann dürfte er uns in Anbetracht der vielen Haken, die wir geschlagen haben, vor Seweromorsk längst verloren haben.«

»Demnach wollen Sie weiter Admiral Schugarews Befehlen folgen?«, fragte Balakin.

»Ach, die kennen Sie also bereits?« Sarubin klang dabei allerdings nicht sonderlich überrascht. Er hatte dem Ersten Offizier, als er ihn zugewiesen bekam, schon von Anfang an nicht über dem Weg getraut.

Balakin nickte. »Ich kenne die Befehle, und ich nehme an, wir alle hier sind darüber informiert, wenigstens in groben Umrissen.«

Sarubin griff automatisch zur Flasche, aber die war leer. Bedauernd stellte er sie wieder zur Seite und sah seine Offiziere der Reihe nach an. »Ich glaube, es ist Zeit, die Karten offen auf den Tisch zu legen. Warum sind Sie hier? Ein jeder von Ihnen?« Er sah, wie sie Blicke wechselten. Schon alleine das sprach Bände. Demnach wusste also jeder von ihnen hier, dass dies keine reguläre Operation mit der russischen Marine war, sondern ein von Schugarew inoffiziell gestartetes Unternehmen. »Also, nun mal raus mit der Sprache!«, forderte er sie auf.

»Nun, ich ...« Balakin druckste etwas herum. »Äh ... ich habe ein paar Spielschulden ... bei jemandem, den wiederum Schugarew kennt.«

Sarubin bekam runde Augen. »Sie stehen bei unseren Gospodins in der Kreide?«

»Leider ja ...«, bekannte der Erste etwas hilflos.

Der Kommandant schüttelte den Kopf. Er wusste genug. Wie jeder Russe wusste er genug über die russische Mafia, auch wenn diese im allgemeinen Sprachgebrauch so nicht bezeichnet wurde, sondern als Gospodins – Genossen – oder einfach Freunde. Harmlose Ausdrücke, die aber an dem tatsächlichen Sachverhalt nichts änderten. »Also hatten Sie nur die Wahl, ein paar Knochen gebrochen zu bekommen oder hier einzusteigen.« Es war eine Feststellung, keine Frage. Sarubins Blick glitt weiter. »Fedorow?«

Der Sonaroffizier zuckte mit den Schultern. »Ich habe Familie, Kapitän, und mir wurde angedroht, der könne leicht etwas zustoßen, wenn ich nicht mitmache. Was blieb mir denn anderes übrig? Ich glaube nicht, dass die Militärpolizei meine Frau und meine Kinder wirklich hätte schützen können, wenn ich die Sache gemeldet hätte.«

Einer nach dem anderen erzählte seine Geschichte, und Sarubin hörte mit unbewegtem Gesicht zu. Natürlich waren sie alle nicht freiwillig auf diesem Boot und bei dieser Mission dabei. Die Abläufe ähnelten sich. Immer wieder war von Erpressung, von Schulden, von irgendwelchen Gefallen die Rede, die wiederum andere Gefallen nach sich zogen, bis der Betreffende so tief in diesem Netz verstrickt war, dass er nicht mehr herauskam. Und immer wieder endeten die Fäden bei Schugarew.

Als der Letzte von ihnen geendet hatte, zog Sarubin ein Fazit. »Wenn mich nicht alles trügt, dann sieht es nicht danach aus, als würde auch nur einer von uns den Hals aus der Schlinge bekommen, wenn wir diese Operation unter irgendeinem Vorwand abbrechen.«

Die Männer sahen einander betreten an, obwohl sie alle das eigentlich schon vorher gewusst hatten. Nicht, dass es etwas genutzt hätte. Wer mit dem Teufel isst, braucht einen langen Löffel. Und der Teufel war in diesem Fall eben die russische Mafia. Wie die Geschichten Sarubin gezeigt hatten, hingen ein paar der Männer schon eine ganze Weile an deren Haken, bevor Schugarew auf die Idee gekommen war, sie für seine Zwecke einzuspannen.

Der Kommandant musste sich eingestehen, dass auch er nur aus Furcht mitgemacht hatte, um seine Karriere nicht zu gefährden. Er konnte nicht umhin, sich im Nachhinein deswegen lächerlich vorzukommen. »Na schön«, sagte er, »dann sehen wir zu, dass wir das Beste aus der Situation machen. Wenn wir im Atlantik sind, will ich, dass Sie die Zeit so gut es geht für Übungen nutzen. Bringen Sie das Boot und die Besatzung auf Vordermann.« Er zögerte. »Ich glaube zwar nicht, dass Schugarew und seine Gospodins jeden der Männer in der Hand haben, aber ein paar werden es bestimmt sein. Also seien Sie vorsichtig.«

Noch lange nachdem die Offiziere ihn verlassen hatten, machte Sarubin sich so seine Gedanken. Schugarew musste dies alles von langer Hand geplant haben, also noch bevor die *Bizon* überhaupt fertiggestellt war. Und irgendwer musste dem Admiral dabei Rückendeckung gegeben haben. Die Anweisung, den zuvor gestoppten Bau der Boote fortzusetzen, war damals von Putin persönlich ergangen. Sarubin fragte sich, ob Putin die Fertigstellung der *Bizon* angeordnet hatte, weil er in die Sache involviert war. Oder hatte jemand vorausschauend die Aktion mit dem Boot geplant, weil Putin ... Wie auch immer, in einem war er sich ganz sicher: Einer von seinen Offizieren hatte ihm eine erfundene Lügengeschichte aufgetischt. Das lag auf der Hand, weil Schugarew es niemals riskiert hätte, ihn ohne Aufpasser losfahren zu lassen.

5. Tag 11 : 00 Ortszeit, 16 : 00 Zulu – Langley, Virginia

Bob DiAngelo beugte sich über die Karte und studierte nachdenklich die Eintragungen. Obwohl natürlich ein computergestützter Plottisch vorhanden war, bevorzugte er, wenn es galt, etwas auszuknobeln, dennoch die guten alten Seekarten auf Papier. Nur bescherte ihm in diesem Fall der großformatige Übersegler auch keine Antwort auf seine Fragen. Missmutig nahm er ein paar Entfernungen aus der Karte. »Seit dem Zusammenstoß sind beinahe sechzig Stunden vergangen, und die *Bizon*, so sie es denn war, kann inzwischen bis zu zweitausendvierhundert Seemeilen weit gekommen sein.«

»Das würde reichen, um sie bis unter die Polkappe zu bringen«, stellte Captain Ross trocken fest. »Oder um den halben Weg bis vor unsere Haustür zurückzulegen.«

»Ich glaube nicht, dass sie unter das Eis geht. Dazu ist das Boot viel zu neu und unerprobt. Und es auf eine normale Patrouillenfahrt zu schicken, ohne zuvor gründliche Tests vorgenommen zu haben, entspräche erst recht nicht den russischen Gepflogenheiten.«

»Trotzdem bleibt das Ganze, wie Sie ja selbst vor zwei Tagen angedeutet haben, dubios. Der Russe hat sich nach der Kollision einfach so mir nichts, dir nichts davongeschlichen.«

»Der Zusammenstoß fand dreißig Meilen vor der russischen Küste statt, und damit in internationalen Gewässern!« Bob bedachte den anderen Captain mit einem mitleidigen Blick. »Mehr als eine russische Beschwerde darüber, dass unser Boot irgendwelche Vorfahrtsregeln, die es unter Wasser nicht gibt, verletzt haben könnte, ist da doch überhaupt nicht drin.«

»Schön und gut, aber warum hat er sich dann klammheimlich vom Acker gemacht? Um zu verheimlichen, dass es die *Bizon* überhaupt gibt?«

»Denkbar, aber vom Verhalten her dennoch töricht«, konstatierte DiAngelo. »Bleiben dennoch zwei spannende Fragen offen: a) Warum hat der russische Kommandant so reagiert, wie er es getan hat, und b)

Wer ist überhaupt der Befehlshaber der *Bizon*? Vice-Director Marsden hat bereits Leute darauf angesetzt, dies herauszufinden. Viele kommen ja nicht in Frage, da die meisten Kommandos haben und die anderen, die sonst noch in Betracht gekommen wären, aus der Marine rausgeschmissen worden sind.«

»Und wer bliebe dann Ihrer Meinung nach überhaupt noch übrig?«

DiAngelo begegnete dem herausfordernden Blick von Captain Ross mit Gelassenheit. »Unterschätzen Sie mir nur die Russen nicht! Deren U-Boot-Kommandanten sind in der Regel gut, und sie verfügen auch über absolute Top-Leute, zu denen ich Grigorin, Sarubin, Tscherekow und vielleicht auch Tokarew oder Gasparin zählen würde. Nur ob einem von ihnen die *Bizon* anvertraut wurde, entzieht sich meiner Kenntnis. Es könnte auch jemand völlig Unbekanntes sein. Entscheidender dürfte die Einsatzplanung des Bootes sein. Eine Eismeerpatrouille würde ich ausschließen, denn das wäre eine reine Routineangelegenheit, für die genug andere und vor allem durchgetestete Boote vorhanden sind.«

»Klingt plausibel«, meinte Ross. »Wenn der Norden also ausscheidet, für wie wahrscheinlich schätzen Sie dann eine Unternehmung mit Zielrichtung Westen ein?«

DiAngelo, der noch immer nicht wusste, wer Captain Ross wirklich war und zu welchem »Verein« er gehörte, ließ sich mit einer Antwort Zeit. Natürlich unterhielt die Navy nach wie vor so etwas wie einen eigenen Geheimdienst, der sich in erster Linie um spezielle maritime Belange kümmerte, und von daher war es nicht abwegig, dass Ross zu dieser Truppe gehörte, denn eine russische U-Boot-Neuentwicklung war für die Navy von grundsätzlichem Interesse. Nur hätte es dann keinen Grund für die merkwürdige Geheimniskrämerei gegeben, jedenfalls nicht nach Bobs Ansicht. Er machte ein ausdrucksloses Gesicht. »Wir wissen, das Boot ist extrem leise. Es wäre daher denkbar, dass es unbemerkt von unseren patrouillierenden Einheiten westwärts bis dicht unter die amerikanische Küste gelangt. Technisch sicher möglich, aber wozu?«

»Vielleicht um Leute abzusetzen oder aufzunehmen?« Ross merkte, dass dies kein stichhaltiges Argument war, und korrigierte sich gleich wieder. »In Anbetracht der Durchlässigkeit der Grenzen gäbe es aber sicher einfachere Möglichkeiten.«

Bob nickte. »Es würde trotzdem eine Demonstration der Stärke darstellen, die dem russischen Selbstbewusstsein, das immer noch ziemlich angeknackst ist, guttäte. Die einstige Supermacht hat an ihrer faktischen Rückstufung in die zweite Reihe immer noch zu kauen.«

»Aber eine solche Demonstration ergäbe nur einen Sinn, wenn die Welt auch davon erfährt.«

»Hinterher!«, meinte DiAngelo nachdenklich. »Dagegen spricht allerdings, dass die Russen selten etwas ohne genau strukturierte Planungen unternehmen, und das bisherige Verhalten der *Bizon* wirkt eher improvisiert.«

»Was ist mit Süden?« Ross ließ nicht locker.

Bob zuckte mit den Schultern. »Im Süden liegt die ganze Welt. Der Iwan kann in den englischen Gewässern rumschnüffeln, er kann um das Kap bis in den Pazifik laufen, da ist alles möglich.«

»Also müssen wir warten, bis er von alleine wieder irgendwo auftaucht?«

Bob sah den anderen Captain erstaunt an. »Er wird

nicht auftauchen. Wir werden unter regulären Umständen erst wieder von ihm hören, wenn er in irgendeiner russischen Basis festmacht. »Nicht einmal die *Alaska*, und die hat eines der besten Sonarsysteme der Welt an Bord, hat einen Laut von ihm gehört, bevor es zu spät war.«

»Der Russe hat die *Alaska* auch nicht gehört.«

»Scheint so«, pflichtete Bob ihm bei. »Aber das hilft uns nicht, ihn zu finden.«

5. Tag 18 : 45 Ortszeit, 16 : 45 Zulu – Außerhalb Jerichos, palästinensisches Autonomiegebiet

Die Männer umstanden schweigend die Grube. Immer wieder rutschten Geröll und Sand nach, aber so langsam erreichte das Loch eine gewisse Tiefe. Ein unangenehmer Geruch schlug ihnen bereits entgegen, aber es war nicht der typische Verwesungsgeruch, da im Wüstensand verscharrte Leichen meistens nur austrockneten. Aber in diesem Fall konnte der Prozess erst vor kurzem eingesetzt haben.

Moshe Grünbaum verzog das Gesicht. »Ohne Ihre Unterstützung wären wir nie auf diese Stelle gestoßen.«

»Warten wir ab, was wir finden.« Der CIA-Agent neben ihm schaute in die Grube hinab, in der zwei Soldaten immer noch eifrig schaufelten. »Wenn nicht zufällig auf einem Satellitenbild zu sehen gewesen wäre, wie hier zwei Männer einen Toten verbuddelten, wären wir auch nicht drauf gekommen.«

Grünbaum warf einen kurzen Seitenblick auf seinen amerikanischen Kollegen, der sich John Smith nannte, ein Name, der etwa so echt war wie eine Drei-Schekalim-Münze. Doch was sollte es. Das war nicht sein Problem, und so sagte er stattdessen: »Auf alle Fälle sind wir Ihnen dankbar, von Ihnen diesen Hinweis erhalten zu haben.«

Smith sah sich nachdenklich um. Jericho war nur ein paar Kilometer entfernt, doch von hier draußen betrachtet hätte es genauso gut auf dem Mond liegen können. Theoretisch war dies palästinensisches Autonomiegebiet, aber wenn es drauf ankam, scherten die Israelis sich nicht darum und machten, was sie wollten. Ein weiterer Beleg dafür, wie sehr der Terrorismus gerade den Palästinensern selbst geschadet hatte. Hätten sie damals den Friedensprozess fortgesetzt, würden sie heute vielleicht bereits über ein eigenes funktionierendes Land verfügen, aber so hatten sie nur ein gigantisches Ghetto mit dem stolzen Namen Autonomiegebiet, und es waren ihre eigenen Scharfmacher und deren Gefolgsleute, die das Zepter schwangen. Es war müßig, darüber nachzudenken. Wenn ein ganzes Volk auf den Straßen tanzte, weil ein paar Verrückte Tausende Unschuldiger am anderen Ende der Welt umgebracht hatten, dann verdiente es kein besseres Schicksal.

»Wir sind auf etwas gestoßen!«, meldete einer der Soldaten und richtete sich auf. Smith und Grünbaum spähten hinunter und entdeckten eine verkrampfte Hand, die aus dem Sand ragte. Ein erschreckender Anblick ... aber nichts, was jemanden in dieser Region noch schockieren konnte. Terror, Gewalt und Tod waren längst ein selbstverständlicher Bestandteil des Alltags geworden. Trotzdem klang Grünbaums Stimme etwas trocken. »Also los, buddelt ihn aus.« Er nickte dem Arzt auf der anderen Seite der Grube zu. »Er gehört erst einmal Ihnen.« Ohne auf eine Antwort zu warten, wandte er sich Smith zu. »Es wird wahrscheinlich ein paar Tage dauern, bis wir ihn identifiziert haben. Ich werde Sie selbstverständlich auf dem Laufenden halten, Mr. Smith.«

Der CIA-Agent gab einen undefinierbaren Laut von sich und machte dann einen etwas überraschenden Vorschlag. »Lassen Sie uns doch einfach ein paar Schritte gehen, Moshe!«

»Ganz wie Sie wünschen.« Vermutlich würde der Amerikaner jetzt eine Gegenleistung für die von seiner Seite gelieferten Informationen einfordern, denn so lief das nun mal in diesem Geschäft. Aber Mosche täuschte sich.

Kaum hatten sie sich so weit von dem einsamen Grab in der Wüste entfernt, dass keine neugierigen Ohren ihre Unterhaltung mehr belauschen konnten, begann Smith zu sprechen. »Wir glauben zu wissen, wer der Mann ist, Moshe. Wir haben sogar konkrete Anhaltspunkte, wer ihn umgelegt hat, nur der Bedeutungszusammenhang ist uns nicht klar.«

»Und wer war er?«

»Ein gewisser Ahmed ben Sharraf, der jedoch im Laufe seines Lebens auch noch unter anderen Namen aufgetreten ist.« Smith seufzte. »Ich werde Ihnen ein paar unserer Satellitenaufnahmen zukommen lassen, obwohl unsere Bildauswerter sich ziemlich sicher sind, dass er es ist.«

Der Israeli schwieg und dachte über diese Aussage nach. Wenn die Amerikaner, wie man beim Mossad wusste, über Spionagesatelliten verfügten, die ein Autokennzeichen aus zweihundert Kilometern Höhe lesen konnten, dann war auch eine Gesichtserkennung auf diesem Wege nicht ausgeschlossen. Trotzdem zeigte er sich skeptisch, wenn auch aus einem anderen Grund.

»Meinen Sie wirklich, dass es sich um *den* Ahmed ben Sharraf handelt?«

Smith nickte. »Ja, den ›Goldenen Ahmed‹, wenn Sie so wollen, Moshe.«

»Das kann nicht sein, denn der Mann ist seit über zwei Jahren tot. Er starb, als Unbekannte das Haus von Musa Arafat überfielen.«

»Das dachten wir bisher auch«, räumte der Amerikaner ein. »Nur gibt es überhaupt irgendwelche Leute aus Ihrem Verein, welche die Leiche damals gesehen haben? Aus meinem jedenfalls nicht.«

Der Israeli schüttelte den Kopf. »Das wäre unglaublich.«

»So, finden Sie? Warten Sie ab, es kommt gleich noch dicker!«

»Ich nehme an, Sie beziehen sich auf den von Ihnen bereits erwähnten Killer?« Grünbaum fühlte instinktiv, dass ihm das Folgende nicht gefallen würde.

»Der?« John Smith verzog das Gesicht. »Um wen es sich dabei genau handelt, entzieht sich zwar noch immer unserer Kenntnis, aber ich habe bereits mit Kollegen in Langley und Bagdad deswegen Kontakt aufgenommen. In unserer Bildersammlung ist er jedenfalls nicht zum ersten Mal aufgetaucht. So wie es aussieht ein Palästinenser, der ursprünglich bereits 2003 in den Irak ging, um für Al-Qaida zu kämpfen.«

»Demnach könnte es sich wohl auch um die Bereinigung eines internen Zwistes im islamisch-fundamentalistisch-sunnitischen Lager handeln. Al-Qaida gegen Hamas oder Fatah.«

Smith schüttelte den Kopf. »Machen wir uns nichts vor. Ahmed ben Sharraf und sein unvermutetes Wiederauftauchen, bei wem auch immer, haben die Alarmklingeln mächtig schrillen lassen, und deswegen dürfte weit mehr dahinterstecken als nur eine persönliche Abrechnung mit dem Mann.«

Grünbaum beschloss, sich die entsprechenden Akten noch einmal kommen zu lassen, auch wenn er die wichtigsten Fakten im Kopf hatte. Musa Arafat war der Neffe von Yassir Arafat gewesen, ein eiskalter, korrupter Mistkerl. Und Ahmed wiederum hatte als dessen Geldwäscher und -schieber fungiert, der nicht gerade Kleingelder bewegte, vor allem dann nicht, wenn der große Rais selbst hinter der Sache stand. Die EU-Kommission hatte bereits 2003 festgestellt, dass etwa neunhundert Millionen Euro an Hilfsgeldern, nach damaligem Stand über eine Milliarde Dollar, spurlos verschwunden waren. So zumindest lauteten die offiziellen Zahlen, doch wie hoch die Summen wirklich waren, wusste niemand genau zu sagen – selbst die vorsichtigsten Schätzungen in Geheimdienstkreisen gingen mindestens von dem doppelten Betrag aus.

Nur hatte niemand das Geld wiedergefunden. Yassir Arafat, der Rais, starb am 11. November 2004 in der Nähe von Paris unter zumindest teilweise ungeklärten Umständen, Musa Arafat, sein Neffe und Leiter de palästinensischen Geheimdienstes, wurde am 7. September 2005 angeblich von militanten Palästinensern in seinem Haus in Gaza-Stadt erschossen. Eine seltsame Geschichte, wenn man bedachte, dass die nächste Polizeistation nur zweihundert Meter vom Ort des Geschehens entfernt lag, aber die Angreifer über eine Stunde lang unter anderem mit tragbaren Schulterraketen ein Feuergefecht mit Musas Leibwächtern führen konnten, ohne dass von dort überhaupt jemand eingriff. Musa war am Ende auf die Straße gezerrt und dort mit dreiundzwanzig Schüssen getötet worden. Unter den Toten im Haus sollte sich angeblich auch dessen Finanzjongleur Ahmed ben Sharraf befunden haben. Nur ein echter Toter war Ahmed nunmehr erst jetzt, ermordet im Auftrag von Al-Qaida, sollten die Amerikaner recht behalten. Moshe Grünbaum räusperte sich. »Wir müssen rausbekommen, wo er in der Zwischenzeit gesteckt und was er getrieben hat.«

Smith sah ihn ruhig an. »Nehmen Sie sich des Endes der Geschichte an, wir kümmern uns um die Verbindungen zum Irak.«

5. Tag 18 : 45 Ortszeit, 17 : 30 Zulu – New York,
The FireBird Russian Restaurant

Auch Roger Marsden grübelte über das plötzliche Auftauchen des Goldenen Ahmed nach. Es war einer dieser Tage, an denen er sich einfach alt fühlte, weil das, was für viele jüngere CIA-Mitarbeiter längst vergangene Geschichte war, für ihn ein Teil seines Lebens gewesen war. Yassir Arafat war für ihn nicht nur ein Name, er beinhaltete mehr als nur das Bild des alternden Palästinensers mit Kopftuch und Pistolenhalfter. Vor allem war Arafat für ihn über viele Jahre hinweg ein Strippenzieher gewesen. Und oft, allzu oft, hatten sich die Pfade der PLO mit denen der damaligen sowjetischen Geheimdienste gekreuzt. Marsden selbst hatte Aldrich Hazen Ames noch kennengelernt, den Doppelagenten, der von 1985 bis 1994 CIA-Spione an die Russen verraten hatte, von denen mindestens zehn damals enttarnt und hingerichtet wurden, und Marsden, der seinerzeit nicht ahnte, dass Ames auch ihn ans Messer hatte liefern wollen, war 1992 nur um Haaresbreite noch aus Moskau entkommen, mit dem jungen

Jack Small im Schlepptau. Arafat jedenfalls hatte bereits 1984 Kontakt zu Ames, ein Jahr bevor dieser zum Überläufer wurde, und die Annahme war nicht von der Hand zu weisen, dass er schon damals Verbindungen zwischen den Russen und der Fatah zumindest angeknüpft hatte, von denen die Palästinenser durch entsprechende Waffenlieferungen profitierten.

Marsdens Gedanken schweiften weiter zurück in eine Zeit, als die Welt noch anders gewesen war, gespalten in zwei Machtblöcke. Damals hatte man immerhin gewusst, wer der Feind war. Wladimir Jefimowitsch Semitschastny, Vorsitzender des KGB von 1961 bis 1967, war zumindest auch unter gewandelten Gegebenheiten ein Hardliner geblieben und in den Zeiten von Glasnost zu einer erneut wichtigen Symbolfigur der alten Kommunisten geworden. Manche meinten sicher nicht grundlos, er sei die graue Eminenz hinter dem missglückten Putschversuch gegen Jelzin gewesen. Und Semitschastny war auch ein alter Freund Arafats gewesen. In den späten Sechzigern und Siebzigern hatten beide zusammen eine Operation laufen gehabt, um in den USA beheimatete Palästinenser für den KGB anzuwerben. Eine Liaison, die für Arafat auch die jahrelange Versorgung seiner eigenen Organisation mit russischen Waffen bedeutet hatte. Später kamen zu diesem Beziehungsgeflecht auch einige Leute hinzu, deren Karrieren unter Semitschastnys Protektorat im KGB begannen. Andropow etwa, der später Generalsekretär wurde und seinerseits einen KGB-Offizier namens Putin förderte. Oder auch Nowikow und dessen Killer Koljunow. Arafat hatte sie alle gekannt und alle benutzt. Für Marsden war er auch in der Rückschau alles andere als ein würdiger Friedensnobelpreisträger.

»Alte Erinnerungen?«

Marsden blickte auf und lächelte. »Sie nicht?«

Koljunow schaute sich versonnen in dem Restaurant um, dessen Betreiber viel Mühe darauf verwandt hatten, den Stil des vorrevolutionären Russland wiederaufleben zu lassen. »Das Ambiente jedenfalls sagt mir zu.«

»Was war, das war, was ist, das erfordert unsere ganze Aufmerksamkeit«, erklärte Roger Marsden. »Als Sie ein Flugticket in die USA buchten, wurden Sie natürlich vom Computer herausgefiltert, denn Datenbanken vergessen nie etwas.«

»Ich bin seit Jahren im Ruhestand.« Koljunow sah ihn ruhig an. »Ich hoffe, Ihr plötzliches Auftauchen am JFK bedeutet nicht, dass Sie mir noch nachträglich aus meiner Vergangenheit einen Strick drehen wollen.«

»Manchmal komme ich mir selber wie ein Relikt aus alten Tagen vor«, bekannte Marsden. »Sagen wir, es war die Neugier. Was treibt Sie in die USA?«

»Nichts Bestimmtes. Vielleicht der Wunsch, mal wieder von daheim rauszukommen, Urlaub zu machen. Nennen Sie es, wie Sie wollen. Zumal die Welt sich verändert hat.« Der alte Russe sah Marsden nachdenklich an. »Sie sind fünfundzwanzig Jahre jünger als ich. Als ich meine große Zeit hatte, waren sie gerade ein junger Feldagent.«

»Ich erinnere mich. Ihr alter Boss Nowikow hätte mich damals ein paarmal fast erwischt.«

Koljunow nickte und grinste beinahe jungenhaft. »Damals ging's noch richtig rund. Wir haben jeden Tag unseren Hals riskiert, aber wenigstens wussten wir, wofür. Aber das war einmal, und die alten Feindbilder haben abgedankt, Mr. Marsden.«

»Vielleicht.« Der Vice-Director sah Koljunow prüfend an. »Und was machen Sie denn heute so, wenn Sie nicht gerade alte Freunde besuchen?«

Der Russe lächelte. »Nicht viel außer Tee trinken, und gelegentlich versuche ich, dem Moskauer Winter zu entfliehen. Als ehemaliger Staatsbediensteter habe ich für russische Verhältnisse eine Rente, von der sich einigermaßen erträglich leben lässt. Und natürlich denke ich ab und zu an die alten Zeiten. Wussten Sie übrigens, dass der Goldene Ahmed tot ist?«

Marsden verzog keine Miene. »Das ist er doch schon lange, wenn ich mich recht erinnere.«

»Ich habe gerade erst davon gehört.« Der Russe zuckte mit den Schultern. »Dann lassen Sie uns doch mal was Vernünftiges zu essen bestellen, denn was einem im Flugzeug so alles serviert wird, ist nichts für einen alten Mann wie mich.«

Noch lange nachdem sie sich wieder getrennt hatten, dachte Marsden über die beiläufigen Bemerkungen des Russen nach. Er hatte keine Handhabe, ihn festzuhalten oder ausweisen zu lassen, aber ein paar Beschatter würde er ihm auf alle Fälle anhängen. Unwillkürlich musste er grinsen. Der Goldene Ahmed war tot. Woher wusste Koljunow das? Und warum hatte er das erwähnt, es hatte keinen Grund gegeben. Es sei denn, Koljunow wollte ihm Wissen verkaufen – nur, zu welchem Preis?

6. Kapitel

9. Tag 09 : 30 Ortszeit, 14 : 30 Zulu – Langley, Virginia

Weihnachten rückte unaufhaltsam näher, und wie es Bob DiAngelo erschien, mit rasender Geschwindigkeit. Natürlich hatten sie längst noch nicht alle Geschenke besorgt und sämtliche Karten geschrieben. Wie jedes Jahr.

Doch im Vergleich zu früher hatten sie es eigentlich gut. Er konnte sich gar nicht mehr genau daran erinnern, wie oft er oder Angela, die damals noch im aktiven Dienst bei der Navy gewesen war, sich zu Weihnachten auf See an Bord von irgendwelchen U-Booten befunden hatten. Das war dann immer die Zeit gewesen, in der man sich mehr als gewöhnlich nach zu Hause sehnte und das Heimweh sprichwörtlich wurde. Daran hatten auch die Versuche der Kommandanten, so etwas wie Weihnachtsfeiern zu organisieren, wenig zu ändern vermocht. Sie blieben eben nur ein schwacher Trost.

Wenn Bob an diese Zeiten zurückdachte und sie mit der Gegenwart verglich, dann war er dankbar. Natürlich hatte er früher häufig mit dem Schicksal gehadert, das ihn aufgrund seiner Beinverletzung als Kommandanten eines Bootes untauglich gemacht hatte. Damals war es ihm so vorgekommen, als sei er seines einzigen

Lebensinhaltes, der ihn wirklich erfüllte, beraubt worden. Aber nunmehr, nachdem er einen Rang erreicht hatte, der es ihm ohnehin verwehrte, wieder ein Boot zu kommandieren, sah er manches anders, und er war nicht unglücklich darüber.

Thomas Wilks, der zur Tür hereinkam, blickte auf den Stapel aus Paketen in der Ecke des Büros und schmunzelte. »Er wächst!«

»Ethan liebt Pakete! Und seit er krabbeln kann, ist kaum ein Fleck im Haus sicher vor ihm. Also horte ich erst einmal alles hier.« Er lächelte glücklich. »Und ich freue mich auch so richtig auf Weihnachten. Wenn Sie so oft die Festtage irgendwo unter der Polkappe oder inmitten des Pazifiks zugebracht hätten wie ich, würden Sie es auch als Geschenk ansehen, Heiligabend daheim mit der Familie zu verbringen.«

»Was bin ich froh, dass mir das erspart geblieben ist!«, erklärte Wilks, der der ganzen Seefahrerei persönlich nichts abgewinnen konnte, im Brustton der Überzeugung.

»Was nicht war, kann ja noch werden, Thomas.«

»Gott bewahre, Sir! Außerdem würde Sie der Papierkrieg, sollte ich jemals richtig zur See fahren müssen, wahrscheinlich umbringen, Sir.«

»Damit haben Sie vermutlich sogar recht«, erklärte Bob. »Gibt es Neuigkeiten von der *Bizon*?«

»Bisher keine, Sir. Es werden aber noch Wetten angenommen, ob das Boot noch vor Weihnachten, das die Orthodoxen ja am 6. Januar begehen, in eine Basis einläuft oder nicht.«

»Und wohin geht der Trend?«

»Die überwiegende Mehrheit tippt auf ein Einlaufen kurz vor dem Fest.« Der Adjutant, der selber mitgewettet hatte, sah Bob fragend an. »Was glauben Sie?«

»Sechs Tage ist es her, seit der Russe die *Alaska* gestreift hat. Das Boot wird nicht volle Kraft laufen, weil der Kommandant seine Besatzung erst etwas drillen muss und weil er unentdeckt bleiben will. Sagen wir fünfundzwanzig Knoten, das macht ungefähr dreitausendsechshundert Seemeilen aus. Er könnte also in der Zwischenzeit kanadische Gewässer erreicht haben, in der Biskaya stehen oder sich sonst wo rumtreiben.«

»Wäre es nicht auch denkbar, dass er sich einfach nur einen anderen Platz in der Barentssee gesucht hat, um seine Übungen und Tests fortzusetzen?«

»Er kann sein U-Boot auch in einer Garage abgestellt haben und einen trinken gegangen sein«, meinte Bob etwas sarkastisch. »Hat er aber unter Garantie nicht, denn die Russen würden nicht ihr neuestes Boot rausschicken, noch dazu ungetestet, wenn sie keinen triftigen Grund dafür hätten. Der Wiederaufbau ihrer U-Boot-Flotte ist für sie auch politisch zu einer Prestigeangelegenheit geworden, vor allem nach den Unfällen mit der *Kursk* und der *K-159**. Von daher wäre eigentlich zu erwarten gewesen, dass die Indienststellung der *Bizon* von einer ziemlich großen propagan-

---

* K-159 war ein bereits seit 1989 außer Dienst gestelltes Atom-U-Boot der November-Klasse. Erst 2003 sollte das Boot mit Geldern aus einem internationalen Fonds umweltgerecht entsorgt werden, aber es sank während der Schleppfahrt zur Abwrackwerft, wobei neun Männer der zehnköpfigen Überführungsbesatzung ums Leben kamen. Der Vorfall sorgte für großes Aufsehen in Russland, und der damalige Befehlshaber der Nordflotte wurde, was ein absolutes Novum in der russischen Marinegeschichte bildete, wegen fahrlässiger Tötung zu vier Jahren Haft mit einer Bewährungsfrist von zwei Jahren verurteilt.

distischen Begleitmusik umrankt werden würde. Stattdessen herrscht jedoch Geheimhaltung.«

Wilks versuchte den Gedanken des Captains zu folgen. »Aber warum dann das Ganze?«

»Es gab mal Gerüchte, die *Bizon* sei ursprünglich auch für den Export konzipiert worden, um Devisen ins Land zu holen. Trotz der sprudelnden Einnahmen aus dem Öl- und Gasgeschäft dürfte Russland die immer noch brauchen, und Interessenten für solch ein Boot gibt es sicher genug. China, Nordkorea, Iran, um nur ein paar zu nennen. Eventuell käme auch der eine oder andere Golfstaat in Betracht.« Er zuckte mit den Schultern. »Es gibt auf der Welt einige, die uns nicht mögen, vielleicht sogar unter unseren Verbündeten. Für die wäre so ein Boot ein gefundenes Fressen.«

»Wenn die *Bizon* Richtung Süden unterwegs ist, müsste sie das Kap der Guten Hoffnung umrunden. Sie kann ja schlecht durch den Suezkanal tauchen.«

»Nein, wahrscheinlich käme sie nicht einmal unentdeckt durch die Straße von Gibraltar.« DiAngelo dachte nach. »Obwohl ... sie wird weiter nach Süden laufen. Aber vielleicht, mit etwas Glück, können unsere Einheiten vor Gibraltar sie erfassen, wenn sie vorbeikommt.«

9. Tag 15 : 30 Ortszeit, 14 : 30 Zulu – 70 Meilen westlich der Straße von Gibraltar, russisches Jagd-U-Boot *Bizon*

Kommandant Sarubin hatte eine höhere Geschwindigkeit vorgelegt, als DiAngelo geschätzt hatte, obwohl eigentlich die Notwendigkeit bestanden hätte, innerhalb der taktischen Geschwindigkeit zu bleiben, um Zeit zu haben, die Besatzung auf einen eingespielten

Standard zu bringen. Doch weil genau dies zu erwarten stand, hatte Sarubin das eben nicht getan, zumal die Amerikaner nach dem Zwischenfall vor der Kola-Halbinsel nichts unversucht lassen würden, ihn wieder aufzuspüren, allein schon um zu erfahren, was er so trieb. Und deshalb hatte er hohe Fahrt laufen lassen und sich nur vom Verkehr längs der Küsten ferngehalten. Zwei Tage, zwei wertvolle Tage, bevor irgendjemand ihn vor Gibraltar vermuten würde, das war es, was er hatte rausschinden können. Zwei Tage auch, bevor die Amerikaner ihn vor ihrer eigenen Ostküste erwarten würden, denn sicherlich hatte sich irgendein schlauer Kopf auch dieses Szenario ausgerechnet.

»Kontakt läuft sieben Knoten, knappe hundert Meter vor uns. Kurs stetig null-neun-null!«

Sarubin angelte nach dem Mikrofon. »Danke, Sonar!« Er hängte das Mikro wieder in die Halterung und wandte sich zu Balakin um. »Also dann, Anlauf beginnt. Ruhe im Boot! Umdrehungen für acht Knoten.« Er wartete, bis der Erste seine Befehle weitergegeben hatte, bevor er hinzusetzte: »Bringen Sie uns genau unter ihn.«

Die *Bizon* hüllte sich in Schweigen. Bei dieser geringen Fahrt bestand für die überall lauschenden Sonargeräte keine Chance, sie zu erfassen. Erst recht nicht, solange sie unter dem Frachter blieben, dessen Schraube langsam und gemächlich über ihren Köpfen dröhnte. Siebzig Meilen waren es noch bis zur engsten Stelle der Straße von Gibraltar, eine Entfernung, welche die *Bizon* in weniger als zwei Stunden zurücklegen konnte. Der alte Pott über ihnen würde zehn Stunden dafür brauchen.

Aus dem kleinen Lautsprecher kam die nächste Meldung des Sonaroffiziers Fedorow. »Wir hören nur noch den Frachter.«

Was zu jedem anderen Zeitpunkt eine Katastrophe gewesen wäre. Der Kommandant leistete sich ein schmales Lächeln. »Sehr gut!« Er sah niemanden Bestimmtes an. »Allen anderen wird es genauso gehen.«

»Hoffen wir nur, dass die Burschen auf dem Kolcher nicht gerade besoffen sind«, meinte der Erste.

Sarubins Kopf fuhr herum, und er starrte den Offizier wütend an. »Solche Sprüche können Sie sich schenken, Balakin! Die sind den ganzen Weg bis hierher gekommen, dann werden sie das kurze Stück auch noch schaffen.«

»Nur sind sie leider nicht die Schnellsten, Kapitän!«

»Das macht nichts, denn wer würde schon vermuten, dass wir uns ausgerechnet unter so einem schwimmenden Schrotthaufen verstecken?« Sarubin lehnte sich etwas bequemer in seinem Sessel zurück. Zehn Stunden noch bis zur Enge von Gibraltar, etwa fünfzehn, bis sie aus dem NATO-Befehlsbereich COMNAVGIB wieder draußen waren. »In ein paar Stunden wissen wir mehr.« Er sah auf die Uhr. Vermutlich durchquerten sie bereits die äußeren Überwachungsketten, deren Effizienz aber bei einem täglichen Aufkommen von dreihundert Schiffen eher theoretischer Natur war. Was nicht hieß, dass man die NATO-Einheiten, die hier zum Schutz der Seegebiete immer unterwegs waren, als Gegner unterschätzen sollte. Zumal der Schutz, den der Frachter ihnen bot, indem er verhinderte, dass ein hier patrouillierendes U-Boot sie eventuell erfassen konnte, es ihnen aber auch gleichzeitig verwehrte, dass sie selbst einen möglichen Gegner erlauschten. Zehn bis fünfzehn Stunden lang. Den Männern blieb nichts anderes, als geduldig abzuwarten, während die *Bizon* sie im Schneckentempo näher an Gibraltar herantrug, näher an die Unterwassersuchgeräte, näher an die NATO-Einheiten rund um die Basis Gibraltar, näher an einen möglichen Jäger.

Wenn sie aufgetaucht durch die Meerenge laufen würden, könnte niemand daran Anstoß nehmen, aber sie hätten dann natürlich sofort einen Beschatter in ihrem Kielwasser, auch wenn die Straße von Gibraltar ein internationaler Tiefwasserweg war und weder den Briten noch den Spaniern gehörte. Aber genau die gleichen internationalen Abkommen verboten auch, getaucht durch die meistbefahrene Wasserstraße der Welt zu fahren. Sollten sie entdeckt werden, so stand zwar nicht zu erwarten, dass auf sie gefeuert wurde, aber man würde auf alle Fälle versuchen, sie zu verfolgen und zum Auftauchen zu zwingen. Und das Letzte, was Sarubin brauchen konnte, war, dass sich die Nachricht, ein großes Atom-U-Boot operiere im Mittelmeer, entlang allen Küstenstationen fortpflanzte.

9. Tag 17 : 30 Ortszeit, 14 : 30 Zulu – Bagdad,
gegenüber der Grünen Zone

Aiman al-Sawahiri schwenkte den Feldstecher über die Silhouette auf der anderen Seite des Tigris. Zu sehen war natürlich nicht viel, wie sollte es auch? Die ganze Grüne Zone war ja von einer hohen Betonmauer umgeben, die den Blick ins Innere verwehrte.

»Je mehr die Ungläubigen sich verschanzen, desto stärker werden wir,«, sagte er zu seinem Begleiter.

Der dunkelhaarige Mann neben ihm war schlank und wirkte dennoch voll austrainiert. All seine Bewegungen waren geschmeidig wie die einer Raubkatze, und wenn er lächelte, was allerdings selten geschah, entfaltete er einen ungeheuren Charme. Trotzdem war Sayyid Naim Harb, bekannter als al-Tufaili, alles andere als ein netter Mensch. Nicht umsonst stand sein Name weltweit auf den Fahndungslisten. Als Terrorist hatte er im Libanon und später im Irak blutige Spuren hinterlassen. Al-Tufaili, wie immer er auch zu seinen Taten stehen mochte, war bekannt für seine taktischen Fähigkeiten und großen persönlichen Mut. »So soll es auch sein«, kommentierte er Aimans Worte. »Sie sind Fremde in unserem Land.«

»Unserem Land?«

»Unserem Land!«, betonte al-Tufaili nochmals nachdrücklich. Der größte Teil des Irak bis hinauf zu den Kurdengebieten ist schiitisch, nicht sunnitisch. Es ist also *unser* Land!«

Für al-Sawahiri war diese Situation nicht neu. Wann immer Vertreter der verschiedenen Organisationen zusammentrafen, kam dieses Thema auf. Al-Qaida war sunnitisch, genau wie Hamas und Fatah. Die Hisbollah, deren Einfluss sich längst über die Grenzen des Libanon hinaus ausgedehnt hatte, war schiitisch und proiranisch, während die Milizen des bekannten Predigers al-Sadr zwar schiitisch, aber nur deshalb proiranisch waren, weil sie auf die Hilfe aus Teheran angewiesen waren. Und die kurdischen Splittergruppen waren zwar ebenfalls schiitisch, hatten aber, wie die PKK, andere Probleme, da sie ständig die Türken bekriegten. Auf der sunnitischen Seite hingegen gab es immer mehr Stammesverbindungen, die sich besonders gegen Al-Qaida gewandt hatten und beinahe schon proamerikanisch gewesen wären, wenn die Amerikaner das nur zugelassen hätten. All diese Gruppierungen befehdeten sich im Irak vehement, und ihre

Zusammenstöße verliefen nicht minder blutig als die Terroranschläge, die den amerikanischen Besatzungstruppen galten. *Eigentlich sind die Amerikaner hier gar nicht das Problem, die gehen irgendwann ganz von alleine*, dachte Aiman, aber laut sagte er nur: »Warten wir ab, bis wir die Giaurs vertrieben haben, dann sehen wir weiter.«

Al-Tufaili nickte. »So soll es sein!« *Dann werden wir es sein, die hier herrschen.* Diese Überzeugung brauchte er nicht auszusprechen, denn Aiman al-Sawahiri wusste ebenso gut wie er selbst: Sollten die Amerikaner sich zurückziehen, würde der Irak schiitisch werden, persisch-schiitisch selbstverständlich, mochten die Gruppen hier auch noch an eine Eigenständigkeit glauben. Und wenn al-Tufaili sprach, dann tat er dies für die Hisbollah und mit der Stimme Teherans. Sobald die Amerikaner den Rückzug antraten, waren drei iranische Divisionen darauf vorbereitet, das Machtvakuum auszufüllen, und es war vor allem die Hisbollah, die bereit war, durch Unterwanderung und Infiltration vor allem der anderen schiitischen Gruppen den Vorwand für den Einsatz dieser Divisionen zu schaffen. Nachdenklich sah er den Sunniten an. »Aber du hättest nicht um dieses Treffen gebeten, wenn es keinen Grund gäbe. Allein das Risiko, hierherzukommen …«

Aiman al-Sawahiri schnitt seinen Einwand mit einer Handbewegung ab. »So gefährlich, wie du glaubst, ist es auch wieder nicht, Sayyid. Du unterschätzt immer noch unsere Möglichkeiten.« Trotz der selbstbewussten Worte fühlte er sich müde und ausgelaugt. Die Reise von Islamabad hatte drei auch die Nerven strapazierende Tage gedauert. Per Esel war es nach Peschawar gegangen, von dort aus weiter bis in die Nähe von

Delhi mit einem kleinen Schmugglerflugzeug, das so tief flog, dass es vom amerikanischen Radar nicht erfasst werden konnte. Mit gefälschten Papieren war er dann vom Indira Gandhi International Airport mit einer Linienmaschine nach Amman weitergereist zur letzten Etappe, einem Wüstentrip über die nur unzureichend bewachte Grenze bis nach Bagdad. Drei Tage mit wenig Schlaf, unregelmäßigen Mahlzeiten und der ständigen Furcht im Nacken, die Amerikaner könnten irgendwie Wind von der Sache bekommen haben. Einmal mehr spürte Aiman sein Alter, und einmal mehr zwang er sich zu dem souveränen Lächeln, das ihn bei seinen Al-Qaida-Videobotschaften so kennzeichnete. »Aber du hast recht, natürlich gibt es einen Grund, warum ich hier bin.« Er fixierte das Gesicht des jüngeren Mannes. »Lass mich dir eine Geschichte erzählen.«

»Eine Geschichte?«, fragte Sayyid etwas verwundert. »Ich hoffe, sie ist gut.«

»Urteile selbst.« Aiman atmete tief ein. »Es war einmal ein Mann, der immens reich war, weil er sein Volk um sehr viel Geld betrogen hatte. Und dieser reiche Mann hatte Verwandte, und die hatten wiederum Freunde, die ihm halfen, diesen Reichtum außer Landes zu bringen und auf Dutzenden oder noch mehr Bankkonten zu deponieren. Nur hatte der alte Mann dann das Problem, nicht mehr einfach so über sein Geld verfügen zu können, weil er ja schlecht irgendwohin ins Ausland reisen konnte, um größere Barabhebungen zu tätigen.«

»Ich verstehe, was du meinst, Aiman«, sagte der Libanese. »Eine ziemlich moderne Geschichte, die du mir hier erzählst.«

»Ja, gerade einmal ein paar Jahre alt«, meinte Aiman gelassen. »Doch das Entscheidende daran kommt erst noch. Denn irgendwann hatte der alte reiche Mann eine wahrhaft glänzende Idee. Oder vielleicht war es auch ein Neffe, der ihn darauf brachte, so genau weiß man das nicht mehr, aber das ist auch egal. Das Prinzip war genial einfach. Der mit dem vielen Geld auf den Konten musste nur noch jemanden finden, der es ihm gegen Gold eintauschte. Und siehe da, es gab tatsächlich einen solchen Mann, der ebenfalls über ein Volk herrschte, das er rücksichtslos betrog. Der hatte sich genügend Gold unter den Nagel gerissen, das aber aus naheliegenden Gründen nicht so einfach zu Geld zu machen war. So kam es zu einem gigantischen Tauschgeschäft, und beide alten reichen Männer waren glücklich darüber, zunächst zumindest.« Das Geld ließ sich unauffällig mittels Auslandsüberweisungen transferieren, was beim Gold in dieser Form natürlich so nicht ging. Also organisierte dessen Empfänger den Transport und traf dafür alle nur denkbaren Sicherheitsvorkehrungen. Aber wie das im Leben manchmal so ist, irgendetwas ging trotzdem schief. Das Gold verschwand. Und da das Ganze eine geheime Transaktion war, wird heute noch immer in der Hinterlassenschaft des gestürzten Diktators nach dem möglichen Verbleib seines Goldes statt des Geldes geforscht, während es bei seinem Geschäftspartner, der mittlerweile ebenfalls tot ist, sich genau umgekehrt verhält. Was uns zeigt, dass der Plan eigentlich genial war.«

»Vom Ansatz her schon«, gestand der Libanese ihm ein. »Aber wie du sagtest, Aiman, etwas ging schief. Weißt du, was?«

»Nein«, erklärte Aiman al-Sawahiri bestimmt. »Aber ich weiß, was passieren würde, wenn herauskommen sollte, wer sich das Gold angeeignet hat und es nicht wieder herausrücken will. Und ich weiß auch, dass zur fraglichen Zeit ein bekannter Krieger Allahs in der entsprechenden Gegend unterwegs war. Kann es möglich sein, dass ihm dabei zufällig etwas in die Hände fiel und die Versuchung sich als zu groß erwies?«

Al-Tufaili zuckte die Schultern. »Alles ist möglich. Aber vielleicht gehörte der Krieger auch nur dem gleichen Glauben an wie so viele des Volkes, das der Diktator unterdrückt hatte, und betrachtete den Fund als eine unfreiwillige Spende für den gerechten Krieg, den er führte.« Er grinste. »Da müsstest du diesen Krieger Allahs fragen, Aiman.«

Die Nummer zwei von Al-Qaida nickte. »Möglicherweise werde ich das zu gegebener Zeit auch tun. Bis dahin sollte er sich vielleicht darüber klarwerden, dass er in dem gleichen Dilemma steckt wie zuvor die beiden alten Männer. Er kann mit dem, was er hat, nicht wirklich was anfangen. Solange er von betuchten politischen Freunden mit allem, was er braucht, großzügig unterstützt wird, dürfte das auch kein Problem für ihn sein, und er kann seinen Aktivitäten ungeschmälert nachgehen. Was sich aber ändern könnte, sobald die halbe Welt hinter ihm her ist, um sich seines, sagen wir Goldfundes, zu bemächtigen.«

Al-Tufaili neigte den Kopf. »Ich bin mir gewiss, dass besagter Krieger diesen Fall nicht unbedacht lassen wird. Doch wer immer sonst noch sich damit beschäftigt, sollte nicht vergessen, dass Allah für keinen von uns die Unsterblichkeit vorgesehen hat.«

9. Tag 17 : 30 Ortszeit, 14 : 30 Zulu –
Bagdad, in der Grünen Zone

Das Gebäude, das von der CIA genutzt wurde, befand sich in der Grünen Zone, der »Blase« wie sie auch genannt wurde. Das ehemalige Prunk- und Palastviertel des Diktators war mehrere Quadratmeilen groß, doch viele der Bauten waren nach den schweren Kämpfen bei der Einnahme der nur noch Ruinen.

So gesehen hatte es die CIA nicht schlecht getroffen, auch wenn die Villa einige Reparaturen benötigte. Aber für Jack Small war das nicht sein Problem. Missmutig wandte er sich von dem Panoramablick durch das große Fenster auf die Stadt jenseits der Tigris-Schleife ab. Es war immer noch brütend heiß, und die Rauchwolken, die dort jeden Tag zu sehen waren und von den zahllosen Bombenanschlägen herrührten, waren seiner Stimmung auch nicht gerade zuträglich. Natürlich wollte er heim, wie jeder der Amerikaner hier vor Ort. Allerdings würden sich dann genau diejenigen, die jetzt ein Cut & Run forderten, wundern, wenn die schiitische Mehrheit den Rest der Bevölkerung einfach unterbutterte und auch der Irak noch revolutionär schiitisch wurde. Also mussten sie bleiben und ihren Job tun.

Jack seufzte einmal mehr, griff zu seinem abhörsicheren Telefon und wählte eine schier endlos lange Nummer. Die Verbindung kam fast nicht zeitverzögert zustande, und er freute sich, die vertraute Stimme seines Bosses zu hören.

»Hallo, Jack, ich bin gerade aus der üblichen Morgenbesprechung zurückgekommen und bin mir fast sicher, dass Amerika insgeheim von einem Verschwörungsklüngel der Bürokraten beherrscht wird. Und wie stehen die Dinge bei Ihnen?«

Small ließ die Bombe platzen. »Ahmed ben Sharraf ist tot!«

Überrascht schwieg Marsden am anderen Ende der Leitung für einen Moment. »Und seit wann?«

»Eben erst. Von dem Mord an ihm existieren sogar Satellitenaufnahmen. Ein Al-Qaida-Kommando hat ihn in der Nähe von Jericho umgelegt.«

»Soweit, so klar, ich lasse mir das Material kommen. Merkwürdig ist dabei jedoch etwas ganz anderes. Wissen Sie, wer in den USA ist? Unser alter Freund Koljunow. Ich habe mich vor ein paar Tagen mit ihm gleich nach seiner Einreise unterhalten. Dabei erwähnte er eher beiläufig, dass der Goldene Ahmed tot sei, aber ich maß dem keine Bedeutung bei. Ehrlich gesagt, es klang für mich so, als wolle er mir etwas verkaufen.«

»Und dabei hatten wir zu dem Zeitpunkt den guten Ahmed doch gerade erst ausgebuddelt?« Jack Small spürte, wie in seinem Kopf Alarmklingeln schrillten. Seinem Chef würde es genauso ergehen. »Ahmed wurde von einem Al-Qaida-Kommando aus dem Irak liquidiert. Den Namen des Anführers der Truppe kennen wir zwar nicht, aber er Mann ist unter der Nummer 4521 bei uns im Archiv als ›unbekannt‹ abgespeichert. Er gilt als brutaler Vernehmungsspezialist und Killer.«

»Einer von den Kopfabschneidern?«

»Genau!«

Marsden brummte unwillig. »Also waren Osamas Leute hinter dem ehemaligen Geldschieber des Arafat-Clans her, weil der wahrscheinlich als Einziger noch gewusst hat, wo des alten Yassirs Kohle abgeblieben ist. Mit anderen Worten, Al-Qaida ist auf Arafats einstiges Privatvermögen aus, was darauf hindeutet, dass der Verein finanziell ziemlich klamm ist.«

»Höchstwahrscheinlich wird daher demnächst einer

der führenden Köpfe hier auftauchen, wenn er nicht sogar schon da ist. Die Sache ist zu wichtig, als dass man sie den Handlangern vor Ort überlassen könnte.«

»Alles schön und gut«, erklärte Marsden. »Wir wissen, dass Arafat Hilfsgelder der EU und der UNO im großen Stil unterschlagen hat, und haben ja selber lange genug nach deren Verbleib geforscht, ohne fündig geworden zu sein.«

»Kann es sein, dass wir das Geld nicht gefunden haben, weil es einfach irgendwo nur rumlag? Nur wenn es fließt, hinterlässt es Spuren.«

»Das stimmt«, räumte Marsden ein. »Aber das weiß man bei Al-Qaida auch. Nicht umsonst sind die schon seit Jahren dazu übergegangen, Geld persönlich zu überbringen oder als Äquivalent Vietnam-Blätter einzusetzen.«

Natürlich wusste Small, was gemeint war. Derartige Blätter aus sehr flach gewalztem Gold waren zuerst bei den Flüchtlingen in Vietnam aufgetaucht, daher der Name. Sie ließen sich einfach mitführen und konnten gefaltet in die kleinsten Verstecke gequetscht werden. Vor allem aber war es auch kein Problem, sie durch die Sicherheitseinrichtungen, wie sie beispielsweise an Flughäfen bestanden, zu schmuggeln. »Gold ergibt natürlich Sinn«, sagte Small. »Denn Geld auf Konten nützt Osama nicht viel.« Er zögerte. »Sie denken, was ich denke, Boss?«

Marsden seufzte. »Wie viele leere Golddepots von Saddam haben wir bisher gefunden?«

»Jedenfalls hat Saddam, als wir ihn in Camp Cropper eingebuchtet hatten, mit keiner Silbe verraten, wohin er vorgehabt hat zu fliehen.«

Marsden klapperte auf der Tastatur seines Computers herum. »Der Goldene Ahmed war mehrfach im

Irak. Zuletzt, wie es aussieht, vom 15. August 2005 an. Am 29. August ist er dann nach Damaskus weitergeflogen. Und eine Woche später wurde er *angeblich* in Gaza erschossen, als ein Rollkommando Musa Arafat erledigt hat.« Er dachte nach. »Ich frage mich nur, warum Koljunow ihn erwähnt hat, und das ausgerechnet jetzt?«

»Vielleicht haben die Russen die Finger mit drin?«

»Glaube ich nicht, zumal Koljunow seit etlichen Jahren zum alten Eisen gehört. Sein Herr und Meister Nowikow hatte seinen letzten großen Auftritt, als er bei der Wiedervereinigung die Deutschen erfolgreich erpresst hat, und da war aber Koljunow wiederum schon eine Weile weg vom Fenster.«

Smalls erinnerte sich an den Vorfall, auf den Marsden angespielt hatte. Die Deutschen mussten die aktiven KGB-Gruppen inklusive aller Spione unbehelligt abziehen lassen, weil Nowikow damit gedroht hatte, der KGB würde Privatgeheimnisse deutscher Politiker an die Presse in Deutschland geben. Eine der größeren der an Peinlichkeiten nicht armen Geheimdienstgeschichten Europas. »Es müssen ja nicht unbedingt die Russen sein«, sagte Jack, »es reicht schon, wenn es *die* Russen sind!«

»Glauben Sie?« Marsden dachte einen Augenblick nach, bevor er fortfuhr. »Wenn die russische Mafia da mitmischt, dann in welcher Rolle? Um sich den Zaster selbst unter den Nagel zu reißen? Oder haben die vielleicht den Dienstleistungssektor für sich entdeckt?«

»Das haben sie ja schon lange: Mord auf Bestellung, Prostitution, Drogenhandel, Waffenschmuggel – alles, was satte Profite verspricht, haben die doch auf ihrer Agenda gelistet. Und Koljunow kennt ja schließlich nicht umsonst Hinz und Kunz in Russland.«

Erneut herrschte einen Augenblick Schweigen, bis Marsden sich räusperte. »Wieso habe ich jetzt das Gefühl, dass wir tief in der Scheiße stecken?«

9. Tag 09 : 45 Ortszeit, 14 : 45 Zulu –
Langley, Virginia

Marsden klopfte an die Tür, wartete aber nicht, ob jemand »herein« rief. Er hätte sich die Mühe sparen können, denn Bob DiAngelos Büro war verwaist. Achselzuckend ging er weiter in den großen Lageraum, der das Herzstück der Abteilung für strategische Analysen bildete. Auf großen elektronischen Karten, die jeden Winkel der Welt zeigten, erschienen Symbole und verschwanden wieder; Einheiten aller Art, gekennzeichnet durch kryptische Schlüssel, Raketenbataillone, ballistische Langstreckenraketen, Infanteriedivisionen, Kriegsschiffe in sämtlichen Ausführungen. Und U-Boote, die von allem am schwersten zu verfolgen waren und die gefährlichste aller Waffen. U-Boote konnten vor jeder Küste Raketen abfeuern, wobei die Vorwarnfristen dann nur noch Minuten betrugen, was eigentlich die meisten Verteidigungssysteme überflüssig machte, ganz einfach, weil es dagegen bei einem Erstschlag keinen Schutz gab. Marsdens Blick blieb an einer dunkelroten Markierung in der Nähe der Britischen Inseln hängen.

Captain DiAngelo ging von der anderen Seite des Raumes auf ihn zu. »Hallo Roger!«, begrüßte er ihn und setzte erläuternd hinzu, als er bemerkte, was das Interesse des Vice-Directors geweckt hatte: »Britische Astute-Klasse. Das erste von den neuen Booten.«

»Wenigstens gehört es einem Freund Amerikas.«

DiAngelo deutete auf grellrote Punkte nahe und unter der Eiskappe im Norden. »Hier müssen wir ansetzen. Die Russen haben derzeit sechs Boomer draußen, wir aber nur vier Boote in der Gegend, um sie im Auge zu behalten.«

»Boomer?«

»Ballistische Raketenboote. Aber ich nehme an, wegen denen sind Sie nicht hierhergekommen.«

»Nein. Lassen Sie uns in Ihr Büro gehen«, schlug Marsden vor und setzte sich in Bewegung. Bob blieb nichts anderes übrig, als seinen Stock zu nehmen und hinterherzuhinken.

Marsden schwieg vor sich hin und machte den Mund erst wieder auf, als DiAngelo die Tür seines Arbeitszimmers geschlossen hatte. »Ich brauche eine Meinung, Bob. Kann ein U-Boot wie die *Bizon* eine Ladung von möglicherweise hundert Tonnen zusätzlich transportieren?«

DiAngelo schaute etwas verdutzt drein. »Das hängt von deren Beschaffenheit ab. Woraus sie auch immer besteht, zunächst muss sie ja irgendwie ins Boot kommen, und selbst die Torpedoluken sind nicht sonderlich groß.«

»Bei Kleinteiligkeit wäre aber das Gewicht kein Problem?«

»Sicher nicht! Aber wozu diese Fragen?« Bob ließ sich in seinen Sessel fallen und lehnte den Stock gegen die Schreibtischkante. »Ich vermute, es gibt neue Erkenntnisse im Zusammenhang mit der *Bizon*?«

Marsden zog ein säuerliches Gesicht. »So kann man es nennen.« Er holte tief Luft und begann, dem Captain zu berichten, was Small und er herausgefunden und zusammengetragen hatten. Je länger er erzählte, desto ernster wurde das Gesicht des Captains.

Endlich, als Marsden geendet hatte, sah DiAngelo ihn ernst an. »Sie wollen demnach, dass ich die *Bizon* stelle?«

»Können Sie es?«

Nur noch zwei Wochen bis Weihnachten! Bob versuchte den Gedanken zu verdrängen, aber es klappte nicht. Seine Stimme klang belegt. »Wenn das stimmt, was Sie mir erzählen, dann muss er durch Gib rein und raus. Das ist unsere Chance, vielleicht die einzige.« Er straffte sich. »Was haben Sie denn dafür im Angebot?«

»Ich habe Ross gefragt. In Norfolk liegen die *Tuscaloosa* und die *San Diego*, und die *Alaska* ist bereits auf dem Weg nach Süden.« Marsden zuckte mit den Schultern. »In der Gegend von Gibraltar haben wir momentan bedauerlicherweise kein Boot. Tut mit leid, Bob!«

7. Kapitel

10. Tag 01 : 30 Ortszeit, 00 : 30 Zulu – Straße von Gibraltar, russisches Jagd-U-Boot *Bizon*

Das permanente Dröhnen der Schrauben über ihren Köpfen war im Laufe der Stunden für die Männer beinahe unerträglich geworden. Selbst diejenigen, die mit dem Kissen über dem Kopf auf den Kojen lagen, konnten dadurch dem allgegenwärtigen Geräusch nicht entfliehen. So kam es, dass kaum eines der Besatzungsmitglieder, die Freiwache hatten und ohnehin nichts anderes tun konnten, als irgendwie die Zeit totzuschlagen, eine Reaktion zeigte, als sie endlich die engste Stelle der Meerenge passierten.

Anders sah es natürlich in der Zentrale aus. Bisher hatte es keine Anzeichen dafür gegeben, dass jemand sie entdeckt hatte. Ruhig und mit stetiger Geschwindigkeit zog der Frachter über ihnen seine Bahn, auch wenn der Navigationsoffizier schon mehrfach leise vor sich hin geflucht hatte.

Sarubin rieb sich die Stirn. Nach zehn Stunden unter dem Frachter ging es ihm nicht besser als den meisten seiner Leute. Sein Kopf drohte zu zerspringen. Dadurch, dass alle nicht lebensnotwendigen Systeme abgeschaltet waren, wurde die Luft auch immer schlechter, was der allgemeinen Befindlichkeit auch nicht gerade zuträglich war. Aber es hätte schlimmer sein können, und bisher war alles gut verlaufen. Für Sarubin war es eine positive Überraschung gewesen, dass ihr Sonar immer noch höhere Frequenzen aus der ständigen Geräuschkulisse des Frachters herauszufiltern vermochte. Sie waren also nicht ganz taub, sondern nur partiell, und konnten immerhin einzelne Kriegsschiffe ausmachen, die Aktivsonar oder schlicht und ergreifend Echolot benutzten.

»Er ändert wieder Kurs!«, meldete der Sonaroffizier. »Nach Steuerbord.«

»Etwas früh für meinen Geschmack«, meinte der Navigationsoffizier. »Wir sind beinahe im Verkehrstrennungsgebiet nach Ceuta. Er will offenbar weiter ins Mittelmeer hinein, sonst würde er nicht nach Nordost drehen. Allerdings schneidet er etwas die Kurve.«

Igor Sarubin bekam runde Augen. »Er läuft in den westgehenden Verkehr?« Ohne auf eine Antwort zu warten, griff er nach dem Mikrofon. »Sonar, auf entgegenkommende Schiffe achten.«

»Wenn wir sie hören, Kapitän.« Fedorow klang zweifelnd. »Wir tun unser Bestes.«

»Danke!« Der Kommandant hängte das Mikro wieder weg. »Wir folgen ihm. Balakin: Steuerbord zehn! Geben Sie ein paar Umdrehungen zu, damit wir wieder unter ihn kommen.« Er wollte noch etwas hinzusetzen, aber in diesem Augenblick traf ein scharfes Ping die Hülle des Bootes. Keinem an Bord musste extra gesagt werden, was das zu bedeuten hatte.

»Aktivsonar in zwo-neun-drei, Abstand etwa drei Meilen, an der Oberfläche!«

Sarubin musste sich zusammenreißen, um nicht spontan nach Backbord wegzudrehen. Er lauschte kurz. Dem Geräusch der Frachterschrauben nach zu urteilen, waren diese direkt über ihnen. »Stützruder! Balakin, halten sie uns genau unter ihm!«

Erneut traf ein Ping das Boot, aber es fehlte die schnelle Folge von Sonarimpulsen, die Sarubin angezeigt hätte, dass das Kriegsschiff an der Oberfläche einen sicheren Kontakt hatte. *Wir müssen in Deckung bleiben!*

10. Tag 01 : 30 Ortszeit, 00 : 30 Zulu –
Straße von Gibraltar, HMS *Antelope*

»Wie groß soll der Kerl sein?«, fragte der U-Jagdoffizier.

»Laut Magnetometer über vierzigtausend Gewichtstonnen. Aber die Anzeige springt, Sir!«

»Was meinen Sie mit ›springt‹?«, hakte der Lieutenant-Commander nach.

»Die Anzeige wechselt ständig zwischen dreißig und etwa fünfzigtausend Tonnen.«

»Oh!« Der U-Jagdoffizier der britischen Fregatte *Antelope* musste schlucken. »Das sind Werte, die keinen Sinn ergeben. Ist das Gerät vielleicht im Eimer?«

»Kann eigentlich nicht sein, Sir! Wir hatten erst vor vier Stunden einen Systemcheck.«

Der Lieutenant-Commander runzelte die Stirn, da viele der elektronischen Systeme in unterschiedlichen Intervallen rein routinemäßig laufend überprüft wurden, was an sich ein hohes Maß an Sicherheit bot.

»Demnach funktioniert der Kasten also, nur irgendetwas anderes bringt ihn durcheinander.«

»Aber was?«

Der Lieutenant-Commander dachte kurz über die berechtigte Frage seines Untergebenen nach. Ein Magnetometer maß Anomalien des Erdmagnetfeldes. Die konnten natürliche Ursachen haben, wie zum Beispiel Eisenerzvorkommen, oder sie konnten durch einen Stahlrumpf hervorgerufen werden, wie in diesem Fall durch den alten Frachter, der da so sorglos in den Gegenverkehr gesteuert hatte, um ein paar Seemeilen abzuschneiden. Manchmal summierten sich auch mehrere derartige Faktoren auf, aber das war eher selten. Und in der Straße von Gibraltar existierten nun mal keine natürlichen Anomalien, denn die hätten sie schon längst registriert, nachdem sie schließlich in diesem Gebiet zu jeder Tages- und Nachtzeit patrouillierten. Einmal mehr verwünschte er die Tatsache, dass er das Schiff, auf das die *Antelope* zulief, selbst nicht sehen konnte, da die Opz nun einmal keine Fenster hatte. Wütend griff er zum Telefon. »Brücke? U-Jagd hier. Wie groß ist der Pott eigentlich, den ihr da gerade vor euch habt?«

»Achttausend Tonnen, höchstens, eher siebentausend«, gab der Wachoffizier als Schätzung durch.

Achttausend Registertonnen ergaben über den Daumen gepeilt zwanzigtausend Gewichtstonnen, aber niemals dreißig-, vierzig- oder gar fünfzigtausend Tonnen! »Ist aber kein Erzfrachter?«

»Nein, ein alter Stückguttransporter. Stimmt was nicht mit dem?«

»Wenn unsere Instrumente nicht total spinnen, muss der Kerl mindestens zwölftausend haben.«

»Das halte ich für ausgeschlossen, der sieht nicht danach aus, als könne er zwölftausend Tonnen überhaupt in Fahrt bringen.« Der WO zögerte. »Ein technischer Messfehler scheidet bei euch da unten aus?«

»Eigentlich schon, nur hüpfen die Werte rauf und runter, liegen aber dennoch immer weit über dreißigtausend, es ist als hätten wir es mit zwei Objekten zu tun statt mit einem.«

»Ich lasse den Kommandanten wecken.«

Der U-Jagdoffizier sah auf die Uhr. Halb eins! Captain Fletcher würde sich freuen.

10. Tag 01 : 45 Ortszeit, 00 : 45 Zulu – Straße von Gibraltar, russisches Jagd-U-Boot *Bizon*

Das Dröhnen über ihnen wurde etwas verhaltener, und unverzüglich meldete die Stimme des Sonaroffiziers sich wieder aus dem Lautsprecher über Sarubins Kopf. »Er nimmt Fahrt weg!«

Der Kommandant drückte den Knopf am Mikro. »Was kriegen Sie von dem Kriegsschiff rein?«

»Könnte eine britische Fregatte sein, ich bin mir aber nicht ganz sicher«, bekannte Fedorow. »Hört sich an wie eine der älteren vom Typ 22. Sie kreist, im Augenblick zwei Meilen in zwo-sechs-acht, etwa zwölf Knoten.«

»Hoffen wir, dass sie nicht auf die Idee kommt, den Zossen zu untersuchen!«

Balakin, der Erste, blickte auf. »Kann er das so einfach?«

»Schwer zu sagen«, meinte Sarubin. »Theoretisch eigentlich nicht, aber in der Praxis wohl schon. Krieg gegen den Terror, Sicherheit des internationalen Schiffsverkehrs, es gibt einige Möglichkeiten, das zu begründen. Gehen Sie runter auf vier Knoten, damit wir unter ihm bleiben. Im Augenblick versuchen wir, die Sache auszusitzen.« Er wandte sich um. »Navigationsoffizier, ich brauche die Tiefe.«

Der Leutnant am Kartentisch hob den Kopf. »Momentan um die vierhundert Meter, Kapitän. Weiter nach Norden und Osten geht es runter auf über sechshundert.«

»Danke!« Sarubin musste sich zwingen, einen klaren Gedanken zu fassen. Immer wieder trafen die scharfen Impulse des Aktivsonars sein Boot, ständig dröhnten die Schrauben über ihnen, auch wenn der Frachter mit der Fahrt heruntergegangen war, und vor allem hingen ständig die Blicke aller in der Zentrale an ihm, jedes Wort, jede Geste wurden genau registriert. Es war schwierig, sich zu konzentrieren. *Um die vierhundert Meter, das war zu wenig.* Sie mussten weiter nach Osten und eine Winzigkeit weiter nach Norden, denn sie brauchten tieferes Wasser, um dem neugierigen Engländer einfach ausweichen zu können. Strömungen, unterschiedliche Wassertemperaturen und die gerade in diesem Gebiet sehr unterschiedlichen Salzgehalte der Schichten stellten jedes Sonar an der Oberfläche vor Orientierungsprobleme. Für die Fregatte bestand zwar die Möglichkeit, eine Sonarboje in die Wasserschichten herabzulassen, aber das würde wiederum die Fahrt des Schiffes auf traurige zehn bis zwölf Knoten begrenzen. Alles war eigentlich ganz einfach – oder wäre es gewesen, wenn er hätte sichergehen können, dass die Fregatte nicht doch für einen winzigen Augenblick den entscheidenden Kontakt bekam.

10. Tag 01 : 45 Ortszeit, 00 : 45 Zulu –
Straße von Gibraltar, HMS *Antelope*

Captain Lionel Fletcher von Ihrer Britannischen Majestät Fregatte *Antelope* hatte ein etwas altmodisch anmutendes Gesicht, das gleichzeitig jünger wirkte als er nach Jahren und trotzdem scharf geschnitten war. Ein Gesicht, das man sich seinerzeit ohne weiteres auch auf einem von Nelsons Linienschiffen vor Trafalgar oder Aboukir hätte vorstellen können. Aus seiner Miene sprach deutliches Missfallen darüber, mitten in der Nacht wegen eines alten Frachters geweckt zu werden. »Wo brennt's denn?« Er spähte aus den Brückenfenstern. An dem ollen Pott waren alle notwendigen Lichter vorschriftsmäßig gesetzt, auch wenn die rote Backbordleuchte gelegentlich flackerte. Wahrscheinlich ein Wackelkontakt.

Der Wachoffizier legte die Hand an die Mütze und salutierte. »Wir haben ihn aufgefordert, den Kurs nach Steuerbord zu ändern, da er dabei war, in den Gegenverkehr zu laufen.«

Fletcher warf einen Blick auf den Radarschirm, der lediglich ungefähr ein halbes Dutzend Punkte in ihrer Nähe anzeigte. »Nicht gerade besonders viel los«, bemerkte er. »Und – hat er die Anweisung befolgt?«

»Er hat kurz bestätigt und etwas mehr auf die Küste zugehalten, Sir.«

»Aha ... nur warum haben Sie mich dann ...«

»Weil es ein paar Ungereimtheiten im Zusammenhang mit dem Frachter gibt.« Der WO dachte kurz darüber nach, wie er seinem Kommandanten die Sache am besten verklickern konnte, aber es fiel ihm kein besserer Weg ein, als geradeheraus zu erzählen, was das Problem war. »Ich schätze ihn auf achttausend Tonnen, wenn überhaupt. Allerdings behauptet die Opz, laut Magnetometer müsse er mindestens doppelt so groß sein.«

Fletcher hatte Mühe, ein Gähnen zu unterdrücken. »Demnach scheint das Ding wohl defekt zu sein.«

»Die Opz sagt, es sei in Ordnung!«

Fletcher schaute nochmals kurz aus der Brückennock. »Ihre achttausend, Lieutenant, sind schon verdammt hoch gegriffen!« Etwas verächtlich verzog er das Gesicht. »Fragen Sie mal nach, was der überhaupt geladen hat. Ich rufe mal die Opz an.« Er griff zum Brückentelefon. »Kommandant! Was ist da unten mit Ihrem Zauberkasten los?«

»Wir bekommen seltsame Daten geliefert, Sir. Die Anzeige wechselt laufend von dreißig bis fünfzigtausend Gewichtstonnen, als wären da gleichzeitig zwei verschiedene Ziele beinahe auf der gleichen Position vorhanden.«

»Ich weiß auch nicht, wie ich es anders beschreiben soll, Sir, aber irgendetwas anderes muss es da noch geben!«

Captain Fletcher wartete die Auskunft des WO zur Frachtladung ab.

»Maschinenteile, für Genua bestimmt.« Der Lieutenant zuckte mit den Schultern. »Ein normaler Trampdampfer eben.«

Der Kommandant zögerte kurz, bevor er eine Entscheidung traf. »Er soll stoppen, wir wollen seine Papiere kontrollieren. Brückenmaat, purren Sie ein paar Männer hoch, der Bootsmann soll mitgehen. Standardverfahren!«

»Was soll ich zur Begründung angeben, wenn er fragt, warum?«

»Sagen Sie ihm, es sei eine Routinemaßnahme im Krieg gegen den Terror, wenn Sie wollen.« Er hielt den Hörer wieder ans Ohr. »Haben Sie mitgehört, Commander?«

»Sie wollen Ihn filzen, Sir?«

Captain Fletcher war anzumerken, dass er es hasste, wenn er alles erklären musste. »Wir werden nichts finden. Aber sowohl der Frachter als auch wir werden für ein paar Minuten lang still liegen. Sperren Sie also die Ohren auf, Mann! Entweder Sie entdecken dann was, oder ich muss annehmen, dass Ihr Gerät spinnt.«

10. Tag 02 : 00 Ortszeit, 01 : 00 Zulu – Straße von Gibraltar,
russisches Jagd-U-Boot *Bizon*

»Der Frachter stoppt!« Fedorow wartete einen Augenblick, bis er sich ganz sicher war. »Die Fregatte auch. Peilt jetzt in null-drei-fünf, weniger als eine Meile.«

»Maschine stopp, absolute Ruhe im Boot!«, befahl Sarubin. Eigentlich konnten die Briten nicht wirklich etwas gegen sie unternehmen, ohne einen internationalen Zwischenfall heraufzubeschwören, aber manchmal konnte man sich dessen nicht sicher sein. Denn letzten Endes entschieden in Situationen wie diesen die Kommandanten vor Ort, denn bis höhere Ränge oder gar Politiker darüber befanden, war die Sache längst vorüber – so oder so. »Stiller Alarm, alle Mann auf Gefechtsstation«, wies Sarubin seinen Ersten an. »Bereiten Sie eine Feuerleitlösung auf die Fregatte vor, nur für den Fall …« Er hörte, wie Balakin scharf die Luft einzog, was aber nichts daran änderte, dass er es für angebracht hielt, für alle Eventualitäten vorbereitet zu sein.

»Die Fregatte setzt ein Boot aus!«

Sarubin nickte langsam, als er die ganz leise übermittelte Meldung des Sonaroffiziers vernahm. Die Briten hatten also vor, den Frachter zu kontrollieren, und für sie galt es nun, die Nerven zu bewahren.

10. Tag 02 : 15 Ortszeit, 01 : 15 Zulu –
Straße von Gibraltar, HMS *Antelope*

»Anruf vom Frachter!« Der Signalgast leckte sich nervös die Lippen. »M/S *Mediterranean Flyer*. Mit Maschinenteilen unterwegs nach Genua, die Papiere sind in Ordnung, stichprobenmäßig scheinen die Angaben zur Ladung zu stimmen.«

Captain Fletcher griff zum Telefon. »U-Jagd? Der Frachter scheint sauber. Was haben Sie?«

»Seit wir still liegen, behauptet das Magnetometer stabil das Vorhandensein eines Gewichtes so um die fünfzigtausend Tonnen; aber das Passivsonar hat nichts zu bieten, mit dem sich etwas anfangen ließe, und beim Aktivsonar können wir nicht mit Sicherheit sagen, ob wir neben dem Frachter noch ein zweites Ziel ganz dicht in seiner Nähe erfasst haben.«

Lionel Fletcher kaute auf seiner Unterlippe rum. »Wenn überhaupt, dann könnte es nur ein U-Boot sein, das sich unter dem Frachter rumdrückt und mit abgestellter Maschine abwartet, bis wir verschwinden?«

»Ich weiß es nicht, Sir!« In der Stimme des U-Jagdoffiziers klangen Zweifel mit. »Denn wenn dem so wäre, dann müssten wir zumindest dessen Hilfsaggregate hören, Pumpen oder so. Bei der angezeigten Größe kommt ein kleines konventionelles Boot, das sich komplett tot stellen kann, ja nicht in Frage.«

»Und was sagt Ihnen Ihr Gefühl?«

Der Lieutenant-Commander zögerte. Seine Welt waren eher Messergebnisse als Gefühle, zumindest soweit es um den Dienst ging. »Wenn der Frachter keinen doppelten Boden hat, bleibt als Erklärung eigentlich nur das Vorhandensein eines von den Dimensionen her mächtigen U-Bootes.«

»Verdammt richtig, Commander!«, sagte er und wandte sich dem Signalgast zu. »Beordern Sie das Inspektionskommando sofort wieder zurück!« Fletcher hielt den Hörer wieder ans Ohr. »U-Jagd, sind Sie noch dran?«

»Sir?«

»Sobald unsere Leute in ein paar Minuten zurück sein werden, drehen wir ab. Und dann werden wir umgehend gefechtsklar machen und wieder umkehren. Falls ein dreister Kommandant mit seinem U-Boot da seine Scherzchen treibt, locken wir ihn eventuell aus seiner Deckung heraus … wenn es ihn nicht geben sollte, haben wir immerhin eine gute Übung durchgezogen.«

10. Tag 02 : 30 Ortszeit, 01 : 30 Zulu – Straße von Gibraltar,
russisches Jagd-U-Boot *Bizon*

»Die Fregatte läuft wieder an und dreht nach Steuerbord!«, meldete Fedorow.

Sarubin leistete sich ein zufriedenes Grinsen. Mochte seine Besatzung auch noch nicht optimal eingefahren sein und es hier und dort noch das eine oder andere technische Problem geben, eines war sicher: Sie saßen im leisesten Atom-U-Boot der Welt, bei dem selbst die Hilfsaggregate extrem gedämpft worden waren und die Pumpen für Kühlmittel auf hartgummigefederten Fundamenten saßen. Da die ein jedes Atom-U-Boot ständig laufen haben musste, waren es bisher immer die Hilfsaggregate gewesen, die ein gestoppt im Wasser schwebendes Boot verrieten. Doch das war einmal, da die neuesten U-Boote der sogenannten vierten Generation, gleichgültig ob sie amerikanischer, russischer oder chinesischer Herkunft waren, auch in dieser Hinsicht enorm verbessert worden waren; ein gewaltiger Aufwand, der aber sein musste, wollten die Boote und deren Besatzungen im Ernstfall überleben.

»Er nimmt weiter Fahrt auf. Peilt in null-eins-null, sechzehn Knoten, zwei Meilen!«

»Danke«, sagte der Kommandant und hing weiter seinen Gedanken nach. Alles war völlig logisch verlaufen. Anfänglich waren es die Boote gewesen, die zu leise waren, als dass das Sonar sie hätte erfassen können. Also kam es zur Entwicklung eines Aktivsonars sowie eines verbesserten Passivsonars. Als Folge wurden die Boote auf eine noch geringere Geräuschentwicklung getrimmt, was wiederum gewaltige Verbesserungsanstrengungen bei den Erfassungsmöglichkeiten der Sonargeräte nach sich zog. Ein permanenter Wettlauf der Systeme seit dem Zweiten Weltkrieg, bei dem mal die Ortungsgeräte, mal die U-Boote die Nase vorne gehabt hatten. Augenblicklich waren es die Boote. »Haben wir denn jemanden, der unseren Frachter eventuell ein bisschen kitzeln könnte, damit er endlich geruht weiterzufahren?« Der Scherz kam bei seinen Leuten gut an, zumal der lästige Engländer ja ablief.

Auch Sarubin fühlte dadurch eine schwere Last von sich abgleiten, da sie unbedingt unentdeckt ins Mittelmeer gelangen mussten. Die gefühlte Zeit war länger als die tatsächliche, bis die Schrauben über ihnen wieder zum Leben erwachten – langsam, zögernd, als müssten sie es sich erst überlegen.

»Die Fregatte gibt Alarm!«, brüllte plötzlich Fedorow. »Dreht nach Steuerbord! Null-eins-fünf, achtzehn Knoten. Vier Meilen!«

Sarubin verzichtete auf Rückfragen, da es natürlich klar war, das der Sonaroffizier die rasenden Klingeln, das plötzliche Trampeln Hunderter von Füßen, die vielen Hilfsaggregate, die plötzlich hochfuhren, als das Kriegsschiff sich gefechtsbereit machte, richtig einzuordnen wusste. »Fünfundzwanzig Knoten, Backbord fünfzehn! Bringen Sie uns runter auf dreihundertfünfzig Meter!«, wies der Kommandant seinen Ersten an.

Als das Boot plötzlich Fahrt aufnahm, ging ein Zittern durch die ganze Röhre, und Sarubin erkannte seinen Fehler. Mehr als fünfundsechzigtausend Pferdestärken versuchten, den schweren fahrtlosen Rumpf in Bewegung zu bringen. Es war nur ein leichtes Schwingen, aber achtern pumpte der Rotor des Antriebes gewaltige Mengen Wasser durch die Schaufelblätter des Strators. Die Folge war, was der Kapitän am allerwenigsten brauchen konnte, das damit verbundene Geräusch. Beinahe augenblicklich, als habe der U-Jagdoffizier der Briten schon mit der Hand am Knopf darauf gewartet, traf eine Serie harter Impulse die Bootshülle. Scharfe Pings, der Schrecken aller U-Bootfahrer – direkter Kontakt!

10. Tag 02 : 45 Ortszeit, 01 : 45 Zulu –
Straße von Gibraltar, HMS *Antelope*

»Wir haben ihn!« Die Stimme des U-Jagdoffiziers überschlug sich fast.

Auch der Kommandant, der nach Ausgabe seines Befehls zur Gefechtsbereitschaft in die Opz übergewechselt war, sah den Punkt in den Displays auf seinem Kontrollpult auftauchen.

»Kontakt ist auf meinem Schirm. Unbekannter Typ, der Größe nach vielleicht ein Russe. Akula?«

»Negativ! Das Geräuschprofil passt nicht. Klingt ein

bisschen wie ein Trafalgar, aber erheblich stärkerer Antrieb. Pumpjet! Er nimmt jedenfalls Fahrt auf und geht auf Tiefe.«

Die Information *Pumpjet* sagte Fletcher überhaupt nicht zu, da es seines Wissens nach nur wenige Boote gab, alle reaktorgetrieben, die so einen Antrieb verwendeten. Die eigenen britischen Modelle der Trafalgar-Klasse und das neueste Boot der Astute-Klasse gehörten dazu, die amerikanischen Seawolfs und die französischen Le-Triomphants. Die Franzosen schieden aus der Betrachtung aus, weil deren Typen zu klein waren. Blieben folglich nur die eigenen Kameraden und die Amerikaner. Seine Hand entfernte sich wieder von dem blinkenden roten Knopf. »Wie verhält er sich?«

»Er nimmt Reißaus, Sir!«, erklärte auf der anderen Seite der Konsolen der Lieutenant-Commander. »Ich würde darauf tippen, dass es sich um einen Ami handelt, zumal uns die Kameraden ja auch nicht alles auf die Nase binden, was sie so treiben.«

»Also gut«, sagte Fletcher. »Übung abbrechen! Funkspruch an Admiralität: Kontakt mit nicht identifiziertem U-Boot auf 35° 54'N/5° 25'O, vermutlich amerikanisch.«

10. Tag 03 : 00 Ortszeit, 02 : 00 Zulu – Straße von Gibraltar, russisches Jagd-U-Boot *Bizon*

Der Bug der *Bizon* zeigte immer noch steil nach unten und folgte dabei strikt den Konturen des Meeresgrundes. Bereits in den sechziger Jahren hatte die damals noch sowjetische Marine mit großem Aufwand genaue Vermessungen des Meeresgrundes vorgenommen, nicht nur in der Straße von Gibraltar, aber auch dort. Ermittelt wurden Passagen, durch die genau berechnete Kurse führten, die fast schon unterseeischen Hochgeschwindigkeitsstrecken glichen, auch wenn es genaueste Navigation und vor allem Nerven aus Stahl bedurfte, ein großes Boot mit hoher Fahrt im Blindflug durch die engen Schluchten am Meeresgrund zu knüppeln. Dennoch versuchte Sarubin nun eine dieser Routen zu erreichen.

»Sechshundert Meter, Kapitän!«

Der Kommandant wandte den Kopf. »Wir nehmen Route Blau-Vier nach Osten! Fünfundzwanzig Knoten.«

Der Navigationsoffizier erhob keinen Einspruch, auch wenn von der Streckenführung her generell nur zwanzig Knoten vorgesehen waren, aber diese fünf Knoten mehr waren nichts, was ein guter Navigationsoffizier nicht in den Griff bekommen würde. Das erhöhte Risiko lag hauptsächlich darin, dass man bei dieser höheren Geschwindigkeit etwas mehr Raum brauchte, um durch die Kurve zu kommen. »Blau-Vier, fünfundzwanzig Knoten, Kapitän!«, wiederholte er den Befehl und wechselte die Karte auf dem elektronischen Plottisch. »Ich brauche für einen Augenblick Echolot.«

»Genehmigt.«

Der Lautsprecher über dem Kopf des Kommandanten erwachte zum Leben. »Die Fregatte dreht ab.«

»Was? Wiederholen Sie!«, forderte Sarubin.

»Der Engländer dreht ab, Kapitän!«

Der Navigationsoffizier senkte die Stimme. »Sollen wir dann …«

»Weitermachen wie befohlen. Bringen Sie uns hier weg!«

10. Tag 7 : 45 Ortszeit, 12 : 45 Zulu – Norfolk, Virginia

Angela blickte durch die großen Panoramascheiben zur Terrasse, während der kleine Ethan hinter ihr etwas brabbelte, aber sie hörte nicht hin, denn ihr Sohn war in einem Alter, in dem Kinder das dauernd taten. Kritisch wurde es erst, wenn plötzlich Ruhe war, denn das bedeutete, Ethan war leise davongekrabbelt, um irgendeinen Unfug anzustellen.

Sie blickte den beiden Booten nach, die sich von der Pier lösten, dunkle Schattenumrisse nur, weil es um diese Morgenstunde ohnehin noch nicht richtig hell war und erneuter Schneefall eingesetzt hatte. Zwei Stunden würden die *Tuscaloosa* und die *San Diego* brauchen, bis sie die offene See erreichten, und eine weitere würde vergehen, ehe sie die Vierhundert-Faden-Linie erreichen würden, um sich aus dem unangenehmen Schwell an der Küste in die sichere Tiefe zurückzuziehen.

Die beiden dunklen Schiffskörper verschwanden im Schneefall, und Angela steckte das zerknüllte Taschentuch, das ihre Hand umklammert hielt, in die Tasche. Sie würde nicht weinen. Außerdem musste sie den Frühstückstisch abräumen, Geschirr in die Spülmaschine packen, Ethan neu wickeln ... die Arbeit nahm kein Ende. Sie würde nicht weinen. *Zwei Wochen bis Weihnachten.*

10. Tag 07 : 45 Ortszeit, 12 : 45 Zulu – Jagd-U-Boot USS *Tuscaloosa*, auslaufend Norfolk, Virginia

Captain DiAngelo stand auf der Flosse und verfolgte das organisierte Durcheinander des Auslaufmanövers eher nebenher. Seine Gedanken galten Angela. Es war nicht einfach gewesen, ihr zu erklären, dass er wieder rausmusste, zumal so kurz vor Weihnachten. Dass weder die CIA noch die Navy nicht einfach über die Feiertage den Betrieb ruhen lassen konnte, verstand sich von selber, und Befehl war Befehl. Auch seine Frau wusste das nur zu gut, schließlich hatte sie selbst in der Navy gedient, hatte am ersten Weihnachtsfeiertag die Palmen von Subic Bay hinter sich am Horizont versinken sehen, und das Boot war erst in Yokohama wieder aufgetaucht, als die ersten beiden Monate des neuen Jahres schon fast rum waren. Sie kannte dergleichen, aber es war etwas anderes, wenn man an Land zurückblieb. Und Bob war es sehr schwergefallen, sie und den kleinen Ethan zurückzulassen.

»Steuerbord zehn!« Die Stimme des Kommandanten klang ruhig und gelassen. »Kleine Fahrt!« Beinahe gemütlich schob sich die *Tuscaloosa* von der Pier weg, die bequeme Lücke, die das Schwesterschiff ihr hinterlassen hatte, nutzend. »Die San Diego hat uns beim Seeklar geschlagen«, stellte der Commander fest.

»Schieben Sie das ruhig auf mich«, sagte Bob, »denn ich kam ja erst in letzter Minute an. Außerdem war die San Diego immer schon ein schnelles Boot.«

Lieutenant-Commander Dan Kearny* nickte zustimmend und wandte sich an den Befehlsübermittler. »Stützruder!«, ordnete er an und peilte auf den Kompass. »Null-eins-fünf steuern!« Dann schenkte er dem Captain wieder seine Aufmerksamkeit. »Das lag seinerzeit an der besseren Navigation, Sir! Die *Tuscaloosa* ist schneller, wenn es drauf ankommt.« Sein Gesicht verriet keine Regung.

---

* Siehe Peter Brendt: Crashdive. Dan Kearny war damals noch Navigationsoffizier auf der *San Diego*.

»Ah ja!«, meinte Bob spöttisch. »Wenn ich mich richtig erinnere, gab es damals den einen oder anderen Zusammenstoß mit einem tiefliegenden Wrack, Commander.«

Kearny konnte ein Grinsen nicht unterdrücken. DiAngelo war noch immer so, wie er ihn in Erinnerung hatte. Er drehte seinen Kopf wieder dem Befehlsübermittler zu. »Wenn Sie fertig mit Staunen sind, der XO soll nach Backbord auf zwo-acht-fünf gehen.« Kearny schaute kurz zu den Landmarken, aber die brauchte er nicht, denn genau wie jeder Kommandant in Norfolk auch, kannte er die Auslaufkurse auswendig.

8. Kapitel

10. Tag 16 : 30 Ortszeit, 13 : 30 Zulu – Bagdad, nahe der Grünen Zone

Das Haus, in dem sie sich befanden, lag nicht weit von jenem entfernt, in dem er al-Tufaili getroffen hatte. Aiman al-Sawahiri hörte sich an, was sein Leibwächter über ihn zu berichten wusste. »Demnach ist er also noch nicht wieder in den Libanon zurückgekehrt.«

»So ist es, Sawi, doch wir hatten ihn rund um die Uhr unter Beobachtung. Er hat sich mit zwei Syrern getroffen, die mit dem Waffenschmuggel in den Libanon zu tun haben. Außerdem hat es eine Verabredung mit einem Europäer gegeben. Worum es dabei gegangen sein könnte, wissen unsere Gewährsleute allerdings nicht zu sagen. Eine Zelle der Al-Aksa arbeitet daran, mehr über den Mann herauszufinden, was aber eines ziemlichen Kommunikationsaufwandes bedarf, um die Informationen zu beschaffen.«

Was der junge Hafid damit andeuten wollte, war klar. Jede Form der Kommunikation barg, auch wenn sie nicht entschlüsselt wurde, zumindest die Gefahr, Aufmerksamkeit zu erregen. Der Chefideologe zuckte die Schultern. »Wenn es schiefgeht, führt keine Spur zu uns, sondern zu den Märtyrerbrigaden. Doch lass uns bei den Schiiten bleiben.«

»Ansonsten hat er sich über Nacht von Rahman

zwei Mädchen kommen lassen.« Hafid blickte auf einen Zettel. »Alia und Yasmina, Nachnamen unbekannt.«

»Ist dieser Rahman nicht der Zuhälter mit den blutjungen Mädchen?«

»Genau der.« Da der Prophet selbst einst eine Neunjährige geheiratet hatte, ging Hafid davon aus, dass Aiman an deren Alter keinen Anstoß nehmen würde. »Wenn nicht alles täuscht, dann war dies auch nicht das erste Mal. Jedenfalls hat Rahman die beiden persönlich zu al-Tufailis Versteck gebracht.«

»Vielleicht hat al-Tufailis für so etwas eine Schwäche?« Ruhig sah er seinen Leibwächter an. »Ich wünsche, dass jemand sich Rahman und seinen Laden vornimmt, gewissermaßen als Signal an al-Tufaili, dass uns nicht unbemerkt bleibt, was er treibt.«

»Also ich ...« Aber dann brach der noch junge Mann ab. »Es soll geschehen, wie du sagst.«

Aiman runzelte die Stirn. »Gefällt dir daran etwas nicht?«

Der Leibwächter holte tief Luft, dann platzte es aus ihm heraus: »Ich würde den verdammten Schiiten einfach in die Luft jagen. Er hat dich bedroht, das reicht.

Der alte Ägypter lachte auf. »Oh, Hafid! Wenn ich könnte, wie ich wollte, dann gäbe es schon morgen keinen al-Tufaili mehr!« Er wurde wieder ernst. »Aber leider geht das nicht, denn zunächst brauchen wir erst noch ein paar Informationen ... aber dann ...« Er ließ den Rest offen. Es war auch unnötig, mehr zu sagen. »Kümmere du dich um Rahman, und zwar persönlich.«

10. Tag 09 : 45 Ortszeit, 14 : 45 Zulu –
Jagd-U-Boot USS *Tuscaloosa*,
etwa 50 Seemeilen östlich von Norfolk/Virginia

»Kein Funkspruch, Sir!«

»Also hat bisher niemand Kontakt gehabt«, stellte DiAngelo fest. »Gut, runter mit dem Boot, und los geht es! Wir hören zu den üblichen Programmzeiten, ob es etwas gibt.«

»Aye, aye, Sir!« Dan Kearny tippte kurz an die Mütze. »XO, Sie haben den Captain gehört. Dreihundert Fuß, Umdrehungen für fünfunddreißig Knoten.« Er wandte sich um. »Enno, wenn ich um einen Kurs bitten darf?«

»Ich schlage vor, wir fangen mal mit null-sechs-null an, Sir!«, sagte der Lieutenant am Kartentisch.

»Sehr gut! Dann null-sechs-null!«, bestätigte der Kommandant.

DiAngelo trat an den Kartentisch und studierte die Eintragungen. Null-sechs-null bedeutete, dass der Navigationsoffizier bereits mit dem Großkreis kalkuliert hatte. Knappe viertausend Meilen lagen vor ihnen, bis Sie vor Gibraltar stehen würden, rund einhundertdreißig Fahrtstunden, oder anders gerechnet, etwas mehr als vier Tage. Dazwischen würden Sie immer nur für Minuten die schützende Tiefe verlassen, um zu den festgelegten Zeiten Funksprüche aufzufangen. Die *Bizon* hatte zwar immer noch einen gewaltigen Vorsprung, aber sie würde ins Mittelmeer hineinmüssen, um ihre Mission durchzuführen, und danach auch wieder hinaus. Es bestand also eine reelle Chance, sie auf dem Rückweg zu erwischen. »Dann bringen Sie uns mal so schnell wie möglich rüber, und danach sehen wir weiter.«, erklärte Bob. »Ich mach mich mal wieder an meine Unterlagen und versuche daraus etwas Honig zu saugen.«

Dan Kearny lächelte. »Wo Sie den Smut und Kaffee finden, wissen Sie ja, Sir!« Seine eigene Kammer hatte er dem Captain zur Verfügung gestellt und war kurzfristig in eine der Offizierskammern gezogen. Einen Vorteil hatte die letzte Modernisierung, die man zugleich mit den Reparaturen vorgenommen hatte, mit Sicherheit gebracht. Der erhöhte Automatisierungsgrad erforderte weniger Personal, und das bedeutete wiederum mehr Platz für alle an Bord.

10. Tag 17 : 30 Ortszeit, 15 : 30 Zulu – Jerusalem,
Amerikanische Botschaft

»Wie geht es Ihnen?«

Der Mann am anderen Ende der Leitung zögerte kurz. »Ich fühle mich etwas müde, aber so was soll's ja geben. Haben Sie das Band eingeschaltet?«

Der CIA-Agent mit dem Namen John Smith – er hieß tatsächlich so, auch wenn kaum jemand ihm das abnehmen wollte – schaltete das digitale Aufnahmegerät ein und beschränkte sich auf ein kurzes »läuft!« als Antwort.

Sein Gesprächspartner gab ein vernehmliches Seufzen von sich, das sogar über das Knacken der Telefonleitung noch zu hören war. »Also gut! Heute, so gegen Mitternacht, wird eine Al-Qaida-Gruppe auf einen Zuhälter namens Rahman angesetzt werden. Sehen Sie zu, dass Ihre Leute früher da sind, den Laden auseinandernehmen und alle Personen dort erst mal einlochen. Was später wird, überlasse ich Ihrem Einfallsreichtum.«

»Scheherazade! Sie können nicht …« Wie immer kam sich Smith dämlich vor, wenn er diesen Namen als Anrede verwendete, aber er kannte keinen anderen als den Codenamen, den sich der Mann selbst gegeben hatte.

Scheherazade lachte rau. »Ich kann! Habe ich Sie jemals um etwas gebeten oder in irgendeiner Form eine Bezahlung verlangt? Na also! Und auch in diesem Fall liegt dieses Vorgehen in Ihrem Interesse.« Der Mann verstummte kurz, als müsse er über etwas nachdenken. »Hören Sie mir gut zu, dann verstehen Sie! Rahman hat sein Haus in Bagdad im Souk al Jadid, nahe beim Tala'a Platz. Es ist ein vierstöckiges Gebäude an der Ostseite des Platzes, dem nicht anzusehen ist, dass es ein Bordell beherbergt. Alles sehr diskret. Rahman organisiert auch Hausbesuche, wenn die Kunden gut zahlen. Er muss irgendwo so etwas wie eine Kundendatei mit Adressen haben. Sie werden darin unter anderem auch ein paar Verstecke von Leuten aufgeführt finden, die Sie suchen.«

»Scheherazade, sind Sie in Bagdad?« Smith schluckte. »Ist Sawahiri dort?«

Ein Klicken und die Verbindung brach ab. Smith zerquetschte einen Fluch auf den Lippen, aber so war es immer mit Scheherazade. Er wusste nicht einmal, wer der Mann war, nur, dass er eines Tages von sich aus angerufen und ihm Informationen übermittelt hatte. Und das hatte sich danach noch öfter wiederholt. Die Motive für Scheherazades Handeln kannte Smith nicht. Geld war es jedenfalls nicht, denn der Mann hatte noch nie etwas dafür verlangt. Smith gab sich einen Ruck und griff erneut zum Telefon. Sein nächster Gesprächspartner meldete sich sofort. Smith räusperte sich. »Jack, wir haben ein Problem.«

10. Tag 16 : 45 Ortszeit, 15 : 45 Zulu – Jagd-U-Boot USS *Alaska*,
160 Seemeilen nordnordwestlich von Gibraltar.

Commander Martinez lehnte sich in seinem bequemen Sessel zurück. Diese Jagd entpuppte sich derzeit als eher langweilig, aber er wusste gut genug, wie schnell sich das ändern konnte. Sie folgten eben keinem direkten Kontakt zu dem russischen U-Boot, aber sie hatten eine ungefähre Vorstellung davon, wo der Bursche hinwollte. Warum sie versuchen sollten, das Boot zu stellen, hatte man ihm nicht mitgeteilt, aber im Grunde spielte dies auch keine Rolle. Der Befehl lautete, nach Gibraltar zu laufen und dort weitere Anweisungen abzuwarten. Nun, bis Gibraltar waren es nur noch ein paar Stunden.

»Was glauben Sie, bekommen wir Order, ins Mittelmeer zu laufen?«

Der Kommandant sah Turk, seinen XO, nachdenklich an. »Mit dem Boot und getaucht dürfte das ein ziemlich haariges Unternehmen werden.«

»Wenn der Iwan das kann, sollten wir das auch hinkriegen, Sir!«

»Kontakt in rot-drei-null! Oberfläche, sieben Knoten, Abstand etwa zehn Meilen.« Die Stimme des Sonaroffiziers aus dem Lautsprecher unterbrach die Unterhaltung. »Turbine.«

Es war nicht der erste Kontakt, denn ungefähr vierzig Schiffe waren auf verschiedenen Kursen derzeit durch dieses Gebiet unterwegs, in der Regel Frachter aus dem Mittelmeer oder auf dem Weg dahin. Weil die *Alaska* selbst extrem schnell lief, bekam sie sehr leise Geräusche aus großen Entfernungen nicht mit. Aber unter optimalen Bedingungen und mit niedrigerer Fahrtstufe vermochte das Sonar des Bootes einen Frachter auf beinahe hundert Meilen zu erfassen. Jetzt, unter diesen Bedingungen, betrug die Reichweite vielleicht noch zehn bis zwanzig Meilen, obwohl das für den Augenblick vollkommen reichte. Es war ja nicht so, dass hier unten in über dreihundert Fuß Tiefe ein Zusammenstoß mit irgendjemandem zu erwarten stand.

»Noch zwei Stunden, bis wir im Überwachungsgebiet von Gibraltar stehen.« Martinez wandte sich zum Navigationsoffizier um. »NO, suchen Sie schon mal die speziellen Verhaltensvorschriften raus. NATO hin oder her, aber die Engländer halten da das Heft in der Hand, und wir wollen unsere transatlantischen Cousins doch nicht unnötig in Aufregung versetzen.«

»Aye, aye, Sir!« Ich hab mich bereits kundig gemacht. Das Standardverfahren für Kriegsschiffe sieht eine Ankündigung vierundzwanzig Stunden vorher per Funkspruch vor, es sei denn, es handelt sich um einen Notfall. Die Regelung gilt allerdings nur, falls Sie Gib anlaufen wollen. Die Straße als solche ist frei, vorgeschrieben ist nur, dass wir aufgetaucht laufen und nicht schneller als dreizehn Knoten.«

Martinez verdrehte die Augen. »Wie ist das Wetter oben?«

»Nur eine Spur kabbelig, Sir!«

»Na dann. Bringen Sie uns nach oben, wir melden uns mal an. Bei der Gelegenheit können wir ja unsere Verbündeten auch gleich mal fragen, ob sie vielleicht sonst noch was Schönes mitbekommen haben.«

10. Tag 18 : 00 Ortszeit, 16 : 00 Zulu – deutsche Fregatte *Wiesbaden*, 24 Seemeilen westlich der libanesischen Küste

Kapitän Otten beobachtete die Schnellboote, die über die glitzernde Wasseroberfläche schossen, durch sein Glas. Die letzten Minuten des Sonnenunterganges färbten das östliche Mittelmeer rot, und selbst die breiten Gischtschleier, die von den Booten aufgeworfen wurden, leuchteten orange. Ein wunderschön anzuschauendes Farbenspiel. In Anbetracht dessen, dass es immerhin bereits Dezember war, empfanden die Deutschen, die Winter geistig eher mit Schnee verbanden, die Temperaturen von um die achtzehn Grad Celsius als ausgesprochen mild.

»Sie haben ihn!«, ließ sich sein Erster vernehmen.

»Dazu hat bei dem alten Frachter ja auch nicht viel gehört«, meinte Otten und ließ das Glas sinken. »Dann sollen sie ihn mal schön inspizieren, auch wenn ich mir davon nicht viel verspreche.«

»So lautet nun einmal der Auftrag, Herr Kapitän.«

Otten sah seinen Ersten, Fregattenkapitän Seelmann, ruhig an. »Dann führen wir ihn auch durch.« Er dachte an das Abendessen, das es erst in einer Stunde geben würde, und setzte hinzu: »Wir haben ja sowieso nichts Besseres zu tun.«

Seelmann lächelte unsicher, verzichtete aber auf eine Erwiderung. Bei dem Alten wusste man nie so richtig, woran man mit ihm war. Aber in Zeiten wie diesen war so ein Auslandseinsatz Gold wert. Die Deutsche Marine hatte Einheiten reduziert, das seit Jahren existierende Problem des Beförderungsstaus hatte sich dadurch noch mehr verstärkt, und die Dinge hatten bisweilen schon groteske Formen angenommen. Seelmann brauchte sich nur auf diesem Schiff umzusehen.

Neben dem Kapitän bevölkerten gleich vier Fregattenkapitäne die Fregatte, von denen jeder hoffte, irgendwann einmal Kapitän zur See zu werden, was aber beinahe unmöglich war, wenn nicht irgendwo ein Kapitän in den Ruhestand ging oder eben zum Flottillenadmiral befördert wurde. Nur herrschte auch auf der nächsten Rangstufe wiederum das gleiche Prinzip. Und sollte sich doch einmal so ein winziges Karrierefenster auftun, dann würden natürlich die Offiziere mit möglichst viel Auslandserfahrung bevorzugt werden. Also hielt Seelmann seinen Mund und tat seinen Job. Befehl war Befehl, Schnaps war Schnaps.

Der Kapitän registrierte das Lächeln seines Stellvertreters wie immer mit einem unguten Gefühl im Magen. Seelmann war ein Jasager, der alles dafür geben würde, befördert zu werden. »Wir tun hier seit fast drei Monaten Dienst und machen ständig das Gleiche. Abgesehen von einer Kiste mit Gewehrpatronen haben wir bei den Schiffskontrollen nichts gefunden, und die war auch noch offiziell als Jagdmunition für ein libanesisches Parlamentsmitglied deklariert.«

»Dann sollten wir doch zufrieden sein, Herr Kapitän. Die Blockade wirkt, der Rest ist nicht unsere Sache.«

Otten verzog das Gesicht. Seine *Wiesbaden* war die erste der neuen 124er-Fregatten, die nunmehr hier operierte. Alle vorangegangenen Einsätze hatten bisher von älteren Modellen übernommen werden müssen, weil Softwarefehler und eine zweifelhafte Beschaffungspolitik dafür gesorgt hatten, dass die neuesten und stärksten Schiffe in bestimmten Situationen gegen Luftangriffe hätten hilflos sein können. Was nutzte ein Rolling Airframe, wenn die Bürokratie die dazugehörigen Raketen nicht bestellt hatte? Nun, nach beinahe drei Monaten, wussten sie, dass es keine plötzlichen Luftangriffe gab. Nur eine endlose Anzahl Frachter, die es zu kontrollieren galt, und auch das war vergebliche Liebesmüh, denn die Waffen wurden eben einfach über Syrien auf dem Landweg an die Hisbollah geliefert. Die internationale Blockade blieb, was sie von Anfang an gewesen war: eine Farce. Der Kommandant schwankte immer noch zwischen Erleichterung und Zorn. Erleichterung, dass er sein Schiff nicht mit unzureichender Ausrüstung in ein Gefecht hatte führen müssen, Zorn darüber, weil sie sich alle mal wieder lächerlich gemacht hatten. Doch es brachte nichts, das mit Seelmann zu erörtern. Also zuckte er nur mit den Schultern. »Noch drei Wochen, Weihnachten und Neujahr in See, aber danach ein schöner langer Urlaub.«

»Signal von S-Wolf: Papiere sind in Ordnung. Ladung: Kunstdünger.«

»Na schön, dann sollen sie auf der *S-Wolf* machen, dass sie von dort wieder wegkommen, bevor denen der Kunstdünger noch um die Ohren fliegt«, wies der Kommandant den Signalmaat an. »Kunstdünger müssen wir passieren lassen.« Kopfschüttelnd wandte er sich wieder seinem Ersten zu. »Und dabei ist allgemein bekannt, was sich mit dem Zeug anstellen lässt. Ist ja nicht umsonst die beliebteste Sprengstoffbasis aller Terrorgruppen.* »Angewidert setzte er hinzu: »Da ist

* Als Kunstdünger werden vielfach Ammoniumnitrat oder Ammoniumphosphat verwendet, die beide auch mit entsprechenden Beimengungen versehen als improvisierte Sprengstoffe verwendet werden können. Ähnliche Deklarationen wurden bereits für Giftgasfabriken benutzt, bei denen Kunstdünger als Basis für die Kampfgasproduktion benutzt wurde.

nur nichts zu machen, denn Kunstdünger steht nicht auf unseren Embargo-Listen.«

10. Tag 17 : 30 Ortszeit, 16 : 30 Zulu – Westliches Mittelmeer, russisches Jagd-U-Boot *Bizon*

Vierzehn Stunden waren vergangen, seit sie den Briten entkommen waren, seit die sie hatten fahren lassen. Darüber war sich Igor Sarubin immer noch nicht ganz im Klaren. Daran, dass die Fregatte ihr U-Boot erfasst haben musste, hegte er keinen Zweifel.

Nachdenklich starrte er auf die Karte des Navigationsoffiziers. Mit allen Kursänderungen, die sie vorgenommen hatten, nahm sich ihre Fahrtroute stellenweise aus wie das Gekritzel eines Irrsinnigen. Aber der Wahnsinn hatte Methode gehabt. »Gute Arbeit!«, lobte der Kommandant.

»Danke, Kapitän!« Der Oberleutnant lächelte müde. Vierzehn Stunden lang hatte er das Boot nach Stoppuhr gefahren, immer durch die zerklüftete Landschaft am Fuß der marokkanischen Küste, entlang der Route Blau-Vier, einem jener Schleichpfade am Grunde des Meeres, welche die Sowjetmarine bereits im Kalten Krieg vermessen hatte. Und jede Sekunde war wichtig gewesen. Wenn er sich nur um Bruchteile verrechnet hätte, wäre das Boot unter Umständen blind gegen einen Felsen gerannt; nicht auszudenken, wenn ein Wendemanöver mehr Raum beansprucht hätte als von ihm geschätzt. Und immer hatte die Gefahr bestanden, dass eine neue Strömung den gewaltigen Bootskörper erfasste und gegen die nahen Riffe drückte. Die Liste möglicher Katastrophenursachen war zu lang, um bei derartigen Manövern vollständig bedacht zu werden.

Aber es hatte funktioniert. Dort unten, zwischen Bergmassiven und Schluchten, waren sie in Tiefen zwischen dreihundert und vierhundert Metern jedem Verfolger mit Sicherheit entkommen. An Steuerbord achteraus lag nun Ras Tarf, Steuerbord voraus Ras Tatla Madari und an Backbord voraus die Isle d'Alboran und unter ihnen hatte sich der Meeresgrund weitere achthundert Meter abgesenkt. Sie waren im Mittelmeer, Teil zwei ihrer Operation konnte beginnen – nur würde der nicht einfacher werden. Sarubin hatte daran keine Zweifel.

10. Tag 23 : 30 Ortszeit, 20 : 30 Zulu – Bagdad, Souk al Jadid

Der Souk al Jadid war geprägt von der Enge zwischen den alten Häusern, zumal auch noch die schmalen Gassen zusätzlich mit Ständen und Verschlägen bepflastert waren. Es war einer jener Teile der Stadt, in denen Bagdad vielleicht wirklich noch durch und durch arabisch wirkte. Halb Bazar, halb Wohnviertel, aber wie die meisten Souks eben auch eine wirbelnde, quirlende Welt in sich – und ein Versteck, sollte es darauf ankommen.

Amerikanische Soldaten sah man hier selten, und falls doch, dann trauten sie sich nur schwer bewaffnet und mit großer Mannschaftsstärke in das Viertel, in dem sich auch die irakische Polizei allenfalls blicken ließ, um Schmiergelder abzukassieren, damit sie über alles Sonstige hinwegsah.

Als Jack Small den Anruf seines Kollegen Smith aus Jerusalem erhalten hatte, war ihm sofort bewusst gewesen, dass damit mehr als ein Problem auf ihn zukommen würde. Die Sache würde für Ärger sorgen, selbst wenn sie klappte, und nicht einmal das war sicher. In aller Eile hatte er den zuständigen Armeebefehlshaber kontaktiert und sich dann mit einigen Offizieren zusammengesetzt. Und nun waren sie hier.

»Hornet startet, Sir!«

Small drehte sich etwas zur Seite, während seine beiden Begleiter lautstark begannen, den Besitzer des Standes abzulenken. Das Arabisch des CIA-Agenten ließ zwar zu wünschen übrig, aber immerhin bekam er näherungsweise mit, dass Leutnant Rasik von der irakischen Sondereinsatzgruppe dem Händler in etwa sinngemäß erklärte, er sei ein Esel, der Sohn eines Esels und der Enkel eines Esels, und seine Töpfe seien niemals das Geld wert, das er dafür verlangte. Wahrscheinlich entgingen ihm ein paar Feinheiten, aber der Rest reichte auch so, um ihn unter dem Haik grinsen zu lassen. Er drückte sich in eine Nische und raunte in das Kehlkopfmikrofon: »Okay! Haben alle verstanden? Fünf Minuten! Makesafe, Sie warten auf den Befehl zum Vorrücken.«

»Makesafe: Verstanden!«

»Team eins verstanden!«

»Team zwo bereit!« Eine Meldung nach der anderen traf auf seinem Kopfhörer ein.

Erleichtert sah sich Small um. Offensichtlich war durch ihre Anwesenheit niemand aufgeschreckt worden, und bisher ging das Leben weiter seinen normalen Gang. Es gab keine hastig gerufenen Warnungen, sondern es herrschte nur das übliche Gewirr von Stimmen, die um irgendwelche Waren feilschten, verschleierte Frauengestalten, die sich durch die Masse schoben, und alte Männer, die in einem kleinen Café an der nächsten Ecke hockten und ihre Schischas rauchten. Über allem hing die übliche Geruchsmischung aus

Staub, Menschenleibern und orientalischen Gewürzen. So weit also war alles normal. Einmal mehr wandte er seine Aufmerksamkeit dem Haus gegenüber zu, das im Vergleich zu der schnurgeraden Reihe der anderen etwas zurückversetzt stand. Trotzdem hatten sich keine Stände in dieser Lücke angesiedelt, da die Bewohner des Souks anscheinend wussten, was ihnen bekam und was nicht.

Hubschrauber über Bagdad waren in all den Jahren der amerikanischen Präsenz ein gewohnter Anblick geworden und gehörten mit zum Alltag, wie die Rauchsäulen der Anschläge, die auf Wände geschmierten Parolen, das Verkehrschaos oder die Listen der Verschwundenen, die von der einen oder anderen Gruppe entführt worden waren. Wenn es sich nicht gerade um Kampfhubschrauber vom Typ Apache handelte, die von den Amerikanern auch zur Unterstützung bei Razzien eingesetzt wurden, schenkte ihnen kaum jemand Beachtung. Deshalb bedachte der Wächter auf Rahmans Haus auch die beiden »fliegenden Bananen«, die aufgrund ihrer markanten Form leicht als Transportmaschinen zu erkennen waren, nur mit einem müden Blick.

»Zehn … neun … acht …« Über seinen Knopf im Ohr bekam Leutnant Rasik mit, dass der Countdown begonnen hatte. Er wirbelte herum und ließ den verdutzten Händler einfach stehen. Aus den Tiefen seines Gewandes zauberte er urplötzlich eine Pistole hervor.

Bei »… sieben …« setzte sich auch Small in Bewegung. Über den Köpfen der Leute donnerten plötzlich die Hubschrauberrotoren, als sich die beiden großen Vertols über das Haus sinken ließen. Leinen rollten aus, und Gestalten rutschten daran hinunter. Auf dem

Dach fielen die ersten Schüsse. Rahmans Wächter gelang es noch, einen Feuerstoß aus seiner Maschinenpistole auf die sich abseilenden Elitesoldaten abzufeuern, bevor die SEALs ihn ausschalteten.

Unten, in der Gasse des Souk, blieb Leutnant Rasik für einen winzigen Augenblick stehen und hob den rechten Arm, den Körper seitlich dem Ziel zugewandt wie ein Duellant, kein Combat-Anschlag. Hinter ihm wurde eine verschleierte Frauengestalt von einer unsichtbaren Faust herumgerissen und sackte zu Boden. Menschen rannten schreiend davon. Small konnte Rasiks Schuss nicht hören, aber neben dem Hauseingang wurde ein Mann gegen die Ziegelwand geworfen.

»... vier ...« Männer von Team eins preschten vor und sprengten die Tür aus den Angeln, die bezeichnenderweise aus Stahl bestand.

»... drei ...« An den Außenposten rund um den Souk wurden Panzermotoren angelassen, und die tonnenschweren Abrahams, gefolgt von Infanterie, rollten los, alles an Ständen plattmachend, was ihnen in den Weg kam.

»... zwei ... eins ... *NULL!*« Die Stimme in den winzigen Ohrstöpseln schrie das letzte Wort offenbar in völliger Unkenntnis, dass die Aktion bereits in vollem Gange war.

Als Small und Rasik in das Haus eindrangen, schlug ihnen eine Wolke aus schwerem süßlichem Parfüm entgegen. Die Musik, die sie noch kurz zuvor vermeint hatten zu hören, war verstummt. Der große Raum, in den sie geraten waren, wurde von dunkelrotem Plüsch und von kaum durch hauchzarte Schleier verhülltem Mädchenfleisch dominiert. Dunkle kohlumrandete Augen starrten sie an. Jack Small, der nicht so recht wusste, wie er sich nun verhalten sollte, senkte verunsichert seine Waffe, aber es war zu spät. Der erste gellende Schrei war wie ein Signal, in das die anderen Kinder mit einstimmten. Dutzende sprangen halbnackt von Diwanen und aus diskreten Nischen auf und rannten wild durcheinander. Auch die erwachsene männliche Kundschaft geriet in Panik.

In den oberen Etagen brach ein heftiges Feuergefecht aus. Wer auch immer sich in den Zwischenstockwerken bis zum Dach sonst noch befinden mochte – es konnten nicht nur blutjunge Mädchen sein.

Hafid blieb nichts anderes übrig, als die Männer der lokalen Zelle, die er zu ihrem Treffpunkt beordert hatte, um sich des Bordells des alten Rahman anzunehmen, wieder unverrichteter Dinge wegzuschicken. Denn kurz bevor sie ausrücken wollten, hatte ein Bote, völlig außer Atem, die ein paar Straßen vom Tala'a entfernte Wohnung erreicht, in der sie sich versammelt hatten. Keuchend berichtete er, dass die Amerikaner in einer großangelegten Aktion Rahman hochgenommen hatten.

Für einen Augenblick standen alle wie versteinert da. Dann ergriff Hafid das Wort. »Wir sind zu spät gekommen, Brüder.« Er zwang sich zu einem Lächeln, das unter diesen Umständen aber leicht gequält wirkte. »Wenn wir etwas Glück haben, wurde uns von den Ungläubigen die Arbeit nur ein bisschen abgenommen.«

Der Bote, ein nicht mehr als fünfzehnjähriger Iraki, sah Hafid an und lachte rau, aber es klang unecht, verriet mehr seine Erleichterung. In dieser Nacht jedenfalls würde er nicht mit einer Waffe in der Hand in Bagdad umherschleichen und auf den Feind warten, den man ihm benannt hatte. Die Müdigkeit, die in ihm steckte, vermochte nicht das fanatische Feuer in den

Augen des Jungen zu verdrängen. Wenn dieser Mann es befahl, dann würde er losziehen und töten – und notfalls auch sterben. Ganz einfach, weil Hafid von so einem ganz besonderen Mann wie Sawahiri kam. Bei diesem Gedanken verschwand die Erleichterung, die er eben noch gespürt hatte, denn er würde nunmehr keine Gelegenheit haben, dem großen Imam seine treue Ergebenheit zu beweisen.

Hafid schien die Gedanken des Jungen lesen zu können. »Es kommen auch noch andere Tage«, sagte er zu ihm. »Geh jetzt heim, ich werde dich rufen lassen, wenn du benötigt werden solltest.« Er wandte sich zu den Männern um, die schweigend auf weitere Befehle warteten. »An euch ist es nun, herauszufinden, was genau geschehen ist. Ihr wisst, wie ihr mich erreichen könnt, Brüder!«

Minuten später war er allein und blickte nachdenklich aus dem Fenster auf das wegen Strommangels nur teilweise beleuchtete Bagdad. Nicht weit entfernt hallte eine Explosion durch die Nacht, und er runzelte verärgert die Stirn. Das mussten die Schiiten sein, denn die sunnitischen Zellen hatten für heute außer dem Überfall auf den alten Rahman nichts geplant. Doch es gab Wichtigeres. Er musste Scheherazade anrufen, und danach musste er Aiman al-Sawahiri berichten, dass ihnen die Amerikaner zuvorgekommen waren. Er hatte noch eine lange Nacht vor sich, aber der Gedanke an das Gespräch mit Scheherazade gab ihm neue Kraft.

9. Kapitel

11. Tag 01 : 00 Ortszeit, 06 : 00 Zulu – Jagd-U-Boot USS *Tuscaloosa*, 500 Seemeilen von der amerikanischen Ostküste

Commander Dan Kearny kam die Leiter vom Turm herab und schüttelte sich wie ein nasser Hund. »Sauwetter!«

»Ach, tatsächlich?« Bob DiAngelo grinste mitleidlos. Das große U-Boot rollte in der Tat zum Gotterbarmen, aber wenigstens konnten sich die Männer an Bord damit trösten, dass die *Tuscaloosa* nicht lange an der unfreundlichen Oberfläche bleiben würde.

»Wind aus Nordwest, Stärke acht.« Er lächelte. »Trotzdem ein schöner frischer Wind.«

Der Captain, der bequem zurückgelehnt in Kearnys Kommandantensessel saß, verzog das Gesicht. Er wäre auch gerne hochgestiegen und hätte einen Blick auf die See geworfen, mochte sie auch noch so stürmisch sein. Aber die Kletterpartie auf den Turm bei diesen heftigen Bootsbewegungen wäre mit seinem lädierten Bein ein Vabanque-Spiel gewesen, und so musste er sich diesen Luxus verkneifen. Etwas säuerlich sah er den Kommandanten an. »Die Funker brauchen noch ein paar Minuten. Scheint eine Menge aufgelaufen zu sein.«

»Alles klar! Wenn Sie hier die Stellung halten, Sir, dann gehe ich mir mal schnell was Trockenes anziehen.«

Ein paar Minuten später verschwand die *Tuscaloosa*

wieder in der Tiefe, ihrem eigentlichen Element. Weiter und weiter drückten die großen Tiefenruder das Boot nach unten. Ab knapp zweihundert Fuß war von dem stürmischen Wetter an der Oberfläche schon nichts mehr zu spüren, aber vorsichtshalber legten sie noch einmal hundert Fuß zu. Unbehelligt von der See dort oben richtete die *Tuscaloosa* ihren gerundeten Bug wieder nach Osten und nahm mehr Fahrt auf. Mit etwas über dreißig Knoten steuerte sie dem fernen Gibraltar entgegen.

Während das Leben an Bord sich wieder normalisierte, wurde im Funkschapp die Entschlüsselung der Funksprüche vorgenommen. Natürlich war die Dechiffrierung längst nicht mehr so mühselig wie in vergangenen Zeiten. Die digitalisierten Funksprüche bearbeiteten Computer, und die Funker erhielten in Sekundenschnelle einen Klartext – oder einen andersartig verschlüsselten Text, wie dies beispielsweise bei den Funksprüchen der CIA der Fall war, die für Bob bestimmt waren und der sie dann nochmals durch ein weiteres Programm laufen lassen musste. Eines der ältesten Probleme des verschlüsselten Funkverkehrs bestand allerdings immer noch: Solange die Sprüche, die man auffing, noch chiffriert waren, wusste man nicht einmal, ob sie für das Boot überhaupt interessant waren. Also musste man erst einmal alles, was so reinkam, entschlüsseln und danach sichten.

DiAngelo, für den gleich mehrere Funksprüche zur regulären Programmzeit mitgeschickt worden waren, erschien erst beinahe eine halbe Stunde nach dem Tauchmanöver wieder in der Zentrale. Seit das Boot wieder ruhig seine Bahn in der Tiefe zog, fiel es ihm erheblich leichter, sich mit seinem Stock durch den Rumpf zu bewegen.

»Sir?« Kearny stand auf und bot dem Captain seinen Sessel an.

Aber Bob winkte ab. »Lassen Sie mal, ich muss mir die Karten ansehen.«

»Stimmt etwas nicht, Sir?«, erkundigte sich der Kommandant.

»Die Briten hatten vor Gibraltar Kontakt mit einem unbekannten U-Boot, aber weil sie dachten, es sei eines von unseren, haben sie nichts unternommen. Jedenfalls wissen wir jetzt, dass die *Bizon* vor knapp vierundzwanzig Stunden ins Mittelmeer durchgebrochen ist.«

»Die Briten hätten sie ja wohl kaum daran zu hindern vermocht, Sir.«

»Das nicht, aber sie hätten die Sache über die NATO melden können. *Alaska* steht, mit Einverständnis der Briten, in einer Auffangposition mitten in der Straße von Gibraltar, und ich schätze ich werde sie der *Bizon* hinterherschicken.«

Kearny sah ihn plötzlich betroffen an. »Sir, es ist dort größtenteils flach und eng. Die *Alaska* ist ein großes Boot und ...« Er verstummte, als Bob langsam nickte.

»Darüber bin ich mir im Klaren, Dan!« Der Captain kratzte sich nachdenklich im Bart. »Ich kenne Martinez und Turk, seinen Ersten. Mit ihnen war ich erst vor ein paar Monaten wochenlang auf der *Baton Rouge**.« Er zögerte. »Große Alternativen habe ich ohnehin nicht.«

»Martinez ist ein fähiger Mann und die *Alaska* ein gutes Boot, nach allem, was man hört«, konstatierte der Commander.

---

* Siehe Peter Brendt: *Dead Soul.*

»Und nach allem, was ich gesehen habe, auch«, setzte Bob hinzu und begab sich an den Kartentisch. Wenn er von der gleich hohen Fahrt ausging, die das russische Boot durch den Atlantik vorgelegt hatte, dann konnte die *Bizon* jetzt bereits schon das halbe Mittelmeer durchquert haben. Sein Finger folgte den gedachten Kurslinien bis zu einigen Markierungen vor der libanesischen Küste, die den Bereich der internationalen Seeblockade anzeigten, die eingerichtet worden war, um Waffenlieferungen an die Hisbollah zu unterbinden. Eine Farce, aber in diesem speziellen Fall konnte sich das internationale Engagement endlich einmal als nützlich erweisen, immer vorausgesetzt, dass die zumeist europäischen Einheiten nicht mal wieder demonstrativ in die andere Richtung sahen. Kopfzerbrechen machte ihm vor allem der Mann, den sie jagten: Kapitän Igor Sarubin! Als er auf diesen Namen in einem der Funksprüche gestoßen war, hatte er gewusst, dass die Aufgabe, die *Bizon* zu stellen, alles andere als einfach werden würde. Er hatte den Russen in der Vergangenheit selbst bei einem Einsatz erlebt und wusste daher, dass Sarubin ein harter und ausgebuffter Gegner sein würde.

Dreißig Minuten später tauchte die *Tuscaloosa* nochmals kurz an die vom Sturm gepeitschte Wasseroberfläche auf, verschlüsselte Funksprüche verließen innerhalb von Sekunden die Antennen, und beinahe fluchtartig verschwand das Boot danach wieder in der schützenden Tiefe.

11. Tag 09 : 00 Ortszeit, 14 : 00 Zulu –
Langley, Virginia

Nachdenklich hörte sich Roger Marsden den Bericht seiner Leute an, die er auf Koljunow angesetzt hatte.

»In Klein-Odessa hat er sich mit Russen getroffen, aber wir kamen nicht nahe genug heran«, bekannte der junge Agent, der eines der beiden Überwachungsteams leitete. »Wir haben es mit einem Richtmikrofon versucht, aber alles, was wir bekamen, war ein Rauschen. Unsere Experten haben noch nicht raus, wieso.«

»Koljunow ist in einer anderen Zeit groß geworden und wird euch noch mit ein paar ganz anderen Tricks überraschen. Wahrscheinlich dürfte es sich um irgendeine Überlagerung gehandelt haben. Im Kalten Krieg haben wir selber auch mit solchen Sachen herumgespielt.« Der Vice-Director seufzte. »Was gibt es sonst noch?«

»Der Mann geht immer sehr früh auf sein Zimmer. Von dort aus hat er ein paar Anrufe nach Russland getätigt, aber wir haben bisher die Gesprächspartner noch nicht ermitteln können.«

»Gibt es Bänder?«

»Digitale Aufzeichnungen, Sir!«

»Sehr schön, dann meinetwegen auch die.« Marsden wedelte unwillig mit der Hand. »Die will ich hören. Sehen Sie zu, dass ich schleunigst die Aufzeichnungen bekomme und nicht nur die Transkriptionen.«

»Ich bringe sie nachher gleich zu Ihnen rauf, Sir.« Der Agent zögerte. »Sir, mit Verlaub, Koljunow ist ein alter harmloser Mann, und es mag ja sein, dass er früher vielleicht einmal wichtig gewesen ist, aber das ist dann schon lange her.«

Der Vizedirektor sah den jungen Agenten mit einer Mischung aus komischen Entsetzen und Missachtung an. »Mein Gott, glauben Sie das wirklich?« Er wartete nicht ab, was der andere dazu vielleicht zu bemerken hatte, sondern fuhr fort: »Koljunow ist ein Relikt des Kalten Krieges. Damit liegen sie richtig. Semitschastny und dann das Gespann aus Nowikow und Koljunow haben wahrscheinlich mehr Menschen getötet, als Sie warme Mahlzeiten in Ihrem Leben zu sich genommen haben.« Er schüttelte den Kopf. »Alt ist richtig – aber ungefährlich? Daran glaube ich nicht!«

»Nur so wirkt er nicht, Sir.« Der Agent konnte die Aufregung seines Vorgesetzten nicht ganz verstehen. »Außerdem sind meine Leute schließlich auch allesamt Profis.«

»Sie unterschätzen ihn!« Marsdens Stimme war eine Spur leiser geworden. »Ich will, dass Sie ihn bitterernst nehmen. Koljunow hat immer noch viele Kontakte, und dass Sie davon nichts mitbekommen, bedeutet gar nichts. Höchstens, dass er Sie reinlegt.«

»Sir«, protestierte der Feldagent mit wutentbranntem Gesicht, »das ist unfair, es gibt keinen Anhaltspunkt dafür, dass ...« Er brach ab, als er bemerkte, dass der Vice-Director ihm überhaupt keine Beachtung mehr schenkte.

Marsden blätterte in dem vor ihm liegenden Bericht, bis er die gesuchte Hoteladresse fand, und gab dann bekannt, dass er erst noch ein paar Nachrichten abwarten müsse, aber danach selber mal nach New York kommen würde.« Seine nächsten Worte zischte er dann förmlich heraus: »Ich will nicht, dass jemand ohne Rückendeckung arbeitet. Und wenn Koljunow sich auch nur am Hintern kratzt, dann fragen Sie sich besser, warum. Ihre Computergläubigkeit, der die meisten unserer jungen Kollegen anhängen, können Sie ja von mir aus behalten. Ich vertraue auf meinen Instinkt, und ich will hinterher nicht hören, dass ich recht hatte, wir aber nur nicht mitbekommen haben, was mit dem Russen gelaufen ist. Haben Sie mich verstanden?«

»Sir, ich …«

»Ob Sie mich verstanden haben?«

Der Agent richtete sich unwillkürlich auf. »Voll und ganz, Sir!« Er hatte Mühe, die Fassung nicht zu verlieren. »Wenn Sie gestatten, gehe ich dann zurück an meine Arbeit. Die Aufzeichnungen bringe ich hoch, bevor ich nach New York zurückfliege.«

»Sehr gut!«, erklärte Marsden, der auf einmal wieder ganz gelassen wirkte. »Auf Ihren nächsten Bericht werde ich gespannt sein.«

11. Tag 09 : 00 Ortszeit, 14 : 00 Zulu –
New York, Little Odessa

Koljunow blickte kurz aus dem Fenster. Nicht weit entfernt konnte er das Hinweisschild der Brighton Beach Avenue Station erkennen. Zur anderen Seite hin lag der Strand, der im Sommer ein beliebtes Ziel Tausender New Yorker war, jetzt jedoch, um diese Jahreszeit, verwaist war. In den späten Siebzigern hatte er sich oft genug mit Schläfern dort am Beach getroffen.

Hätte Koljunow Marsdens Meinung über die Fähigkeiten der jungen Agentengeneration gekannt, so hätte er sie voll und ganz geteilt. »Sie hängen immer noch auf der Straße rum, mit einem auffällig unauffälligen

Van, in dem die technische Ausrüstung steckt, und einer mimt am Laternenpfahl den Zeitungsleser.«

»Zwei andere sitzen im Lokal und sind dabei, die Speisekarte zu entziffern.«

»Vielleicht haben Sie ja jemanden, der den beiden hilft, was Anständiges zu finden, und ihnen dann genug Rizinus untermischt, um sie drei Tage am Rennen zu halten.«

»Ich werde mich darum kümmern, Genosse Koljunow.«

»Vielen Dank, Iwan.«

Iwan, der bereits seit dreißig Jahren in Amerika lebte, neigte den Kopf und ging kurz vor die Tür. Sie beide kannten einander schon eine Ewigkeit. Iwan hatte ein Schläfernetz aufgebaut, Koljunow war sein Vorgesetzter gewesen. Und natürlich gab es dieses Netz immer noch. Es war, wie so viele dieser Dinge, beim Zusammenbruch der Sowjetunion einfach vergessen worden, vom Staat jedenfalls, wenn auch nicht von dessen ehemaligen Dienern. Heute leitete Iwan das Netz immer noch und verdiente gutes Geld damit. Nur der Geschäftszweck hatte sich gewandelt.

»Wird es nicht allmählich Zeit zu gehen?«, fragte Koljunow, als Iwan zurückkehrte.

»Das Double sitzt jedenfalls unten und liest KRIEG UND FRIEDEN, während es unendliche Mengen Tee in sich hineinschüttet.« Iwan grinste. »Vom Gesicht her könnte die Ähnlichkeit mit Ihnen zwar noch etwas größer sein, aber der Mantel und die Mütze sollten reichen, um die Amerikaner zu täuschen.«

»Das ist gut, denn die Sache könnte eine Zeitlang dauern.«

»Wir haben den Mann zwar seit zwei Tagen in der Mache, aber er macht den Mund nicht auf.«

»In den guten alten Zeiten hätten wir SP-17 verwendet*«, sagte Koljunow. »Aber wahrscheinlich sind solche Methoden auch schon in Vergessenheit geraten.«

»Das nicht, Genosse, nur ist das Mittel für uns jetzt nicht mehr zu bekommen.« Iwan trat an einen großen Schrank und öffnete ihn. »Wenn ich bitten dürfte?«

Der Weg durch den Schrank führte durch die Wand zum Nachbarhaus. Minuten später überquerten Koljunow und Iwan den angrenzenden Hof und stiegen in einer Parallelstraße in einen alten Ford. Das Überwachungsteam vom Dienst observierte währenddessen weiterhin das Double, das gemütlich im Lokal saß, Tee trank und KRIEG UND FRIEDEN las.

Der Ford brachte sie über die Brighton Avenue und den Highway schnell aus New York hinaus und die Küste entlang. Sobald sie die Stadt hinter sich gelassen hatten, wurden die Häuser kleiner. Typische Einfamilienhäuser, wie es sie in unbegrenzter Anzahl in Amerika zu geben schien, angeordnet in endlosen schnurgeraden Reihen. Und weiter ging es, Long Island hinauf.

Dessen nördliche Hälfte war nicht so dicht bebaut wie New York City und seine Außenbezirke. Es gab zwar auch hier einige sehr imposante Villen Superreicher, aber im Wesentlichen dominierten bescheidene

---

* SP-17 und eine veränderte Variante SP-117 sind sogenannte Wahrheitsdrogen, die der damalige russische Geheimdienst KGB während des Kalten Krieges entwickelte. SP-117 wurde allerdings erst später durch den ehemaligen FSB-Agenten Litwinenko bekannt, der zugab, dass das FSB den russischen Präsidentschaftskandidaten Rybkin unter SP-117 befragt hatte (der später seine Kandidatur gegen Putin aufgab, weil er angeblich fürchtete, einige schmutzige Dinge, die er unter dem Einfluss der Drogen zugegeben hatte, würden an die Öffentlichkeit dringen).

Viertel, die schon lange existierten und deren Bewohner überhaupt nicht daran dachten, ihren Grund und Boden an die allgegenwärtigen Immobilienhaie abzutreten, damit diese ihn mit exorbitanten Gewinnspannen an irgendwelche Investoren weiterveräußern konnten. Was auch daran lag, dass hier unheimlich viele alte Menschen lebten, die auch nicht für alles Geld der Welt ihren Altersruhesitz mit Blick auf den Atlantik aufgegeben hätten.

Das Ziel von Koljunow und Iwan war ein Ziegelbau, der auch schon bessere Tage gesehen hatte. Auf ihr Klingeln hin öffnete ein noch junger Mann, der Iwan nur einen kurzen Blick zuwarf, bevor er zur Seite trat.

Im Inneren des Hauses sah es aus, als hätten dort die Hottentotten gehaust. Schubladen waren aus Kommoden gerissen und deren Inhalt achtlos auf den Boden gekippt worden. Bilder waren von den Wänden genommen und brutal aus ihren Rahmen gerissen worden. Selbst ein Katzenklo war umgedreht worden und stank nun vor sich hin. Koljunow machte sich keine Gedanken darüber. Das Tier würde sein Örtchen wohl ohnehin nicht mehr brauchen. »Gründliche Arbeit, und trotzdem nichts entdeckt?«

»Nein«, musste Iwan eingestehen.

Koljunow streifte sich gelassen ein Paar Handschuhe über, zog dann eine Packung mit Insulinampullen aus der Innentasche seines Mantels und reichte sie an Iwan weiter. »Probieren wir es mal hiermit.«

Iwan schaute erst auf die aufgeklebten Etiketten, dann fragend auf seinen ehemaligen Agentenführer.

»Behandlungsbedürftige Diabetes hab ich nicht zu bieten, Genosse«, sagte dieser und schmunzelte in Anbetracht von Iwans verdutztem Gesicht. »Der Inhalt der Röhrchen besteht aus SP-17.«

Sie gingen hinauf in den ersten Stock, wo sich das Schlafzimmer befand. Koljunow betrachtete den Mann, der auf dem Bett mit Handschellen festgekettet war, mit distanzierter Neugier. Der war zwar auch nicht mehr der Jüngste, aber dennoch mindestens fünfzehn Jahre jünger als er selbst. »Mikhail Juri Gabhanikow?«

Der Mann auf dem Bett öffnete stöhnend nur sein linkes Auge, da das andere komplett zugeschwollen war. »Was wollen Sie?«, nuschelte er undeutlich auf Russisch. »Ich weiß wirklich von nichts.«

»Das werden wir bald sehr genau herausfinden«, erklärte Koljunow unbeeindruckt. »Und danach können Sie endlich schlafen, Genosse.«

»Nein!«, schrie Gabhanikow entsetzt, als ihm die Bedeutung dieser Worte klar wurde. »Nein!«

11. Tag 17 : 00 Ortszeit, 15 : 00 Zulu – Bagdad, die Grüne Zone

»Wie finden Sie das, Boss?«, fragte Jack Small Roger Marsden, den er in Langley an der Strippe hatte. »Der Goldene Ahmed Kunde von diesem Rahman. In dieser Kartei haben wir außerdem ein paar Al-Qaida-Leute gefunden, etliche Parlamentarier, den stellvertretenden Polizeichef und sogar zwei Hisbollah-Führer, die sich seiner Dienste bedienten, wenn sie in der Stadt weilten. Die Datierungen, der Aufzeichnungen reichen bis weit in die Zeit des so unbetrauert verblichenen Saddam zurück. Rahman muss demnach schon eine Ewigkeit im Geschäft sein und …« Er hielt inne, als irgendwo über ihm ein lautes Kreischen ertönte.

»Was war das denn?«, erkundigte sich Marsden.

»Keine Panik, Boss, es sind nur die Mädchen.«

»Was für Mädchen?«

»Na, *die* Mädchen eben!« Special Agent Jack Small, der Leiter für Sonderprojekte, druckste etwas herum. »Und auch ein paar Jungs sind dabei. Rahmans Kunden hatten verschiedene Geschmäcker.«

Small konnte hören, wie sein Boss tief Luft holte. »Jack, wollen Sie damit sagen, dass Sie das ganze Bordell mit in unser lokales Hauptquartier geschleppt haben?«

In Jack Smalls Stimme schlich sich eine Spur von Trotz ein. »Zweiundfünfzig Mädchen zwischen neun und dreizehn Jahren und neun Jungen zwischen zehn und fünfzehn. Abgesehen davon, dass wir gute Beschreibungen bestimmter Kunden aus ihnen herausbekommen, wissen sie auch Namen und ...«

»Ja, ja!«, knurrte Marsden etwas ungnädig. »Mit anderen Worten, Sie wussten nicht, wohin mit den Kindern. Gibt es denn keine Hilfsorganisationen für so etwas?«

» Es gibt Dutzende, und alle sind überfordert. Das hier ist Bagdad, Boss. Ein paar unserer Agentinnen, Schreibkräfte und einige Krankenschwestern vom MASH haben sich der Sache angenommen. Wir haben Klamotten besorgt, denn die meisten hatten nur durchsichtige Schleiergewänder, und das war es, Boss. Manchmal finde ich das Leben hier echt zum Kotzen. Ich habe ja schon einiges gesehen, aber die letzte Nacht hat mir dennoch zugesetzt. Und die ganze Sauerei ist hier nicht einmal strafbar.«

»Na toll!«, sagte Marsden sarkastisch. »Werden die Iraker Einspruch erheben, sollten wir die Kids in die USA bringen?«

»Soweit es die irakische Polizei betrifft, existieren sie im Augenblick gar nicht.«

»Schön, dann sehen wir mal, was wir tun können. Sie haben aber hoffentlich für den Klamottenkauf nicht den Reptilienfonds benutzt, Jack?«

»Genau den!«

Der Vice-Director stöhnte auf. »Dann wird die nächste Kostenüberprüfung ja heiter werden.«

»Ach was!«, erklärte Jack gelassen. »Wir bezahlen aus dem Topf Waffen, Drogen, Bestechungsgelder, was machen da schon ein paar Kinderklamotten groß aus?«

»Warten Sie es ab. Die anderen Ausgaben können wir wenigstens damit begründen, sie seien dienstlich erforderlich. Bloß wenn irgendein Pressefritze von der anderen Sache Wind bekommt, werden wir uns auch noch fragen lassen müssen, was wir mit den unschuldigen irakischen Kindern tun.«

»Vielleicht hätte ich es schon früher erwähnen sollen, aber die meisten von ihnen sind sicher keine Iraker. Es handelt sich hauptsächlich um Asiatinnen, Europäerinnen, Schwarzafrikaner, nur ungefähr ein Drittel sieht überhaupt arabisch aus.«

»Das ist zumindest schon mal gut«, räumte Marsden ein. »Diesen Rahman haben Sie aber hoffentlich auch?«

»Natürlich, Boss! Den haben wir sicher im Keller untergebracht.«

»Sehr gut!« Marsden ging in Gedanken rasch noch einmal alles durch. »Sind Sie bei dem Adressmaterial auch auf russische Namen gestoßen?«

»Einige wenige waren dabei.«

»Dachte ich mir's doch.« Marsdens Stimme wurde eindringlich. »Versuchen Sie herauszufinden, ob Rahman eventuell einen Kontakt zwischen Russen und einer der diversen Terrorgruppen hergestellt hat. Sie wissen es vielleicht noch nicht, aber Bob DiAngelo ist hinter einem russischen U-Boot her, das ins Mittelmeer gelaufen ist.«

Small pfiff schrill durch die Zähne. »Das stinkt. Und was macht Koljunow?«

»Unsere jungen Talente wollen mir weismachen, er sei ein alter harmloser Mann, der nur Freunde von früher in Little Odessa besucht.«

»Glauben Sie das etwa, Boss? Ich jedenfalls, kann mir das nicht vorstellen.«

»Ich auch nicht. Trotzdem wissen wir immer noch nicht, wieso Koljunow überhaupt vom Tod des Goldenen Ahmed Kenntnis hatte. Es muss irgendwo eine direkte Verbindung geben. Und der Teufel soll mich holen, wenn Koljunow nicht auch etwas über dieses U-Boot weiß.«

»DiAngelo wird den Russen schon finden.«

»Und was dann?«, fragte Marsden nachdenklich. »Die *Bizon* wird allem Anschein nach von Igor Sarubin kommandiert.«

»Sarubin? War das nicht der ...«

»Genau der! Der Russe, der damals DiAngelo unerwartet geholfen hat, als das Boot seiner Frau entführt worden war*. Sozusagen ein alter Freund, und wir wissen, dass Bob gewisse Dinge nicht auf die leichte Schulter nimmt.«

* Siehe Peter Brendt: *Crashdive.*

10. Kapitel

12. Tag 02 : 00 Ortszeit, 01 : 00 Zulu – Amerikanisches Jagd-U-Boot USS *Alaska*, etwa 600 Meilen östlich von Gibraltar

Joshua Martinez fand keine Ruhe, dabei war Schlaf eigentlich das, was er am dringendsten brauchte, nur drückten dafür die Gedanken zu schwer. Seit sie um 12 : 00 Zulu am vorangegangenen Tag Captain DiAngelos Befehl aufgefangen hatten, ins Mittelmeer zu laufen, beschäftigte die Sache ihn unentwegt.

Der Kommandant nahm einen Schluck Eistee und wandte sich wieder seiner Karte zu. Von Gibraltar bis zur libanesischen Küste waren es rund zweitausend Seemeilen, und die *Bizon* hatte etwas mehr als vierzig Stunden Vorsprung gegenüber der *Alaska*. Zog man zusätzlich die schier unglaubliche Geschwindigkeit in Betracht, die das russische Boot vorlegte, dann würde es bereits jetzt schon nahe der Küste stehen, sollte es das sein, was der Russe plante.

Unterschwellig nahm Martinez die süßlich-antiseptische Luft und den warmen Luftstrom aus dem Belüftungssystem wahr, den immer noch vorhandenen leichten Geruch von frischer Farbe und neuem Plastik, der nach wie vor überall im Boot zu hängen schien. Und das Vibrieren, auch wenn es nicht so stark war, wie es dies bei einem Los-Angeles-Boot in einer vergleichbaren Situation gewesen wäre. Das war einer der Vorteile des Pumpjetantriebes. Aber weniger Vibration bedeutete nicht *keine* Vibration, denn immerhin lief der Reaktor mit einhundertfünf Prozent, weil Zeit der wesentliche Faktor in ihrer Lage war. Jeder Knoten extra, den sie aus der Maschinenanlage herausquetschen konnten, mochte sich als der entscheidende erweisen.

Wütend rappelte sich der Kommandant auf. Wenn er sowieso nicht schlafen konnte, dann konnte er genauso gut Turk ablösen, denn vielleicht war wenigstens der in der Lage, ein Auge zuzutun. Entschlossen ging er in die Zentrale. Niemand konnte ihm verraten, was geschehen würde, sollten sie die *Bizon* erreichen. Alle Befehle galten nur bis zu jenem Augenblick, an dem er mit seinem Sonar das andere U-Boot erfasste, falls das überhaupt gelang. Was sollte er dann tun? Er konnte schlecht so mir nichts, dir nichts ein russisches U-Boot angreifen. Umgekehrt war das genauso unwahrscheinlich, zumal sie beide zuvor ein gemeinsames Problem hätten – nämlich den Gegner überhaupt zu erfassen.

Er trat über das Süll in die Zentrale, und Turk wollte Männchen bauen. Martinez winkte ab. »Kurs und Fahrt immer noch gleich?«

»Null-neun-null, fünfunddreißig Knoten, vierhundert Fuß Tiefe, Sir!«

Der Kommandant tippte an die Mütze. »Danke, XO! Hauen Sie sich hin, ich löse Sie ab.«

»Danke, Sir! Unser Boot hält sich auf alle Fälle prächtig.«

»Das ist auch gut so«, meinte Martinez. »Eine technische Störung wäre momentan das Letzte, was wir gebrauchen können.«

»Nur zu wahr«, pflichtete der XO ihm bei. »Ich löse Sie dann also in vier Stunden wieder ab, Sir!«

Martinez sah seinem XO hinterher. Seit er damals die *Baton Rouge* übernommen hatte, fuhren sie zusammen. John Turk war kein schlechter Mann, auch wenn Martinez manchmal glaubte, es fehle ihm etwas das Zeug zum Kommandanten, aber vielleicht täuschte er sich ja auch. Wie auch immer, er würde bald eine Entscheidung treffen müssen. Entweder er empfahl ihn trotz seiner Zweifel zur Beförderung, oder er würde John Turks Karriere empfindlich schaden, doch keine der beiden Alternativen vermittelte Martinez ein gutes Gefühl.

12. Tag 03 : 30 Ortszeit, 01 : 30 Zulu – Russisches Jagd-U-Boot *Bizon*, 30 Meilen vor der libanesischen Küste

Der Sonaroffizier, der zuvor nur ein paar alte Frachter weiter draußen ausgemacht hatte, meldete nun schnelldrehende Motoren in null-neun-drei bis eins-null-null.

»Schiffstyp und Entfernung?«, fragte Sarubin sofort nach.

»Schwer zu sagen, Kapitän.« Fedorow zögerte. »Es handelt sich um wenigstens drei oder vier Fahrzeuge, wobei ich den Abstand auf über dreißig Meilen schätzen würde.«

Sarubin überlegte. Die Italiener und die Deutschen hatten zwar bei der Küstenblockade auch Schnellboote im Einsatz, aber genauso gut konnten es sich in dem Fall auch einfach um Schmugglerboote handeln. Im Schwarzen Meer pflegten die Schmuggler zwar in Rudeln zu operieren, aber das musste nicht heißen, dass sie es hier auch taten. Er verfolgte den Gedanken nicht weiter, sondern sagte stattdessen: »Warten wir ab, was sie tun.«

Balakin, der Erste, sah ihn an. »Wie finden wir heraus, wer …« Er führte den Satz nicht zu Ende.

»Gute Frage.« Sarubin verzog das Gesicht. »Die Befehle besagen nur, wir sollen hier einen Kontaktmann treffen, beinhalten aber keine Angaben darüber, wie der uns überhaupt erreichen will.« Er zuckte mit den Schultern. »Und wenn es an dieser Stelle nicht klappt, dann soll zwei Tage später an der nächsten vorgegebenen Position ein weiterer Versuch erfolgen. Insgesamt haben wir fünf Positionen und zehn Tage.« Er blickte auf das Chronometer in der Zentrale. »Um vier Uhr Ortszeit läuft unsere Wartefrist ab.«

12. Tag 03 : 30 Ortszeit, 01 : 30 Zulu – Deutsche Fregatte *Wiesbaden*, 20 Meilen vor der libanesischen Küste

Es war eine ziemlich finstere Nacht, und nur ab und zu verriet sich eines der Schnellboote durch eine plötzlich aufschimmernde Bugwelle oder einen breiten Schwall Kielwasser, wenn es abrupt mit der Fahrt hochging. Lediglich die *Wiesbaden* führte ein Licht im Topp und hatte zusätzlich Radarreflektoren ausgebracht.

Fregattenkapitän Seelmann blickte aus der Brückennock zum Mast empor, wo die Folien im Wind vor sich hin knatterten. Das war nicht gerade schön, aber wirksam, denn dadurch wurde die Fregatte für das Radar anderer Schiffe sichtbar – eine dringend notwendige Maßnahme, denn obwohl die *Wiesbaden* für ein in der Handelsschifffahrt eingesetztes Radar natürlich nicht völlig unsichtbar war, erschien sie auf den Schirmen bestenfalls nur als unklarer Fleck. Da alle Flächen des Rumpfes und der Aufbauten aus der Vertikalen geneigt waren, wurde beinahe jeder Radarimpuls in einem völlig anderen Winkel reflektiert und erreichte nur höchst selten das Gerät wieder, das ihn abgestrahlt hatte. Wie die meisten Marineoffiziere kannte auch Seelmann die Berichte über die nach dem gleichen Konzept für Südafrika gebauten Korvetten, die während der Überführungsfahrt ständig die restliche Schifffahrt hatten warnen müssen, weil sie auf deren normalen Radargeräten selbst nicht auftauchten.

»Die Schnellboote machen einen ganz schönen Wind, Herr Kap'tän!«

Seelmann wandte sich zu dem diensthabenden Navigator um, der ihn angesprochen hatte. Natürlich konnte man unten in der Opz die Position des Schiffes per GPS auf den Meter genau bestimmen, aber auf der Brücke hatten sich deswegen die alten Rituale dennoch nicht verändert. Der Maat nickte kurz und deutete auf die Kompasstochter. »Kann ich mal ...«

Der Fregattenkapitän trat einen Schritt zur Seite und sah zu, wie sich der Navigator hinter den Peildiopter beugte. In Backbord blinkte als winziges Licht in der Ferne Ras-Beirut, das Leuchtfeuer von Beirut, dessen Sichtbarkeit in den Karten mit zweiundzwanzig Seemeilen angegeben war.

Der Maat nahm schweigend ein paar Peilungen, wofür es genügend Großtonnen und ortsfeste Leuchtfeuer gab. Nichts war einem Navigator verhasster, als Peilungen von normalen Leuchttonnen nehmen zu müssen, weil niemand mit letztendlicher Sicherheit wusste, ob die Dinger sich überhaupt noch da befanden, wo sie laut Karte sein sollten, oder ob sie durch irgendwelche Umstände abgetrieben worden waren. Vorsicht ist ja bekanntlich immer die Mutter der Porzellankiste, und eine Tonne peilte man nicht – oder nur, wenn der Wachoffizier trotz GPS unbedingt Orte in der Karte sehen wollte und man gar nichts anderes hatte. Zufrieden leise Zahlen murmelnd verschwand der Maat wieder in der Brücke.

Die Marine war und blieb eben auch im 21. Jahrhundert ein Traditionsverein. Bei der amerikanischen Navy war, wie Seelmann wusste, die astronomische Navigation mittlerweile sogar aus den Ausbildungsplänen für die Offiziere gänzlich verschwunden.

»Schiff, vier Dez an Backbord!«, bekam er von dem Ausguck auf dem Signaldeck zugerufen. Noch so ein Relikt aus vergangenen Zeiten der Seefahrt, denn den Frachter und dessen Kurs, der weit an der Fregatte vorbeiführen würde, hatte das Radar schon vor einer halben Ewigkeit gemeldet. Nach einem letzten Rundumblick durch sein Glas begab sich der Fregattenkapitän in die Brücke. Die Kaffeekanne war natürlich wieder fast leer.

»Signal von S-Wolf: Ziehen uns zur Brennstoffergänzung zurück.« Der Signalgast sah den Ersten fragend an und der wiederum den Kommandanten.

»Genehmigt!«, sagte Seelmann. »Kein Wunder, dass die S-Pützen bei dem Hin- und Hergejage mächtig Durst entwickelten und Nachschub benötigten. Wir halten vorerst noch ein bisschen weiter nach Norden, die holen uns ja später ohnehin wieder ein.«

12. Tag 03 : 45 Ortszeit, 01 : 45 Zulu – Bagdad,
gegenüber der Grünen Zone, auf der anderen Seite des Tigris

Hafid, der erste der Leibwächter des Imam, wie sich Aiman al-Sawahiri auch gerne titulieren ließ, saß in seinem Zimmer und hatte die Füße auf den Tisch gelegt. Aufmerksam lauschte er der Stimme in seinem Handy. »... und Fara hat ihm daraufhin sein dämliches Spielzeugauto einfach über den Kopf gehauen. Natürlich ist Aischa wutentbrannt zurück davongerannt und hat ihren wertvollen Sohnemann gleich mitgenommen.«

Hafid gab ein Schnaufen von sich, das anzeigte, wie sehr er sich bemühen musste, nicht laut loszuprusten. »Ich glaube, es wird nicht lange dauern, bis ben Hakim mir die Geschichte unter die Nase reibt.« Er imitierte die Stimme eines der anderen Leibwächter: »Und die Zierde der Frau sei ihre Sanftheit.«

Seine Frau, mit der er telefonierte, lachte glockenhell. »Fara hat ihre eigenen Ideen, nichts mit ›kleiner Maus‹*.«

»Sie soll bleiben, wie sie ist. Ich mag sie so. Was macht die Große?«

»Fadia lernt jetzt lesen und schreiben. Der Imam hat zwar verboten, dass die Mädchen die Koranschule besuchen, aber der Sohn des Sheik sieht die Sache nicht so eng.«

»Na, ich hoffe, da steckt nicht was anderes dahinter«, erklärte Hafid misstrauisch. »Sie ist ja kein kleines Kind mehr.«

»Sie ist neun und er gerade mal dreizehn. Ich weiß, der Prophet und so, aber der junge Ismael ist ja schließlich auch nur ein Kind, bisher jedenfalls.«

»Halte einfach ein Auge darauf. Du weißt, dass ich deinem Urteil vertraue.« Ein sanftes Lächeln breitete sich auf seinem Gesicht aus. »Scheherazade war ja für

* Fara: arab. »Kleine Maus«, auch als Frauen- bzw. Mädchenname.

ihre Treue und Weisheit berühmt*. Noch etwas. Dieser al-Tufaili hat Bagdad verlassen. Genaueres weiß man nicht, aber ich vermute, er ist zurück in den Libanon.«

»Wie wichtig ist das?«, fragte ihn seine Frau.

»Al-Sawahiri hat ihn mehr oder weniger direkt beschuldigt, sich des Transportes des Goldenen Ahmed damals bemächtigt zu haben. Und er hat es zumindest nicht bestritten, sondern nur ganz allgemein behauptet, es würde den Schiiten zustehen. Ich habe den ganzen Disput mitbekommen, weil niemand schon groß auf die Leibwächter achtet, die überall herumstehen.«

»Und für was will er deiner Meinung nach das Gold verwenden?«

Hafid ließ sich mit seiner Antwort etwas Zeit. »Das ist genau das, worüber ich rätsele. Suleiman, der Finanzjongleur von bin Laden, hat, kurz bevor ihn die Amerikaner ihn erwischten, offenbar noch irgendeinen Deal mit irgendwelchen Russen ausgeheckt. Worin der bestehen könnte, ist allerdings nicht bekannt.«

»Das würde aber heißen, jemand bei Al-Qaida und nicht die Hisbollah wusste, wo das Gold abgeblieben ist.«

»Eben, das ist es, was ich nicht verstehe.«

»Es sei denn«, folgerte seine Frau weiter, »dass es gleich mehrere Leute gibt, die eine ungefähre Ahnung davon haben, wo der Schatz des alten Rais versteckt sein mag, nur haben sie keine Vorstellung, wie sie darankommen könnten.«

---

* Die arabische Version der berühmten Märchen aus Tausend und einer Nacht handelt tatsächlich von der Weisheit und Treue der Dame.

»Das ist eine Nummer zu groß für uns. Vielleicht sollte Scheherazade mal wieder Smith kontaktieren.«

»Da ist was dran«, sagte sie bedächtig. »Ich werde daher dafür sorgen.« Abrupt wechselte sie das Thema. »Wann kommst du nach Hause?«

»Das wird wohl leider noch eine Weile dauern, obwohl ich dich und die Kinder ganz schrecklich vermisse.« Draußen vor der Tür wurden Schritte laut, und er flüsterte: »Ich muss Schluss machen.« Schnell drückte er den Knopf und ließ das Handy in der Tasche verschwinden, gerade noch rechtzeitig, bevor nach arabischer Sitte an der Tür gekratzt wurde.

12. Tag 03 : 45 Ortszeit, 01 : 45 Zulu –
Russisches Jagd-U-Boot *Bizon*, 30 Meilen
vor der libanesischen Küste

»Kontakt dreht ab!«, gab Fedorow bekannt. »Die Motoren entfernen sich nach Süden.«

Kapitän Sarubin entspannte sich etwas. Ein Problem weniger. Wenn das Schmugglerboote gewesen sein sollten und eine ihrer Kontaktpositionen bezogen hätten, dann wären die Boote nicht bereits vor dem Ende der Wartezeit abgelaufen – oder jedenfalls hoffte er das. Araber oder Libanesen mochten die Sache ja vielleicht anders sehen. Nachdenklich griff er zum Mikrofon. »Was haben wir sonst noch?«

»Ein paar Frachter weiter draußen, in der Nähe nur ein paar Fischerboote mit einfachen Außenbordern.«

»Wie nahe ist ›in der Nähe‹, Leutnant?«

»Etwa vier oder fünf Meilen in zwo-vier-sieben. Es handelt sich um eine Dreier- oder Vierergruppe, die sich nur ab und zu bewegt«, erklärte der Sonaroffizier.

»Und dann ist da noch ein etwas größerer Zossen mit Winschen zu hören, ein Schleppnetzfischer wahrscheinlich. Ungefähr acht Meilen in zwo-acht-null, und eine Handvoll weiterer kleiner Boote in eins-eins-null. Abstand sieben Meilen. Es kann natürlich nicht ausgeschlossen werden, dass irgendwo noch einige andere ohne Fahrt an der Oberfläche liegen.«

»Danke, Sonar«, sagte Sarubin nachdenklich, denn was den zuletzt genannten Punkt anbetraf, hatte Fedorow sicher recht. Ein Boot, das fahrtlos an der Oberfläche lag, Motor und Hilfsaggregate nicht laufen ließ, würden sie nicht hören.

12. Tag 20 : 45 Ortszeit (Vortag), 01 : 45 Zulu –
Gemeinde McLean, Virginia

Die Marsdens verbrachten den Abend daheim in ihrem Haus in McLean, also gar nicht weit vom Hauptquartier der Firma entfernt. Roger Marsden hatte ein eher bescheidenes Einfamilienhaus gekauft, als ihm klar wurde, dass seine Tage im Außendienst endgültig vorbei waren. Natürlich hätten sie sich etwas wesentlich Größeres leisten können, was seine Frau in schöner Regelmäßigkeit immer wieder mal aufs Neue vorschlug. Aber Roger konnte sich nicht dazu entschließen, denn diese ganz normale Durchschnittlichkeit und Unauffälligkeit waren es, die ihm ein Gefühl von Sicherheit vermittelten. Nur nicht auffallen! Die Devise, die ihn im Außendienst über zwanzig Jahre hatte überleben lassen, hatte er derart verinnerlicht, dass sie für ihn noch immer gültig war. Ein Psychologe hätte daraus vielleicht ein paar interessante Rückschlüsse gezogen, aber Roger Marsden wäre das völlig schnuppe gewesen. Er war so, wie er eben war, und blieb es. Und seine Frau wusste das genauso gut wie er. Also akzeptierte sie diese Art zu leben und war froh, dass sie mittlerweile nicht mehr ständig darum bangen musste, ob ihr Mann überhaupt nach Hause kam.

Nach einem guten Dinner hatten sie gerade eine DVD ausgewählt, als das Telefon klingelte. »Bestimmt für dich, Roger«, meinte seine Frau.

Er nickte und ging ran. »Marsden.«

»Zentrale, Sir!« Ein widerlich munter klingender Agent versuchte so etwas wie gute Laune auszustrahlen, die so gar nicht zu seinen nachfolgenden Worten passte. »Wir haben eine Leiche für Sie, Sir!«

Die Antwort, »Ich habe keine bestellt« verkniff er sich und sagte stattdessen nur: »Ich höre.«

Der Agent las die Angaben offensichtlich von einem Zettel ab. »Es handelt sich um eine männliche Person, weiß, hohes Alter. Sie wurde erschossen, und danach hat jemand versucht, die Leiche im Long Island Sound zu versenken, wo sie jedoch von einem Fischer gefunden wurde.«

So richtig wollte sich immer noch kein Bild in Marsdens Kopf formen. »Wann und wie kam die Meldung zu uns?«

»Erst vor ein paar Stunden. Der Pathologe, der den Toten untersuchte, fand Einstichstellen. Das Drogenscreening ergab, dass es sich nicht um das übliche Zeug handelte, sondern um ein Mittel, aus dem der Pathologe zuerst nicht schlau wurde. Als er dann verschiedene Indices konsultierte, stieß er auf eine Substanz russischer Herkunft namens SP-117. Das ließ wiederum beim FBI sämtliche Lichter angehen, und da Sie die Überwachung eines Russen laufen haben, wurden auch wir sofort hellhörig.«

Über die erforderlichen Maßnahmen brauchte der Vice-Director der CIA nicht groß nachdenken. »Trommeln Sie ein Team zusammen. Ich brauche einen unserer Pathologen und dazu einen Experten, der sich mit SP-117 auskennt. Und natürlich einen Hubschrauber, der uns nach New York bringt.« Marsden schwor sich, dass er dieses Mal Koljunow drankriegen würde, denn das Wahrheitsserum SP-117 wurde schon immer einzig und allein von russischen Geheimdiensten verwendet. Auch wenn FSB und GRU das frühere KGB abgelöst hatten, so konnte dennoch wohl jemand, der nach wie vor Verbindung zu den alten Strukturen hatte, sich auch heutzutage noch das Mittel beschaffen. Alles deutete darauf hin, dass Koljunow derjenige war.

12. Tag 03 : 45 Ortszeit, 01 : 45 Zulu – 20 Meilen vor der libanesischen Küste, ein Fischerboot

Das alte Boot war aus Holz, was den Vorteil hatte, dass es für Radargeräte nahezu unsichtbar war, denn die Blockade der UNO hielt unvermindert an. Als ob die Hisbollah über See mit Waffen beliefert würde! Sayyid Naim Harb, bekannt als al-Tufaili konnte darüber nur lachen. Jeder Trottel konnte mit einem Blick auf die Karte feststellen, dass es dafür bessere und kürzere Wege gab. Aber so war der Westen eben nun einmal, verweichlicht und bescheuert. Die Zukunft gehörte dem Islam und der Schia, daran zweifelte al-Tufaili keinen Moment, zumal Allah mit ihnen und nicht mit den sunnitischen Ketzern war.

»Weit und breit nichts zu sehen, und es ist bereits kurz vor Ablauf der Zeit«, stellte der Fischer, der neben ihm saß, fest.

»Sie werden kommen, wenn nicht heute, dann eben übermorgen oder nochmals zwei Tage später.«

»Wie kannst du dir der Sache so sicher sein, al-Tufaili? Es sind schließlich keine von unseren Leuten, sondern verdammte Russen.«

»Sie sind gierig! Also werden sie kommen.« Der Hisbollah-Führer nickte selbstsicher.

Der Fischer, der neben seinem eigentlichen Beruf eine durchaus wichtige Rolle in al-Tufailis Gruppierung spielte, war davon nicht ganz so überzeugt. »Die Russen wollten das Geschäft mit den Sunnis abwickeln, nicht mit uns.«

»Aber nur, weil sie nicht wussten, wer die Ladung hat«, erklärte der Hisbollah-Führer. »Und dabei ging selbst Suleiman davon aus, wir hätten an Land den Transport des Goldenen Ahmed geschnappt.«

»Deswegen hat er sich ja auch hinter dich geklemmt. Möge der verdammte Sunnit in der Djehenna schmoren!«

»Schade nur, dass ich sein Gesicht beim Sturmangriff der Amerikaner nicht sehen konnte«, sagte al-Tufaili bedauernd.

Der Fischer lachte leise auf. »Du hast den Giaurs den Tipp gegeben?«

»Natürlich, alleine wären diese blinden Christenhunde doch nie darauf gekommen.«

»Trotzdem!« Er wurde wieder ernst. »Aiman al-Sawahiri scheint etwas zu ahnen, und wenn er sich sicher gewesen wäre, hätte er dich töten lassen, al-Tufaili.«

»Nein! Das wäre allein schon deshalb nicht gegangen, weil er nicht weiß, wo wir das Gold des alten Arafat versteckt haben.« Sayyids Gesicht nahm einen höhnischen Ausdruck an. »Selbst wenn es anders wäre, dann hätte er viel zu viel Furcht davor gehabt, dass unsere Leute ihn anschließend umbringen. Er ist ein Schwätzer geworden. Die Zeiten, in denen er selbst ein Risiko einging, sind lange vorbei. Heute schickt er lieber seine jungen Märtyrer los.« Er spuckte aus. »Als ob ein Sunnit Märtyrer für Allah sein könnte!«

Der dritte Mann im Boot, der bisher schweigend vorn im Bug gesessen hatte, legte den Kopf schräg. »Leise!«, flüsterte er. »Hört ihr das?«

Al-Tufaili lauschte, doch nur das Wasser plätscherte gegen das Dollbord. Aber dann war ihm, als trüge der Wind ab und an ein schwaches Geräusch zu ihnen, eine Art Summton, der eigentlich nur von einem Schiff stammen konnte. doch sosehr er seine Augen auch anstrengte, zu sehen war davon nichts. Nur in der Ferne blinkten ein paar Fahrwassertonnen und ganz weit weg an der Küste ein Leuchtfeuer.

11. Kapitel

12. Tag 04 : 00 Ortszeit, 02 : 00 Zulu – Russisches Jagd-U-Boot *Bizon*, 30 Meilen vor der libanesischen Küste

»Kontakt in eins-vier-fünf an der Oberfläche. Abstand etwa zwanzig Meilen Kriegsschiff, kommt näher.«

»Der hat uns gerade noch gefehlt«, murmelte Sarubin und sah auf die Uhr. Zu ihrem Treffen würde es ohnehin kaum noch kommen. »Balakin«, wies er seinen Ersten an, »gehen Sie nach Steuerbord auf zwo-fünf-null, vierhundert Meter. Zwanzig Knoten, bis wir wissen, wie schnell er ist.«

»Jawohl, Kapitän!« Balakin begann, die Befehle abzuspulen. »Umdrehungen für zwanzig Knoten, Steuerbord zehn ...«

Das Boot legte sich wie üblich etwas auf die Seite. Sarubin angelte nach dem Mikrofon: »Sonaroffizier, können Sie feststellen, was wir da haben?«

Fedorows Antwort kam prompt. »Deutsche Fregatte, Typ F-124.«

»Danke!« Der Schiffstyp sagte ihm etwas. Jäger und Gejagte, man musste eben auf dem Laufenden bleiben. »Navigationsoffizier, liegen uns Informationen über eine deutsche Fregatte hier in diesem Gebiet vor?«

Der NO blätterte durch seine Unterlagen, die natürlich nur auf dem Stand bis kurz vor ihrem Auslaufen waren, aber immerhin. »Fregatte *Wiesbaden* und vier Schnellboote gehören zur UNIFIL.«

»Das erklärt zumindest, was für Boote das waren, die wir zuvor im Sonar hatten. Was haben wir sonst in der Blockade?«

»Spanische Minenräumer, eine zweite deutsche Fregatte, ein paar italienische Schnellboote ... verteilt auf hundertfünfzig Seemeilen entlang der Küste.«

»Nicht sonderlich dicht, da gibt es immer Lücken.« Sarubin dachte nach. »Die Deutschen haben ihre Basis in Limassol auf Zypern, richtig?«

»Das macht für die Fregatten keinen großen Unterschied aus, Kapitän!« Balakin, der der Unterhaltung zugehört hatte, tippte an die Mütze. »Boot liegt auf neuem Kurs.«

»Sehr schön!« Sarubin griff nach dem Mikrofon, hielt aber inne und sah Balakin an. »Für die Fregatten sicher nicht, aber sehr wohl für die Schnellboote.« Er lächelte. »Fedorow, was macht der Deutsche?«

»Setzt Aktivsonar ein, Kapitän. Er ist zwar zu weit entfernt, um uns damit zu erfassen, aber immerhin nahe genug, dass wir es mitkriegen. Er scheint etwas mehr zur Küste hin gedreht zu haben. Peilt jetzt in zwo-drei-fünf, Abstand etwa zweiundzwanzig Meilen. Seine Umdrehungen entsprechen laut Computer etwa sechzehn Knoten.«

»Mit anderen Worten, er dackelt still und ahnungslos seinen routinemäßigen Patrouillenkurs.«

»Sieht so aus, Kapitän.«

12. Tag 04 : 00 Ortszeit, 02 : 00 Zulu – Deutsche Fregatte *Wiesbaden*, 30 Meilen vor der libanesischen Küste

Die neuesten und kampfstärksten Fregatten der Bundesmarine waren vieles, nur eines nicht – U-Boot-Jäger. Selbst die fünftausendvierhunderteinunddreißig Seiten starke Systembeschreibung fasste am Ende das Ganze unter der etwas lapidaren Beschreibung »Flugabwehr-Fregatte« zusammen. Die militärisch vorgesehene Hauptaufgabe der Fregatten war es eben, Schiffsverbände gegen Angriffe aus der Luft zu schützen, die U-Boot-Jagd, so schrieb es bereits das Konzept fest, »sollte im Rahmen der Zusammenarbeit mit anderen Marinen« erfolgen. Oder anders ausgedrückt: Als die Beschaffung der Schiffe beschlossen wurde, hatte die Einsatzmöglichkeit zur U-Boot-Jagd nur eine sehr untergeordnete Rolle gespielt.

Die Qualität des Sonars war nicht mehr als guter Standard, ungeachtet dessen, was der Hersteller zuvor vollmundig versprochen hatte. Unter günstigen Bedingungen bestand eventuell die Chance, damit ein Atom-U-Boot aufzuspüren, wenn es ein älteres Modell und laut genug war. Bei den deutschen konventionellen Booten der Klasse 212 gab es dafür keine Chance mehr, wie man sehr wohl wusste. Doch was sollte es, man befand sich schließlich im Mittelmeer, und es war ja auch nicht gerade so, dass sich hier die Atom-U-Boote zu Dutzenden tummelten. Und wenn, dann handelte es sich um Engländer, Franzosen sowie gelegentlich einen Amerikaner. Man war ja sozusagen unter Freunden.

Die *Wiesbaden* hatte theoretisch keine Chancen, die *Bizon* zu erfassen – aber die nutzte sie. Das Wasser des östlichen Mittelmeeres ist auch im Winter selten kälter als etwa siebzehn Grad Celsius, also deutlich wärmer, als es meistens in der Nordsee ist, selbst im Sommer. Die Nordsee jedoch war das Übungs- und Testgebiet ebenjener Waffensysteme gewesen.

Es gab noch einen zweiten Effekt, der sich sowohl auf Aktiv- wie auch Passivsonare auswirken konnte. Der Salzgehalt des Mittelmeeres liegt um etwa drei Komma acht Prozent höher als der des Atlantiks und beispielsweise der Nordsee. Der Effekt verstärkt sich sogar noch gen Osten hin, und immerhin schwamm die *Wiesbaden* ja so weit östlich, wie es im östlichen Mittelmeer überhaupt möglich war. Der Oberflächensalzgehalt des Wassers lag bei fast schon astronomischen drei Komma einundneunzig Prozent.

Und ein dritter Effekt gesellte sich zu den beiden natürlichen hinzu. Die *Bizon* fuhr getaucht. Normalerweise hätte der Abstand nach oben und die dazwischenliegenden Schichten mit unterschiedlichem Salzgehalt eine Art Tarnmantel ergeben, der die schwachen Geräusche des Pumpjetantriebes weiter verwischt und verzerrt hätte. Nur gab es wenige Schichtungen: die Oberfläche, dann eine Temperatursprungschicht, unter der es genauso salzig weiterging, und erst sehr viel weiter unten eine noch salzigere Schicht, tief unterhalb des getauchten U-Bootes. Und als ob das nicht reichte, durchquerte die *Bizon* auch noch den Vorauswinkel der Fregatte, in dem das Bugsonar so gut wie nicht durch die eigenen Maschinengeräusche gestört wurde. Die bessere Schallleitfähigkeit warmen Salzwassers und der günstige Winkel taten ihre Wirkung.

»Kontakt in drei-vier-null, Abstand etwa fünfzehn Meilen, Tiefe dreihundertfünfzig Meter!«

Fregattenkapitän Seelmann fuhr auf dem Absatz herum, als die Stimme aus der Opz dies über Lautsprecher meldete. »Was?« Er griff zum Telefon. »Opz, wiederholen Sie!«

»Wir haben ein getauchtes U-Boot in drei-vier-null, wandert nach Backbord aus. Tiefe dreihundertfünfzig Meter, Abstand geschätzt fünfzehn Meilen.«

Seelmann war verunsichert. »So weit könnt ihr doch mit dem Schätzeisen gar nicht hören, oder?«

»Sogar weiter, allerdings ist dieser Kontakt ungeheuer leise.«

»Das kann eigentlich nicht sein, da es hier ja keine U-Boote gibt. Täuschen Sie sich da auch nicht?«

Unten in der Operationszentrale schnitt der zweite Sonaroffizier eine Grimasse. Seelmann war ja heute Nacht noch sturer als sonst! »Einen Irrtum halte ich für ziemlich ausgeschlossen, Herr Kap'tän!«

Oben auf der Brücke kaute Fregattenkapitän Seelmann auf seiner Unterlippe rum. Alles andere, als dass es sich um einen blinden Alarm handelte, stand nicht anzunehmen, denn wo sollte hier ein U-Boot herkommen? Aber die ständigen Befehle von Kapitän zur See Otten ließen ihm keine andere Wahl. »Ich rufe den Kommandanten.« Er drehte sich kurz um. »Backbord fünf!«

»Ruder liegt Backbord fünf, Herr Kapitän!«, wiederholte der Rudergänger.

»Drei-drei-null steuern!« Seelmann wandte sich wieder dem Gespräch mit der Opz zu. »Und Sie versuchen dranzubleiben, wen oder was auch immer Sie da haben.« Wütend knallte er den Hörer auf. Eigentlich war seine Wache zu Ende. Er sah kurz den NO an, der bereits zur Ablösung auf die Brücke kam. »Übernehmen Sie, ich wecke den Kommandanten.« Er griff zu einem anderen Telefon, das ihn mit der Kommandantenkammer verband. »Sonar glaubt, ein getauchtes U-Boot aufgespürt zu haben. Fünfzehn Meilen voraus, Herr Kapitän!«

Ottens Stimme klang etwas verschlafen. »Um was für ein U-Boot handelt es sich?«

»Das weiß der Sonaroffizier nicht zu sagen, es soll nur ungeheuer leise sein.« Seelmann wartete auf den Befehl, den Kontakt zu ignorieren, wurde aber enttäuscht.

»Wo stehen wir?«

»Etwas nördlich der Höhe von Beirut, Herr Kapitän.«

Den Geräuschen nach zu urteilen, die aus dem Hörer drangen, schälte sich der Kommandant aus seinen Decken. »Stiller Alarm! Wenn wir hier die Klingeln rasseln lassen, weiß der Bursche, dass wir ihn entdeckt haben.«

Seelmann stockte vor Schreck der Atem. »Sie glauben, das Sonar hat wirklich was?«

Für einen Augenblick herrschte eisiges Schweigen. Als der Kommandant wieder sprach, klang seine Stimme kalt und unpersönlich. »Was glauben Sie? Die Syrer haben ein paar alte russische Romeos, nicht gerade das, was unser Sonaroffizier als sehr leise bezeichnen würde.«

»Sie denken, es könnte ein Iraner sein? Hier, im Mittelmeer?«

»Lassen Sie die Besatzung auf Gefechtsstation gehen, und zwar leise. Ich bin dann gleich in der Opz.«

12. Tag 4 : 15 Ortszeit, 02 : 15 Zulu – Russisches Jagd-U-Boot *Bizon*, 35 Meilen vor der libanesischen Küste

»Er dreht auf und ein, Peilung wandert langsam achteraus, aber der Abstand bleibt beinahe konstant.«

Der Kommandant blinzelte verdutzt und griff zum Mikro. »Sie wollen sagen, er folgt uns?«

»Jein ...« Der Sonaroffizier zögerte. »Er dreht ganz gemütlich in einem weiten Bogen nach Westen ein.«

Der Navigationsoffizier hob den Kopf. »Das würde auch passen, wenn er nach Limassol zu seiner Basis auf Zypern will. Denn gehört haben kann er uns eigentlich ja kaum.« »Und wir liegen zufällig auf seinem Weg nach Hause?«

»So ungefähr, Kapitän!«

Sarubin drückte erneut den Knopf am Mikrofon. »Wie hört der Deutsche sich jetzt an?«

»Er ist etwas mit der Fahrt hochgegangen, ein wenig über zwanzig Knoten, würde ich sagen. Und er hat etliche Hilfsaggregate laufen, Generatoren und so. Schwer, daraus schlau zu werden, Kapitän. Alarmklingeln oder Sirenen hat er jedenfalls nicht eingesetzt.«

Der Kommandant entspannte sich wieder. Vielleicht wollte der Deutsche ja wirklich nur zurück zu seiner Basis, aber es könnte nicht schaden, ihm dennoch aus dem Weg zu gehen.« Er erhob sich aus dem Sessel. »Balakin, wir steuern eins-neun-fünf! Und Sie«, forderte er den Navigationsoffizier auf, »können sich ja schon mal ein ruhiges Plätzchen überlegen, an dem wir die nächsten zwei Tage in Ruhe abwarten können.«

Das Boot neigte sich leicht, als es nach Backbord schwenkte. Sarubin trat an den elektronischen Kartentisch und studierte die nähere Umgebung. Dann tippte er auf eine Position. »Hier!«

Der NO starrte ihn entgeistert an. »Kapitän?«

Der Kommandant nickte entschlossen. »Genau hier! Oder glauben Sie, es gibt einen Ort, an dem man uns noch weniger vermutet?«

»Aber muss es denn gleich mitten im Tiefwasserweg nach Beirut sein?«

12. Tag 4 : 15 Ortszeit, 02 : 15 Zulu – Fregatte *Wiesbaden*,
35 Meilen vor der libanesischen Küste

»Kontakt dreht ab.« Der U-Jagdoffizier blickte über die Konsole zum Kommandanten. »Er wird schwächer, Sonar verliert ihn!«

»Ruhe bewahren!« Otten studierte das große taktische Display vor sich. »Kurs halten! Wie weit sind die achtern mit dem Hubschrauber?«

Der zuständige Offizier hob die Hand. »Betankt, Waffen geladen.« »Eine Minute bis startklar.«

»Bringen Sie die Mühle dann sofort nach oben. Mal sehen, was die mit ihrer Sonarboje ausfindig macht.«

Eine neue Stimme mischte sich ein. »Der Erste aus der Schiffssicherungszentrale, Herr Kap'tän.«

»Rübergeben!« Otten angelte nach einem der Telefone. »Kommandant?«

»Schiffssicherung! Herr Kap'tän, es gibt ein Problem.« Seelmann hatte aufgrund des Gefechtsverschlusszustands seine Station in der Schiffssicherungszentrale eingenommen. »Die Turbine läuft warm, ist aber noch nicht heiß.«

»Das ist ja nicht gerade ein ganz neues Problem«, meinte Otten etwas geringschätzig. Und das war es tatsächlich nicht. Viele der mit Seewasser gekühlten Systeme an Bord waren auf kältere Gewässer ausgelegt.

Und wenn das Kühlwasser von Haus aus schon wärmer war, fiel die Kühlleistung entsprechend geringer aus, was dem seemännischen Verstand des Kommandanten auch durchaus logisch erschien.

»Nein, Herr Kap'tän, aber ich muss Sie dennoch pflichtschuldigst warnen, wenn die Maschine nicht so läuft, wie Sie soll.«

Otten verdrehte die Augen und hoffte, dass es im Halbdunkel der Opz niemand sah. Was Seelmann da vorbrachte, stand wahrscheinlich tatsächlich so in irgendeiner Dienstvorschrift. Seine Stimme klang schärfer als beabsichtigt. »Keine Bange, das Teil macht schon nicht schlapp! Außerdem sollten Sie nicht vergessen, dass wir hinter einem U-Boot her sind.«

»Jawoll, Herr Kap'tän. Darf ich Sie trotzdem darauf hinweisen, dass wir uns in internationalen Gewässern befinden?«

»Einwand zur Kenntnis genommen!«, sagte Otten unberührt und legte auf. Für den Hubschrauberoffizier, der das Zeichen gegeben hatte, startklar zu sein, hielt er den Daumen der rechten Hand in die Höhe.

12. Tag 04 : 30 Ortszeit, 02 : 30 Zulu – Russisches Jagd-U-Boot *Bizon*, 35 Meilen vor der libanesischen Küste

»Er geht mit der Fahrt herunter«, gab Fedorow etwas verwundert durch. »Was soll das denn jetzt schon wieder zu bedeuten haben?«

»Hält er Kurs?«

»Sieht bisher so aus, Kapitän!« Der Sonaroffizier überprüfte seine Anzeigen noch einmal. »Nur die Drehzahl seiner Schrauben hat sich verringert.«

Der Kommandant runzelte die Stirn und fragte nach.

»Heißt das, er läuft jetzt mit seinen Dieselmotoren? Die Dinger haben doch sowohl Diesel als auch Gasturbinen, wenn ich richtig informiert bin.«

»Seine Turbine höre ich immer noch laufen.«

»Seltsam!«, murmelte Sarubin. Wieso hatte die Fregatte ihre Turbine immer noch laufen, wenn sie dadurch bei geringerer Fahrt keinen Treibstoff einspart? ... Als er begriff, was es damit auf sich hatte, reagierte er blitzschnell. »Gefechtsverschlusszustand. Schleichfahrt und Ruhe im Boot!«

Balakin starrte ihn von der anderen Seite der Zentrale her verdutzt an. »Was?«

»Verdammt, machen Sie schon! Ich weiß nicht wie und warum, aber die haben uns entdeckt.«

Der Erste gab den Befehl an den Zentralemaat weiter und warf danach einen Seitenblick auf Sarubin, der in seinem Kommandantensessel saß und grübelte. »Wir bleiben auf zwanzig Knoten?«

Der Kapitän ging darauf nicht ein, sondern fragte den Navigationsoffizier nach der Wassertiefe.

»Um uns herum auf zwanzig Meilen überall über tausend Meter.«

»Balakin«, befahl Sarubin, »bringen Sie uns runter. Siebenhundert Meter!«

»Jawohl, Kapitän.« Seine Stimme klang etwas belegt, als er den Rudergänger anwies: »Zehn Grad vorlastig!« Mit Argusaugen überwachte er die Anzeigen.

Sarubin konnte sich vorstellen, was seine Männer dachten und fühlten. Dabei waren siebenhundert Meter nicht das Äußerste, was er der *Bizon* abverlangen konnte. Entgegen allen westlichen Vermutungen lag die sichere Tauchtiefe bei siebenhundert, die Hüllenbruchtiefe dieses Typs bei tausend Metern. Zumindest in der Theorie, denn sie hatten ja keine Möglichkeit gehabt, das neue Boot vorsichtig einzufahren und auszutesten. Siebenhundert Meter bedeuteten immerhin, dass auf jedem Quadratmeter der Bootshülle der Druck des Gewichtes von zehn vollbeladenen Jumbojets lastete. Das war nicht gerade eine Größenordnung, mit der man einfach so herumspielte. Und er würde den Nerven der Besatzung noch mehr zumuten müssen. »Steuerbord zehn!«

»Nach Norden und auf ihn zu?«, vergewisserte sich Balakin.

Sarubin nickte ruhig. »Genauso ist es!«

12. Tag 04 : 30 Ortszeit, 02 : 30 Zulu – Fregatte *Wiesbaden*,
35 Meilen vor der libanesischen Küste

»Kontakt verloren, Herr Kap'tän!«

»Meinen Sie denn, er hat mitgekriegt, dass wir ihn entdeckt haben?«

Der U-Jagdoffizier zuckte mit den Schultern. »Schwer zu sagen, aber er dürfte uns auf jeden Fall erfasst haben.

»Der Hubschrauber soll fünfzehn Meilen südlich anfangen zu suchen.«

Mit allem, was die Rotoren hergaben, raste der Bordhubschrauber hinaus auf die dunkle See. Der Westland Sea Lynx war schnell und wendig ... aber leider auch veraltet. Ihn als Typ beizubehalten war jedoch billiger gewesen, als die neueren MH-90 anzuschaffen. Als der Helikopter nur wenige Minuten später bewegungslos über einer Position fünfzehn Meilen südlich der Fregatte stand und das Sonar zu Wasser ließ, kehrte die *Bizon* ihm bereits das schmale Heck zu und verschwand in der Tiefe. Bei siebenhundert Metern waren die Verhältnisse bereits völlig andere als zuvor. Salzreicheres Wasser machte sich auf den Weg nach Westen, als Tiefenströmung in den Atlantik hinaus. Das Passivsonar der abgesetzten Boje, dessen Qualität deutlich unter der des Atlas STN an Bord der *Wiesbaden* lag, vermochte das abtauchende Boot nicht einmal mehr zu erfassen. Und das Aktivsonar zeigte gleich mehrere Ziele an, die aber in Wirklichkeit teilweise Reflexionen der Salzwasserschicht waren.

»Die Daten vom Hubschrauber kommen rein!«, meldete der Flugleitoffizier.

Doch Kapitän Gerhard Otten wandte deswegen nicht einmal den Blick von dem taktischen Display ab, auf dem neue Symbole erschienen. Er wusste, dass er verloren hatte, obwohl »verloren« vielleicht nicht ganz dem Sachverhalt entsprach. Sie hatten ein unbekanntes U-Boot erfasst, dessen Unternehmen aller Wahrscheinlichkeit nach etwas mit dem Libanon zu tun hatte, und hatten es offensichtlich vertrieben. Zumindest zunächst. Aber das Boot würde wiederkommen, da war der Kommandant sich sicher. Sachlich wie immer gab er seinen nächsten Befehl aus: »Funkspruch an UNIFIL, Flottenkommando und alles weitere: Kontakt mit U-Boot auf 34° 20'N/34° 58'O. Kontakt verloren!« Seine Anweisung an den Flugleitoffizier lautete: »Der Hubschrauber soll sich weiter umtun. Und wir ziehen noch ein paar Suchkreise. Gehen Sie wieder auf zwanzig Knoten.«

Doch trotz intensiven Fahndens über mehr als zwei Stunden hinweg fanden sie keine Spur des U-Bootes mehr. Die Meinungen darüber waren geteilt. Einige, wie der Erste Offizier, Fregattenkapitän Seelmann, glaubten, es habe sich von Anfang an um einen blinden Alarm gehandelt. Andere wiederum, wie zum Beispiel der zweite Sonaroffizier, waren immer noch der Auffassung, ein U-Boot sei da gewesen. Ein ganz großes schnelles Boot und überhaupt nicht zu vergleichen mit den alten syrischen Romeos oder den iranischen Kilos. Doch solange sich der Nachweis dafür nicht erbringen ließ, mussten sie eben den Spott dafür über sich ergehen lassen.

Kapitän Otten blieb noch bis zur Frühstückszeit in der Opz. Ihm war nicht anzusehen, was er dachte.

12. Tag 00 : 15 Ortszeit, 05 : 15 Zulu – Long Island, gerichtsmedizinisches Institut von Nassau County

Kurz nach Mitternacht war eine Zeit, zu der ein anständiger Mensch im Bett liegen sollte, wenn er nicht gerade ein Nachtschwärmer war und sich noch in Discos oder Bars amüsierte. Zu dieser Stunde sich in einem gerichtsmedizinischen Institut herumzutreiben, wie Roger Marsden das tat, war jedoch alles andere als ein Vergnügen. Der Hubschrauberflug nach New York hatte gerade mal anderthalb Stunden gedauert, doch wesentlich länger hatten sie gebraucht, um mit dem Auto vom Flughafen nach Nassau County auf Long Island zu gelangen.

Dem merkwürdigen Gefühl, das jeden gelegentlichen Besucher einer solchen Einrichtung beschleicht, konnte auch Marsden sich nicht entziehen. Eine Pathologie war wie die andere, blankgeschrubbte Fliesenböden, Edelstahltische, dazu der Geruch von Desinfektionslösungen und Konservierungsmitteln, vermischt mit den unangenehmeren Gerüchen, die entströmten, wenn man eine Leiche aufschnitt. Und man spürte die Kälte des Todes allein schon deshalb, weil die Raumtemperatur durch Klimaanlagen niedrig gehalten wurde.

Ein Schild, angebracht neben einem Waschbecken, fand Marsden irgendwie typisch: »Nach der Arbeit Händewaschen nicht vergessen!« *Nach* …

»Darf ich fragen, was Sie hier machen?«

Der Vice-Director drehte sich um und zückte seinen Ausweis. »Roger Marsden, CIA!« Er gab dem Mann im weißen Kittel Zeit, den Ausweis zu studieren. »Ich interessiere mich für einen Ihrer unbekannten Toten.«

»Doktor Jeremy Snyder«, stellte sich der Mediziner vor. »An sich hatte ich eigentlich das FBI um Mithilfe gebeten, weil die Spezialisten …«

»Was Sie gefunden haben, fällt in unser Aufgabengebiet, fürchte ich.«

»Aha, die hohen Hüter der nationalen Sicherheit treten auf den Plan«, mokierte sich Snyder. »Ich nehme an, Sie wollen alle Unterlagen, die Leiche oder wie soll das jetzt ablaufen? Der Coroner ist auf einer Tagung in Cincinnati, also müssen Sie mit mir vorliebnehmen.«

Für einen winzigen Moment lang verspürte der Vice-Director den Wunsch, dem Mann, der sich aufführte, als sei er einem schlechten Hollywoodfilm entsprungen, ein paar passende Worte an den Kopf zu werfen, doch stattdessen sagte er nur: »Es reicht, wenn Sie uns den Toten zeigen und eine Kopie von Ihrem Bericht fertigen, und dann sind wir auch schon wieder weg. Die Herren hier, die mich begleiten, sind übrigens Doktor Olson, Pathologe, und Doktor Miller, Chemiker und Drogenspezialist.

Im eigentlichen Obduktionsraum war es noch eine Spur kälter. Marsden betrachtete den Mann, der auf dem Schragen aus Edelstahl lag. Er mochte sechzig, vielleicht fünfundsechzig sein. Ein langer Y-Schnitt zog sich bis unter ein Tuch, das die Hüften des Toten bedeckte. »Was können Sie mir über ihn erzählen?«, fragte er Snyder, der sich wie Olson und Miller Latexhandschuhe überstreifte.

»Er war bei ausgesprochen guter Gesundheit, wenn man sein Alter bedenkt. Offenbar jemand, der sein Leben lang körperlich gearbeitet hat. Die Leber weist geringfügige Symptome auf, die auf einen Alkoholabusus hinweisen.«

Dr. Olson, der CIA-Pathologe, inspizierte das runde Einschussloch auf der Stirn. »Sieht aus, als sein ein ziemlich kleines Kaliber verwendet worden.«

»Die Schmauchspuren«, ergänzte Snyder, »deuten darauf hin, dass der Schuss aus nächster Nähe abgegeben wurde. Aber für Sie interessanter ist vielleicht was anderes.« Er griff einen der Arme und zog ihn in die Höhe, was sich etwas schwierig gestaltete, denn die Totenstarre war noch nicht wieder gebrochen.

»Jemand hat ihm Fingernägel rausgerissen. Außerdem ist er«, Snyder deutet auf unterschiedlich verfärbte Körperstellen, »beginnend mindestens zwei Tage vor Todeseintritt, immer wieder systematisch zusammengeschlagen worden. Mehr darüber finden Sie in meinem Bericht.«

»Haben Sie sonst noch weitere Verletzungen feststellen können?«, wollte Olson wissen.

»Nein, Herr Kollege. Wer auch immer ihn in die Mangel genommen hat, er verstand sein Handwerk. Schmerz ohne Ende zufügen – ja, aber ohne direkt lebensbedrohliche Folgen dadurch hervorzurufen. Mutmaßlich hat aber die Folter nicht die von seinen Peinigern gewünschten Resultate gebracht, und deshalb hat man ihm etwas gespritzt. Sie brauchen sich dazu nur die rechte Armbeuge anzusehen, um das auch ohne Vergrößerungsglas zu erkennen.«

Olson beuge sich über die Stelle. »Drei Einstiche. Das spricht dafür, er hat versucht, sich dagegen zu wehren.«

»Mangels Fingernägeln gibt es darunter natürlich keine Spuren.«

Marsden deutete interessiert auf eine ältere Narbe an der Schulter. »Und woher könnte die stammen?«

»Sieht nach einem Messerstich aus, der aber mindestens vier oder fünf Jahre zurückliegen dürfte.«

»Das klingt nicht gerade nach einem friedfertigen Zeitgenossen, der Schwierigkeiten aus dem Weg gegangen ist.«

Snyder sah ihn verdutzt an. »War er auch nicht. Der Beschaffenheit seiner Fäuste nach zu urteilen hat er mit denen auch kräftig ausgeteilt. Aber hat man Ihnen nicht mitgeteilt, dass er bereits identifiziert wurde?«

»Wie bitte?«, fauchte Marsden empört.

Snyder runzelte die Stirn. »Woher soll ich wissen, warum das nicht erfolgt ist? Wahrscheinlich, weil Sie schon hierher unterwegs waren. Die Cops im Suffolk County können Ihnen mehr sagen, denn bei denen lief eine Vermisstenmeldung ein, die in die Computer dann eingegeben wurde.«

Roger Marsden schluckte kurz eine Bemerkung, die ihm auf der Zunge lag, hinunter. »Wer ist er?«

»Offenbar ein ehemaliger Schiffsingenieur oder so etwas, mit dem russisch klingenden Name Gabhanikow. Lebte oben in Suffolk County, aber weil der Fundort der Leiche in unseren Zuständigkeitsbereich fällt, landete sie natürlich auch erst mal bei uns.« Snyder verzog das Gesicht. »Wir hängen sowieso alle an den gleichen Datenbanken. Er beschäftigte einmal pro Woche eine Putzfrau. Die kam heute Mittag und fand das Haus verwüstet vor. Von Gabhanikow keine Spur, also ist sie zur Polizei gegangen.« Er verzog das Gesicht. »Da hatte der Fischer aber seine Leiche auch schon aus dem Sound gefischt und hierher gebracht.«

Marsden starrte ihn sprachlos an. Der Name sagte ihm nichts, aber das würde sich ändern lassen. Was Marsden aber in diesem Augenblick begriff, war, dass die Spur heiß war. Koljunow, und er zweifelte keinen Augenblick daran, dass Koljunow die Finger im Spiel hatte, hatte einen Fehler begangen – den gleichen wie er selbst. Er hatte die Durchführung des Ganzen den jüngeren Leuten anvertraut – und die hatten es verbockt.

12. Kapitel

12. Tag 03 : 00 Ortszeit, 06 : 00 Zulu –
Amerikanisches Jagdboot USS *Tuscaloosa*,
mitten im Atlantik

Wieder einmal war die *Tuscaloosa* aufgetaucht, um Funksprüche abzusetzen und zu empfangen, von denen dieses Mal auch wieder gleich mehrere für Captain DiAngelo bestimmt waren. Commander Dan Kearny, der zu ihm in die Kommandantenkammer gekommen war, blieb dessen missmutige Miene nicht verborgen. »Schlechte Nachrichten, Sir?«

»Wie man es nimmt, Dan. Der Russe legt jedenfalls ein höllisches Tempo vor und ist allem Anschein nach bereits vor der Küste des Libanon.«

»Oha!«, meinte Kearny. »Demnach weiß er also, dass wir hinter ihm her sind?«

»So einfach ist das nicht, denn er operiert in internationalen Gewässern, weshalb wir nicht einfach hinter ihm her sein *können*. Und ich wette, er weiß das ganz genau.« Der Captain schob einen der Ausdrucke über den Tisch. »Das dürfen Sie ruhig lesen. Er wurde von einer deutschen Fregatte der UNIFIL-Blockade kurzfristig erfasst, die ihm natürlich nicht zu folgen und Kontakt zu halten vermochte. Also wissen wir nur, wo er vor ein paar Stunden war. Aber wenigstens haben die Deutschen prompt den Vorfall der Begegnung mit einem unbekannten U-Boot weitergemeldet. Immerhin auch schon was.« Bob schupperte sich nachdenklich den Bart. »Wenn wir nur wüssten, was er vorhat!«

»Nur mal angenommen«, sagte Kearny, »er soll lediglich etwas abholen, dann ließe sich das auch auf See abwickeln.«

Bob starrte ihn an. »Dann könnte er jetzt schon wieder auf dem Rückweg sein, raus aus dem Mittelmeer.«

»Wir können Gibraltar erreichen, bevor er da durch ist.« Kearny rechnete kurz. »Knapp, aber wir können es schaffen. Es sei denn ...« Er ließ den Rest offen.

Bob nickte. »Es sei denn, er hat immer noch was in Reserve.« Wütend schlug er auf den Stapel der Funksprüche. »Er muss von Murmansk aus bis Gibraltar knapp vierzig Knoten gelaufen sein. Das bedeutet, er hat mehr als nur einen einfachen Druckwasserreaktor unter dem Hintern.«

»Aber die Russen haben in der Vergangenheit mit flüssigmetallgekühlten Reaktoren bekanntlich keine guten Erfahrungen gemacht«, sagte Kearny zweifelnd.

»Da würde ich vorsichtig sein. Die Alfa-Boote waren schnell, allerdings auch teuer im Unterhalt, und in den Jahren, in denen die russische Marine so ziemlich pleite war, sind die meisten zum Teufel gegangen, weil der Reaktor herunterfuhr und das Kühlmaterial sich verfestigte.« Bob schüttelte den Kopf. »Wann haben Sie das letzte Mal unseren Reaktor abgeschaltet, in See meine ich?«

Der Kommandant der *Tuscaloosa* sah ihn nachdenklich an. »Ich verstehe, was Sie meinen, Sir. Noch nie!«

»Eben. Wenn so ein Ding läuft, dann läuft es und wird höchstens notabgeschaltet, wenn es einen Unfall gibt. Aber ansonsten laufen sowohl unsere wie auch die Reaktoren der russischen Boote in See einfach durch. Für die *Bizon* bedeutet das, sie bekommt, wenn überhaupt, frühestens ein Reaktorproblem, wenn sie wieder einen russischen Hafen anläuft. Aber auch in Russland ist die Technik ja nicht stehen geblieben.«

»Es wäre also denkbar, dass die *Bizon* bereits wieder mit hoher Fahrt zurück durchs Mittelmeer läuft.« Das Gesicht des Commanders nahm einen besorgten Ausdruck an. »Sie muss nur zusätzlich noch einen oder zwei Knoten mehr zulegen, dann ist sie schneller wieder draußen, als wir Gibraltar erreichen können.«

Captain DiAngelo nickte. »Eben ... und von der *Alaska* haben wir ja auch schon seit eineinhalb Tagen nichts mehr gehört. Wenn ich richtig rechne, kann auch sie heute die Nähe der libanesischen Küste erreichen, wenn alles glattgegangen ist und es keine Probleme gab. Aber ob sie dann die *Bizon* findet, dürfte eher reine Glückssache sein. Der Küstenabschnitt ist etwas über hundertfünfzig Meilen lang, und der Überwachungsbereich der UNIFIL reicht bis fünfzig Meilen raus auf See.«

»Commander Martinez bräuchte demnach verdammt viel Massel.«

»Dessen ungeachtet beabsichtige ich, zu ihm zu stoßen. Transfer zu unserem Trägerverband, von dort aus per Flieger nach Zypern und dann weiter zur *Alaska*.«

»Wann?« Dem Commander war das Bedauern anzumerken, dass sein Boot nicht schnell genug war, um rechtzeitig vor Ort sein zu können.

»Wir erreichen in zwölf Stunden das Operationsgebiet der *Ike**, die bereits seit sechs Wochen im Atlantik zu Übungen mit Engländern und Spaniern ist.«

---

* CVN-69: USS Dwight D. Eisenhower, kurz Ike mit Trägerkampfgruppe.

»Nach meinen Informationen«, sagte Kearny, »sind die eigentlichen Manöver bereits abgeschlossen, und die *Eisenhower* soll demnächst wieder nach Westen laufen.«

Bob lächelte knapp. »Ich werde formell im Namen der Firma darum ersuchen, dass dieser Transfer zuvor noch durchgeführt wird, in nationalem Interesse.«

»Die Navy wird über diesen Vorschlag geradezu begeistert sein, Sir! Einen ganzen Trägerverband einzusetzen wird der Admiralität vorkommen, als wollten Sie eine Nuss mit einem Dampfhammer aufschlagen.«

»Warten wir es ab. Ich jedenfalls setze einen entsprechenden Funkspruch ab. Und falls es dann noch etwas nachhelfender Überzeugungsarbeit bedarf, wird es daran nicht fehlen. Ich habe mehr und mehr das Gefühl, es ist nicht der richtige Zeitpunkt für halbe Maßnahmen.«

12. Tag 07 : 15 Ortszeit, 12 : 15 Zulu – Langley, Virginia

Es war eher ungewöhnlich, dass Roger Marsden zu so früher Stunde am Schreibtisch saß, zumal, wenn er die ganze Nacht über auf den Beinen gewesen war. Seitdem er nicht mehr im Außendienst tätig war, verlief sein Leben, abgesehen von gelegentlichen Ausnahmesituationen, in recht regelmäßigen Bahnen. Aber irgendwo steckte in dem alternden, mehr und mehr übergewichtigen Mann nach wie vor auch noch jener junge Agent, der sich vor vielen Jahren in den dunklen Ecken von Prag, Berlin und Wien herumgedrückt hatte und sich sekündlich der Tatsache bewusst gewesen war, jeden Moment in das Fadenkreuz eines russischen Agenten geraten zu können. Härte war für Roger Marsden kein Fremdwort, auch wenn er äußerlich in der Zwischenzeit etwas gemütlicher wirkte, ein Eindruck, der täuschte.

Während des Fluges zurück nach Langley hatte er in Ruhe nachgedacht und dabei die Idee, Koljunow einfach kidnappen zu lassen, um ihn in die Mangel zu nehmen, wieder fallen gelassen. Nicht unbedingt, weil es in diesem Land Gesetze gab, die dies untersagten, sondern weil praktische Erwägungen gegen dieses Vorgehen sprachen. Koljunow konnte ihnen sonst etwas erzählen, ohne dass sie es zu überprüfen vermochten.

Was führte Koljunow im Schilde? Warum hatte dieser Mann dran glauben müssen, und wer waren dabei die Helfer des Russen gewesen? Marsdens Gedanken kreisten immer wieder um diese drei Fragen. Nach der Rückkehr in sein Büro hatte es nur kurze Zeit gedauert, bis er alles zusammenhatte, was es offiziell über den toten Gabhanikow gab. Viel war es nicht gerade. Gabhanikow hatte eine permanente Aufenthaltserlaubnis besessen, weil sein Sohn schon in den Achtzigern eine Amerikanerin geheiratet hatte. Er hatte sich vor ein paar Jahren ganz offiziell in den Ruhestand begeben, nachdem er sein ganzes Leben lang in der Handelsschifffahrt zur See gefahren war. Ansonsten war Gabhanikow seit langem Witwer gewesen und bezog Renten aus verschiedenen Altersruhegeldversicherungen. Alles nicht ungewöhnlich oder wenigstens nicht auffällig. Wenn in knapp zwei Stunden die Banken öffneten, dann würden seine Leute auch noch eine Kontenüberprüfung vornehmen, aber Marsden zweifelte daran, dass diese was ergeben würde. Des Rätsels Lösung musste woanders liegen.

Blieb wiederum nur Koljunow. Dass er Helfer gehabt haben musste, stand außer Frage. Erstens war er aufgrund seines Alters kaum mehr körperlich in der Lage, eine Leiche durch die Gegend zu schleppen; zweitens war der Zeitrahmen, innerhalb dessen er sich seinen Beobachtern entziehen konnte, nicht ausreichend, um Gabhanikow selber zu entführen, und drittens hätte sich Koljunow niemals so dämlich angestellt, wäre er selbst in Aktion getreten. Die versenkte Leiche wäre bei ihm unter Garantie auch unten geblieben. Das ließ den Rückschluss zu, dass Koljunow sich wahrscheinlich der Mitglieder einer ehemaligen sowjetischen Spionagezelle bediente, von denen bei weitem nicht alle ausgehoben worden waren, als die UdSSR zusammenbrach. Ihre Angehörigen hatten in den jeweiligen Ländern ganz normale Existenzen aufgebaut und auf Befehle gewartet, die niemals kamen. Diese Zellen existierten also immer noch und konnten mit Erpressung, Geld oder einfach unter Berufung auf alte Kontakte reaktiviert werden. Als Spione mochten diese Leute sich einsetzen lassen, nur Profikiller, die ihr Metier beherrschten, waren sie keine.

Das Klingeln des Telefons riss ihn aus seinen Überlegungen. Mit einem unwilligen Knurren nahm er ab. »Marsden?«

12. Tag 7 : 30 Ortszeit, 12 : 30 Zulu – Bagdad, die Grüne Zone

»Boss, ich glaube, wir sind auf etwas Interessantes gestoßen!«, verkündete Jack Small.

»Schießen Sie los, Jack!«

»In Rahmans Unterlagen tauchen zur gleichen Zeit ein gewisser Suleiman er-Rataf, ein Gregori Nakhmov und Sayyid Naim Harb auf.«

»Harb klingt nach dem Sohn von Raghib Harb, dem

Hisbollah-Mann, der vierundachtzig umgelegt wurde. Bei den beiden anderen Namen läutet keine Glocke.«

»Bei mir tat es das auch nicht«, bekannte Small. »Rahman wollte uns weismachen, die beiden seien schlichte Geschäftsleute und ganz normale Stammkunden, über die er nichts Näheres wisse.«

»Aber?« Marsden wartete ab.

»Die Mädchen aus dem Puff haben die beiden in unserer Bildersammlung erkannt, die wir ihnen vorgelegt haben. Und jetzt wird es lustig: Grigori entpuppte sich als Sergej Rogow, und Suleiman blieb Suleiman. Allerdings Suleiman abd-er-Kadr.«

Marsden pfiff durch die Zähne. »Sieh mal einer an, abd-er-Kadr! Osama bin Ladens Finanzchef, bis unsere Jungs ihn mit runtergelassenen Hosen erwischt haben.«

»Richtig! Und ich habe den guten Sergej mal durch die Datenbanken gejagt. Der ist eine Art Key-Accounter der russischen Mafia im Waffenhandel. Unsere Leute sind seit zweitausendundzwei hinter ihm her, haben ihn aber bisher nicht zu schnappen vermocht.«

»Soll hin und wieder vorkommen«, konstatierte der Vice-Director.

»Möglicherweise betreut und beliefert er ja auch Osama.«

»Jetzt fehlt uns nur noch eine Verbindung zu Schugarew, und wir wissen, wer die Sache mit dem U-Boot angezettelt hat.«

»Die gibt es und ich hoffe, Sie sitzen gut«, erklärte Small gutgelaunt. »Sergej Rogow hat damals mit dem Putschversuch in Moskau zu tun gehabt. Er wurde festgenommen und verhört, aber man konnte ihm wohl nicht nachweisen, an bestimmten Treffen teilgenommen zu haben, da er dafür ein Alibi hatte.«

»Alibi hin oder her, in Russland unter Jelzin hätte man ...«, Marsden stockte. »... es sei denn, als Alibi hätte jemand fungiert, an den sich weder Polizei noch Geheimdienste herantrauten. Sie wollen doch nicht etwa sagen, es war Koljunow?«

»Genau der und kein anderer!«

Für einen Augenblick herrschte Schweigen. »Aber Koljunow muss auch Schugarew kennen.«

»Klar tut er das. Dreimal dürfen Sie raten, mit wem Schugarew verheiratet ist.«

»Sagen Sie es mir einfach!«, fauchte Marsden.

»Katharina Iwanowa Schugarew, geborene Nowikow.«

»Der Nowikow?«

»Eine Enkelin.«

»Wissen Sie ...«, Marsden lachte rau, »Bob DiAngelo hat mir mal erzählt, dass Schugarew Karriere gemacht hat, weil er gute Kontakte hatte. Hörte sich an wie ein Witz.«

»Ist aber keiner. Es könnte sogar sein, dass es auch noch einen direkteren Draht zwischen Sergej Rogow und Victor Schugarew gibt. Rogows derzeitiger Renner im Angebot sind unter anderem russische Landminen. Und nun tippen Sie mal, wo Schugarew in der Zeit zwischen seinem letzten Kommando und seinem derzeitigen Posten saß?«

»Marinebeschaffungsamt! Wenn Sie schon so fragen, kann es nur was in der Richtung gewesen sein.«

»Genau getroffen. Schade nur, dass wir nicht einfach nachprüfen können, was und wie viel aus den russischen Arsenalen von Rogow verscheuert wurde.«

»Der Punkt, den ich noch nicht verstehe, ist, was Koljunow bei der Sache zu gewinnen hat. Der Mann ist ein Alt-Kommunist reinsten Wassers.«

Marsdens Stimme wurde hart. »Alles, was ich weiß, ist, dass er einen alten Mann hier in den USA hat entführen und foltern lassen. Und wir haben Spuren von SP-117 in dessen Blut gefunden.«

Small horchte auf. »Wie lange bleibt das Zeug denn überhaupt haltbar und verwendungsfähig?«

»Gute Frage. Unsere Experten, allen voran Miller, behaupten, es sei weniger stabil als die alte Variante SP-17. Die Verfallsgrenze dürfte zwischen sechs Monaten und maximal einem Jahr liegen. Das würde allerdings bedeuten, dass der Stoff, den Koljunow verwendet hat, nicht mehr aus alten KGB-Beständen stammen kann.«

»Andererseits wissen wir, dass der FSB, der viele alte KGB-Leute in seinen Reihen hat, über das Mittel verfügt und es auch einsetzt.«

»Mir gefällt nicht, was Sie da andeuten wollen, Jack.«

»Mir auch nicht, aber jemand hat mir mal erklärt, es müsse mir auch nicht gefallen, ich müsse nur damit fertig werden.«

Wieder einmal knurrte Marsden ungnädig. »Nachdem Putin nach seiner zweiten Amtszeit nicht mehr wird kandidieren können, halte ich ein Szenario für denkbar, in dem Iwanow, der jetzige erste stellvertretende Ministerpräsident, eine Rolle spielt, ein langjähriger KGB-Mitarbeiter, allerdings Abteilung Gegenspionage. Hat einen kleinen Justizskandal hinter sich, als sein Sohn eine Rentnerin überfuhr und er die Hand über seinen Sprössling hielt. Und angeblich hatte er auch die Hände im Spiel, als Jandarbijew* und Litwi-

---

* Selimchan Jandarbijew, Präsident der tschetschenischen Separatisten, wurde 2004 von GRU-Agenten in Katar ermordet. Als die Agenten, es handelte sich um eine nicht erlaubte Aktion, nach

nenko** ermordet wurden. Natürlich hat er selber mehrfach betont, dass er dafür gar keine Gründe gehabt hätte.«

»Von wegen keine Gründe, Problemfälle für Putin zu lösen! Und warum soll er jetzt wohl als dessen Nachfolger aufgebaut werden?«

»Ja, das ist das neue Russland, Demokratie vom Feinsten, Jack.« Marsden wurde wieder ernst. »Das Problem ist nur, dass Iwanow beim Volk unbeliebt ist. Putin weiß ihn zu schätzen und die Geheimdienste sowieso, das Militär ebenfalls, aber eben nicht die Bürger.«

»Also spannen die ihre alten Seilschaften ein und zaubern irgendein Ding, das Iwanow als den großen Mann dastehen lässt.« Small nickte still vor sich hin, denn das war eine bei Geheimdiensten nicht unübliche Denkweise. »Aber was hat es mit dem Gold des alten Arafat zu tun?«

Russland zurückkehrten, begrüßte Iwanow, damals noch Verteidigungsminister, sie am Flughafen persönlich, obwohl sie bereits wegen dieser Operation unter Anklage standen.

** Der ehemalige KGB- und FSB-Agent machte in den späten neunziger Jahren als Kritiker von Putin auf sich aufmerksam, auch wenn seine Behauptungen, der FSB habe damals (unter dem Direktorat von Putin) einige der angeblich von Tschetschenen begangenen Anschläge verübt, nie letztendlich bewiesen wurden. Litwinenko wurde am 1. November 2006 durch einen mit Polonium 210 vergifteten Tee getötet. In England angeklagt, aber noch nicht von Russland ausgeliefert, ist Andrej Lugowoj, ehemaliger KGB-Mitarbeiter und heutiger Geschäftsmann, der unter anderem in dieser Eigenschaft zum engeren Bekanntenkreis der Familie von Putins Mentor Anatoli Sobtschak gehört.

Marsden dachte einen Augenblick über die Frage nach. »Das hängt davon ab, was man dafür als Gegenleistung haben will. Auf jeden Fall haben Sie mir den heutigen Tag gründlich verdorben, Jack.«

12. Tag 16 : 00 Ortszeit, 18 : 00 Zulu –
Amerikanisches Jagdboot USS *Tuscaloosa*,
mitten im Atlantik

Der Atlantik im Winter zeigte sich wieder einmal von seiner unangenehmen Seite, Seegang sechs, Regen und ein scharfer kalter Wind. Die Männer auf der Flosse der *Tuscaloosa* fröstelten. Die Nässe drang auch durch die beste Kleidung. Selbst DiAngelo, in einen Überlebensanzug eingepackt, glaubte die Kälte zu spüren. Vielleicht hing das ja auch mit der endlosen Weite des Ozeans zusammen, die jedem ein Gefühl der Verlorenheit vermittelte. Kaum dass man den Horizont erkennen konnte, wo ein grauer Himmel sich mit dem nur um eine Nuance dunkleren Meer traf.

»Von Radar: Hubschrauber im Anflug!«

Commander Kearny dankte dem Befehlsübermittler und wandte sich Bob zu. »Es wird Zeit, Sir! Ich wünsche Ihnen einen sicheren Trip.« Eine Spur mutwilliger Entschlossenheit trat in seine Stimme. »Und wir laufen, wie besprochen, nach Gibraltar, mit allem, was die Kiste hergibt.«

Bob erwiderte das Grinsen. »Ich verlasse mich auf Sie.«

»Hubschrauber in Sicht!« Einer der Seeleute turnte halsbrecherisch auf dem Sehrohrblock herum und spähte über die graue See.

In niedriger Höhe kam über dem Wasser ein U-Jagdhubschrauber herangebrettert. Vermutlich hatte der Pilot das Boot auch schon in seinem FLIR, dem nach vorne gerichteten Infrarot. Es musste irre aussehen, denn das Boot selber strahlte ja nicht viel Wärme ab. Einzig der Reaktor und die Menschen auf der Flosse würden sich abzeichnen. Leuchtende Punkte auf einem ansonsten schwarzen Schirm.

Die Lautsprecher erwachten knackend zum Leben, und die Stimme des Piloten war zu hören: »Broadsword-615 für *Tuscaloosa*: Sind Sie bereit?«

»Bereit, wenn Sie es sind, Broadsword!«, meldete Dan Kearny. »Ich drehe in den Wind. Steuerbord zehn!«, wies er den Befehlsübermittler an.

Der Bug begann auszuschwingen, noch während die Bestätigung von unten wiederholt wurde. »Ruder liegt Steuerbord zehn!«

Der Seahawk zog einen weiten Bogen und stieg dabei etwas. Unter seinen Rumpf wurden bereits die Leine und das Gurtgeschirr sichtbar, das langsam abgewinscht wurde.

Bob beobachtete, wie sich der Commander erneut über die Kompasstochter beugte und dann befahl: »Eins-sechs-null steuern!«

Der Rumpf des Bootes zeigte beinahe nach Süden, und der Wind wurde scheinbar stärker, was aber eine Täuschung war, weil sie mit fast dreißig Knoten gegen ihn fuhren. Das Rollen wurde schwächer, aber dafür nahm das Stampfen zu. Wahrscheinlich hatte es weiter südlich schon gestürmt, und sie wurden nun von den Ausläufern erreicht.

»Er kommt rein!«, brüllte einer der Seeleute.

DiAngelo wandte sich um. Das Gurtgeschirr baumelte über ihren Köpfen, und einer der Seeleute streckte sich, um es zu erwischen, während oben der

Hubschrauber versuchte, Position zu halten. Die donnernden Rotoren des SH-60 machten jede Unterhaltung unmöglich. Dan Kearny zeigte ihm nur einen hochgereckten Daumen. Dann griffen kräftige Hände schon erbarmungslos zu und hievten ihn auf den Sehrohrblock. Ein stechender Schmerz zuckte durch sein lädiertes Bein, und Bob wankte. In Sekundenschnelle hatten die Männer ihm das Gurtzeug umgelegt, und er spürte, wie er den Boden unter den Füßen verlor. Für einen Augenblick schwang er frei über dem Wasser und hatte Berührung mit einem Wellenkamm, als der Seahawk in einer flachen Kurve von der *Tuscaloosa* wegdrehte. Dann heulte auch schon die Maschine auf, als der Pilot die schwere Maschine nach oben zwang. Hilflos in der Luft pendelnd hing Bob in seinem Gurtzeug und starrte nach unten. Schon wirkten die Männer auf der Flosse klein. Unwillkürlich winkte er noch einmal zum Abschied.

Der Rumpf des Hubschraubers kam immer näher, je weiter der Bordmechaniker ihn aufwinschte. Schon konnte Bob dessen weißen Helm aus der Luke ragen sehen, als der Mann die noch verbleibende Entfernung abschätzte. Zehn Fuß ... fünf Fuß ... und man zerrte ihn ins Innere. Sein Bein gab unter ihm nach, und er fiel platt auf den Kabinenboden ... aber er war oben. Hinter ihm segelte sein Stock in die Tiefe. Gut zwei Stunden würde der Transfer bis zur *Ike* wohl dauern.

13. Kapitel

12. Tag, 18 : 30 Ortszeit, 20 : 30 Zulu –
An Bord USS *Dwight D. Eisenhower*, knapp 800 Meilen
Westsüdwest von Santander

Bob entstieg unter dem üblichen Zeremoniell des Seitepfeifens dem Hubschrauber, grüßte kurz in Richtung der Flagge und hinkte aus dem Wind der Rotoren. Er richtete sich auf und sah überrascht einen schlanken Mann mit Admiralsstreifen auf sich zusteuern, gefolgt von einem gestresst wirkenden Lieutenant. Unwillkürlich nahm er Haltung an und grüßte.

Rear-Admiral Thomas Murdoch tippte kurz an die Mütze und streckte die Hand aus. »Willkommen an Bord, Captain.« Teilnahmsvoll musterte Murdoch die zerzauste Gestalt vor sich. »War wohl ein rauer Ritt, wie es scheint?«

»Als Ihre Leute mich erst mal im Hubschrauber hatten, ging es.«

»Lassen Sie uns bei dem Sauwetter besser rasch reingehen«, sagte der Admiral und schüttelte sich demonstrativ. Ohne eine Erwiderung abzuwarten, wandte er sich zu dem Lieutenant um. »Kümmern Sie sich darum, dass der Captain alles hat, was er braucht, wenn er weiterfliegt. Wie ich sehe, ist ihm sein Stock abhandengekommen.«

Bob wunderte sich, was der Admiral alles von ihm wusste. »Danke, Sir, aber es geht so schon auch.«

Murdoch sah dem davoneilenden Lieutenant nach. »Ihr Weiterflug erfolgt über Santander, und von dort geht's dann nach Zypern. Die Spanier haben sich ausgesprochen kooperativ gezeigt.«

Bob versuchte mit Murdoch Schritt zu halten, der auf ein Schott zusteuerte. »Das gilt auch für Sie, Sir!«

»Admiral Sharp hat mich per Satellit angerufen.« Er grinste. »Und wenn der sagt, spring, dann tue ich das, ohne zu zögern.«

Bob riss erstaunt die Augen auf. »Dabei hatte ich doch gar nicht bei Sharp angefragt.« Sharp war sein Befehlshaber gewesen, als er noch ein U-Boot kommandiert hatte. Später hatte Sharp im Pazifik und noch später als Oberbefehlshaber im Atlantik mehrfach die Wege durch die Hierarchie der Navy mit kurzen Federstrichen abgekürzt, als Bob in kritischen Situationen die Kohlen aus dem Feuer holen musste. Sie kannten sich auch privat, auch wenn sie nicht unbedingt enge Freunde waren. Allerdings hatte er nicht geahnt, dass der Admiral über seine Aktionen derart informiert war.

»War wohl auch kaum nötig.« Murdoch lachte leise. »Sie kennen doch die Navy. Eine große glückliche Familie.«

»Da ist was Wahres dran«, pflichtete DiAngelo ihm bei, während er sich durch das Schott quälte.

»Und wenn Sie von der CIA in See geschickt werden, dann herrscht bei uns immer latente Alarmstimmung.« Murdoch zuckte mit den Schultern. »Nicht Ihre Schuld.« Er wurde ernst. »Wir gehen in mein Quartier, denn in Langley wartet jemand sehnsüchtig auf einen Anruf von Ihnen.«

12. Tag, 15 : 45 Ortszeit, 20 : 45
Zulu – Langley, Virginia

»Bob, Gott sei Dank, ich dachte schon, ich hätte Sie verpasst!«

Der Vice-Director klang ehrlich erleichtert. »Ich bin gerade erst auf der *Ike* gelandet.«

Die Verbindung war glasklar. Nichts verriet, dass das Gespräch in Echtzeit digitalisiert, verschlüsselt, zerhackt, wieder zusammengesetzt und entschlüsselt wurde. Eines der Wunder moderner Computertechnik. »Was kann ich für Sie tun, Roger?« Im Geiste fragte sich der Captain, wie viele Leute eigentlich jede seiner Bewegungen verfolgten, zuerst Sharp und nun Marsden. Ein seltsames Gefühl.

»Das Ganze ist eine etwas wilde Geschichte. Wir haben einen ehemaligen KGB-Spitzenmann im Visier, von dem wir glauben, er hat etwas mit Ihrem Trip zu tun. Und der hat nun wiederum einen im Ruhestand lebenden Schiffsingenieur entführen, foltern und töten lassen. Sein Opfer lebte seit etwa drei Jahren als Rentner an der Küste. Davor war er sein Leben lang als Schiffstechniker unterwegs, zumeist auf großer Fahrt. Handelsschifffahrt, keine Kontakte zum Militär oder irgendwelchen Geheimdiensten. Nichts.« Marsden zögerte. »Wir können einfach den Grund nicht erkennen, warum ein alter KGB-Mann ausgerechnet hinter dem her war.«

»Wenn dieser KGBler irgendwie in die Sache mit diesem U-Boot verwickelt sein sollte, könnte die Annahme, das er auf das aus ist, was die *Bizon* abholen soll, vielleicht gar nicht verkehrt sein.«

Marsden brummte etwas Unverständliches, bevor er wieder klarer wurde. »Die Lage ist etwas unübersichtlich, aber es scheinen unter anderem auch Kontakte zu Admiral Schugarew zu bestehen.«

»Das ergibt vielleicht einen Sinn! Wir sind bisher immer davon ausgegangen, dass die Ladung, die von der *Bizon* abgeholt werden soll, sich im Libanon befindet. Was aber, wenn sie per Schiff schon vor Urväterzeiten ganz woandershin verbracht wurde? Und dazu ein ehemaliges Besatzungsmitglied zu befragen ...«

In Langley gab Marsden einen kaum unterdrückten Fluch von sich.«

»Schön, dass ich Ihnen helfen konnte, Roger«, sagte Robert DiAngelo. »Liegt sonst noch etwas an?«

»Nein, das war es schon«, rang sich Roger Marsden etwas mühsam ab. »Jetzt muss ich bloß noch ausgraben, wann und wo der tote Gabhanikow auf welchen Schiffen herumgefahren ist.«

12. Tag, 16 : 00 Ortszeit, 21 : 00 Zulu – Norfolk, Virginia

Angela DiAngelo betrachtete den von ihr geschmückten Christbaum mit schiefgelegtem Kopf. Irgendwie fehlte noch etwas, aber sie entschied, ihn trotzdem so zu belassen. Draußen vor dem großen Panoramafenster konnte sie Schnee fallen sehen, und der Blick auf den Stützpunkt wurde durch die weiße Wand beinahe verstellt. Nur hier und dort konnte man ein schwaches Licht erahnen, und dabei war es erst Nachmittag! Energisch unterdrückte sie den Wunsch nach einem Drink. Irgendwo auf den Meeren dieser Welt würde zwar die Sonne über irgendeiner Rahnock stehen, aber Einsamkeit ist ein Problem, das schwimmen kann. Bob war zwar erst ein paar Tage auf See, aber sie vermisste ihn jetzt schon schmerzlich, zumal dies ihr erstes Weihnachten als Familie gewesen wäre, eine irgendwie anheimelnde Vorstellung. Für einen Augenblick dachte sie darüber nach, das Angebot von Jenn anzunehmen und das Fest mit den Williams zu feiern, aber die konnten auch nicht ständig ein fünftes Rad am Wagen gebrauchen.

Missmutig blickte sie auf den kleinen Ethan, der auf dem Teppich saß und versuchte, ein Stückchen Lametta zu grapschen. »Lass das sein, Ethan!« Als ihr Sohn darauf nicht reagierte, ging sie in die Knie. »Lass es«, sagte sie eindringlich, »hörst du mich?«

Ethan gluckste vergnügt und schlug die Hände zusammen.

Das Klingeln des schnurlosen Telefons, das sie auf der Couch liegen hatte, machte ihren erzieherischen Bemühungen ein Ende. »Bleib brav sitzen und mach keinen Unfug«, ermahnte sie Ethan und ging ran. »DiAngelo?«

»Hallo, mein Schatz!«

Ein Glücksgefühl durchströmte Angela, als sie Bobs Stimme hörte. »Bob! Wo steckst du?«

»Ich wechsle das Boot und bin nur kurz auf einem Träger zwischengelandet, um in ein anderes Transportmittel umzusteigen.« Er lachte amüsiert. »Du weißt, wie das ist.«

Und ob! Irgendwann, in grauer Vorzeit, wie es ihr heute erschien, war sie selbst Teil dieser Welt gewesen. Natürlich konnte Bob ihr nicht am Telefon erzählen, wo er war, auf welchem Schiff und wo sich dieses befand. »Wie geht es dir denn so?«

»Das Bein ärgert sich über den Wetterwechsel, aber ansonsten gut. Und was macht ihr beiden?«

Angela lachte. »Den Weihnachtsbaum dekorieren.« Ihre Stimme wurde leiser. »Doch ohne dich ist es nicht das Gleiche wie sonst all die Jahre.« Sie seufzte. »Aber Ethan ist von den bunten Kugeln fasziniert.«

12. Tag, 17 : 00 Ortszeit, 22 : 00
Zulu – Norfolk, Virginia

Marsden telefonierte mit irgendeinem Menschen von der Sailor's Union, an den er verwiesen worden war.

»Natürlich, Sir!« Der Sachbearbeiter am anderen Ende der Leitung ließ sich von dem seiner Meinung nach Beknackten, der behauptete, angeblich bei der CIA zu sein, nicht aus der Ruhe bringen. Aber da der bisher ohnehin nichts gefragt hatte, was in irgendeiner Weise vertraulich gewesen wäre, war es prinzipiell auch egal, ob das stimmte. »Jeder Seemann hat in irgendeiner Form ein Heuerbuch, in dem vermerkt wird, auf welchen Schiffen er gefahren ist, wie lange und wo. Es gibt auch Rentenkassen und in etlichen Ländern Sozialversicherungen für Seeleute. Das ist eine komplizierte Materie.«

»Das will ich Ihnen ja auch gerne glauben«, erklärte Marsden bereits etwas genervt. »Was mich vor allem interessiert, ist Folgendes: Existieren von so einem Heuerbuch in irgendeiner Form Kopien für den Fall, dass ein Seemann mal seines verliert?«

»Nicht immer, Sir! Das wird international durchaus unterschiedlich gehandhabt. Im Verlustfall könnte sich dann der Betreffende Ersatzbescheinigungen von der Reederei ausstellen lassen, für die er gefahren ist.«

»Der Ex-Seemann, um den es mir geht, ist ein Russe, der hier in den Staaten lebte und seine Rente bezog.«

»So was soll's geben«, meinte der Sachbearbeiter gelassen. »Aufgrund von Abkommen erledigen wir für die ehemaligen staatlichen Reedereien der UdSSR die Auszahlungen, sobald die uns die Gelder transferieren.«

Marsden verdrehte die Augen. »Und damit in solchen Fällen die Abwicklung erfolgen kann, liegen Ihnen auch die Kopien der Heuerbücher vor?«

»Natürlich, Sir, aber …«

Der Vice-Director unterbrach ihn schroff. »Ich werde Ihnen umgehend jemanden vorbeischicken, und bis dahin behandeln Sie dieses Gespräch gefälligst vertraulich!« Er knallte den Hörer auf. Derartige Bürokraten hatte er schon immer dicke gehabt. Dieser Vogel hätte doch gleich damit rausrücken können, dass er auf den Kopien der Heuerbücher hockte. Abermals griff er zum Hörer und gab eine Nummer ein. Er musste einen Augenblick warten, bis sich der Leiter der Überwachungsteams, der Jungspund, der meinte, die Weisheit mit Löffeln gefressen zu haben, meldete. »Marsden«, bellte er ins Telefon, »ich habe eine Aufgabe für Sie!«

12. Tag, 00 : 00 Ortszeit (nächster Tag), 22 : 00 Zulu – Bagdad, nahe der Grünen Zone

Aiman al-Sawahiri gähnte, denn ein langer Tag lag seit dem Morgengebet hinter ihm. Um Mitternacht herrschte Ruhe in Bagdad, da noch immer in einigen Teilen der Stadt Ausgangssperren galten, und schwerbewaffnete Patrouillen dafür sorgten, dass diese auch eingehalten wurden. Außerdem war es für Terroristen viel leichter, am Tage und im Schutz vieler Menschen irgendein Bombenattentat zu verüben.

Der alte Mann spürte, wie die Anspannung von ihm wich, als er an einem letzten Tee nippte. Er hatte unentwegt Nachrichten empfangen und Anweisungen ausgegeben, sich um eine Vielzahl von Routineaufgaben gekümmert und darüber hinaus ein paar örtlichen Zellenführern gewisse Anschläge auf ein paar schiitische Ziele nahegelegt. Nicht, dass im Irak zu viel Ruhe einkehrte. Er verzog das Gesicht zu einem spöttischen Lächeln. Mochte man in Teheran auch glauben, der Irak würde nach dem Abzug der Amerikaner schiitisch werden, Al-Qaida hatte andere Pläne. Der Krieg gegen den großen Feind, den Westen, würde ewig dauern, was machten da ein paar Monate mehr aus, die man brauchen würde, um das eigene Lager zwischendurch zu säubern.

Aber noch immer mangelte es an weiterführenden Informationen zu dem verschwundenen Gold Arafats.

Das große Bild war ihm klar, was fehlte, waren Details. Was war geschehen, nachdem Harb al-Tufaili den Transport von Ahmed an sich gebracht hatte? Verfügte die Hisbollah überhaupt noch über das Gold? Suleiman abd-er-Kadr musste mehr darüber gewusst haben, denn sonst hätte er keinen Deal mit den Russen anzetteln können. Doch was? Ungeachtet der Möglichkeit, bei einem Gespräch, das über das normale Netz lief, abgehört zu werden, griff Aiman zum Telefon. Es ging eben nicht anders. Nach einigen Augenblicken meldete sich eine Männerstimme. »Hallo?«

»Du weißt, wer spricht?«

Für einen Augenblick herrschte Schweigen. »Ich kenne deine Stimme, Imam, auch wenn wir nie …«

»Nein, geschäftlich hatten wir nie miteinander zu tun. Aber vielleicht kannst du mir trotzdem helfen. Ich nehme an, der alte Rahman mit seinem Bordell im Souk ist dir ein Begriff?«

»Ja, die Amerikaner haben seinen Laden ausgeräumt.«

»Für dich bedeutet das schon einmal einen Konkurrenten weniger.«

»Ach, Imam, die Kosten bringen einen um, und ich habe eine große Familie zu versorgen, und ...«

Al-Sawahiri unterbrach ihn. »Wir haben alle unsere Sorgen. Weißt du, woher Rahman seine Mädchen bezog?«

Sein Gesprächspartner, der seine Mädchen über die gleiche Quelle wie Rahman bezog, überlegte, was er sagen sollte. »Rahman hat immer Wert auf besondere Ware gelegt, Imam. Doch beim ... äh ... Bezug hat es Veränderungen gegeben, wenn du verstehst, was ich meine, Imam.«

Aiman feuerte einen Schuss ins Blaue ab: »Bei den Russen?«

»Das Metier ist schwierig, und wer zu viel redet, ist schnell tot.«

»Ah ja!« bekundete al-Sawahiri beinahe gemütlich, nur wollte das zu seinen nachfolgenden Worten nicht so recht passen. »Und wenn du mir nicht gleich umgehend was erzählst, stehst du genauso schnell vor Allah, und der Allmächtige wird sich dann all deine großen und kleinen Sünden in Ruhe anhören, bevor er dich auf ewig in die Djehenna schickt. Ich bin auf der Suche nach einem gewissen Sergej!«

»Ich hab keine Ahnung, wo er sein mag, aber aus dem Mädchenhandel ist er draußen, nachdem er uns hier alle jahrelang damit versorgt hat. Er macht jetzt einen auf Waffen.«

»Weißt du, ob er derzeit im Irak ist?«

»Der Mann, an den er seine bisherigen Geschäfte hier übergeben hat, ist gerade aus Teheran zurück. Den kann ich ja mal fragen, ob er Sergejs derzeitigen Aufenthaltsort kennt.«

»Tu das!«, forderte Aiman ihn mit Nachdruck auf. »Ich werde dich wieder anrufen.« Er legte auf und sah nachdenklich das Telefon an, denn damit hatte er nicht gerechnet, dass dieser Sergej Waffen verkaufte. Und fatalerweise war dieses Wort auch noch bei ihrem Gespräch gefallen. Die Abhörcomputer würden den Begriff automatisch herausfiltern, und danach die Sprecher einem Stimmenanalyseprogramm unterziehen. Seine Stimme zu identifizieren würde schnell gehen, sie war ja hinreichend bekannt. Viel Zeit blieb nicht, bis die roten Lichter angehen und ein Greiftrupp losrasen würden. Aiman stand auf und ging zur Tür. »Wir rücken ab«, sagte er zu seinen Leibwächtern.

12. Tag, 00 : 00 Ortszeit (nächster Tag), 22 : 00 Zulu –
Bagdad, in der Grünen Zone

Jack Small lauschte den Worten, die er vorgespielt bekam. »Er macht jetzt einen auf Waffen.«

»Weißt du, ob er derzeit im Irak ist?«

»Der Mann, an den er seine bisherigen Geschäfte hier übergeben hat, ist gerade aus Teheran zurück. Den kann ich ja mal fragen, ob er Sergejs derzeitigen Aufenthaltsort kennt.«

»Tu das!« Die Stimme klang entschieden. »Ich werde dich wieder anrufen.«

»Laut Stimmenanalyse«, erklärte ihm der Computertechniker, »handelt es sich bei dem Mann, der zuletzt gesprochen hat, mit fast hundertprozentiger Sicherheit um Aiman al-Sawahiri, die Nummer zwei der Al-Qaida. Die Trefferquote, die unsere neuen Rechner erzielen, ist im Vergleich zu früher schon bemerkenswert.« Jack Small, der sich nur rasch einen Jogginganzug übergestreift hatte, als er aus dem Bett geklingelt worden war, meinte etwas gönnerhaft: »Ihr Wort in Gottes Ohr. Ich nehme an, die Adresse haben Sie bereits ermittelt.« Mehr als eine Handvoll Marines in Sofortbereitschaft konnte er nicht aufbieten. Alles andere würde zu lange dauern. Er angelte nach dem Telefon. »Leutnant Rasik? Ich brauche Sie und ihre Leute, und zwar auf der Stelle.« Er legte auf. Rasik würde ihn finden. Aber immerhin blieben ihm ein paar Augenblicke, wenigstens Klamotten anzuziehen und sich seine Ausrüstung zu schnappen.

Als das Team die Grüne Zone verließ, waren seit Aimans Telefonat exakt elf Minuten vergangen. Weitere zehn würden sie benötigen, um über die nächste Brücke auf die andere Seite des Tigris zu gelangen. Dank der neuen Computergeneration konnten sie aber im Vergleich zu der früheren immerhin über fünfzehn Minuten schneller reagieren.

Leutnant Rasik sprang aus dem Humvee, kaum, dass das schwere Fahrzeug stoppte. Etwas verdutzt registrierte Small, dass die Kommandos auf Arabisch erfolgten, aber dann zuckte er mit den Schultern und folgte dem Leutnant. Wie Rasik waren auch seine Leute Moslems und arabischer Herkunft – und Amerikaner, auch wenn in einigen Fällen das Einbürgerungsverfahren noch lief. Unwillkürlich grinste Small. So etwas wie »den Amerikaner« gab es ja gar nicht. Aber das Grinsen verging ihm schnell wieder, als die erste Garbe aus einem AK-47 durch die leere Gasse peitschte.

Eilig suchten die Männer des Sondereinsatzkommandos Deckung, einen von ihnen wirbelte es herum, als ein Geschoss in seine Schutzweste schlug.

Small zog den Kopf ein, als Kugeln wie wütende Hornissen über den Humvee pfiffen. Aus seinem Ohrhörer drang Rasiks Stimme. Der Verrückte lachte. »Sie sind noch drin!«

»Makesafe! Vorrücken!« Small bellte seinen Befehl wütend in das Mikrofon. Die verdammten Panzer würden ein paar Minuten brauchen. Es war eben alles zu schnell gegangen. »Rasik, ausschwärmen, nicht stürmen. Wir müssen sie drinnen halten, bis Makesafe zur Verstärkung hier ist.«

12. Tag, 00 : 15 Ortszeit (nächster Tag), 22 : 15 Zulu – Bagdad, nahe der Grünen Zone. Im Haus.

Hafid spähte aus dem Fenster und beobachtete, wie die Amerikaner sich in Windeseile verteilten. Wie war es bloß möglich, dass die so schnell hier waren? Er drehte sich um. »Ihr müsst den Imam in Sicherheit bringen. Den Weg durch den Keller kennt ihr ja.«

Die beiden Leibwächter, die mit ihm im Raum waren, nickten, während nebenan das Sturmgewehr erneut losratterte und die Straße mit Geschossen bestrich. »Ab mit euch«, forderte er sie auf, griff zu seiner Waffe und schickte vom Fenster den Amerikanern einen Feuerstoß, um sie wieder in Deckung zu zwingen.

12. Tag, 00 : 15 Ortszeit (nächster Tag), 22 : 15 Zulu – Bagdad, nahe der Grünen Zone. Vor dem Haus.

Rasiks Männer hatten das Haus, soweit dies möglich war, umzingelt und erwiderten nur gelegentlich das Feuer, um den Belagerten zu signalisieren, dass ein

Ausbruchsversuch zwecklos war. Sie warteten auf das Eintreffen der Panzer.

Die Minuten verrannen, ohne dass sich was tat. In der Deckung des Humvee blickte Jack Small zum x-ten Mal ungeduldig auf seine Armbanduhr. Endlich jedoch kündigte das rasch anschwellende Geräusch aus dröhnenden Motoren und rasselnden Gleisketten das Nahen der Panzer an. Die Gewehrsalve, die dem Führungsfahrzeug galt, reichte dessen Kommandanten als Zieleinweisung. Der Turm begann sich zu drehen, und gleichzeitig hob sich das Rohr. »Oh Scheiße!«, fluchte Small. Er warf sich zu Boden, genau, als die Kanone des Panzers aufbrüllte. Staub und Schutt regneten auf ihn hinab, als ein Teil der Fassade in sich zusammenfiel. In das Ungetüm kam wieder Bewegung. Sechzig Tonnen Stahl, getrieben von fünfzehnhundert Pferdestärken drehten auf der Stelle und ruckten über den Schutthügel, der noch vor ein paar Augenblicken zur Front eines immerhin dreistöckigen Hauses gehört hatte. Schon bog der nächste Panzer um die Ecke, rumpelte über einen abgestellten Gemüsekarren hinweg und rückte auf.

Irgendwo in den Trümmern ratterte wieder eine Waffe, kurz darauf detonierten geworfene Handgranaten. »Sachte, Makesafe«, brüllte Small in sein Mikrofon, »wir brauchen sie lebend.« Aber eines der Maschinengewehre des Panzers hatte bereits losgelegt. Eine wild um sich schlagende Gestalt stürzte aus den Überresten des zweiten Stocks.

14. Kapitel

13. Tag, 02 : 30 Ortszeit, 00 : 30 Zulu – Amerikanisches Jagdboot USS *Alaska*, vor der libanesischen Küste

Joshua Martinez setzte sich etwas bequemer zurecht. Die Stille an Bord wurde nur von dem leisen Wispern der Lüfter durchbrochen. In der Zentrale war im Augenblick nicht einmal der Antrieb zu hören, obwohl das Boot in vierhundert Fuß Tiefe mit fünfundzwanzig Knoten seinen Weg entlang der libanesischen Küste suchte. Erst um Mitternacht waren sie kurz oben gewesen und hatten ihre Position gemeldet. Dabei hatten sie auch gleich den Funkspruch aufgefangen, der die Ankunft Captain DiAngelos avisierte. Bis es so weit war, würden noch sechs Stunden vergehen, in denen die *Alaska* etwa hundertfünfzig Seemeilen zurücklegen würde. Ob sie die *Bizon* fanden, war eine Frage des Glücks. Wenigstens würde ihr Suchstreifen sie zur richtigen Zeit in die Nähe Zyperns bringen, um den Captain aufzunehmen.

»Es ist schon ein seltsames Gefühl, DiAngelo wieder an Bord zu bekommen«, bekannte John Turk, der XO.

Der Kommandant machte auch kein ganz glückliches Gesicht. »Beim letzten Mal ging es ja ganz schön rund.« Das war allerdings etwas untertrieben, aber mitten in der Zentrale konnte er natürlich nicht sagen, dass DiAngelo ihr seinerzeitiges Boot ganz schön demoliert hatte. Es hatte dafür triftige Gründe gegeben, und wenn Martinez ehrlich war, dann musste er zugeben, dass er nicht anders gehandelt hätte. Aber es war jetzt kurz nach zwei am Morgen, Martinez fühlte sich müde, die Luft im Boot war zu warm, kurz, es war die falsche Zeit, um sich selbst gegenüber ehrlich zu sein.

»Kontakt in Rot-eins-fünf. Mehrere kleine Einheiten an der Oberfläche, etwa vierzig Meilen. Gleiche Peilung dahinter eine Dieselanlage, könnte ein Kriegsschiff sein.«

Martinez griff zum Mikrofon. »Kommandant hier. Frage: Tatsächlich vierzig Meilen?«

Der Sonaroffizier lachte. »Die Horchbedingungen sind optimal. Wir wissen nicht, wieso, aber einem geschenkten Barsch schaut man ja nicht hinter die Kiemen.«

»Die haben gerade eben geschwenkt, um dem Tiefwasserweg nach Sidon auszuweichen.«

»Danke, Sonar. Nett, wenn man das so genau mitbekommt. Was glauben Sie, was das für Burschen sind?«

»Spanische Minenböcke, Sir. Der große Brocken dahinter dürfte dann eine deutsche Fregatte sein.«

Der Mann hatte seine Hausaufgaben gemacht. »Ist zwar vermutlich nicht der Deutsche, der die *Bizon* erfasst hat, aber wir sollten ihm dennoch aus dem Wege gehen, denn die Jungs passen offensichtlich wirklich auf.« Turk wies er an: »Backbord zehn, wir gehen auf der Seeseite um den Verband herum.«

»Geben Sie mir«, sagte der zu dem Navigationsoffizier, »einen Kurs.«

»Drei-zwo-null für die nächsten dreißig Minuten brächte uns mindestens mit fünfundzwanzig Meilen Abstand an denen vorbei.«

»Einverstanden!« Turk wandte sich dem Rudergänger zu. »Also drei-zwo-null.« Er plierte auf den Kompass. »Stützruder!« Dann sah er seinen Kommandanten an. »Komisch, Sir!«

»Was meinen Sie damit?«

»Dass die hier so gemütlich herumschippern. Wenn sich auf meinem ›Wassergrundstück‹ ein unbekanntes U-Boot herumtriebe, dann würde ich zumindest nicht den lieben Gott einen guten Mann sein lassen.«

»Warten wir ab, was passiert, wenn wir den Kurs des anderen UNIFIL-Verbandes weiter im Norden kreuzen«, sagte der Commander. »Vielleicht gibt es ja bei denen auch ›Sone und Solche‹.«

13. Tag, 02 : 00 Ortszeit, 00 : 00 Zulu – Fregatte *Wiesbaden*,
20 Meilen vor der libanesischen Küste und
etwa 40 Meilen nördlich von Beirut

Kapitän Gerhard Otten lehnte sich auf die Reling und starrte hinaus aufs Meer. Er fühlte sich müde und ausgelaugt, zumal ein langer Tag hinter ihm lag. Aber er konnte keinen Schlaf finden, und er wusste nicht mal einen wirklich triftigen Grund dafür zu nennen.

Die Meldung über ein unbekanntes U-Boot in diesen Gewässern hatte für Aufregung gesorgt, vor allem auch bei den zivilen Dienststellen, die wenig bis gar nichts von diesen Dingen verstanden. Der Erste, der sich per Satellitentelefon bei ihm gemeldet hatte, war der deutsche Konsul auf Zypern gewesen, der sich veranlasst sah, seiner Besorgnis Ausdruck zu verleihen, dass Otten doch hoffentlich nicht etwa ein syrisches U-Boot inkommodiert habe. Allein schon diese Formulierung sprach Bände.

Immerhin hatte er den Diplomaten und dessen Kollegen, der etwa eine halbe Stunde später aus Damaskus anrief, beruhigen können. Um was für ein U-Boot es sich auch immer gehandelt haben mochte, es war jedenfalls keines der veralteten syrischen Romeos, denn dafür war es zu tief und zu schnell gewesen. Doch auch andernfalls ... sie waren hier, um zu verhindern, dass auf Schiffen Waffen in den Libanon geschmuggelt wurden. Und sollte sich ein syrisches U-Boot verdächtig verhalten, dann gehörte es auch zu ihrer Mission, dem auf den Zahn zu fühlen, auch wenn das diplomatischen Wirbel auslösen würde.

In der Politik sah man das offensichtlich anders. Noch vor dem Mittagessen hatten ein Admiral aus Wilhelmshaven und ein Staatssekretär aus Berlin angerufen. Es waren lange Gespräche gewesen, aber die Quintessenz erschreckend kurz. *Man hielt es nicht für ratsam, in Erfüllung des Auftrages unnötige diplomatische Verwicklungen zu stiften.* Wie immer man das auch sollte, bei einem internationalen Einsatz in einem Krisengebiet – wenn hier geschossen wurde, dann mit scharfer Munition, aber wehe, man produzierte dabei Schlagzeilen?

Fregattenkapitän Seelmann beobachtete die dunkle Gestalt in der Brückennock. Auch ohne die Einzelheiten zu kennen, hatte er mitbekommen, dass verschiedene Stellen sich beim Kommandanten gemeldet hatten. Zu folgern, dass es sich dabei um Beschwerden gehandelt hatte, lag auf der Hand. Es kostete ihn Mühe, nicht zu lächeln. Immerhin bestand die Möglichkeit, dass diese Geschichte dem Alten das Genick brach, weil er zu weit gegangen war. Und dann würde man einen neuen Kommandanten für die *Wiesbaden* brauchen. Jemanden mit Erfahrung, der sich an die Regeln hielt, auch an die unausgesprochenen, jemanden wie ihn.

Otten ahnte nichts von den Gedanken seines Ersten, und sie wären ihm ohnehin im Moment schnurzpiepegal gewesen. Nachdenklich blickte er über die nächtliche See. Einzelne Lichter zeigten in größerer Entfernung markierte Fahrwasser an, dort, wo etwa acht bis zwölf Meilen vor der Küste der Meeresboden bis auf hundert Meter Tiefe anstieg. Sein Schiff stand weit außerhalb dieser Tiefenlinie und hatte über tausend Meter Wasser unter dem Kiel, und er ging davon aus, dass das U-Boot mitnichten das Weite gesucht hatte, weil es seinen Auftrag noch nicht erfüllt hatte, da die *Wiesbaden* ihm in der letzten Nacht zu früh in die Quere gekommen war. Langsam wandte er sich um und sah Seelmanns Augen in der Dunkelheit glitzern. »Er wird wiederkommen, keine Bange, IO.« Völlig sicher war er sich dessen nicht. Letztendlich handelte es sich eher um eine Vermutung, eine Hoffnung, aber ihm war einfach danach, den Fregattenkapitän zu ärgern.

13. Tag, 06 : 00 Ortszeit, 03 : 00 Zulu –
Bagdad, in der Grünen Zone

Jack Small bedachte den Mann vor sich mit einem missbilligenden Blick. »Habe ich nicht deutlich betont, dass wir die Burschen lebend brauchen?«

»Ich musste davon ausgehen, dass die irgendwelche Panzerabwehrwaffen haben, und deswegen galt es schnell zu handeln«, verteidigte sich der Major mit den Abzeichen der Panzerwaffe. »Das läuft nun mal so und nicht anders.«

»Klar«, sagte Small sarkastisch. »Deswegen verfügen wir auch über so wenig Informationen, weil Tote sich nicht mehr verhören lassen.«

»Und wenn, dann erzählen Ihnen die Kerle einen Dreck.« Dem Major war seine Wut ob des Tadels deutlich anzumerken. »Wissen Sie, was die mit unseren Panzern machen? Die gehen mit Haftladungen gegen uns vor. Bei einem Abrams ist das zwar nicht so einfach, aber fragen Sie doch mal bei Kameraden von den Strykers nach. Die können Ihnen ein Lied davon singen. Außerdem haben Sie ja zwei von den Kerlen.«

»Wir haben zwei Schwerverwundete und sechs Tote gefunden. Und außerdem sind unsere Leute bei der Durchsuchung der Trümmer auf zwei Panzerabwehrraketen vom Typ Javelin gestoßen.«

»Wahrscheinlich ist denen das Zeug aus unserer Waffenschmiede Raytheon bei irgendeinem Überfall in die Hände gefallen, Sir«, meinte der Offizier grimmig. »Und ich weiß, was die Dinger mit einem Panzer und den Männern drinnen veranstalten. Wir hatten Glück, also erzählen Sie mir nicht, was ich hätte tun oder lassen sollen.«

Vielleicht hatte der Major recht, musste Jack Small sich eingestehen und ging nicht weiter darauf ein. »Es könnte sein, dass uns bei dieser Operation einer der Topleute Osama bin Ladens entwischt ist, falls er nicht noch irgendwo tot unter den Trümmern liegt.«

»Dann wollen wir mal hoffen, dass die Ratte verreckt ist.«

Im nahe gelegenen Militärlazarett verschloss ein Chirurg gerade die letzten Nähte bei seinem Patienten und gab noch ein paar Anweisungen, was dessen weitere Versorgung betraf. Dann wurde die reglose Gestalt von dem bereitstehenden Pflegepersonal aus dem OP gerollt, gefolgt von mehreren Soldaten und Leuten in Zivil. Der Arzt wusste zwar nicht, wem er da Dutzende kleiner Splitter aus dem Bauch geholt hatte, doch die aufgebotenen Wachen erschienen ihm irgendwie lächerlich, denn der Mann würde die nächsten Wochen nirgendwo hingehen können.

Es sollte noch eine ganze Weile dauern, bis Hafid, der Sohnlose, wie ihn die Leibwächter Aiman al-Sawahiris hinter vorgehaltener Hand genannt hatten, allmählich aus der tiefen Nacht der Vollnarkose auftauchen und in die wirren Träume eintauchen würde, die solch einer Anästhesie häufig folgen. Und für den Fall, dass er dabei Namen oder sonst irgendetwas murmeln würde, umringten schweigende Männer sein Bett, bereit, jedes seiner Worte zu protokollieren.

Die Experten suchten nach wie vor mit Sonden nach Hohlräumen unter den Trümmern. Es musste welche geben, denn der Schutthaufen war nicht so weit eingebrochen, als dass der Keller hätte völlig aufgefüllt sein können. Nur was sie nicht fanden, das war ein Zugang in diesen Keller. Es würde ihnen daher nichts anderes übrigbleiben, als die Trümmer systematisch abzuräumen. Nicht gerade das, was den Spurensicherern gefiel, denn damit wurden für sie auch möglicherweise aufschlussreiche Hinweise vernichtet. Nicht auszuschließen war, dass man den Amerikanern wieder einmal vorwerfen würde, schlampig zu ermitteln oder schlimmer noch, die Ergebnisse bewusst zu verfälschen. Andererseits ... es mochte sein, dass im Keller noch jemand lebte.

Die Sonne über Bagdad ging an diesem Tag offiziellen Berechnungen zufolge um 5:51 Uhr Ortszeit auf. Zuerst erschien ein schwacher rosa Schein am Osthimmel, der immer stärker wurde, und nach und nach begann die Sonne wie ein großer glühender Ball den Himmel zu erklimmen. Die frische Morgenluft mischte sich mit Staub, als der Verkehr langsam erwachte und zu seinem morgendlich-chaotischen Normalzustand fand. Fahrzeugkonvois, manche diskret, andere sehr demonstrativ, getreu den unterschiedlichen Prinzipien des High und des Low Profile, machten sich auf die Wege zu ihren Bestimmungsorten, Autofahrer fluchten an den amerikanischen Kontrollpunkten, Hubschrauber überflogen die Stadt und versuchten, das wimmelnde Leben der Millionenstadt unter Beobachtung zu halten. Die erste Autobombe explodierte an diesem Morgen erst um 06:15 Uhr und traf hauptsächlich Händler, die ihre Stände auf einem kleinen Stadtteilmarkt im sunnitischen Viertel aufbauten. Aber bereits sechs Minuten später erhob sich auch über einem der schiitischen Viertel eine Rauchsäule. Bagdad begrüßte den jungen Tag.

13. Tag, 05 : 15 Ortszeit, 03 : 15 Zulu –
Russisches Jagd-U-Boot *Bizon*, nahe Beirut

Schlaftrunken fragte Sarubin nach: »Noch einmal, was ist das Problem?«

»Wir verbrauchen zu wenig Energie!«

Der Kommandant fingerte in der Dunkelheit seiner Kammer nach dem Lichtschalter über der Koje. »Wir verbrauchen *zu wenig* Energie? Wie soll ich das verstehen?«

Der Leitende Ingenieur am anderen Ende der Leitung setzte zu einer Erklärung an. »Wenn unser Antrieb läuft, wird der Reaktor mit flüssigem Metall gekühlt und die Wärme über Wärmetauscher dazu verwendet, hochgespannten Dampf für die Turbinen zu erzeugen. Was umgekehrt das Metall etwas abkühlt, aber nicht so weit, dass es sich verfestigen würde.«

»So weit kann ich folgen. Und was macht der Kasten jetzt?«

»Der primäre Kreislauf ist zu heiß, weil er kaum Energie über die Wärmetauscher abgibt.« Der LI machte eine kurze Pause, bevor er fortfuhr. »Wir verbrauchen zu wenig Energie, solange wir hier liegen.«

Sarubin brauchte einen Augenblick, um diese Meldung zu verdauen. Das Boot lag seit beinahe vierundzwanzig Stunden in nicht ganz dreihundert Metern Tiefe mitten im Tiefwasserweg nach Beirut. Schon den ganzen Tag über waren immer wieder Schiffe lautstark über die still auf dem Sandboden verharrende *Bizon* hinweggezogen. Da sollte mal einer versuchen, die wenigen Geräusche der Hilfsaggregate aus dem Durcheinander herauszuhören. Von daher war dies Sarubin als ein guter Plan erschienen. Bis jetzt. »Wie kritisch ist es?«

»Das Ganze hat sich sukzessive aufgebaut, aber mittlerweile befindet sich die Temperatur im roten Bereich. Wir legen so ungefähr pro Stunde zehn Grad Celsius zu.«

Das machte zweihundertvierzig Grad aus, seit sie hier auf Grund ihre Warteposition bezogen hatten. Ein Wert im Bereich der Schwankungen, die die Anlage vertrug, denn die Temperaturen waren je nach Last natürlich ohnehin nicht immer gleichbleibend. Aber noch mal ein Tag und eine halbe Nacht würden weitere hundertachtzig Grad bedeuten. »Warum ist mir das nicht früher gemeldet worden?«

»Mein Fehler, fürchte ich«, bekannte der Ingenieur. »Ich bin davon ausgegangen, dass das System sich einfach bei einer höheren Temperatur stabilisieren würde. Technisch gesehen hätte ja der Übergang auf den Sekundärkreislauf bei größerem Temperaturunterschied effektiver werden müssen.«

»Aha!« Sarubin spürte, wie ihm die Unterhaltung in das Reich kleiner grüner Männchen mit Fischschwanz entglitt. »Aber das hat wohl nicht so funktioniert.«

»Nein, Kapitän. Auf jeden Fall möchte ich dringend empfehlen, so schnell wie möglich wieder Fahrt aufzunehmen.«

»Sie können nicht einfach mehr Kühlwasser durch den sekundären Kreislauf pumpen?«

»Was meinen Sie, was wir hier achtern machen? Es reicht einfach nicht.« Es klang, als würde der LI einem Metallteil einen Tritt geben. »Wer immer das System hier entworfen hat, er hat nicht bedacht, dass wir so lange stillliegen würden.«

»Also schön!« Sarubin schwang die Beine aus der Koje. »Wir machen uns auf den Weg. Wenn wir eine halbe Stunde brauchen, dann fliegt uns das Ding nicht gleich um die Ohren?«

»Wahrscheinlich nicht, Herr Kapitän!« Der LI klang deutlich erleichtert. »Eine halbe Stunde also.«

Sarubin legte auf und rief dann kurz in der Zentrale an. »Klar zur Weiterfahrt in dreißig Minuten.« Dann fuhr er sich mit der Hand über das Kinn. Wenigstens für eine Rasur würde die Zeit noch reichen.

15. Kapitel

13. Tag, 08 : 00 Ortszeit, 06 : 00 Zulu – amerikanisches Jagdboot USS *Alaska*, vor der libanesischen Küste

»Position stimmt, Sir!« Der Navigationsoffizier tippte kurz an die Mütze.

»Und ausgerechnet jetzt muss der verdammte Deutsche da rumschnüffeln«, grollte Commander Martinez.

»So wie der sich verhält, dürfte er uns wohl noch nicht erfasst haben«, erklärte John Turk.

»Sonar?« Martinez wartete, bis der Sonaroffizier sich meldete.

»Sir?«

»Noch mal den Kontakt zur Fregatte bitte.«

»Peilt in grün null-null-fünf, Abstand etwa sechzehn Meilen, Fahrt zwanzig, hält weiter stur die Küste entlang. Seine Begleiter sind nach Norden verschwunden.«

»Welchen Antrieb hören Sie?«

»Gasturbine! Wieso, Sir?«

»Praktisch alle neuen Fregatten haben CODAG. Dieselmotoren, um Öl zu sparen, Gasturbine für hohe Fahrt. Das Ganze über ein Sammelgetriebe verbunden.« Der Kommandant lächelte schmal. »Wenn Sie die Turbine hören, muss er sie laufen haben, also wahrscheinlich auch eingekuppelt. Der ist bereit, jederzeit zum Spurt loszubrechen.«

Für einen Augenblick herrschte Stille, dann räusperte sich der Sonaroffizier. »Ich hätte nicht gedacht, dass die so ein gutes Sonar haben, Sir.«

»Haben Sie auch nicht. Aber wie Sie selber vor ein paar Stunden feststellten, herrschen hier außergewöhnlich gute Bedingungen.«

Nachdenklich hängte Martinez das Mikrofon wieder weg. »Hoch müssen wir, so oder so. XO, können Sie mal ausprobieren, ob er ein Unterwassertelefon besitzt?«

13. Tag, 08 : 00 Ortszeit, 06 : 00 Zulu –
Deutsche Fregatte *Wiesbaden*, UNIFIL-Verband.

»Was macht er?«, fragte Kapitän Otten.

Der U-Jagdoffizier warf einen weiteren Kontrollblick auf seine Anzeigen. »Steuert stur weiter nach Norden.«

»So ein verrückter Hund!« Otten musterte sein taktisches Display. »Der muss uns doch eigentlich auch erfasst haben, zumal wir längst schon in Waffenreichweite sind.«

»Der Helikopter hat ebenfalls Kontakt.«

»Von dem dürfte er gar nichts mitkriegen, solange der Pilot seine Boje nicht auf Aktivsonar schaltet.« Nervös trommelte der Kommandant mit seinen Fingern auf der Konsole herum.

»Wenigstens gibt er nicht sofort Fersengeld.«

Einer der Radarbeobachter hob den Kopf. »Herr Kap'tän! Anfliegende Maschine von Westen.«

»In der Richtung liegt doch nur Zypern.«

»Da kommt er auch her. Abstand hundertzwanzig Meilen.«

Die Fregatte war gefechtsklar, alle Systeme heiß. Hundertzwanzig Meilen im Zeitalter überschallschneller Lenkwaffen waren gar nichts. Otten schaute auf das Display. »Ich sehe eine Transponderkennung auf Link-11*.«

»Bestätigt, US Navy, ein Transporthubschrauber.«

Der Kapitän nickte. Der hatte ihm gerade noch gefehlt. »Rufen Sie ihn an, wir haben hier eine unklare Situation, er soll sich frei halten.«

13. Tag, 08 : 00 Ortszeit, 06 : 00 Zulu –
US Navy Transporthubschrauber NH-65012,
ein älterer Sikorsky Sea King

Captain DiAngelo beugte sich nach vorne in die Kanzel und musste brüllen, um den Lärm zu übertönen. »Gibt es Probleme?«

»Eine deutsche Fregatte will, dass wir uns frei halten, sie haben eine unklare Situation dort unten.«

»Wäre interessant zu erfahren, was die darunter verstehen. Und wenn Sie schon dabei sind, fragen Sie mal nach, ob denen ein U-Boot begegnet ist, in dieser Nacht!«

»Mach ich doch glatt.« Der Pilot spähte kurz nach vorne über die See. »Wenn unsere Jungs hier sind, kann ich Sie auch auf der Fregatte absetzen und die können Sie mit einem Boot übersetzen.« Er warf einen schnellen Blick über die Schulter auf DiAngelos Krücke, die man ihm an Bord des Trägers in der Eile aus dem Krankenrevier organisiert hatte.

---

* Elektronisches Gefechtsdatenlink, manchmal auch, vor allem bei älteren Luftfahrzeugen, für Freund-Feind-Kennung gebraucht.

»Gar keine schlechte Idee, schließlich gehören wir ja alle gemeinsam zur NATO.« Der Captain ließ sich wieder zurück auf seinen Sitz gleiten und streckte die Beine von sich. Was der Pilot vorgeschlagen hatte, war zweifellos die bequemste Lösung. Sich an einem Seil hängend auf dem Turm eines U-Bootes absetzen zu lassen, war immer ein kitzliges Manöver. Und wenn die schon hier herumfuhren … Mit halbem Ohr lauschte er dem Funkverkehr. Plötzlich setzte er sich starr auf. »Was war das?«

13. Tag, 08 : 15 Ortszeit, 06 : 15 Zulu –
amerikanisches Jagdboot USS *Alaska*,
vor der libanesischen Küste

»Er reagiert nicht!« Der XO sah den Kommandanten fragend an, während er das Unterwassertelefon wieder einhängte. »Was nun?«

Martinez runzelte die Stirn. »Wir haben ja wohl keine andere Wahl. Noch ist er weit genug weg, so dass keine Kollisionsgefahr besteht, wenn wir auftauchen. Captain DiAngelo kreist ja sonst vergeblich.«

»Also hoch!«

»Nach oben! Und gestalten Sie das Manöver ruhig etwas lauter, nicht, dass der auf dumme Ideen kommt.«

»Aye, aye, Sir! Zellen drei und vier anblasen! Zehn Grad achterlastig!«

Martinez riss die Augen auf. »Mr. Turk, sie werden doch nicht …«

»Laut war befohlen?« Der XO griff zu einem Mikrofon, und seine Stimme hallte überall im Boot aus den Lautsprechern. »Klar zum Schnellauftauchmanöver! AK voraus!«

Der Bug des Bootes, der sich durch die bisherigen relativ moderaten Manöver etwas aufgerichtet hatte, stieg durch die Fahrterhöhung steil nach oben, während sich das Heck für einen kurzen Augenblick noch weiter in die Tiefe zu senken schien.

»Tiefenruder null, eins und zwo anblasen!« Turk hielt sich am Sehrohr fest, als der Rumpf sich durch das Drehmoment noch steiler aufstellte und Fahrt nach oben aufnahm. Der Vortrieb des Pumpjets und der im Vorschiff konzentrierte Auftrieb addierten sich, und je weiter die *Alaska* nach oben stieg, desto mehr dehnte sich die bereits in den Zellen befindliche Luft aus und verdrängte Wasser. Mehr Auftrieb, mehr Geschwindigkeit nach oben.

»Eins bis vier festblasen, fünf bis acht anblasen!« John Turk erteilte seine Befehle ruhig und gelassen, als befände er sich irgendwo sicher auf festem Grund. Dabei stand er schon ungefähr in einem Sechzig-Grad-Winkel zum steil aufgerichteten Deck. »Achtung! Boot kommt auf!«

Vierhundert Fuß Tiefe entsprechen einhundertzwanzig Metern Tiefe, wobei der Weg eines U-Bootes nach oben dennoch etwas länger ist; bei einem Winkel von rund sechzig Grad etwa zweihundert Meter. Nicht mehr. Als der gerundete Bug die Wasseroberfläche durchbrach, lag die Geschwindigkeit bei rund fünfundzwanzig Knoten, was wiederum nicht einmal ganz dem Tempo eines Autos im Stadtverkehr entsprach. Dennoch, wenn sich ein paar tausend Tonnen Stahl in Form eines U-Boot-Rumpfes mit der Geschwindigkeit eines Pkw plötzlich durch die Wasseroberfläche bohren, gleicht dies einer gewaltigen Eruption.

In der Zentrale kehrte plötzlich Stille ein. John Turk sah den Kommandanten an. »Sie sagten laut, Sir.«

Martinez kam nicht dazu, etwas zu erwidern, da der Rumpf begann, langsam nach vorne zu kippen.

13. Tag, 08 : 15 Ortszeit, 06 : 15 Zulu –
deutsche Fregatte *Wiesbaden*, UNIFIL-Verband

»Ich höre Pressluft! Er bläst Zellen an!« Der U-Jagdoffizier riss die Augen auf. »Der geht mit der Fahrt hoch, der wird doch nicht …«

Kapitän Otten sprang aus dem Sessel und rannte zum Niedergang. Zwei Decks bis nach oben und auf das Seitendeck. Als er endlich aus dem Decksaufbau heraus war, durchbrach das U-Boot bereits die Oberfläche. Zuerst schien die See plötzlich zu kochen, aber es war nur der Blasenschwall, die entweichende Pressluft. Dann schoss ein schwarzes Ungetüm aus der weiß schäumenden See. Gerhard Otten hielt den Atem an. Das war kein kleines konventionelles Boot, kein syrisches Romeo, kein iranisches Kilo. Über vierzig Meter Stahl ragten diagonal aus dem Wasser, als die Bewegung plötzlich endete. Dann, ganz langsam, wie in Zeitlupe, kippte der schwarze Rumpf nach vorne, die Tiefenruder standen wie zwei scharfe Ohren zu beiden Seiten des Bugs weg. Wasserfächer wurden nach beiden Seiten aufgeworfen, und der Turm wurde hinter dem sich absenkenden Bug sichtbar. Die Silhouette mit der hohen, nach vorne gerückten Flosse und der langgestreckten Form war unverkennbar. »Ein Amerikaner!«, entfuhr es Otten. »Was macht der denn hier?« Er schüttelte ungläubig den Kopf.

»Herr Kapitän!«

Der Kommandant blickte zu dem Signaldeck hinauf, auf dem sich ein Seemann fast halsbrecherisch über die

Reling beugte. »Die Opz sagt, der Hubschrauber will was!«

Das war nun alles andere als eine Meldung in korrekter Form, aber Otten ging darüber hinweg. »Natürlich, der will wissen, was wir mit dem U-Boot treiben.« Beide schauten sie automatisch zu dem Boot, das nun Fahrt aufnahm und direkt auf sie zusteuerte. Auf dem Turm blitzte eine Morselampe auf. »Noch einer, der was will«, stellte Otten trocken fest. »Sagen Sie in der Opz Bescheid, ich gehe auf die Brücke.«

Zehn Minuten später hallten Befehle aus den Lautsprechern. »Gefechtsalarm beenden! Klar zum Helotransfer.«

Ein paar Minuten später schwebte auch schon der Hubschrauber über dem Achterdeck der Fregatte.

13. Tag, 08 : 15 Ortszeit, 06 : 15 Zulu –
russisches Jagd-U-Boot *Bizon*, vor der libanesischen Küste

»Sind Sie sicher?«

Fedorow, der Sonaroffizier, zögerte nicht einen Augenblick. »Er hat ein ziemliches Spektakel veranstaltet. Völlig unnötig, wenn Sie mich fragen. Den Antrieb ließ er mit voller Kraft laufen. definitiv ein Pumpjet, und ich bin mir fast sicher, dass das der gleiche Bursche ist, der uns vor Murmansk beinahe über den Haufen gefahren hat.«

»Wie peilt er jetzt?«

»Null-drei-acht, er ist ziemlich dicht bei der Fregatte. Abstand zu uns etwa zwanzig Meilen. Die scheinen beinahe keine Fahrt mehr zu machen.«

Sarubin rieb sich die müden Augen. Alles hätte so schön ablaufen können. Sie hätten in Ruhe am Grund abgewartet und wären dann still und leise zum Treffpunkt geschlichen, um den verdammten Auftrag zu Ende zu bringen. Es war schon schlimm genug, dass sie hier praktisch für die russische Mafia rumfuhren, weil die ihren Admiral im Sack hatte. Da mussten sie sich nicht auch noch mit der halben NATO anlegen, deren Angehörige sich zudem so völlig unorthodox verhielten. Mit lautem Getöse im Notauftauchmanöver durch die Wasseroberfläche zu brechen, obwohl ganz offensichtlich kein Notfall vorgelegen hatte, ergab keinen nachvollziehbaren Sinn. Der Kommandant drückte den Knopf am Mikrofon. »Also noch einmal, Fedorow. Es gab und gibt kein Anzeichen, dass das U-Boot Probleme hat?«, vergewisserte er sich nochmals.

»Nein, Kapitän!«, erklärte Fedorow mit Bestimmtheit. »Gar nichts. Ich kann etwas Musik hören, bin aber nicht sicher, ob die vom U-Boot oder der Fregatte stammt.«

»Danke.« Der Kommandant hängte das Mikrofon wieder weg. »Balakin, bringen Sie uns um die Kerle herum, in einem schönen weiten Bogen, wenn ich bitten darf.«

»Jawohl, Kapitän!«, erwiderte der Erste. »Backbord zehn! Neuer Kurs wird zwo-acht-null! NO, knobeln Sie sich mal die Runde aus, denn wir müssen ja später wieder hierhin zurück.« Unwillkürlich sah er zur Uhr über dem Kartentisch. Bis Mitternacht war es noch verdammt weit hin, fast sechzehn Stunden, in denen sie ständig in Fahrt bleiben mussten und sich nirgendwo verstecken konnten – es sei denn, die Schiffstechniker fanden endlich heraus, was mit dem Kühlsystem nicht stimmte.

13. Tag, 08 : 45 Ortszeit, 06 : 45 Zulu –
deutsche Fregatte *Wiesbaden*, UNIFIL-Verband

Captain DiAngelo sah sich in der Messe um, die ausgesprochen gediegen wirkte, ein Luxus, den es auf amerikanischen U-Booten in dieser Form nicht gab. Genüsslich nahm er einen Schluck von seinem Kaffee. »Das tut gut!«

»Ihr U-Boot hat uns etwas nervös gemacht«, bekannte Kapitän Otten. »Wir hatten es vorletzte Nacht bereits im Sonar.« Er sah DiAngelo prüfend an. »Jedenfalls nehme ich das an.« Das Englisch des Kapitäns hatte einen etwas harten Klang, war aber grammatikalisch korrekt und verständlich.

»Ich kann verstehen, dass Sie wissen wollen, was hier vorgeht«, erklärte Bob. »Das Unternehmen unterliegt natürlich der Geheimhaltung, aber das werden Sie sich ohnehin schon gedacht haben. Deshalb muss ich Sie bitten, alles vertraulich zu behandeln, was Sie von mir erfahren, zumindest soweit das möglich ist.«

»Was anderes habe ich ja auch nicht erwartet«, bekannte Otten. »Dann schießen Sie mal los.«

»Na gut. Das Boot, das Sie vorletzte Nacht erfasst haben, war nicht die *Alaska*, sondern das russische Jagd-U-Boot *Bizon*. Eigentlich erstaunt es mich sowieso, dass Sie den Burschen zu fassen gekriegt haben, denn er ist extrem leise.«

»Wir haben uns auch gewundert. Unser Sonaroffizier geht davon aus, dass hier aus irgendwelchen Gründen ausgesprochen gute Bedingungen herrschen. Hoher Salzgehalt und eine relativ hohe Temperatur, so etwas in der Art.« Otten winkte ab. »Ein russisches Boot also – auch mit russischer Besatzung?«

»Ja. Nach unseren Informationen soll die *Bizon* an

der libanesischen Küste eine Ladung von etwa hundert Tonnen aufnehmen, Material, das ursprünglich nicht aus dem Libanon stammt und dort quasi zwischengelagert wurde. Und um die Sache noch wilder zu machen, wir wissen nicht genau, ob der Lieferant Al-Qaida oder die Hisbollah ist.«

»Hundert Tonnen sind eine Menge Zeug«, sagte Kapitän Otten perplex.

»Über dessen Beschaffenheit ich Ihnen leider keine Auskunft geben kann. Sicher ist nur eines, es darf keinesfalls in falsche Hände geraten.«

»Moment mal!« Der Deutsche sah den Amerikaner misstrauisch an. »Was für einen Bären wollen Sie mir jetzt gerade aufbinden? Wenn ich Sie richtig verstanden habe, dann befindet sich dieses Was-auch-immer-Frachtgut in den Händen einer der beiden großen Terroristengruppen – welcher auch immer. Gibt es dafür auch noch falschere Hände?«

»Das ist nicht die eigentliche Frage. Viel spannender ist, und das macht uns so besorgt, was die Islamisten dafür möglicherweise im Gegenzug von den Russen erhalten könnten.«

»Hören Sie, Captain, solche Dinge liest man in Romanen, aber ...«

DiAngelo schnitt ihm resolut das Wort ab. »Lassen wir das besser, denn das bringt uns nicht weiter. Dankbar wäre ich Ihnen jedoch, wenn Sie ein Signal an die *Alaska* schicken ließen, dass Commander Martinez zu einer Besprechung an Bord kommen möge!«

13. Tag, 10 : 00 Ortszeit, 07 : 00 Zulu –
Bagdad, internationaler Flughafen

Bagdad International, einst Saddam Hussein International geheißen, war darauf ausgelegt, ungefähr siebeneinhalb Millionen Passagiere pro Jahr abzufertigen – was selbst vor dem Krieg eine sehr optimistische Schätzung über das reale Verkehrsaufkommen gewesen war. An diesem Morgen waren lediglich etwa zwanzig Flüge auf den Abflugtafeln vermerkt, und die meisten davon gingen entweder nach Saudi-Arabien, Jordanien oder in die Emirate. Da es keine Direktverbindung nach Beirut gab, blieb Jack Small nichts anderes übrig, als über Bahrain zu fliegen.

Der CIA-Agent musste sich allerdings eingestehen, dass er für diesen Trip in den Libanon nicht gerade viel mehr in der Hand hatte als die gestammelten Namen eines Mannes, der unter starkem Medikamenteneinfluss stand. Normalerweise nicht gerade etwas, um jemanden zu veranlassen, sich ausgerechnet auf den Weg nach Beirut zu machen, obwohl Beirut immer noch besser als Bagdad war, weil es dort bei weitem weniger Bombenanschläge pro Tag gab. Die Blütezeit des Libanon vor dem Bürgerkrieg, als das Land als die Schweiz des Nahen Ostens galt, hatte Jack Small nicht mehr mitbekommen.

»Wissen Sie, Sir, ich freue mich auf Beirut, denn ich war noch nie dort«, bekannte Leutnant Rasik.

Small sah ihn kurz irritiert an. »Versprechen Sie sich nur nicht zu viel von dem Rattenloch!« Kaum hatte er diese Bemerkung fallen lassen, tat sie ihm auch schon wieder leid. Der junge Mann neben ihm war vierundzwanzig und hatte in seinem Leben außer Saddam Hussein und Krieg nichts kennengelernt.

13. Tag, 09 : 15 Ortszeit, 07 : 15 Zulu – deutsche Fregatte *Wiesbaden*, UNIFIL-Verband

Die beiden Offiziere sahen Robert DiAngelo mit versteinerten Gesichtern an. »Verdammt, Sie wollen doch nicht allen Ernstes schon wieder mein Boot demolieren!«, stöhnte Martinez auf.

»Bitte sagen Sie mir, dass der Mann verrückt ist und Sie ihn einsperren werden, sowie Sie ihn an Bord haben«, forderte Kapitän Otten den Commander auf.

»Wenn das nur so einfach wäre.« Joshua Martinez blickte Bob unsicher an. »Sie meinen das wirklich, Sir?«

»Ich sehe keine andere Möglichkeit. Er befindet sich in internationalen Gewässern, und es gibt einfach keinen anderen Weg.« Bob zuckte mit den Schultern. »Fehler passieren nun mal leider, man entschuldigt sich und fertig. Soweit ich die Sache überblicke, werden die Russen sich hüten, sich allzu laut zu beschweren.«

»Wenn man es so sieht ...«, meinte Kapitän Otten bedächtig. »Mein Schiff ist bei dem ganzen Schlamassel zwar fein raus, aber wenn durchsickert, dass ich zuvor bereits gewusst habe, wie Sie das Ding drehen wollen, dann werden meine Vorgesetzten mir die Hölle heiß machen.« Er schüttelte den Kopf, als könne er selbst nicht fassen, dass er die Vorschläge des Captains überhaupt in Erwägung zog. »Und meine Offiziere sollen ruhig glauben, Sie seien eine Art zweiter Kapitän Ahab, der hinter einem weißen Wal her ist.«

»Ich kann Sie nicht zwingen, Sir.« DiAngelo rang sich ein entschuldigendes Lächeln ab. »Ich kann Ihnen nicht einmal versprechen, dass wir über unsere diplomatischen Kanäle Ihre Vorgesetzten davon abhalten können, Sie zu kreuzigen.«

»Gringos!«, knurrte Commander Martinez resignierend. »Ich glaube, ich könnte jetzt einen Drink vertragen.«

16. Kapitel

13. Tag, 09 : 00 Ortszeit, 14 : 00 Zulu – Langley, Virginia

»Wie, was?«, fragte Roger Marsden ungeduldig nach. »Gabhanikows Schiff ist also zwischen Beirut und der Küste von Zypern im November 2002 untergegangen?«

»Genau«, bestätigte der junge Agent am Telefon. »Es hat ein paar Tote gegeben, aber Gabhanikow war nicht dabei. Die *Eastern Flyer* gehörte einer libanesischen Reederei, ihrerseits aber wiederum eine hundertprozentige Tochter der Sovcomflot.«

»Moment mal! Wollen Sie damit sagen, die *Eastern Flyer* war ein russisches Schiff?«

»Im Prinzip schon«, sagte der Leiter des Überwachungsteams, ohne zu zögern.

»Was haben Sie sonst über diese letzte Reise zu bieten?«

»Wenig! Wir kennen das Auslaufdatum, und es gibt einen Eintrag, aus dem hervorgeht, dass Gabhanikow bis Marseille angeheuert hatte. Hinweise auf die Ladung haben wir bisher keine.«

So langsam ergab sich ein Bild, das Marsden allerdings nicht gefiel. »Wir müssen mehr über das Schiff herausbekommen.«

»Aber wie?«

Normalerweise hätte sich Marsden mit dieser Frage an Captain DiAngelo gewandt, nur war der gerade irgendwo im Mittelmeer auf einem U-Boot unterwegs. Eine derartige Anfrage über die Navy-Funkstelle an die *Alaska* zu schicken und dann auf eine Antwort zu warten, wollte er aber auch nicht. »Vielleicht versuchen Sie es einmal über die Versicherungen«, schlug er stattdessen vor.

13. Tag, 16 : 00 Ortszeit, 14 : 00 Zulu – Beirut, Libanon

Das klapprige Taxi hatte sie vom Flughafen, der im Süden der Stadt lag, bis ins Zentrum gebracht, wo sich die großen Hotels befanden. Obwohl momentan von bewaffneten Auseinandersetzungen nichts zu bemerken war, verspürte Jack Small ein ungutes Gefühl. Beirut war kein Ort, an dem er sich irgendwie einigermaßen sicher vorkommen würde.

Leutnant Rasik hingegen schien die Stadt zu mögen, was ganz offensichtlich damit zusammenhing, dass der junge Offizier zum ersten Mal in seinem Leben das Meer sah. »Das hätte ich mir so nicht träumen lassen.« Er deutete zum Fenster hinaus auf das Mittelmeer. »Das Wasser, so unendlich viel Wasser.«

»Salzwasser, Leutnant. Salzwasser. Da draußen kann man genauso verdursten wie in der Wüste.«

» Eine seltsame Vorstellung«, bekannte Rasik nachdenklich. »Und was machen wir nun?«

»Wir versuchen, eine Spur von diesem al-Tufaili zu finden.« Small begann, einen Stadtplan auf dem Tisch auszubreiten. »Menschen ändern ihre Angewohnheiten nicht von heute auf morgen.«

Der Leutnant schaute auf die Stelle, auf die der Agent

mit dem Zeigefinger tippte. Sie lag nicht sehr weit vom Zentrum entfernt, in dem sie sich befanden. Etwas misstrauisch fragte er nach: »Was ist dort?«

»Das, mein Freund, ist das Amüsierviertel Beiruts.« Small setzte ein breites Grinsen auf. »Wir werden nachsehen, was davon noch übrig ist, und Sie werden in den Genuss einer Tour um die Häuser auf Staatskosten kommen.«

Der junge Iraker starrte ihn verdutzt an, und urplötzlich schoss Small die Erinnerung an eine lang zurückliegende vergleichbare Szene durch den Kopf: Wahrscheinlich hatte er vor zwanzig Jahren in Prag Marsden auch nicht anders angesehen. Eine andere Zeit, ein anderer Mann, das gleiche Prinzip – doch statt sich über diesen Gedanken zu amüsieren, fühlte er sich auf einmal nur alt. »Wir sollten etwas Schlaf bekommen, bevor wir losziehen. Ich habe noch ein paar Anrufe zu erledigen.« Er griff zum Telefon.

13. Tag, 09 : 30 Ortszeit, 14 : 30 Zulu –
Langley, Virginia

Roger Marsden hob das summende Telefon ab. »Marsden.«

»Hallo Boss, wir sind in Beirut!«, verkündete Jack Small.

»Was bitte heißt ›wir‹?«

Small lachte leise. »Ich habe mir erlaubt, einen jungen Offizier des Sonderkommandos zu rekrutieren. Geboren im Irak, mittlerweile amerikanischer Staatsbürger, spricht außer Englisch perfekt Arabisch, Türkisch und ein paar kurdische Dialekte.«

»Weiß er, für wen Sie und damit er arbeitet?«

»Er wird es sich denken können, doch er ist ein Mann, der nicht unnötig viele Fragen stellt.«

»Gibt es ansonsten noch einen besonderen Grund, warum Sie ihn sich ausgesucht haben?«

»Ich halte ihn für unser Metier begabt und zu schade für den regulären Militärdienst. Wir werden ja sehen.«

»Von mir aus«, stimmte Marsden zu. »Es ist schließlich Ihre Baustelle, Jack.«

Der Agent wechselte das Thema. »Wir machen uns auf die Suche nach diesem al-Tufaili. Oder gibt es sonst noch was, wonach wir Ausschau halten sollen?«

»Im November 2002 ist ein Schiff namens *Eastern Flyer* aus Beirut ausgelaufen und auf dem Weg nach Zypern gesunken. Der Russe, den Koljunow ausgequetscht hat, ist auf diesem Schiff als Schiffsingenieur gefahren.« Er gab Small, der sich Notizen machte, die restlichen Angaben durch. »Die Reederei gibt es übrigens noch.«

Jack Small pfiff durch die Zähne. »Das ist ein Ding! Wissen wir, wo das Schiff liegt?«

»Noch nicht!« Marsden klang plötzlich abwesend. »Hier kommt gerade eine Mail von John Smith, unserem Mann in Jerusalem, rein.« Er überflog den Text. »›H. ist wach, steht Scheherazade sehr nahe. Schlage Evakuierung vor.‹« Er räusperte sich. »Das war an Sie gerichtet, und weil die Kollegen in Bagdad nicht wussten, wo Sie sind, hat es einer an mich weitergeleitet. Sagt Ihnen das was?«

»Scheherazade ist eine Quelle von John Smith und trotz des Namens ein Mann. Als wir beinahe al-Sawahiri erwischt haben, ist einer seiner Leibwächter in unsere Hände gefallen, schwer verletzt, aber er hat nach der Operation unter dem Einfluss von Narkose- und Schmerzmitteln angefangen zu reden. Daher auch die

Verbindung zu al-Tufaili, die uns ja bisher nur dank Scheherazade bekannt war.«

»Also ist dieser H-Punkt Scheherazade?«

Small zögerte. »So einfach scheint es nicht zu sein. Smith hat mir erzählt, dass Scheherazade immer aus dem Libanon anruft, aber die Informationen als solche stammen manchmal aus Afghanistan, aus dem Sudan, aus Ägypten und sogar aus Bagdad.«

»Also mehrere Leute, vielleicht sogar ein ganzes Netz.«

Der Agent gab ein Brummen von sich. »Wir wissen sehr wenig über Scheherazade, nur, dass alle Informationen schnell, präzise und zuverlässig waren, wobei ein Thema jedoch grundsätzlich ausgeklammert blieb.«

»Und das wäre?«

»Immer wenn es direkt um Aiman al-Sawahiri ging, hat Scheherazade zugemacht wie eine Auster. Smith geht davon aus, dass es eine persönliche Beziehung zwischen Scheherazade und al-Sawahiri gibt.«

»Das würde die Betreffenden natürlich noch interessanter machen. Also grünes Licht für John Smith und seinen Wunsch nach einer Evakuierung?«

»Wenn es nach mir geht, ja«, erklärte Small. »Aber ich vermute, wir werden auch hier ein paar Leute rausholen müssen, wenn Scheherazade wirklich aufgeflogen sein sollte.«

»Ich gebe Smith Ihre Nummer, damit er eventuelle Organisationsfragen mit Ihnen abstimmen kann. Und wenn es Probleme gibt, besorgen Sie sich Verstärkung aus unserer Botschaft.«

13. Tag, 09 : 45 Ortszeit, 14 : 45 Zulu –
New York, 5th Avenue

Koljunow steuerte in dem Lokal den eben frei gewordenen Tisch an, der ihm zugewiesen worden war.

Er stellte seinen kleinen Aktenkoffer neben sich auf den Boden und platzierte die Tüte mit seinen Einkäufen deutlich sichtbar auf einem der freien Stühle, bevor er sich der Karte zuwandte.

»Verzeihung, ist dieser Platz noch frei?«

Koljunow blickte auf. Ein Mann mittleren Alters, ein vierschrötiger Typ in Jeans und Pullover, stand vor ihm. Die Brille mit der dünnen Metallfassung verlieh seinem kantigen Gesicht nur notdürftig einen intellektuellen Touch. Er führte einen kleinen Aktenkoffer und ein paar Papprollen, wie man sie für Pläne verwendet, mit sich. Der alte Russe machte eine einladende Geste. »Wo man singt, da lass dich nieder.«

Der Mann nickte, während er sich umständlich auf einem der freien Stühle niederließ, seinen Aktenkoffer zu Boden stellte und die Papprollen an einen der Stühle lehnte. »Denn böse Menschen haben keine Lieder.«

Koljunow entspannte sich. Als ein Kellner vorbeikam, gaben sie ihre Bestellungen auf. Koljunow begnügte sich mit Muffins und Tee, sein Tischnachbar entschied sich für Kaffee und ein Schinkensandwich. Schweigend nahmen die beiden Männer ihren Imbiss ein. Dann nickte Koljunow seinem Gegenüber freundlich zu. »Einen schönen Tag noch.« Er beugte sich nieder, griff den Aktenkoffer und die Tüte und verschwand. Der andere blieb noch ein paar Minuten sitzen, bevor auch er sich auf den Weg machte.

Sofort setzten sich zwei Männer in Bewegung und eilten auf ihn zu. Einer der beiden zückte seinen Ausweis und zeigte ihn vor. »Verzeihung, Sir, könnten wir Sie einen Augenblick sprechen?«

Der Jeansträger stutzte für einen Augenblick, dann stellte er den Koffer zwischen seine Füße. »Ich fürchte, nein!« Er lächelte, während er aus der Gesäßtasche einen etwas ramponierten Diplomatenpass zog und fröhlich damit herumwedelte.

13. Tag, 17 : 00 Ortszeit, 15 : 00 Zulu – Beirut, Libanon

Small hatte sich gleich auf den Weg gemacht. Den Leutnant hatte er schlafen lassen, die Nacht würde noch lang genug werden. Bis er den Hafen erreicht und sich durchgefragt hatte, war es bereits kurz nach fünf geworden. Die Eastern Mediterranean Steamship Company residierte in einem ziemlich heruntergekommenen dreistöckigen Gebäude, das schon von außen ahnen ließ, wie es um die finanzielle Situation der Reederei bestellt war.

Der Empfangsraum im Erdgeschoss war ein wüstes Sammelsurium aus arabischen und europäischen Möbelstücken. An den Wänden standen Vitrinen, in denen die Modelle alter Frachter ausgestellt waren, während die Sitzgelegenheiten eher Diwans glichen. Das Herzstück bildete ein großer Schreibtisch, hinter dem eine Dame mittleren Alters in westlicher Kleidung saß, die ihn aus dunklen Knopfaugen fragend ansah. »Kann ich Ihnen behilflich sein?«

»Ich hoffe es, denn ich befinde mich auf der Suche nach einem Schiff.«

Sie lächelte geschäftsmäßig. »Dann können wir Ihnen vielleicht helfen. Die EMSC ist seit über hundert Jahren im Fracht- und Chartergeschäft tätig. Wenn Sie mir sagen, was Ihnen konkret vorschwebt, dann kann ich den entsprechenden Herrn in unserem Hause verständigen.«

»Das Schiff, das mich interessiert, ist ein Frachter namens *Eastern Flyer*, der vor ein paar Jahren gesunken ist.«

Ihr Gesicht verfinsterte sich. »Das ist wirklich schon eine ganze Weile her. Die Versicherungen haben die Angelegenheit seinerzeit natürlich untersucht und festgestellt, dass keinerlei Verschulden der Reederei vorlag. Damals herrschte Sturm, und dass dabei Schiffe untergehen, passiert leider eben auch manchmal. Darf ich fragen, welcher Art Ihr Interesse ist, Mister ...?«

»Small. Jack Small.« Er holte einen der Ausweise aus seiner Sammlung hervor, der ihn zu einem Interpol-Mitarbeiter erklärte. Dass weder im französischen Generalsekretariat noch im amerikanischen Zentralbüro ein Adviser namens Jack Small registriert war, spielte keine Rolle. Der aus der Sicht des Agenten unbestreitbare Vorteil dieser Organisation, der über einhundertachtzig Staaten angehörten, war, dass jeder wusste, dass es Interpol gab, aber kaum jemand eine Ahnung davon hatte, wofür sie zuständig war. »Wir sind um Mithilfe gebeten worden, weil in den USA ein Mann, der für die EMSC auf der *Eastern Flyer* zur See fuhr, Opfer eines Verbrechens wurde. Ein Mister Gabhanikow. Sagt Ihnen der Name etwas?«

»Sie kommen aus den Staaten, um sich nach einem Seemann zu erkundigen, der mal für unsere Reederei gefahren ist?«

»Nein, natürlich nicht.« Er winkte ab. »Ich bin wegen einer ganz anderen Sache hier in Beirut, und da dachte jemand, ich könnte bei der Gelegenheit auch gleich noch mal bei Ihnen vorbeischauen und fragen.«

»Ach so!« Sie entspannte sich sichtlich. »Mister Abdul al-Karassim ist noch im Haus. Vielleicht kann er Ihnen ja weiterhelfen, Mister Small.« Sie griff zum Telefon.

Der Personalchef der Reederei entpuppte sich als agiler Fünfzigjähriger mit einem freundlichen Lächeln und dem Gedächtnis eines Computers. Kaum hatte er Jack in sein Büro gebeten und Mokka bestellt, sprudelte er auch schon los. »Gabhanikow, Juri Grigori oder so etwas, Schiffsingenieur, ein zuverlässiger Mann, den wir immer wieder gerne genommen haben.« Abdul al-Karassim legte sein Gesicht in traurige Dackelfalten. »Er wurde Opfer eines Verbrechens?«

»Jemand hat ihn umgebracht, und es besteht Grund zu der Annahme, dass er seinen Mörder gekannt hat. Eventuell ein alter Bordkamerad. Über sein Heuerbuch sind die Kollegen dann auf die EMSC und die *Eastern Flyer* gestoßen.«

»Verstehe. Wie bereits gesagt, gute Leute sind uns stets willkommen. Wir sind zwar keine der großen Reedereien und haben natürlich nicht das Image der gigantischen Kreuzfahrtgesellschaften, aber wir zahlen nicht schlecht, und unsere Schiffe entsprechen von der Ausstattung her den technischen Vorschriften, wie das ja auch im Falle der *Eastern Flyer* festgestellt wurde.«

Was die Schärfe der libanesischen Vorschriften und erst recht deren Einhaltung anbetraf, hatte Jack Small so seine Zweifel, ließ sich das aber nicht anmerken. »Nur interessehalber, was ist damals eigentlich passiert?«

»Eine Mischung aus Pech und noch mehr Pech. Die *Eastern Flyer* geriet in einen Sturm und verlor das Radar. Kurze Zeit später kollidierte sie mit einem zypriotischen Tanker. Die Schäden, die sie dabei davontrug, waren so schwer, dass das Schiff schnell zu sinken anfing. Die Besatzung ging in die Rettungsinseln, was wahrscheinlich die bessere Entscheidung gegenüber den Booten war. Jedoch wurden von den Rettungsfahrzeugen später nur eine der Rettungsinseln gefunden, in der Gabhanikow und fünf andere saßen.«

Jack richtete sich auf. »Es gab also fünf weitere Überlebende?«

Abdul al-Karassim massierte seine Schläfen. »Ja, aber einen können sie streichen, denn der ist vor zwei Jahren an Krebs gestorben. Und einer sitzt wegen irgendwas mit Drogen in den USA ein, hat mir jemand erzählt. Irgendwas mit Drogen.« Er zuckte mit den Schultern. »Schade drum, als Seemann war der wirklich nicht schlecht.«

»Kann ich die Namen haben? Ich leite sie dann entsprechend weiter.« Er sah den Personalchef eindringlich an. »Glauben Sie mir, irgendjemand hat den alten netten Gabhanikow wirklich auf abscheulichste Weise abgemurkst.«

Für einen Augenblick schien Karassim zu überlegen. »Einverstanden. Ich lasse Ihnen die Unterlagen kopieren.« Er lächelte. »Es könnte nicht schaden, wenn Sie generell unsere Kooperationsbereitschaft gegenüber den einschlägigen Stellen betonen, da wir auch Schiffe auf den Routen in die Staaten laufen haben.«

»Ich werde daran denken, Mister Karassim«, sagte Small freundlich-verbindlich. »Ach, da wäre noch was. Wo ist denn die *Eastern Flyer* eigentlich genau gesunken?«

»Etwa zwanzig Meilen südostlich der Larnaca Bay. Die Wassertiefe ist dort zu groß, als dass noch etwas hätte geborgen werden können.«

13. Tag, 10 : 45 Ortszeit, 15 : 45 Zulu – Langley, Virginia

Roger Marsden hörte sich den Bericht seines Agenten des Überwachungsteams an.

»Aufgrund seines Diplomatenpasses konnten wir ihn nicht festhalten, geschweige denn einen Blick in den verdammten Koffer werfen.«

»Dumm gelaufen, vor allem, weil die Russen jetzt wissen, dass Koljunow beschattet wird.« Der Vice-Director der CIA klang trotzdem nicht verärgert. »Haben Sie überprüft, ob der Mann auch wirklich akkreditiert ist?«

»Meine erste Maßnahme, Sir. Er ist einer der Botschaftsfahrer und seit drei Jahren hier im Land. Nicht gerade eine große Nummer.«

»Ein Laufbursche«, konstatierte Marsden. »Immerhin ist nun eindeutig, dass Koljunow in direktem Kontakt zu FSB oder GRU steht. Wahrscheinlich Ersteres, da die Botschaften früher Territorium des KGB waren, und das hat der FSB geerbt.«

»Das hätte ich wissen sollen, Sir!«, der Agent wirkte leicht verärgert.

Marsden überhörte diesen Vorwurf. »Bleiben Sie unter allen Umständen an Koljunow dran. Ich glaube, der hat immer noch nicht gefunden, worauf er aus ist. Gabhanikow war schließlich Schiffsingenieur und kein Navigationsoffizier. Ich kann mir daher nicht vorstellen, dass er die genaue Position gekannt hat, an der die *Eastern Flyer* gesunken ist. Über mehr als eine ungefähre Vorstellung dürfte er nicht verfügt haben. Koljunow hat die falsche Quelle angezapft.«

13. Tag, 22 : 00 Ortszeit, 20 : 00 Zulu – USS *Alaska*, nordöstlich von Beirut, fünfzehn Meilen westlich der Küste

»Kontakt *Wiesbaden*, grün-acht-sieben, Abstand etwa zehn Meilen, Fahrt ungefähr zwanzig Knoten. Kontakt Schnellboot, grün-acht-sechs, Abstand acht Meilen, Fahrt dreißig, Kontakt Schnellboot ...«

Commander Martinez lauschte der Litanei des Sonaroffiziers mit gemischten Gefühlen. Eine Fregatte, vier Schnellboote, und alle da, wo sie laut DiAngelos haarsträubendem Plan sein sollten. Die Fregatte lief ungefähr fünfundzwanzig Meilen von der Küste entfernt nach Süden. Die Schnellboote jagten um sie her. Und parallel dazu lief die *Alaska*, leise, unbeachtet. Wenn die *Bizon* irgendwo auf einen Kontakt wartete, dann würden die sich nähernden Kriegsschiffe deren Kommandanten dazu bringen, dichter an die Küste ranzugehen, um der Fregatte und ihrem Sonar auszuweichen. Er wusste ja bereits, dass das deutsche Schiff ihn unter guten Bedingungen trotz des extrem leisen Antriebes erfassen konnte. Und das war dann die Situation, in der er vermutlich nahe genug an die *Alaska* kommen würde, um von deren Sonar erfasst zu werden.

»Das Ganze bleibt eine Glückssache«, stellte Martinez fest. »Selbst wenn er einen Treffpunkt hier im Norden an der Küste aufsucht.«

»Theoretisch kann er natürlich fünfzig Meilen entfernt sein, nur wird er das nicht«, sagte DiAngelo. Als die *Wiesbaden* ihn erwischte, hat er auf einen Kontakt gewartet. Entweder, der hat geklappt, dann ist er ohnehin schon sonst wo, und wir können nur hoffen, dass er der *Tuscaloosa* oder der *San Diego* in den Weg läuft. Oder die Fregatte kreuzte in Hinblick auf seinen

Treff zu früh auf. Er kann sich relativ frei entlang der Küste bewegen, aber ich glaube nicht, dass sein Kontakt das ebenso vermag. Also muss das Rendezvous irgendwo hier in diesem Gebiet erfolgen.«

»Bleibt das Prinzip Hoffnung«, sagte Martinez, obwohl der Commander wusste, dass der Captain recht hatte. Sie *konnten* natürlich nicht so mir nichts, dir nichts einfach einen Torpedo auf den Russen in internationalem Gewässer abfeuern, so sie ihn überhaupt zu fassen kriegten. Folglich war das von DiAngelo entwickelte Szenario eines ›versehentlichen‹ Crashs die einzig praktikable Lösung. Und entschuldigen konnte man sich dafür später immer noch. Nur war es sein Boot, seine Verantwortung, seine Crew. Der herbeigeführte Unfall konnte leicht ins Auge gehen, und die Wassertiefen in dieser Gegend waren für sie tödlich.

»Fregatte ändert Kurs nach Backbord!«

Martinez schnippte ungeduldig mit den Fingern. »NO?«

»Al-Ladhiquyiah, die Küste weicht hier fast zehn Meilen zurück.«

»Folgen Sie ihr!«

Der Navigationsoffizier beugte sich über die Karte. »Neuer Kurs wird eins-vier-null, für die nächsten vierzig Minuten.« Er startete den Timer.

17. Kapitel

13. Tag, 24 : 00 Ortszeit, 22 : 00 Zulu –
russisches Jagd-U-Boot *Bizon*, 20 Meilen
vor der libanesischen Küste

»Kontakt an der Oberfläche in zwo-sieben-null Grad, Geschwindigkeit zwanzig Knoten, Abstand über dreißig Meilen.« Der Sonaroffizier stockte kurz, bevor er hinzusetzte: »Aktivsonar!«

»Wieder diese Fregatte?«, erkundigte sich Sarubin.

»Schwer zu sagen auf diese Entfernung, aber ich glaube, ja.«

»Er wird allmählich lästig, dieser Deutsche«, sagte der Kapitän. »Doch was soll's, Anlauf beginnt. Fünfunddreißig Knoten, Kurs null-neun-null, Tiefe achtundzwanzig Meter!«

»Achtundzwanzig Meter bei fünfunddreißig Knoten?«, vergewisserte sich sein entgeisterter Erster.

»Richtig! Haben Sie ein Problem damit?«

Balakin musste erst einmal trocken schlucken. »Nein, Kapitän.« Er wandte sich um. »Achterlastig zehn, Geschwindigkeit auf fünfunddreißig Knoten erhöhen.« Unsicher blickte er auf den Kompass. »Backbord fünf, neuer Kurs wird null-neun-null!«

Die Kursänderung war minimal. Der Bug richtete sich etwas auf, als das Boot unter dem Druck der Tiefenruder der Oberfläche entgegenstrebte. Dem Ersten war anzumerken, dass ihm das nicht gefiel. Achtundzwanzig Meter, das war gerade einmal Sehrohrtiefe. Bei Tag hätte jeder Flieger die gewaltige Walform des Bootes in der See ausmachen können.

Sarubin verschwendete keinen weiteren Gedanken an seinen Ersten, der Mann hatte einfach zu schwache Nerven! »Ich brauche dann als Nächstes den Kurs nach Ramkin Islet«, wies er den Navigationsoffizier an.

»Zum Leuchtturm oder ins Islet?«

»Bis zur Hundert-Meter-Wasserlinie unter dem Leuchtturm.«

»Die Entfernung zum Turm wäre dann etwa eine Meile, Kapitän! Der Treffpunkt befindet sich jedoch zwanzig Meilen westlich davon, wenn ich darauf hinweisen darf.«

»Sie dürfen!«, sagte Igor Sarubin. »Von der Logik her eine naheliegende Position.« Er dachte kurz nach. »Die Fregatte wird darum langsam die Küste hinunterschippern und nach uns suchen.«

Balakin, der von der anderen Seite der Zentrale zugehört hatte, wiegte bedächtig den Kopf. »Gegen uns vorzugehen, würde der Deutsche niemals wagen. Er mag lästig sein, aber wenn es hart auf hart kommt, muss er kneifen, denn wir befänden uns dort in internationalen Gewässern.«

»Und was wollen Sie mir damit zu verstehen geben, Balakin?«

»Wir wissen zudem, dass ein amerikanisches U-Boot hier operiert und offensichtlich ebenfalls hinter uns her ist.« Er sah sich unruhig um. »Es wird irgendwo auf uns lauern.«

»So, meinen Sie?«

»Was sollte er sonst tun?« Balakin sah Sarubin irritiert an.

»Nach uns suchen, da, wo wir hingehören, im tiefen

Wasser. Er weiß nicht, dass wir wissen, dass er hier ist.«

»Ich verstehe nicht, was das für ihn ändert.«

»So?« Der Kapitän verzog das Gesicht. »Die taktische Taschenspielerei-Nummer! Glauben Sie, der Deutsche würde so einen Lärm veranstalten, wenn er etwas anderes als ein Ablenkungsmanöver im Sinn hätte?« Sein Blick ging ins Leere, als könne er durch die stählerne Bootswandung hindurch ins Wasser blicken. Es war nicht schwer, sich das amerikanische Boot vorzustellen. Ein schwärzerer Schatten im schwarzen Wasser ... bereit, zuzuschlagen. Irgendwo entlang der Grenze der Hoheitsgewässer, irgendwo, zwischen zwölf und siebzehn Meilen von der Küste entfernt und genau zwischen der lauten, lärmenden Fregatte und dem Festland. Sarubin wusste es, denn er hätte es in dieser Situation genauso gemacht. Seine Stimme klang leise. »Er ist dort. Genau dort.«

13. Tag, 24 : 00 Ortszeit, 22 : 00 Zulu – amerikanisches Jagd-U-Boot USS *Alaska*, 15 Meilen vor der libanesischen Küste

»Ich habe etwas, aber schwer auszumachen«, meldete der Sonaroffizier. »Grün-null-null-fünf!«

»Kein Abstand, keine Geschwindigkeit?«, fragte DiAngelo nach.

»Wandert nach links aus. Ich kann die Entfernung nicht einmal annähernd schätzen, Sir, dürfte aber ziemlich groß sein. Auf alle Fälle kein Schraubenantrieb, so viel ist sicher.«

»Klingt fast so, als haben Sie die *Bizon* gefunden!« Aber auch in Bobs Stimme klangen Zweifel mit.

»Ich bin mir nur nicht sicher. Das letzte Mal, als wir

ihr begegnet sind, hätte ich sie auf eine solche Entfernung nie und nimmer zu fassen gekriegt. Außerdem ist das Klangbild irgendwie anders, ich weiß nicht, warum.«

»Es gibt nur einen Weg, das festzustellen«, sagte DiAngelo zu Commander Martinez, der mitgehört hatte.

»Ich fürchte, ja, Sir.« Er grinste gequält. »Verdammte Gringos! Schleichen hier bei Nacht herum.« Seinen XO wies er an: »Fahrt auf fünfundzwanzig Knoten erhöhen. Mal sehen, ob wir näher herankommen.«

13. Tag, 00 : 10 Ortszeit (nächster Tag), 22 : 10 Zulu – russisches Jagd-U-Boot *Bizon*, 10 Meilen vor der libanesischen Küste

Der Mann, der den Amerikanern hätte verraten können, warum die *Bizon* akustisch etwas anders klang als bei ihrer letzten Begegnung, stand an seiner Konsole und musterte mit zusammengezogenen Brauen die Skalen. »Uns bleiben vielleicht drei Stunden, Kapitän.«

»Melden Sie auf jeden Fall rechtzeitig, wenn es eng wird«, erklärte Kapitän Sarubin. »Ich versuche mit dem Zeitrahmen auszukommen, LI.«

»Tut mir leid, Kapitän.« Der Leitende Ingenieur des Bootes zuckte mit den Schultern. »Ich habe immerhin schon die zweite Pumpe dazugeschaltet.«

»Eigentlich sollten wir ohne das Ding auskommen können, denn es ist nur als Ersatz für den Fall der Fälle gedacht.« Sarubins Stimme klang säuerlich: »So es denn ein Problem mit der Hauptpumpe gibt, könnten Sie es denn überhaupt beheben?«

»Kommt drauf an, was der Grund ist. Das Zeug

hängt ja schließlich alles im strahlenden Primärkreislauf drin.«

13. Tag, 00 : 15 Ortszeit (nächster Tag), 22 : 15 Zulu –
ein Fischerboot, 10 Meilen vor der libanesischen Küste

Sayyid Harb biss sich auf die Lippe und unterdrückte einen wüsten Kommentar. Stattdessen sagte er nur: »Dann weich ihnen aus!«

Der Fischer drückte den Außenborder etwas herum. Der Bug des Bootes schwang weg von einer Gruppe ziemlich baugleich aussehender Boote. Erneut lag nur Dunkelheit vor ihnen.

Al-Tufaili spürte die Unruhe. Es galt, die zweite Chance wahrzunehmen, sich mit den Russen zu treffen, nachdem ihnen das Kriegsschiff beim ersten Mal dazwischengekommen war. Und nun waren sie spät dran, weil die Narren von der Armee wieder mal versucht hatten, durch überraschende Kontrollen wen auch immer zu fangen. Nicht, dass sie damit Erfolg gehabt hätten, aber immerhin hatten sie verhindert, dass sie rechtzeitig den Hafen hatten verlassen können.

»Wie lange werden wir noch brauchen?«

»Bis zu der genannten Stelle zwei Stunden.

13. Tag, 00 : 15 Ortszeit (nächster Tag), 22 : 15 Zulu – russisches
Jagd-U-Boot *Bizon*, zehn Meilen vor der libanesischen Küste,
etwa 7 Meilen nördlich des Fischerbootes

Oberleutnant Fedorow griff zum Mikrofon. »Zentrale? Ich habe hier einen seltsamen Kontakt, vermutlich ein kleines Fischerboot mit einem alten Außenbordmotor. In null-acht-acht, Abstand in etwa sieben Meilen.«

Die Stimme des Kommandanten drang aus dem Lautsprecher. »Was ist daran seltsam?«

»Die anderen Fischer bleiben als Gruppe zusammen, nur der hier schert aus und läuft schnurstracks auf die offene See hinaus.«

»Hinsichtlich der Peilung sind Sie sicher?«

»Ja, aber was sein Verhalten zu bedeuten hat, das wissen in dieser Ecke der Welt nicht die Götter, sondern Allah allein ...«

»Wie auch immer, behalten Sie ihn im Ohr, wir drehen nach Steuerbord!«

Die Fahrzeit in Richtung des auffälligen Fischerboots betrug etwas über zehn Minuten.

»Umschalten auf Rotlicht, Umdrehungen für fünf Knoten!« Sarubin nahm sich etwas Zeit, damit sich seine Augen an die geänderten Verhältnisse gewöhnen konnten. Dann fuhr er das Sehrohr aus und presste seinen Kopf gegen die Gummiwulst der Optik. Im ersten Moment war alles, was er sah, Schwärze. Nur eine kleine helle Bugwelle verriet ihm, wo das Boot sich wirklich befand. »Ich hab ihn.« Er schaltete um auf Infrarot. »Ein kleines Fischerboot mit zwei ... nein, drei Mann.«

Balakin schob sich neben ihn. »Es könnte ein normaler Fischer sein.«

»Nur fischt er nicht, hat keine Lichter gesetzt und fährt einen Bogen um die anderen herum.«

»Sollte er unser Kontakt sein, dann wäre er aber verdammt spät dran«, meinte Balakin nach einem Blick auf die Uhr.

Sarubin ließ das Sehrohr in den Schacht zurückfahren. »Er ist jedenfalls kein Fischer und auch kein Schmuggler, denn dafür ist er zu untermotorisiert.«

»Was tun wir?«

»Was wohl? Der Bootsmann soll sich mit seinen Leuten bereithalten. Wir tauchen auf.« Er sah eindringlich in die Runde. »Es muss schnell gehen, und dann sind wir wieder weg wie der Blitz.«

»Sie wollen die Männer doch nicht etwa entführen?« Balakin starrte ihn entgeistert an. »Was, wenn die mit unserem Kontakt gar nichts zu tun haben?«

»Das Problem können wir dann immer noch lösen, wenn es auftreten sollte.«

13. Tag, 00 : 30 Ortszeit (nächster Tag), 22 : 30 Zulu –
ein Fischerboot, 10 Meilen vor der libanesischen Küste

Sayyid Harbs Kopf ruckte herum. »Was zum Scheitan ...« Der Fluch bleib ihm im Halse stecken. Das Wasser seitlich des Fischerbootes schien plötzlich zu kochen. Aus der Tiefe schob sich ein großes triefendes Ungetüm. Wasserkaskaden, die zurück ins Meer stürzten, durchnässten die Männer. Für einen kurzen Augenblick hörte der Hisbollah-Führer nur das Jammern des dritten Mannes, des ansonsten so schweigsamen Mitgliedes ihrer kleinen Crew, während der Fischer versuchte, das Boot mit Ausweichmanövern am Kippen zu hindern.

Dann knallte ein Luk auf. Sayyid hielt sich nicht lange mit der Frage auf, warum die Begegnung hier, beinahe zehn Meilen von der vereinbarten Position entfernt, stattfand. In der Dunkelheit vermochte er nicht einmal das Heck des riesigen U-Bootes genau zu erkennen. Er schnappte sich die Taschenlampe und morste langsam und sorgfältig das Erkennungszeichen, das der verstorbene Suleiman abd-er-Kadr vor so vielen Monaten mit Sergej Rogow vereinbart hatte. Der Deep Hunter war eingetroffen!

13. Tag, 00 : 30 Ortszeit (nächster Tag), 22 : 30 Zulu – amerikanische Jagd-U-Boot USS *Alaska*, 12 Meilen vor der libanesischen Küste

»Auftauchendes U-Boot, Entfernung knappe zwanzig Meilen!« Die Stimme des Sonaroffiziers überschlug sich beinahe. »Peilung null-null-null! Peilung steht!«

Commander Martinez war mit einem Satz auf den Beinen. »Feuerleitlösung! Rohre fluten, Klappen noch nicht, wiederhole, noch nicht öffnen! Boot klar zum Gefecht!«

»Belege das!«, donnerte Captain DiAngelos Stimme vom Kartentisch aus. »Bugklappen öffnen!«

»Sir!«, protestierte Martinez.

»Er befindet sich in libanesischen Gewässern, und die unterstehen dem UNIFIL-Kommando, zumindest, was das Kontrollrecht angeht!«, erklärte DiAngelo ungerührt. »Dumm nur, dass er zu weit weg ist für Gertrude*!« Er wandte sich an John Turk. »Dreimal Wahnsinnige, verkürzen Sie die Entfernung!«

---

* Getrude: Unterwassertelefon, benannt nach dem ersten derartigen Gerät, dass die Deutschen während des Zweiten Weltkrieges entwickelten.

13. Tag, 00 : 30 Ortszeit (nächster Tag), 22 : 30 Zulu –
russisches Jagd-U-Boot *Bizon*, 10 Meilen
vor der libanesischen Küste

Kapitän Sarubin spürte einen kurzen Augenblick der Erleichterung, als er die Morsezeichen sah. »AW! Er ist es!« Aber als er sich über die Brüstung des Turmes beugte, klang er nicht sehr freundlich. »CN! Und nun hören Sie mit dem Lichterzauber auf!«

»Von Sonar, Fregatte nimmt Fahrt auf!«

Das war zu erwarten gewesen. Blieb die Frage, wie hoch der deutsche Kommandant pokern würde.

»Kommen Sie schon an Bord, verdammt noch mal!«, brüllte Sarubin und spähte in Richtung des kurzen Vordecks, auf dem sich in der Dunkelheit Gestalten des Bootsmannstrupps bewegten. Das Fischerboot schor an den Rumpf der *Bizon* und schlug hart gegen die Röhre. Sarubin verzog schmerzhaft das Gesicht. »Dawai, dawai!« Das fehlte ihm gerade noch, dass das Boot umschlug und sie die Männer aus dem Wasser fischen mussten.

»Kontakt, null-sieben-drei, zweihundert Meter Tiefe, Fahrt etwa sechsunddreißig, Abstand zwanzig Meilen.« Die Stimme des Befehlsübermittlers war tonlos geworden. »Sonar meint, es ist der Ami!«

Wütend wandte sich der Kapitän um. »Fragen Sie nach, ob die die Männer endlich unten haben!« Er lehnte sich wieder über die Brüstung und sah gerade noch das abtreibende Fischerboot. Irgendwo schlug ein Luk zu. Erleichtert atmete er durch. »Einsteigen! Tauchen-tauchen-tauchen!«

13. Tag, 00 : 35 Ortszeit (nächster Tag), 22 : 35 Zulu – deutsche Fregatte *Wiesbaden*, UNIFIL-Kommando

»Offener Funkspruch: An unbekanntes U-Boot – Sie befinden sich in einer internationalen Kontrollzone, halten sie sich für eine Inspektion bereit, tauchen Sie nicht!« Gerhard Ottens Stimme klang heiser.

Der Gleitrumpf der Fregatte begann sich aus dem Wasser zu heben, als die Gasturbinen mit über fünfzigtausend Pferdestärken über zwei Verstellpropeller begannen, das Schiff mit brutaler Gewalt zu beschleunigen. Schon hob sich der Bug über einer weißen Welle aus dem Wasser, während sich das Heck tiefer und tiefer in die See grub. Offiziell wurde für die F-124-Fregatten eine Höchstgeschwindigkeit von neunundzwanzig Knoten angegeben, inoffiziell ging etwas mehr.

»Spruch ist raus!«

Otten wandte sich um. Das Trampeln von Stiefeln und das Schrillen der rasenden Alarmklingeln verebbte. »Feuerleitlösung?«

»In Arbeit!« Der Waffenleitoffizier studierte seine Anzeigen. »Radarkontakt verblasst.«

»Er taucht!« Wütend hämmerte Otten auf die Konsole. »Ein Warnschuss, Feuer frei!« *Lärm machen, ablenken!*

Das OTO-Malera-Geschütz auf dem Vordeck trat in Aktion.

»Signal von S-Wolf: Greifen an!«

Ottens Kopf fuhr herum. »Was?«

»Die Schnellboote greifen an!«

»Geben Sie ihnen Feuer frei!« Wie lange mochte ein U-Boot dieser Größe zum Tauchen brauchen? Eine Minute? Zwei? Kapitän zur See Gerhard Otten musste sich eingestehen, dass er nicht die geringste Ahnung hatte und dass der ganze Plan möglicherweise nicht funktionierte, aber vielleicht war das auch besser so.

»Feuerleitlösung steht!«, wurde ihm gemeldet.

»Eingeben!« Ein Telefon schrillte, und er griff danach. »Kommandant?«

»Herr Kapitän, was ist da oben eigentlich los?«

Es war Seelmann, der sich da aus der Schiffssicherungszentrale aufgeregt meldete. »Wir haben eine Warnschuss abgefeuert und greifen ein U-Boot an, das sich der Inspektion entziehen will.«

»Ich muss dagegen protestieren, Herr Kapitän!«

»Tragen Sie es ins Logbuch ein!«, sagte Otten und legte auf. »Was macht das Ziel?«, erkundigte er sich bei dem Offizier an der Waffenkonsole.

»Nimmt Fahrt auf und taucht. Wir verlieren es auf dem Radar!«

»Feuern, wenn bereit!«, befahl er.

»Harpoon feuerbereit!«

»Raus damit!«

Eine Mischung aus Grollen und Zischen dröhnte durch den Rumpf, und das Schiff erbebte kurz.

Weil die Harpoons der Luftabwehrfregatten reine Seezielflugkörper waren, würde die Rakete wahrscheinlich zu spät kommen, da das U-Boot ja schon wegtauchte. Otten griff zum Mikrofon. »An alle Stellen, hier spricht der Kommandant! Wir greifen ein U-Boot an, dass sich der Inspektion entziehen will. Das ist keine Übung, ich wiederhole, das ist keine Übung!« Er zögerte kurz, bevor er noch hinzusetzte: »Klar zur U-Boot-Abwehr!« Nun war es offiziell. Aus dem internationalen Friedenseinsatz war ein Kampfeinsatz geworden. Was auch immer geschah, den Diplomaten würde der morgige Tag gründlich verdorben sein.

13. Tag, 00 : 40 Ortszeit (nächster Tag), 22 : 40 Zulu –
russisches Jagd-U-Boot *Bizon*, vor der libanesischen Küste

Der einzelne Warnschuss wurde zwar vom Sonar gemeldet, bedeutete aber keine Gefahr, da das 76-Millimeter-Geschütz der Fregatte nicht einmal über die Hälfte der dafür notwendigen Reichweite verfügte.

Kapitän Sarubin registrierte die Abfolge der Meldungen und Befehle.

»Luk zu!«

»Fluten! Vorlastig fünfzehn!«

»Pumpjet läuft mit voller Leistung!« *So weit, so gut!*

Der Bug des Bootes senkte sich steil in die Tiefe. Sarubin ließ sich in den Kommandantensessel fallen und schloss die Gurte, um nicht während des Manövers durch die Zentrale geschleudert zu werden. »Backbord zwanzig!«

»Das wird aber Kavitation verursachen!«, meinte Balakin.

Sarubin zuckte mit den Schultern. »Die wissen im Augenblick sowieso genau, wo wir sind. Also machen Sie schon!« Er griff zum Mikrofon. »Sonar, wo steckt das amerikanische Boot?«

»Peilt in null-neun-vier, wandert nach rechts aus!« Fedorow schien seine Daten noch einmal zu überprüfen. »Abstand etwa sechzehn Meilen, er läuft etwa sechsunddreißig Knoten, Kapitän!«

»Nicht schlecht!«, sagte der Kommandant anerkennend. »Aber wir sind schneller.« Es war ein Rechenexempel. Noch befand sich die *Bizon* außerhalb der Reichweite der amerikanischen Mk-48-Torpedos. Aber ihnen gegenüber hatte deren Boot einen Fahrtüberschuss, weil sie erst von den müden fünf Knoten wieder auf Höchstgeschwindigkeit kommen mussten.

Folglich würde sich der Abstand zunächst verringern, wenigstens für kurze Zeit. Das eigentliche Problem war jedoch der Deutsche. Der konnte Raketen einsetzen, die in ihrem Gefechtskopf U-Abwehrtorpedos trugen. Und das konnte auch sein verdammter Hubschrauber für ihn erledigen.

»Achtzehn Knoten!«, bekam er gemeldet.

Sie waren noch immer nicht schnell genug. »Navigationsoffizier! Wie tief ist es hier?«

»Achthundert Meter, Kapitän!«

Sarubin nickte zufrieden. »Runter mit uns, Balakin! Siebenhundert Meter!« Er rechnete kurz. »Wir gehen auf zwo-drei-fünf!«

»Jawohl, Kapitän. zwo-drei-fünf!«

13. Tag, 00 : 45 Ortszeit (nächster Tag), 22 : 45 Zulu – amerikanisches Jagd-U-Boot *Alaska*, vor der libanesischen Küste

»Er geht auf Tiefe, Sir!« Der Sonaroffizier konnte seine Enttäuschung kaum verbergen. »Dreizehnhundert Fuß, und er taucht weiter.«

»Der will es aber wissen!«, konstatierte Martinez. »Na gut! Bringen Sie uns runter, Mr. Turk!«

»Dranbleiben!« Die Stimme DiAngelos klang, als wolle er ein durchgehendes Pferd beruhigen. »Irgendwann muss er auch wieder hoch!« Er angelte über den Commander hinweg nach dem Mikrofon. »Sonar, was macht die *Wiesbaden*?«

»Sie nimmt Fahrt weg, die Schnellboote halten weiter auf die Tauchstelle zu.«

»Verdammte Gringos!«, knurrte Martinez. »Was veranstalten die Deutschen da eigentlich? So war das ja wohl nicht vorgesehen.«

»Nein, aber der Plan ging auch nicht davon aus, dass die *Bizon* bis in die libanesischen Hoheitsgewässer fährt.«

»Der Russe passiert fünfzehnhundert Fuß!«

Heiser meldete der Zentralemaat: »Neunhundert Fuß gehen durch!«

»Fünfzehnhundert! Wie weit will der noch?« Der Kommandant sah DiAngelo ratlos an. »Sir!«

Der Captain stand reglos am Kartentisch. »Der ist ein ziemlich abgebrühter Kerl und weiß, dass er tiefer gehen kann als wir.« Resigniert nahm er die Mütze ab und fuhr sich durch die Haare. »Vor allem weiß er, dass unsere Torpedos in dieser Tiefe nichts mehr bewirken können, da der Wasserdruck sie zerquetschen würde.«

»Zwölfhundert Fuß!«, ließ sich der Zentralemaat vernehmen.

»Dann entkommt er uns!«

»Richtig!« DiAngelo bebte vor mühsam unterdrückter Wut. »So viel zur Überlegenheit unserer Technologie. Das Sonar soll so lange wie möglich dranbleiben. Vielleicht kriegen wir mit, in welche Richtung er abhaut.«

»Und die Deutschen?«

»Was soll mit denen sein? Deren Mk.46 macht es maximal bis fünfzehnhundert Fuß, und dann ist Schluss. Der Russe wird aber tiefer gehen.«

»Fünfzehnhundert laufen durch!«

Ein Knirschen ging durch die Röhre, das endgültige Signal ihrer Niederlage. Bob verzog das Gesicht. »Gehen Sie hoch auf tausend Fuß! Klappen schließen!« Er stülpte sich die Mütze wieder auf den Kopf. »Die Show ist vorbei!« Er hinkte zum Schott. »Ich bin in Ihrer Kammer und denke mir was Neues aus. Wenigstens haben wir ihn nicht rammen müssen!«

Martinez sah dem Captain nachdenklich hinterher. »Mr. Turk, hoch auf tausend Fuß.«

»Achterlastig zehn!«, befahl der XO. »Das mit dem Rammen hat er doch nicht ernstgemeint, Sir?«

Martinez verdrehte die Augen. »Was hätten wir denn sonst machen sollen, wenn der Russe außerhalb der libanesischen Hoheitsgewässer geblieben wäre?« Er sah seinen Offizier nachdenklich an. »Wir hätten ja wohl kaum einen Torpedo auf ihn abfeuern können, ohne einen riesigen internationalen Konflikt heraufzubeschwören. Aber Unfälle, die passieren eben. Als der Captain diese Idee entwickelte, war ich alles andere als glücklich darüber. Aber jetzt wünschte ich, wir hätten wenigstens die Chance bekommen, sie umzusetzen.« Wütend erhob er sich aus seinem Sessel. »Mr. Turk, die Zentrale gehört Ihnen!«

18. Kapitel

14. Tag, 02 : 00 Ortszeit, 00 : 00 Zulu – russisches Jagd-U-Boot *Bizon*, vor der libanesischen Küste

»Es besteht kein Kontakt mehr, Kapitän!«

Sarubin dankte Fedorow für die Meldung. Er spürte eine gewisse Erschöpfung in sich, auch wenn er eigentlich nichts anderes getan hatte, als die letzten Stunden in seinem Kommandantensessel zu hocken und Befehle zu erteilen. Das war zwar nicht mit körperlicher Arbeit vergleichbar, aber dennoch anstrengend. »Wie geht es unseren Gästen?«, fragte er Balakin.

»Die sitzen in der Messe und schwitzen Blut und Wasser.«

»Hoffentlich ist das alles den Aufwand wert.« Der Erste sah ihn fragend an, und einmal mehr wurde Sarubin bewusst, warum sie hier waren: Weil mindestens die Hälfte seiner Leute in den Klauen der Mafia hing und der andere Teil der Besatzung fürchtete, die Gospodins würden ansonsten ihren Familienangehörigen etwas antun. Russland hatte sich nicht so sehr verändert, wie es den Anschein hatte. Die Bedrohung war die gleiche, nur die Richtung, aus der sie kam, hatte sich verändert. Der Kapitän hob abwehrend die Arme. »Entschuldigung, Sie müssen das natürlich anders sehen. Balakin, wir steuern weiter von der Küste weg, denn da wird jetzt der Teufel los sein. Ich werde mich derweil mal mit unseren Passagieren unterhalten.«

»Jawohl, Kapitän!« Der Erste salutierte. »Und wenn ich das noch nachträglich erwähnen darf, ein paarmal dachte ich wirklich, wir wären geliefert.«

»Der Amerikaner war gut, der Deutsche auch«, räumte Sarubin ein. »Aber sie waren im Nachteil. Das wird nicht immer so bleiben.« Er wandte sich ab und stieg über das Süll. »Sie können das Kommando übernehmen.«

Die Messe der *Bizon* war ein schmuckloser schmaler Raum, an dessen Seiten sich Kojen entlangzogen, die für die Aufnahme von Kommandotruppen vorgesehen waren. Bei dieser Mission waren sie allerdings leer. Das Absetzen und Wiederaufnehmen solcher Einheiten, die verdeckte Operationen durchführten, gehörte stärker denn je zum Einsatzprofil der meisten modernen U-Boote aller Nationen, genauso wie die Jagd nach den ballistischen Raketenbooten. Nur war man in Russland mit der *Bizon* einen Schritt weiter gegangen, auch wenn das technisch sogar bedeutet hatte, Anleihen aus der Vergangenheit zu bemühen. Während auf den amerikanischen Booten mit Andockschürzen und Schleusenkammern für Taucher experimentiert wurde, führte die *Bizon* ihr SDLV, wie dieser Typ von Kleinst-U-Boot amerikanisch abgekürzt wurde, in einer Schleusenkammer im Rumpf mit sich. Der Vorteil lag auf der Hand, es gab weniger Strömungsabrisse als bei einem Tauchboot, das Huckepack auf dem Deck saß. Zudem waren die russischen Boote trotz kleinerer Besatzung ohnehin generell größer als die amerikanischen.

Kapitän Sarubin steuerte auf die drei Männer zu, die an der Back hockten und ihn vorsichtig beäugten.

Trotz ihrer gebräunten Haut wirkten sie blass. »Verzeihen Sie«, sagte er auf Englisch, »dass ich Sie nicht gleich persönlich an Bord begrüßen konnte, da es etwas hektisch zuging.«

Einer der drei, schlank und etwa vierzig, stand auf und streckte die Hand aus. »Mein Name ist Sayyid Harb«, erwiderte er gleichfalls auf Englisch. »Was meine Begleiter angeht, so reicht es, sie Ahmed und Mohammed zu nennen.«

Sarubin blieb dieser dezent betonte Unterschied nicht verborgen. Dieser Harb hatte offensichtlich das Sagen, sein Name war wahrscheinlich irgendwo bekannt, weswegen es egal war, dass er ihn nannte. »Ich bin Viktor Sarubin und der Kommandant dieses Bootes. Kommen wir also zur Sache. Meine Anweisungen lauteten dahingehend, Kontakt mit einem gewissen Suleiman abd-er-Kadr aufzunehmen, der sich durch die gemorsten Codezeichen AW zu erkennen geben sollte. Ich nehme allerdings an, dass keiner von Ihnen dieser Mann ist.«

»Das ist zweifellos richtig«, erwiderte al-Tufaili. »Suleiman wurde vor einiger Zeit im Rahmen einer Razzia von den Amerikanern getötet.«

»Und Sie sind sein Nachfolger?«

»Was diese Angelegenheit angeht, ja.« In Harbs Gesicht zuckte kein Muskel.

»Na schön, dann erzählen Sie mir mal, wann und wo ich die Landung an Bord nehmen kann«, forderte Sarubin ihn auf. »Und schon bin ich gemäß meinen Befehlen wieder weg.«

Harb wollte abwehrend die Hand heben, hielt aber inne, als der Rumpf etwas knirschte. Dass dies ganz normal war, weil Balakin das Boot ein wenig steigen ließ, brauchte Sarubin ihm ja nicht auf die Nase zu binden, und so sagte er stattdessen: »Von der Tiefe her stehen wir an der Belastungsgrenze des Bootes, da ist das nun mal so.«

Der Libanese, der zur gerundeten Decke aufblickte, fühlte sich sichtlich unwohl.

»Wir mussten extrem tief gehen«, fuhr der Kommandant ungerührt fort, »da eine Fregatte und ein amerikanisches U-Boot bereits Kontakt zu uns hatten. Wie Sie merken, drängt die Zeit also etwas.«

»Trotzdem!« Al-Tufaili klang plötzlich sehr bestimmt. »Da bekanntlich eine Hand die andere wäscht, brauche ich Ihre Mithilfe. Sie befehligen doch ein Raketenboot, oder?«

»Ein Jagdboot, kein ballistisches Raketenboot.«, korrigierte Sarubin kühl, während er sich fieberhaft fragte, was der Kerl eigentlich von ihm wollte.

»Wie auch immer. Ich gehe dennoch davon aus, Sie können jederzeit Raketen auf Landziele abfeuern.«

Die Augen des Kommandanten weiteten sich. Zu behaupten, keine Raketenwaffen mit sich zu führen, ging nicht. Im Zeitalter des Internets konnten Hinz und Kunz weltweit bequem nachlesen, womit welcher U-Boot-Typ bestückt war. »Wir haben keine Nuklearsprengköpfe an Bord.«

»Das ist natürlich bedauerlich«, meinte al-Tufaili, »aber ich habe mir so etwas bereits gedacht. Für unser Vorhaben reichen jedoch auch konventionelle Waffen völlig aus. P-800 Oniks, GRAU-Bezeichnung P-800 Bolid*, Reichweite dreihundert Kilometer, kommuni-

---

* Oniks ist der Herstellername, die GRAU-Bezeichnung ist eine Indexkennung für Zwecke der Materialbeschaffnung innerhalb der russischen Streitkräfte, die von der Herstellerbezeichnung normalerweise abweicht.

zierende Salvensteuerung. Die Raketen fliegen mit etwa Mach eins-komma-sechs, verfügen über eigene elektronische Abwehrmaßnahmen und tragen einen Gefechtskopf mit zweihundert Kilogramm Hochbrisanzsprengstoff. Sie dürften vierundzwanzig von diesen Dingern an Bord haben, aber korrigieren Sie mich ruhig, wenn die Zahl eine andere ist.«

Sarubin musste sich eingestehen, dass der Araber verdammt gut Bescheid wusste. »Die P-800 ist eine Anti-Schiff-Rakete, entworfen und gebaut, um Trägergruppen zu bekämpfen. Die kommunizierende Salvensteuerung dient dazu, die Raketenabwehr auszumanövrieren. Es ist ein komplexes System, das sicherstellt, dass eine Rakete aus einer Salve immer das Hauptziel trifft, während die anderen dazu dienen, die Abwehr zu zersplittern oder auf Sekundärziele umzulenken. Also nicht gerade das, was man gegen ein Landziel einsetzt.«

»Wissen Sie, was eine Katjuscha ist?«

»Eine tragbare Rakete, die auch von Mehrfachwerfern benutzt wird. Die verschiedenen Modelle, die es gibt, gehören eher zur Infanterieausrüstung, und das ist nicht gerade mein Fachgebiet.«

»Es ist eine relativ kleine Rakete mit gerade einmal vierzig Kilometern Reichweite und geringer Genauigkeit, zudem nicht einmal panzerbrechend«, erläuterte al-Tufaili. »Eine primitive billige Waffe, aber was Besseres haben wir nicht, um unseren Krieg zu führen. »Seine Stimme wurde lauter. »Erzählen Sie mir also nicht, was Ihre Raketen nicht können, sondern was sie zu leisten vermögen.«

»Und wenn nicht?«, fragte Sarubin lauernd.

»Dann fahren Sie zurück in Ihre Heimat und dürfen den Leuten, die Sie geschickt haben, erklären, warum die Operation gescheitert ist.«

Der Kommandant ließ sich Zeit, auf diese unverblümte Drohung zu reagieren. »Nur für den Fall, dass ich über Ihren Wunsch nachdenke, an was für ein Ziel haben Sie gedacht?«

Harb lächelte hämisch. Er wusste, er hatte gewonnen. »Die israelische Luftwaffe fliegt entgegen allen Abkommen immer noch täglich Patrouille über dem Libanon, eine provokante Machtdemonstration, mit der die Israelis zeigen wollen, dass sie die Herren sind. Diese Maschinen starten von einem Stützpunkt in der Nähe von Ashdod. Von der Grenze ist er über hundert Kilometer entfernt, und liegt damit außerhalb der Reichweite unserer Katjuschas. Der Abstand zur Küste hingegen ist relativ gering.«

Sarubin verschlug es zunächst fast die Sprache. »Wissen Sie, was los ist, wenn ein russisches U-Boot einen israelischen Stützpunkt mit Raketen beschießt?«, brachte er mühsam hervor. »Mitten in Israel?«

»Mit Sicherheit die Hölle«, sagte al-Tufaili gleichgültig. »Wissen Sie, was passiert, wenn Sie ohne das Gold in Russland ankommen? Sie sind ein toter Mann – und nicht nur Sie allein.« Mit Genugtuung registrierte er, dass Sarubin kreidebleich geworden war. »Ich sehe, Sie haben mich verstanden.«

14. Tag, 08 : 00 Ortszeit, 06 : 00 Zulu – amerikanisches
Jagd-U-Boot USS *Alaska*, vor der Küste des Libanon

Die Besatzung hatte den größten Teil der Nacht auf Gefechtsstation verbracht, während das Boot endlose Suchkreise zog, ohne fündig zu werden. Am frühen Morgen war es nun Zeit, sich den Misserfolg einzugestehen. In Sichtweite der deutschen Fregatte tauchte das Boot auf, um Funksprüche abzusetzen und aufzunehmen, eine Gelegenheit auch zum Meinungsaustausch mit den Deutschen.

»Ich habe Befehl, nach Limassol zurückzukehren.« Kapitän Otten klang am Funktelefon müde und griesgrämig. »Man fordert von mir einen Bericht ein.«

Captain DiAngelo wechselte einen Blick mit Commander Martinez. »Das ging aber schnell.«

»Fischer haben den Raketenabschuss unseres Geschützes beobachtet und weitergemeldet. Die hiesigen Zeitungen haben die Sache anscheinend bereits aufgegriffen, und angeblich macht auch die Nachricht von der Verwicklung der *Wiesbaden* in den Vorfall in Deutschland bereits die Runde. Die mögliche Beteiligung eines amerikanischen U-Bootes wird lediglich als Gerücht gehandelt.«

»Wann rauschen Sie ab?«

»Mehr oder weniger gleich. Ich habe nur noch abgewartet, dass Sie sich wieder blicken lassen.«

Im Grunde genommen konnte einem der Kapitän leidtun. Er hatte nichts anderes versucht, als seinen Auftrag zu erfüllen, ein verdächtiges Schiff, in diesem Fall ein U-Boot, aufzufordern zu stoppen und sich kontrollieren zu lassen. Nachdem dies nichts fruchtete, hatte er zu schärferen Maßnahmen gegriffen, mit denen sich nun die Politik schwertat, sie zu akzeptieren.

Kapitän Otten hatte innerhalb der Buchstaben seines Auftrages gehandelt, und nun würden ihm dafür die gleichen Leute, die ihn und sein Schiff hierhergeschickt hatten, die Hölle heiß machen. Robert DiAngelo, der wie viele Marineangehörige überall auf der Welt das Zustandekommen dieses Einsatzes am Rande mitverfolgt hatte, erinnerte sich noch an die

Diskussion, die Deutschland in der UNO vom Zaum gebrochen hatte: ob es einem Schiff, das mit Raketen beschossen werde, erlaubt sei, nicht nur diese zu zerstören, sondern auch gegen die Basis, von der sie stammten, vorzugehen. Einer der vielen Gründe, warum etliche Marinen sich danach nicht mehr an der Mission beteiligen wollten. Wer wollte sich denn bei einem Einsatz in einer Kampfzone, zu der die Kontrollzone jederzeit in Minutenschnelle werden konnte, schon auf einen Partner verlassen, der, statt den Rücken zu decken, kneift? Solche Dinge tat man ganz oder besser gar nicht. Ein Omelett zu machen, ohne Eier aufzuschlagen, ging schließlich auch nicht. Nur genau das hatte Otten getan.

»Ich könnte unseren Konsul auf Zypern bitten, sich in dieser Angelegenheit einzuschalten«, schlug Bob daher vor.

»Glauben Sie, das bringt was?«

»Wir Amerikaner glauben immer, wir können irgendwo helfen, auch wenn es oft nicht klappt.«

»Das kann ja heiter werden«, meinte Otten ohne sonderliche Begeisterung.

Als es an der Tür der Kommandantenkammer klopfte, erhob sich Martinez und machte auf. Augenblicke später kehrte er mit einem Bündel Funksprüche zurück. »Die Post ist da!«

DiAngelo hielt kurz mit der Hand die Sprechmuschel zu. »Dann kriegen wir jetzt auch unser Fett ab.« Anschließend nahm er das Gespräch wieder auf. »Kapitän, wir laufen mit Ihnen nach Zypern, ist ja nicht weit, und hier hängt der Russe sowieso nicht mehr herum.«

»Das wollen Sie wirklich tun?«

»Ist doch das Mindeste«, erklärte DiAngelo. »Wir

sehen uns dann in Limassol!« Er beendete die Verbindung.

Mit der Bemerkung »von Ihrem Verein« schob der Commander ihm einen der Funksprüche über den Tisch zu und blätterte weiter die eingegangenen Nachrichten durch. Plötzlich stutzte er. »Sagt Ihnen der Name Jack Small etwas?«

»Ja, der gehört auch zur Firma.«

»Die amerikanische Botschaft in Beirut fragt an, ob er und ein Saddam Rasik zu uns stoßen könnten.«

»Und wo und wie wollen die Herrschaften an Bord kommen?«

»Den entsprechenden Vorschlag sollen wir machen.«

»Dann bietet sich ja Limassol auf Zypern förmlich an«, erklärte Bob.

»Aye, aye, Sir!«, erwiderte der Commander. »Wie es scheint, werden wir wohl noch zum reinsten Transportunternehmen der CIA.«

14. Tag, 08 : 30 Ortszeit, 06 : 30 Zulu – Beirut, Innenstadt

Jack Small spürte, wie der Specht in seinem Hinterkopf aufhörte zu hämmern. Wahrscheinlich war das arme Tier in Tomatensaft ertrunken. Er nahm vorsichtshalber noch ein paar weitere Schlucke von dem Zeug zu sich. Immerhin hatte er es noch geschafft, bei der Botschaft anzurufen, damit die einen Funkspruch an Captain DiAngelo absetzen konnte. Danach war er nur noch ins Bett gefallen.

Im Zimmer nebenan rumorte es. Leutnant Rasik würde sich nach dieser Nacht heute auch nicht sonderlich gut fühlen. Doch dafür, dass der brave Moslem unbedingt so manchen Drink ausprobieren wollte, konnte Small schließlich nichts.

Die Verbindungstür ging auf, und der Leutnant kam mit vorsichtigen Schritten stöhnend angetapert. »Ich weiß jetzt, warum der Prophet den Alkohol verboten hat.«

»Sie haben sich trotzdem gut gehalten«, meinte Small. »Wie wär's mit einem Tomatensaft?«

Rasik starrte ihn an, als ob Small ihm an die Wäsche wollte.

»Ich schwöre drauf«, betonte der Agent. »Gegen einen Kater gibt es kein besseres Mittel.«

»Wenn's hilft«, sagte er ziemlich kläglich, »dann soll's mir recht sein. Dabei hatte ich doch gar nicht so viel.«

»Sie sind Alkohol eben nicht gewohnt, der gehört eher zu unserem sündigen Kulturkreis.«

»Nach dem, was ich letzte Nacht gesehen habe, frage ich mich, ob Moral überhaupt noch etwas mit der jeweiligen Kultur zu tun hat.«

Small schwieg dazu, denn was hätte er darauf auch erwidern sollen. Ihr Streifzug durch den Rotlichtbezirk hatte sie in etwa in ein Dutzend verschiedener »Etablissements« geführt, und er hatte fast fünftausend Dollar springen lassen, um sich Informationen zu erkaufen, und sie hatten wahrscheinlich die halbe Taxi-Nachtschicht beschäftigt. Der Betreiber eines einschlägigen Hauses, das auf al-Tufailis besonderen Geschmack ausgerichtet war, hatte auch erst die Hand aufgehalten und Schmiergelder kassiert. Aber erst als Small ihm seine Pistole zwischen die Zähne gedrückt hatte, war er bereit, den Mund aufzumachen und zuzugeben, den Mann auf dem unscharfen Foto zu erkennen. Allerdings sei der schon seit ein paar Wochen nicht mehr da gewesen. Ihr Abgang hatte dann eher einer Flucht durch die Gassen der Altstadt geglichen, denn der Mann hetzte ihnen ein paar schlagkräftige Zuhälter hinterher.

An all das musste offensichtlich auch der Leutnant denken, als er einräumte: »Viel haben wir nicht gerade herausgefunden. Versuchen wir es heute Nacht erneut?«

Small schüttelte den Kopf. »Nein, wir setzen an ganz anderer Stelle an und werden uns auf ein U-Boot begeben.«

Hätte der Agent das Erscheinen des Propheten höchstselbst angekündigt, Rasik hätte nicht verblüffter dreinschauen können. »Wie bitte? Ein U-Boot?«

»Genau das. Wir wissen zumindest seit gestern, dass dieser al-Tufaili nach seiner Rückkehr aus dem Irak sein Stammbordell schon seit Wochen nicht mehr besucht hat. Das allein mag noch nicht viel besagen, aber in Zusammenhang mit den Auskünften über ein verschollenes Schiff, die ich gestern von dieser Reederei erhalten habe, vielleicht schon. Al-Tufaili könnte mit der Sache nämlich durchaus intensiv beschäftigt sein.«

Er reichte dem Leutnant die Morgenzeitung, die ihm als Service des Hotels unter der Tür durchgeschoben worden war. »Letzte Nacht hat ein U-Boot versucht, die Kontrollen der UNIFIL zu durchbrechen. Natürlich weiß die Presse nur einen Teil der Wahrheit.«

Der junge Offizier überflog den Artikel. »Hier steht unbekanntes U-Boot, von einem der unseren ist nicht die Rede.«

Die Wortwahl allein zeigte, dass Rasik, obwohl er in einem schmutzigen Vorort der irakischen Hauptstadt Bagdad geboren worden war, sich nunmehr nur noch als Amerikaner verstand. »Bei dem unbekannten U-

Boot handelt es sich um einen Russen, doch hinter dem Burschen ist bereits auch eines *unserer* Boote her.«

»Und zu dem wollen wir?«

»Ja.« Der Agent deutete auf das Telefon. »Wir warten nur noch auf einen Rückruf von der Botschaft, wann und wo das vonstattengehen soll.«

Der Leutnant schüttelte sich und trank das Glas Tomatensaft, das Small ihm zuvor gereicht hatte, in einem Zuge leer.

14. Tag, 09 : 30 Ortszeit, 14 : 30 Zulu – Langley, Virgina

»Die Russen sagen was?« Marsden konnte es nicht fassen.

»Ich hab es gerade aus dem Außenministerium erfahren«, sagte sein Gesprächspartner am anderen Ende der Leitung. »Der russische Botschafter hat am frühen Morgen um eine informelle Unterredung gebeten, da er meint, das U-Boot *Bizon*, welches sich seit geraumer Zeit nicht mehr gemeldet hat, könne sich in den Händen tschetschenischer Terroristen befinden.«

»Was ich davon halten soll, vermag ich im Augenblick auf Anhieb nicht zu sagen«, erklärte Marsden. »Die Frage ist doch, glauben wir den Russen?«

Der Vice-Director hatte dazu längst eine eigene Meinung. »Das wird sich erst noch erweisen«, sagte er aber dennoch.

»Danke jedenfalls, dass Sie so schnell angerufen haben.«

»Keine Ursache.« Sein Informant lachte leise. »Ich komme gelegentlich auf Sie zurück.«

19. Kapitel

14. Tag, 16 : 30 Ortszeit, 14 : 30 Zulu –
USS *Alaska*, Limassol, Zypern

Die Stadt Limassol mit ihren etwas mehr als zweihunderttausend Einwohnern wirkte, obwohl sie das Finanzzentrum des griechischen Teils der Insel bildete, im Grunde eher bescheiden. Wirtschaftlich ging es ihr gut, allerdings würde es noch eine Weile dauern, bis dieser Wohlstand auch die breite Bevölkerung erreichte.

Doch einen Vorteil hatte der Ort unbestreitbar: Für die Operationen der deutschen Schiffe vor der Küste des Libanon war seine Lage günstig, weswegen sich dort auch die sogenannte logistische Basis dieses Einsatzes befand, die die Brennstoff- und Ersatzteilversorgung sicherstellte und sogar über einen kleinen Unterstützungsstab verfügte. Für die deutschen Fregatten, von denen meistens zwei vor dem Libanon operierten, und die sie begleitenden Einheiten wurden auch die Vorschriften, was das Einlaufen von Kriegsschiffen in die Hoheitsgewässer anging, großzügig ausgelegt. Im Grunde wurde lediglich eine kurze Funkmeldung bei Einfahrt in die Zwölfmeilenzone sowie die Einhaltung der Verkehrsvorschriften erwartet. Dass sich die *Wiesbaden* ganze acht Stunden vorher per Funk anmeldete und dazu noch die Begleitung eines amerikanischen Atom-U-Bootes ankündigte, das als nicht der UNO unterstellte Einheit eigentlich eine Vierundzwanzigstundenfrist hätte einhalten müssen, hatte innerhalb der griechischen Behörden der Republik Zypern zunächst für Aufregung gesorgt. Da griechische Beamte aber keine Aufregung mögen, wurde die Sache deswegen schnell wieder eine Nummer tiefer gehängt. Man vergewisserte sich per Funk, dass das U-Boot unbeschädigt war, erkundigte sich nach den notwendigen Landanschlüssen sowie der benötigten Pierlänge und erklärte das Ganze einfach zum Besuch einer befreundeten Flotteneinheit.

Kurz vor fünf Uhr schob sich der lange schwarze Rumpf mit der amerikanischen Flagge am ausgefahrenen Sehrohr hinter der Fregatte in den Hafen. Commander Martinez blickte zu dem Signalturm neben der Hafenmeisterei, von dem Morsezeichen herüberblinkten. »Pier drei, wo immer das ist!« Den Befehlsübermittler wies er an: »Umdrehungen für fünf Knoten.«

»Da vorne steht offenbar ein Leinenkommando bereit«, sagte Captain DiAngelo und deutete auf eine Pier. Die Fregatte begann bereits, vor ihnen wegzudrehen, um zu ihrem eigenen Liegeplatz zu gelangen. »Nehmen wir einfach die, lang genug sieht sie ja aus. Und ein Botschaftswagen mit Stander ist ebenfalls schon vorgefahren.«

»Einverstanden!« Der Kommandant peilte über das Vorschiff. »Fender ausbringen, klar zum Leinen übergeben!« Im Geiste zählte er die Sekunden. »Backbord zehn, stopp!«

Getrieben von der Restfahrt, glitt das Boot an die Pier. Schon flog die erste beschwerte Leine zu den Männern des Hafenmeistertrupps, und die erste Trosse begann, sich wie eine Schlange auf die Festmacher zuzubewegen, als die Leine eingeholt wurde.

»Steuerbord fünf! Langsam zurück!« Am Heck schäumte Wasser auf, als der Antrieb wieder zum Leben erwachte. Das Heck begann, sich gegen die Fender zu legen. »Backbord fünf!«

Die Leinen strafften sich, und auch der runde Bug schwang wie eine Tür an die Pier. »Leinen fest! Maschine abklingeln, seeklar zurück!«

DiAngelo schaute über die Brüstung nach unten, wo bereits drei Herren darauf warteten, dass die Männer der Hafenmeisterei eine Stelling über den schmalen Spalt Wasser schoben. »Zwei sind unsere Badegäste*«, sagte Bob. »Small kann ich erkennen.« Irgendwelche Touristen machten mit ihren Digitalkameras eifrig Fotos, denn ein Atom-U-Boot in Limassol gab natürlich ein tolles Motiv ab.

Martinez blickte auf das Vordeck, wo die Besucher sich ratlos umsahen. »Bootsmann! Können Sie unsere Gäste erst mal in meine Kammer bringen?« Er wandte sich wieder zu DiAngelo. »Ich muss mich beim Hafenmeister blicken lassen, wenigstens aus Gründen der Höflichkeit.«

»Tun Sie das, ich kümmere mich um die Besucher.«

Martinez blickte an ihm vorbei. »Was zum Teufel ist das? So ein Ding habe ich seit Ewigkeiten nicht mehr rumfahren gesehen.«

Ein alter Studebaker mit riesigen Heckflossen kam langsam auf die Pier gerollt.

Der Wagen hielt, und ein Mann sprang aus dem Fond, ohne darauf zu warten, dass der Fahrer ihm die Tür öffnete, und eilte zur Stelling.

---

* Badegäste: Eingeschiffte Personen, die nicht zur Besatzung gehören.

»Jetzt wird es interessant!«, meinte Bob. »Ich gehe besser nach unten. Sie kümmern sich um die Formalitäten?«

»Mein Name ist Stavros Tzermias!« Der große Grieche strahlte über das ganze Gesicht. »Ich bin gerade erst aus Nikosia angekommen.« Er streckte die Hand aus. »Willkommen in der Republik Zypern, Captain!«

»Danke, Mr. Tzermias! Aber nehmen wir doch Platz, Sir.« DiAngelo deutete auf den Tisch, an dem sich Seine Exzellenz Christian Baker, der amerikanische Botschafter in Nikosia, bereits niedergelassen hatte. Jack Small und der Bob nach wie vor unbekannte Leutnant Saddam Rasik waren mittlerweile tunlichst in die Tiefen des Bootes verbracht worden, um den Zyprioten nicht mit der Nase darauf zu stoßen, dass hier offensichtlich eine CIA-Operation ablief. Bob lächelte. »Ich muss mich für den mangelnden Komfort entschuldigen, aber wir sind nun einmal auf einem U-Boot.«

»Ich bin dennoch schwer beeindruckt«, erwiderte Stavros Tzermias höflich. »Hallo, Chris!«

»Hallo, Stavros«, grüßte der Botschafter zurück. »Wenn ich gewusst hätte, dass Sie auch kommen, hätte ich Sie mitgenommen.«

»Ich ziehe meinen Wagen jederzeit einem Hubschrauber vor, zumal die Insel ja nicht so groß ist!« Das Lächeln verschwand mit einem Schlag. »Also, kommen wir zur Sache! Was verschafft der Republik Zypern die Ehre Ihres Besuches?«

»Wir haben mit der Fregatte *Wiesbaden* zusammen operiert, und als das Schiff nach Limassol lief, gab es Gründe, als Verband zusammenzubleiben.«

»Auch wir lesen Zeitung, Captain«, sagte Tzermias. »Allerdings haben wir es wohl mit einer etwas diffizilen Situation zu tun. Ein Schiff einer UNO-Mission, das mit unserem Einverständnis hier seine Basis hat, setzt bei einem Einsatz Waffen ein. Die Republik Zypern ist UNO-Mitglied, aber Sie wissen, dass ein Teil unserer Insel immer noch türkisch besetzt ist. Um das Ganze komplizierter zu machen, sind die Türkei und Griechenland, das ja quasi unsere Schutzmacht ist, Mitglieder der NATO, wie die USA ja auch.«

»Und was befürchten Sie in diesem Zusammenhang?«, fragte Bob ziemlich direkt.

Christian Baker schaltete sich ein: »Nachdem Sie hier einen Freundschaftsbesuch machen, haben sich die Türken erkundigt, ob Sie auch einen Besuch im türkischen Teil der Insel planen. Es gibt da gewisse Empfindlichkeiten.«

»Wenn das so ist, dann müssen wir ja da auch nicht hin!«, erklärte der Captain.

»Sie verkennen die Situation«, korrigierte Baker ihn. »Wenn Sie nur den Griechen Ihre Aufwartung machen, dann empfindet die Türkei das als einseitige Sympathiebekundung.«

Es dauerte einen Augenblick, bis Bob begriff. »Sie meinen, die Türken *wollen*, dass wir sie besuchen?«

»So ungefähr. Was dann aber wiederum Athen in Hinblick auf die von der Türkei beanspruchte Autonomie des Nordteils der Insel davon halten würde, steht vorerst noch auf einem anderen Blatt«, bekannte Baker. »Momentan interessiert mich aber mehr, warum Sie überhaupt hier sind.«

»Wie gesagt, wir haben mit der Fregatte *Wiesbaden* zusammen operiert, als ein unbekanntes U-Boot versuchte, die Kontrollzone der UNIFIL zu durchbrechen. Es ist uns zwar entkommen, aber es kam wenigstens auch nicht durch. Da die Deutschen von ihrem

Kommandanten einen Bericht einfordern, erschien es sinnvoll, dass wir, die wir mit vor Ort waren, uns ebenfalls hierherbegeben. Nur für den Fall, dass es Rückfragen gibt. Das ist auch schon die ganze Geschichte.«

»In der Presse ist nur davon die Rede, dass die deutsche Fregatte gefeuert hat.« Baker lächelte Tzermias kurz zu. »Auch wir in der Botschaft lesen Zeitung.«

»Wären wir in Feuerposition gekommen, dann hätten wir das ebenfalls getan«, erklärte Captain DiAngelo mit viel Nachdruck.

»Das ist wenigstens eine klare Aussage«, lobte Stavros Tzermias. »Meine Regierung weiß solche Aussagen zu schätzen, auch wenn deren Behandlung natürlich der Vertraulichkeit unterliegt. Was glauben Sie, werden die Deutschen Ihrem Kapitän die Hölle heißmachen?«

»Er befolgte seine Befehle, und soweit ich es beurteilen kann, geschah alles im Rahmen des UNO-Mandats.«

Tzermias und Baker wechselten einen vielsagenden Blick. »Da der deutsche Botschafter sich ebenfalls in Limassol befindet und vermutlich bereits an Bord der Fregatte ist, sollte ich mich dort auch blicken lassen«, erklärte der Zypriote. »Soweit es meine Regierung betrifft, ist das hier ein reiner Freundschaftsbesuch, der nichts, aber auch gar nichts mit den Ereignissen vor dem Libanon zu tun hat. Sie täten gut daran, die Dinge von Ihrer Seite auch so aussehen zu lassen. Geben Sie Ihren Männern Landgang, besuchen Sie die alte Festung, spielen Sie etwas Touristen.«

»Aye, aye, Sir. Wir werden uns Mühe geben, obwohl dieser Besuch nur kurz währen wird, da dieses andere U-Boot sich immer noch draußen rumtreibt.«

»Tun Sie, was möglich ist.« Tzermias erhob sich.

»Ich schau dann mal auf der *Wiesbaden* vorbei. Sie entschuldigen mich bitte.«

»Ich begleite Sie an Deck, Mr. Tzermias.«

Fünf Minuten später kehrte Bob in die Kommandantenunterkunft zurück. »Wer war das denn nun eigentlich?«

»Stavros ist eine Art graue Eminenz mit ziemlich großem Einfluss. Es würde zu weit führen, das im Detail zu erklären. Er ist Rechtsanwalt und hat das Ohr der Regierung. Das muss für den Augenblick reichen.« Baker öffnete seinen Aktenkoffer. »Das kam ein paar Minuten, bevor ich Nikosia verlassen habe.« Er schob DiAngelo einen Funkspruch zu, der von Marsden stammte und zu Bobs Erstaunen bereits entschlüsselt war. »Sie sind bei der Firma?«

»Ich war es, bevor ich in den diplomatischen Dienst wechselte. Aber ich habe natürlich auch noch einen stellvertretenden Attaché an meiner Seite. Sie wissen ja, wie das ist. Die Russen haben übrigens dem Außenministerium unter dem Siegel der Verschwiegenheit mitgeteilt, dass die *Bizon* sich in den Händen von Terroristen befindet. Wenn man so will, haben sie damit ihr eigenes Boot mehr oder weniger zum Abschuss freigegeben.«

»Dann muss es schon um verdammt viel gehen«, konstatierte Bob. »Es gab den Verdacht, dass die russische Mafia hinter alldem stecke, aber irgendwie erscheint mir die Nummer selbst für die zu groß.«

»Ich kenne nicht die ganze Geschichte, aber Sie sollten sich auf alle Fälle mit Marsden in Verbindung setzen. Vielleicht wissen ja auch die beiden Gentlemen, die heute von Beirut eingeflogen wurden, mehr. Kennen Sie die beiden?«

»Einen von Ihnen.«

»In diesem Geschäft ist es immer vorteilhaft, wenn man die Leute kennt, mit denen man spricht. Es bedeutet zwar nicht, dass sie einem deshalb die Wahrheit sagen, aber wenigstens fällt die Einschätzung etwas leichter.«

»Ich werde daran denken.« Der Captain sah den Botschafter an. »Darf ich Sie um einen Gefallen bitten?«

»Und der wäre?«

»Eine Lanze für Kapitän Otten von der *Wiesbaden* zu brechen. Er hat nicht den Schwanz eingezogen, als es brenzlig wurde, wie man das sonst den Europäern so gerne nachsagt. Stattdessen hat er sich so verhalten, wie das von der Lage her erforderlich war.«

Der Botschafter seufzte. »Das wird nicht ganz einfach. Gerade die deutsche Politik hat in diesen Dingen ein sehr eigenes Weltverständnis. Ich werde sehen, was ich tun kann.«

14. Tag, 16 : 30 Ortszeit, 14 : 30 Zulu –
Fregatte *Wiesbaden*, Limassol, Zypern

»Die Dimensionen scheinen sich Ihnen nicht zu erschließen, Kapitän«, hielt der deutsche Botschafter, Manfred Stoltze, dem Kommandanten vor. »Es besteht kein Zweifel, dass Sie innerhalb des Ihnen gesteckten Auftragsrahmens gehandelt haben. Dennoch drängt sich mir bei der Lektüre Ihres Berichts der Eindruck auf, Sie hätten die Sache mit einer gewissen, mancherorts möchte man annehmen unnötigen Hartnäckigkeit verfolgt.«

»Ah!« Gerhard Otten nahm sich einen Augenblick Zeit, die Formulierung zu entwirren. »Man ist also der

Meinung, ich hätte bereits beim ersten Kontakt dezent wegsehen sollen?«

Der Botschafter schnappte kurz nach Luft. »Ihre Haltung erleichtert die Sache nicht gerade, Kapitän Otten. Auslandseinsätze mit Schiffen wie dem Ihren stellen eine neue Aufgabe für Deutschland dar. Wir können uns nicht immer aus allem heraushalten, zumal wir seit der Wiedervereinigung an politischem Gewicht gewonnen haben, aus dem sich für uns auch größere Ansprüche ableiten lassen. Trotzdem kann Ihnen nicht entgangen sein, dass, dessen ungeachtet, derartige Einsätze in der Heimat durchaus kontrovers diskutiert werden.«

»Wie sollte es? Nach meinem bescheidenen Verständnis ist es ein Zeichen von Demokratie, wenn Dinge diskutiert werden, auch wenn man damit natürlich im Militär nicht weiterkommt.«

»Aber Sie verstehen doch hoffentlich, dass Ihr Schiff ein Politikum ist?«

Otten schüttelte den Kopf. »In erster Linie ist die *Wiesbaden* eine Fregatte, ein Kampfschiff in der Größe beinahe eines modernen Zerstörers. Und wir wurden hierhergeschickt, um einen Auftrag zu erfüllen. Nicht mehr und nicht weniger besagen die Befehle, die ich erhalten habe.«

»Trotzdem darf doch von einem Mann in Ihrer Position mehr Fingerspitzengefühl erwarten werden!« Stoltze ließ nicht locker. »Wir wissen, dass sowieso Waffen auf dem Landweg über Syrien an die Hisbollah geliefert werden. Was also würde die Fuhre eines U-Boots, das ein paar mehr reinschmuggelt, schon groß ausmachen? Auf der anderen Seite lassen sich nun die deutschen Zeitungen darüber aus, dass ein Schiff der Bundesmarine in Kampfhandlungen verwickelt wurde. Sie können sich vorstellen, was da los ist. Und als ob das allein nicht schon reichen würde, laufen Sie hier auch noch zusammen mit dem Ami ein!«

»Nicht ich mit ihm, sondern er mit mir. Und dass die *Alaska* zufällig in der Nähe war und alles mitbekommen hat, werden Sie mir ja nicht auch noch ernstlich anlasten wollen.«

Auf diesen berechtigten Einwand ging der Botschafter gar nicht erst ein. »Man wird behaupten, dass wir zusammen mit den Amerikanern eine nicht genehmigte Aktion durchgeführt haben. Haben Sie denn wenigstens versucht, das amerikanische Boot auch zu kontrollieren?«

Otten verschlug es nun doch kurz die Sprache. »Wieso denn? Die Amerikaner haben doch gar nicht versucht, sich der Küste zu nähern.«

»Aber sie befanden sich im Kontrollgebiet!« Der Diplomat blieb weiter hartnäckig. »Natürlich haben Sie die Amerikaner nicht kontrolliert, weil Sie sie für unverdächtig hielten.«

»Verzeihen Sie, aber die Vorstellung eines amerikanischen U-Bootes, das Waffen an die Hisbollah schmuggelt und dabei auch noch in der Nähe meines Schiffes auftaucht, um guten Tag zu sagen, erschien mir etwas abwegig, Exzellenz.«

Stoltze schwoll an der linken Stirnseite eine Ader an. »Wissen Sie, was ich glaube? Dass die Amerikaner bereits hinter diesem U-Boot her gewesen sind und dass Sie Ihre Dienststellung dazu missbraucht haben, um aus mir unbekannten Motiven die Amerikaner zu unterstützen.« Er sah Otten lauernd an. »Oder stimmt es etwa nicht, dass Sie zwei Offiziere des Bootes an Bord ihres Schiffes bewirtet haben?«

»Einer von ihnen kam mit einem Hubschrauber an und sollte auf die *Alaska* gehen. Die technischen Durchführungsmöglichkeiten für einen solchen Helotransfer sind auf einer Fregatte wesentlich günstiger. Daher habe ich dem amerikanischen Hubschrauber eine Landeerlaubnis erteilt, um den Offizier danach übersetzen zu lassen. Immerhin handelt es sich bei den Amerikanern um NATO-Partner.«

»Dessen bin ich mir durchaus bewusst«, fauchte Stoltze, der immer wütender wurde. »Doch das bedeutet nicht, dass Ihr Schiff in irgendeiner Weise unter amerikanischem Kommando steht. Sollte sich herausstellen, dass Sie Ihre Waffen in Entsprechung eines amerikanischen Wunsches eingesetzt haben, dann würde das sicherlich disziplinarische Maßnahmen nach sich ziehen. Meine Vorgesetzten im Auswärtigen Amt sind ohnehin entschlossen, diese von ihren Vorgesetzten einzufordern, und in Anbetracht des Verhaltens, das Sie mir gegenüber an den Tag legen, sehe ich auch keinen Grund, eine andere Empfehlung in diesem Fall auszusprechen.«

»Und das nur, weil ich meine Befehle befolgt habe?«, fragte der Kapitän mit versteinerter Miene.

»Nein, sondern dafür, dass Sie Ihre Befehle nicht *verstanden* haben! Meiner persönlichen Ansicht ...« Der Botschafter führte den Satz nicht fort, als es an der Tür klopfte. »Was ist denn?«

»Herein!«, rief Otten.

Ein Maat trat ein und salutierte. »Herr Kap'tän, zwei Herrschaften wollen an Bord kommen. Der eine scheint, dem Stander an seiner Limousine nach zu urteilen, der amerikanische Botschafter zu sein. Und der andere ... na ja, der ist in einem alten Riesenschlitten ohne Kennzeichen vorgefahren.«

Manfred Stoltze wurde auf einmal blass. »Ein Studebaker?«

»Das kann ich nicht sagen, jedenfalls ein Modell, wie man es aus alten amerikanischen Spielfilmen kennt.«

»Stavros Tzermias«, sagte der Botschafter nicht gerade glücklich. »Er sammelt Oldtimer und ist so eine Art inoffizieller Regierungssprecher. Ein knallharter Politiker.« Begleitet von einer herrischen Handbewegung, forderte er: »Bringen Sie die beiden hierher.«

Der Matrose rührte sich nicht von der Stelle, sondern sah seinen Kommandanten an.

»Ehrenwache aufziehen lassen«, ordnete dieser an, »und dann soll der Erste die beiden Herren zu uns bitten.«

»Jawohl, Herr Kap'tän!« Der Seemann grüßte und trat ab.

Der Kommandant drehte sich langsam um. »Exzellenz, zumindest solange ich noch Kommandant hier bin, werden die Dinge nach Marinevorschrift gehandhabt. Ich bitte Sie, das zu berücksichtigen.«

»Sie impertinenter …« Aber Stoltze bezähmte sich, da an Deck bereits die Kommandorufe erfolgten. Er musste sich ganz rasch überlegen, wie er mit dieser unverhofften Einmischung durch den amerikanischen Botschafter und den Abgesandten der zypriotischen Regierung umgehen sollte.

14. Tag, 16 : 30 Ortszeit, 14 : 30 Zulu – russisches Jagd-U-Boot *Bizon*, etwa 40 Meilen südlich von Zypern

»Wie denn nun, was denn nun?«, fragte Oberleutnant Balakin. »Wird die Sache schlimmer oder nicht?«

»Weder noch.« Der Leitende Ingenieur druckste

etwas herum. »Die Temperatur ist beinahe konstant. Aber wir sollten unbedingt in Fahrt bleiben.«

»Verdammt, habt ihr da achtern überhaupt eine Ahnung, was in eurem Wunderkasten vor sich geht?«

»Wir können ihn schlecht aufmachen und nachsehen.« Der LI war hörbar beleidigt. »Es ist eine neue Anlage, ein System, das noch niemals getestet wurde. Was erwarten Sie da eigentlich?«

»Ein Wunder, ich weiß!«, bekannte der Erste. »Etwas anderes kann ich wohl kaum tun, die Situation ist schwierig genug.«

»Haben Sie wenigstens eine Idee, was da schieflaufen könnte?«

»Eine der Vermutungen zielt darauf ab, dass wir irgendwie Kühlmittel für den Reaktor verlieren.«

»Gibt es dafür irgendwelche Anzeichen?«

»Zumindest haben wir bisher keine erhöhte Strahlung feststellen können. Aber wenn wir die Temperatur nicht irgendwann bald vernünftig in den Griff bekommen, verwandeln wir das ganze Ding in Schrott. Mehr als das Baby notdürftig am Laufen zu halten, ist nicht drin.«

»Versuchen Sie dennoch weiterhin Ihr Bestes. Ich werde den Kommandanten verständigen.«

Igor Sarubin lag auf seiner Koje und starrte ins Leere. Aus dem Kopfhörer drang der Soundtrack aus *Der Herr der Ringe*, gewaltig und in gewisser Weise anfeuernd, vor allem aber dramatisch. Das passte zu seiner Stimmung. Sarubin, der Filmfan, genoss es, sich die schneebedeckten Höhen des Kharadhras vorzustellen, die weißen Türme von Minas Tirith, die Dunkelheit des Bârâd-Dur.

Ein blinkendes Licht appellierte an seine Aufmerksamkeit. Mit einem halblauten Fluch schwang er die

Beine aus der Koje, streifte den Kopfhörer ab und griff zum Telefon. »Kommandant?«

»Balakin! Ich hatte gerade eine Unterredung mit unserem LI.«

»Sagen Sie mir bitte nicht, dass wir ein neues Problem haben?«

»Kein neues, nur das alte macht ihm zunehmend Sorgen. Das Temperaturverhalten der Kühlung unterhalb von zwölf Knoten lässt sich nach wie vor nicht in den Griff bekommen. Ansonsten tun er und seine Männer ihr Möglichstes, die Anlage in Betrieb zu halten.«

»Darum möchte ich auch gebeten haben!«

Für einen Augenblick schwiegen sie beide, denn es gab wenig mehr zu sagen. Aus irgendwelchen Gründen, die keiner an Bord kannte, stieg die Temperatur des Primärkreislaufs unkontrolliert an, wenn sie keine Fahrt machten. Oder, das war der neueste Stand, wenn sie zu wenig Fahrt machten. Beides technisch eigentlich unmöglich, aber dem war nun einmal so. »Ich erwarte halbstündige Meldungen an die Zentrale zum Ist-Zustand«, sagte Sarubin und legte auf. Nachdenklich stand er einen Moment in seiner Kammer, bevor er sich den Kopfhörer wieder überstülpte. Vielleicht fand er auf diese Weise irgendwie eine Art Erleuchtung. Sein Boot war im Sterben begriffen, und gleichzeitig verlangte ein Terroristenführer, dass er einen Raketenangriff auf eine israelische Luftwaffenbasis startete. Und wenn es ihm nicht gelang, einen Ausweg aus dieser Zwickmühle zu finden, dann waren sie alle so gut wie tot, spätestens, falls sie jemals wieder den Boden ihrer Heimat betraten. Er brauchte eine … mit offenem Mund lauschte er den Klängen der Rückkehr des Königs … Ablenkung, Täuschung … *das falsche*

Ziel, aber das würde dieser Sayyid Harb nicht bemerken können! Und dann existierte da anscheinend noch ein Faktor, den niemand eingeplant hatte.

14. Tag, 16 : 45 Ortszeit, 14 : 45 Zulu – amerikanisches Jagd-U-Boot *Alaska*, Limassol, Zypern

Getreu der Zusage DiAngelos an Stavros Tzermias, hatte die halbe Besatzung der *Alaska* Landgang erhalten. Die Glücklichen, die davon betroffen waren, schwärmten begeistert aus – Urlaub bis zum Wecken. Von außen war dem Boot nicht anzusehen, dass es immer noch in Vier-Stunden-Bereitschaft lag.

Bob hatte sich mit Jack Small und Leutnant Rasik zusammengesetzt. Die neuen Informationen, die er erhalten hatte, waren interessant, nur ließ sich damit konkret wenig anfangen. Die *Eastern Flyer*, auf die die Russen es abgesehen hatten, war zwanzig Meilen südlich der Larnaca Bay gesunken. Schon ein erster Blick auf die Seekarte verdeutlichte das Problem. Die Wassertiefen dort schwankten zwischen fünftausendsechshundert und mindestens tausend Fuß. Aber da die *Alaska* keine Ausrüstung für eine Bergungsoperation an diesen »Flachstellen« mit sich führte, war dies nicht von Belang. Sie verfügte zwar über eine Andockschürze für Kleinst-U-Boote, die so weit runtergehen konnte, hatte jedoch kein entsprechendes Fahrzeug dabei. Ein solches aus den USA herbeizuschaffen würde im günstigsten Fall mindestens drei Tage dauern. Bis dahin waren ihnen die Hände gebunden.

Langsam mühte sich DiAngelo die Straße zur alten Festung hinauf. Das olle Gemäuer interessierte ihn nicht wirklich, aber eine Auszeit von der Enge des Bootes zu nehmen, konnte nicht schaden, und vielleicht würde dieser Spaziergang ihm auch helfen, den Kopf freizubekommen. Jack Small, der ihn begleitete, passte seine Schritte automatisch denen des Captains an. »Ich verstehe nicht, wie die Russen an die Ladung des Schiffes rankommen wollen.«

»Ich nehme an, die haben bereits alles mitgebracht, was sie dafür brauchen.« Bob überdachte noch einmal seine Worte. »Nein, das ergibt keinen Sinn. Die Ladung war ja sicher nicht an Deck vertäut, und von daher müssten sie sich erst durch das halbe Wrack schneiden oder das Teil sprengen.«

»Der Lärm bliebe unter Garantie nicht unbemerkt. Glauben Sie, dass die Russen das Risiko in Kauf nehmen würden?«

»Vielleicht haben die keine andere Wahl.« Bob zögerte. »Ich habe ihren Kommandanten letzte Nacht in Aktion erlebt. Er ist ein absoluter Top-Profi, reaktionsschnell und ausgebufft. Jeder andere hätte versucht, nachdem er erst einmal tief genug im Keller war, sich auf die taktische Geschwindigkeit zu beschränken. Nur für die Eventualität, dass der andere – in dem Fall wir – dumm genug ist, auf gleichbleibendem Kurs hinter ihm herzurauschen. Doch was hat er stattdessen gemacht? Er ging tiefer und tiefer, bis in eine Region, in der ihn unsere Torpedos sowieso nicht mehr erreicht hätten, und hat einfach die Fahrt beibehalten, *straight away*, raus ins Mittelmeer.«

»Aber den Gefallen haben Sie ihm nicht getan?«

»So wie der reagiert hat, wusste er, dass ich wusste, dass er mir in puncto Tauchtiefe und Geschwindigkeit überlegen ist. Und ins Kalkül gezogen haben dürfte er auch, dass ich als letzte Option eine Harpoon mit einem Torpedo über die Entfernung auf die Reise hätte schicken können.«

»Hätte die Fregatte das nicht auch vermocht?« Small wirkte zunehmend verwirrt.

»Nein. Ob sie überhaupt Harpoons zur U-Boot-Abwehr an Bord hat, ist mir nicht bekannt. Aber selbst wenn, hätte sie die nicht abfeuern können, ohne das Restrisiko einzugehen, die *Alaska* zu treffen. Aber wir hingegen hätten es gekonnt.«

»Vielleicht hat er drauf gebaut, dass Sie keine im Rohr haben?«

Der Captain betrachtete Small mit mildem Erstaunen. »Mit einem Atom-U-Boot unter dem Hintern und hundertvierzig Mann an Bord? Nein, der hat messerscharf kalkuliert, dass ich diese Option nicht nutzen würde.«

»Und warum nicht?«

»Weil er ebenfalls noch eine Trumpfkarte im Ärmel hatte, die er hätte ausspielen können. Er hätte schließlich genauso gut statt auf die *Alaska* auf die Fregatte feuern können. Folglich ging er davon aus, dass auch ich diese Möglichkeit auf der Rechnung hatte. Unterwasser-Poker eben.«

20. Kapitel

15. Tag, 8 : 00 Ortszeit, 6 : 00 Zulu – russisches Jagd-U-Boot *Bizon*, etwa 80 Seemeilen westsüdwestlich von Gata (Zypern)

Kapitän Sarubins Gesicht wirkte wie aus Stein gemeißelt, und er machte keinen Hehl aus seiner Abneigung. »Also gut, Sie werden Ihren Angriff bekommen! Aber sobald die Raketen abgefeuert sind, werden Sie mir sagen, wo sich die Ladung befindet. Und Sie werden bei uns bleiben, bis wir alles an Bord haben. Erst wenn wir uns auf den Heimweg machen, werde ich Sie irgendwo absetzen.«

»Irgendwo reicht nicht«, erklärte Sayyif Harb sehr bestimmt. »Es sollte schon ein Land sein, in dem wir Kontakte haben. Auch wir wollen irgendwann gern wieder nach Hause.«

»Sie sollten den Bogen nicht überspannen, Harb. Ich kann immer noch auf die Idee kommen, Sie aus der Schleuse befördern zu lassen.«

Der Libanese lächelte eiskalt. Er brauchte nichts zu sagen, denn alle Trümpfe waren auf seiner Seite. Die Russen konnten nicht zurück nach Russland, nicht ohne Arafats Gold. Also blieb ihnen gar nichts anderes übrig, als zu tun, was er sagte.

Sarubin senkte den Blick und gestand damit seine Niederlage ein. »In vier Stunden erreichen wir die Abschussposition.«

»Lange genug haben Sie ja mit Ihren Offizieren zusammengesessen, und daher darf ich wohl annehmen, dass Sie die Aktion sehr gut und sehr genau geplant haben.«

Sarubin nickte. »Wir hängen alle am Leben.«

»Den Araber habe ich wissen lassen, dass es in vier Stunden losgehen wird«, informierte Sarubin seinen Ersten. »Bringen Sie uns jetzt auf Sehrohrtiefe, Balakin. Mal sehen, was an der Oberfläche los ist.«

»Jawohl, Kapitän!« Als Anweisung gab er fünf Grad achterlastig aus. »Sie wollen den Radarmast einsetzen?«

»Fünf Minuten sollten reichen, um uns einen Überblick zu verschaffen. Danach wiederholen wir noch zweimal das Manöver im Dreißig-Minuten-Abstand.«

»Das wird Aufmerksamkeit erregen, Kommandant.«

»Richtig, und genau darauf hoffe ich!«

»Fünfzig Meter gehen durch!«, meldete der Zentralemaat.

»Aufkommen!«, befahl Balakin. »Hat das Sonar Kontakte?«

»Nur weit entfernte, Fischer vor Zypern. Wir sind sozusagen mitten im Nichts.«

»Sehr gut! Dann können Sie jetzt das mit dem Radarmast übernehmen, Sie wissen ja, worum es geht!« Sarubin selbst fuhr das Periskop aus und presste das Gesicht gegen die Gummiwulst. Außer der leeren Weite der See war nichts zu sehen. Als er die zweite Drehung mit dem Sehrohr vollführte, kam der Radarmast genau in sein Blickfeld, als wachse das Ding genau neben ihm aus dem Deck. Instinktiv zuckte er zurück. »Mast ist raus!«

»Radar erfasst keine Kontakte näher als sechzig Meilen um Punkt A.«

»Dann hoffe ich, dass Punkt A die Abschussposition ist.« Al-Tufailis Stimme schnitt kalt durch die Litanei der Befehle und Meldungen.

»Wer hat Sie in die Zentrale gebeten?« Wütend fuhr Sarubin das Sehrohr wieder ein. »Bleiben Sie gefälligst in der Messe, bis ich Sie rufen lasse!«

Der Hisbollah-Führer zog die Augenbrauen in die Höhe. »Ich denke, ich habe ein gewisses Anrecht, dabei zu sein, Kapitän!«

»Wenn es so weit ist«, fauchte Sarubin ihn angewidert an. »Und nicht früher. Bis dahin haben Sie in der Zentrale nichts verloren!«

15. Tag, 04 : 30 Ortszeit, 09 : 30 Zulu – New York

Roger Marsden war zu einer Entscheidung gelangt. Er wusste, dass sie gefährlich war, hoffte aber darauf, sie wenigstens richtig getroffen zu haben. »Zugriff!«

Im sechsten Stock des Hotels stießen zwei seiner Leute mit einem Rammbock, wie ihn auch FBI-Angriffsteams benutzen, die Tür ein, während Kollegen ihnen Deckung gaben. Eine Blendgranate, gefolgt von einer Rauchbombe, flog in den Raum, dann drängten die Männer nach.

Ein einzelner Schuss krachte, im Nebel wurde eine Gestalt herumgewirbelt und stürzte. Über seinen Ohrhörer vernahm Marsden einen wüsten Fluch.

In dem Hotelzimmer polterte eine Makarov zu Boden, und ein alter Mann hielt sich die Hände vor die Augen. Kräftige Hände zwangen Koljunow aufs Bett, Kabelbinder wurden um seine Gelenke geschlungen. Er hörte auf zu zappeln, aber nicht zu brüllen. »Ich bin russischer Staatsbürger, ich bin …«

»Wer wurde getroffen?«, erkundigte sich Marsden.

»Ich!« Der Agent hustete kurz und nannte seinen Namen. »Die Weste hat die Kugel abgefangen!«

Marsden beugte sich über den Russen. »Mister Koljunow, ich nehme Sie wegen Verstoßes gegen das Gesetz über die Einfuhr kontrollpflichtiger Substanzen und Drogen fest. Sie haben das Recht auf einen Anwalt. Sollten Sie sich keinen Anwalt leisten können, dann wird Ihnen vom Gericht einer gestellt. Alles, was Sie von jetzt an sagen, kann gegen Sie verwendet werden. Haben Sie das alles verstanden?« Der Vice-Director war froh, die Verhaftungsformel so einigermaßen hinbekommen zu haben, denn in CIA-Kreisen wurde sie so gut wie nie benötigt.

Koljunow starrte ihn aus tränenden Augen an. »Was zum Teufel … Marsden?«

»Machen Sie sich bitte eine Notiz«, wies er einen seiner Leute an, »dass die verhaftete Person ein nahezu akzentfreies Englisch spricht.«

»Drogen, was soll das?«, keuchte Koljunow. »Wollen Sie mir jetzt Heroin unterschieben oder wie?«

Roger Marsden blickte sich um. Da der Rauch sich bereits wieder verzog, streifte er sich die Atemschutzmaske vom Kopf und warf sie achtlos auf das Bett.

Bei der Durchsuchung des Zimmers wurde einer der Agenten in der Minibar fündig. »Hier, Sir, zwei Insulinpackungen, eine davon angebrochen.«

»Stecken Sie sie in einen Beweismittelbeutel und beschriften Sie ihn schön. Unsere Experten wird das Zeug bestimmt interessieren.« Er setzte sich neben dem Russen auf das Bett. »Na, wie viele der Ampullen beinhalten denn wirklich Insulin?«

»Wovon reden Sie eigentlich?«, krächzte Koljunow.

»SP-117, und sagen Sie bitte nicht, Sie wüssten nicht,

was das ist. Und da Ihre jungen Talente die Sache gründlich verbockt haben, ist uns Gabhanikows Leiche in die Hände gefallen. Dreimal dürfen Sie raten, was bei der Obduktion gefunden wurde: Spuren von SP-117. Außerdem filzt jetzt gerade, während wir hier gemütlich plaudern, ein anderes Team von uns ein gewisses Lokal in Klein Odessa.«

15. Tag, 11 : 30 Ortszeit, 09 : 30 Zulu –
NATO-Befehlsbereich »Südost«

Das leistungsstarke Radar der *Bizon* konnte selbst ein kleines Schiff über zweihundert Seemeilen hinweg orten.

Der Nachteil lag auf der Hand. Radar war eine aktive Technologie, die zur Abstandsmessung elektromagnetische Wellen ausstrahlte und reflektierte Echos auswertete. Verglichen mit der Distanz, auf der das Radar mit seinen Primärsignalen »sehen« konnte, war der Bereich, in dem diese zu erfassen möglich war, dreimal so groß. Passivortung lautete das Schlüsselwort. Auch wenn der Kommandant der *Bizon* sein Radar nie länger als fünf Minuten senden ließ, wurde es dennoch ausgemacht. Und Radarausstattungen sind ähnlich individuell wie Schraubengeräusche, man kann sie identifizieren. Der »Fingerabdruck« einer militärischen Radarsuite unterscheidet sich von dem eines kommerziell eingesetzten Navigationsradars etwa in dem gleichen Maße wie ein Lagerfeuer von einem Hochofen. Beide sind heiß, trotzdem kann man sie nicht verwechseln. Natürlich war die *Bizon* weder in den Datenbanken der Radarabhörstationen der US Air Force in der Türkei eingespeichert, noch in denen der britischen

Basen auf Zypern und auch nicht bei den amerikanischen AWACS-Aufklärern, denn dazu war das Boot viel zu neu. Aber eine Minute nachdem Sarubin den Radarmast durch sein Blickfeld hatte gleiten sehen, wusste man bei der NATO, dass ein offensichtlich russisches U-Boot im östlichen Mittelmeer Radar einsetzte und wo.

Ab diesem Zeitpunkt allerdings ließ die Geschwindigkeit erheblich nach. Bis das HQ der NATO in Ankara benachrichtigt war, verging eine Stunde, bis man die Daten mit den Engländern auf Zypern abgeglichen hatte, wären daraus zwei geworden. Bis jemand daran dachte, die *Alaska* zu benachrichtigen, die immer noch in Limassol lag, waren fast vier Stunden vergangen. Die *Bizon* war zu diesem Zeitpunkt schon lange wieder in den Tiefen des Mittelmeeres verschwunden.

15. Tag, 11 : 45 Ortszeit, 09 : 45 Zulu –
Libanon, einige Kilometer nördlich von Beirut

Die jungen Männer mit einem fanatischen Funkeln in den Augen schwärmten aus. Wenn sie sprachen, verriet ihr Akzent ihre Herkunft, denn auch Arabisch war nicht immer gleich Arabisch. Es war ihnen nicht nur egal, sondern sie benutzten die angsteinflößende Wirkung regelrecht, die damit einherging. Sie stellten Fragen und brauchten nicht einmal zu drohen. Ihre Waffen waren beredt genug.

Von der Polizei hatten sie nichts zu befürchten, denn die hatte ihnen gegenüber keine Macht. Und so gaben ihnen die Dorfbewohner die gewünschten Auskünfte bereitwillig und würden sich vorsichtshalber später nicht mehr daran erinnern, dass diese Befragungen überhaupt stattgefunden hatten. Die Überlebensstrategie der kleinen Leute. Es dauerte nicht lange, bis die Afghanen die für sie interessanten Informationen erhalten hatten.

Der bärtige Anführer stolzierte zu einem Van, der hinter dem LKW parkte, mit dem die Männer gekommen waren, und verschwand darin. Die getönten Scheiben machten es unmöglich, die Insassen des Fahrzeuges zu erkennen.

Ehrfurchtsvoll neigte er das Haupt vor dem Mann, der auf der Rückbank saß. »Es ist, wie du gesagt hast, Imam! Sie waren hier, al-Tufaili mit zwei libanesischen Begleitern.«

»Und wo sind sie abgeblieben?«

»Sie sind hinaus aufs Meer mit einem kleinen Boot, das gestern Abend von Fischern aus dem Dorf treibend aufgefunden wurde. Die Fischer glauben, dass die drei Männer ertrunken sind. Allah möge ihre Seelen verbrennen!«

Aiman al-Sawahiri legte die Zeitung, mit der er sich beschäftigt hatte, zur Seite. »Unwahrscheinlich!« Seine Augen blitzten hinter den Brillengläsern. »Ein Schiff der UNO hat geschossen, angeblich auf ein U-Boot, aber das wurde bisher nicht offiziell bestätigt.«

»Dann waren die Russen bereits da?«

Der Imam nickte. »Offensichtlich! Es wird Zeit aufzubrechen.«

»Sollen wir die Spuren verwischen?«

»Nein, die Leute hier werden sich nicht trauen, den Mund aufzumachen, und ich will keine unnötige Aufmerksamkeit.«

»So soll es sein. Ich werde den Abmarsch befehlen, Imam!«

Ahmad Masoud hatte, fast noch ein Kind, gegen die

Russen gekämpft, als Junge gegen die Nordallianz und tat dies nun als Mann gegen die Amerikaner. Er befolgte Befehle bedingungslos und kannte keinerlei Skrupel. Aber der Paschtune und seine Talibankämpfer waren das Beste gewesen, was al-Sawahiri auf die Schnelle hatte rekrutieren können, nachdem Hafid, sein langjähriger Adjutant und Leibwächter, sich in Bagdad bei dem Überfall auf das sichere Haus für ihn aufgeopfert hatte.

15. Tag, 12 : 00 Ortszeit, 10 : 00 Zulu – russisches Jagd-U-Boot *Bizon*, etwa 40 Seemeilen südlich von Gata (Zypern)

In der Zentrale des Atom-U-Bootes herrschte eine seltsam zusammengesetzte Mischung aus Sachlichkeit, Aufregung und Furcht.

Der Erste beispielsweise hatte viel zu viel zu tun, um sich groß mit Gefühlen zu befassen. Wenn man überhaupt etwas aus seinen ruhigen, sachlichen Befehlen schließen konnte, dann allenfalls eine gewisse innere Spannung.

Fedorow hingegen, der Sonaroffizier, der sich immer wieder durch Meldungen bemerkbar machte, klang müde, resigniert. Ein Mann, der bereits mit dem Leben abgeschlossen hatte.

Bei Harb, der in der Zentrale zusammen mit Ahmed, dem Fischer und Mohammed, dem dritten Mitglied ihrer Zelle, neben dem Kartentisch stand, dominierte die beinahe schon freudige Erwartung, dem verhassten Feind endlich einmal einen wirklich schweren Schlag versetzen zu können. Er verspürte keinerlei Furcht, auch wenn ihm diese Art der modernen Kriegsführung mittels Elektronik und milliardenteuren Waffensystemen völlig fremd und unbekannt war. Er verstand sich auf Guerillataktik, den Messerstich zwischen die Rippen eines Wachpostens mitten in der Nacht, den Abschuss einer Katjuscha auf eine jüdische Siedlung. Das war seine Art zu kämpfen. Doch was sich jetzt anbahnte, war etwas völlig anderes. Und dass dies für ihn ein Buch mit sieben Siegeln darstellte, war ihm egal.

Igor Sarubin registrierte jedes Detail genau, und die Beklommenheit seiner Männer entging ihm nicht. Mit zwanzig Knoten näherten sie sich unaufhaltsam der Abschussposition. Noch befanden sie sich im Schutz von etwas mehr als zweihundert Metern Tiefe.

Denn von dem Moment an, in dem sie sich wieder auf Sehrohrtiefe bewegten, die Luken der Startschächte sich öffneten und die Flugkörper starteten, würden in allen großen Radarbasen längs des östlichen Mittelmeeres die Alarmglocken schrillen. Die maximale Flugzeit der Raketen lag bei etwa zwölf Minuten. Die würden reichen, um das Barak-System und die Patriots der Isrealis zu starten, und sie würden genügen, um die amerikanischen Jagdbomber der Basen in Italien und der Türkei in die Luft zu bringen. Doch um von dort die *Bizon* zu erreichen und anzugreifen, war die Zeitspanne zu knapp. Das wahre Risiko war nicht, dass U-Abwehrmaschinen folgen würden, sondern, dass die Computer an Bord ihnen einen Streich spielten oder dass sie irgendein sonstiges Detail bei diesem Wahnsinnsplan nicht bedacht hatten.

»Fünf Minuten!« Die Stimme des Navigationsoffiziers klang gepresst.

Sayyid Harb linste auf die Monitore. Die meisten zeigten ihm nur unverständliche blaue Flächen, Linien und ein verwirrendes Muster von Symbolen an. Immerhin erkannte er auf einem den Küstenabschnitt westlich der Stadt Ashdod. Den hätte er auch im Schlaf erkannt, so oft, wie er davon geträumt hatte, die Basis der Isrealis dort in die Luft zu jagen.

»Balakin, bringen Sie das Boot auf Sehrohrtiefe!«, befahl Sarubin. »Eingegebene Feuerleitlösung aktivieren.« Er ließ einen Augenblick verstreichen. »Luken öffnen!«

Während das Boot langsam der Oberfläche entgegenglitt, klappten die Abdeckungen über den Raketenschächten auf.

»Boot ist auf Sehrohrtiefe.«

»Radar ausfahren, feuern auf mein Kommando!« Die Stimme des Kommandanten klang nach wie vor völlig emotionslos.

Der Libanese hinter ihm starrte nur fasziniert auf die flimmernden Schirme.

»Radar meldet Kontakt, drei-eins-null Grad, Abstand einhundertzwanzig Meilen! Ein größeres und mehrere kleinere Objekte.«

Der Kopf des Kommandanten ruckte herum. »Abfeuern!«

»Augenblick, Datenübertragung läuft ... zehn ... neun ...« Die Stimme des Waffenleitoffiziers überschlug sich fast. Sarubin klingte die Gurte des Kommandantensessels ein.

Achtern ertönte ein lautes Zischen, wie von einem Dutzend unliebsam aus tiefem Schlummer geweckter Reptilien. Ein Zittern ging durch das ganze Boot, und instinktiv griffen Männer nach Halt.

Das Zischen wuchs zu einem Grollen an, und die gesamte Bootshülle schien plötzlich zu schwingen wie eine Glocke, das Deck einen Sprung nach unten zu machen. Noch bevor das erste Grollen verklang, startete bereits der Antrieb der nächsten Rakete. Und so ging es weiter, wieder und wieder. Der Lärm in der engen Röhre war ohrenbetäubend. Den malträtierten Sinnen der Männer kam es wie eine Ewigkeit vor. In Wirklichkeit währte das alles nur etwas über dreißig Sekunden, eine Zeit, in der das Herz eines Menschen ungefähr fünfunddreißig Mal schlägt. Doch was bedeuteten fünfunddreißig Herzschläge angesichts des Infernos, das sie gerade entfesselt hatten?

Monitore flackerten, die Beleuchtung in der Zentrale fiel für einen kurzen Augenblick aus. Harb hielt sich an der Lehne des Kommandantensessels fest und brüllte immer wieder begeistert: »Allah Akbar!«

Dann, von einem Augenblick zum anderen, herrschte Stille, nur noch das Dröhnen der Raketen in den engen Startschächten hallte in den Ohren nach. Über der Wasseroberfläche würde die Salve der Raketen eine gestaffelte Formation einnehmen, Trägheitsnavigationssysteme, die automatische Flugbahnkorrekturen durchführen. In einer hohen ballistischen Kurve würden die Flugkörper mit etwa eins Komma sechsfacher Schallgeschwindigkeit auf einen Punkt zusteuern. Nach etwa neun Minuten würde das Radar-Homing-System beginnen, das einprogrammierte Ziel selbständig zu suchen.

»Luken schließen!«, brüllte Sarubin. »Balakin, auf sechshundert Meter gehen, Umdrehungen für vierzig Knoten!«

»Vorlastig zwanzig! Volle Kraft!« Auch der Erste musste seine Stimme anstrengen, um von den halbtauben Rudergängern verstanden zu werden. Er sah kurz zu Sarubin. »Welchen Kurs, Kapitän?«

»Nord, genau Nord!«

Die Monitore begannen wieder Daten anzuzeigen. Die Markierungen des Kontrollradars erloschen auf den taktischen Displays, als der Radarmast eingefahren wurde. Einer der letzten Kontakte zeigte zwei Rotten Jagdbomber, die wie zornige Racheengel über den großen Schirm flitzten.

»Ballastzellen fluten!«, befahl Balakin. Ein Kreischen ging durch den Rumpf, der Bug zeigte steil nach unten, als säßen sie in einem abstürzenden Flugzeug.

Sarubin atmete durch und klatschte dem nur noch vor sich hin stammelnden Harb mit der Hand ins Gesicht. »Kommen Sie zu sich, Mann. Das war schließlich Ihre Show!«

»Die Raketen sind wirklich gestartet!« Der Libanese konnte es immer noch nicht fassen.

»Ich dachte, das wäre zu hören gewesen!« Sarubin blickte auf sein taktisches Display. »In elf Minuten werden diese Raketen im Ziel einschlagen. Wir haben damit unseren Teil erfüllt, jetzt sind Sie dran!«

»Ja in der Tat, Sie haben Ihren Teil erfüllt.« Der Hisbollahführer schaute nochmals auf den Monitor, der die leuchtenden Punkte zeigte, die schon ein Viertel des Weges nach Israel zurückgelegt zu haben schienen. »Bei dem, wonach Sie suchen, handelt es sich um einen alten Frachter, der ungefähr zwanzig Meilen südöstlich der Bucht von Larnaca gesunken ist. Das Wrack liegt in einer Tiefe von ungefähr dreihundert Metern. Deswegen hat die Reederei auch gar nicht erst versucht, die Ladung zu bergen.« Harb kicherte mit einem deutlichen Anflug von Wahnsinn. »Nun wissen Sie es! Wie sie darankommen, ist Ihr Problem. Insh'Allah!«

»Von wegen so Gott will«, sagte Sarubin eisig. »Der Bootsmann und ein paar seiner Leute sollen umgehend diese Vögel hier aus meiner Zentrale schaffen und in die engste und finsterste Proviantlast sperren, die wir bereits leergefuttert haben.«

Auch Oberleutnant Balakin starrte die Libanesen böse an. »Ich könnte noch eine Ballastzelle anbieten, Kapitän!« Er ignorierte die entsetzten Aufschreie der drei. »Schaffen Sie diese drei Jammergestalten weg«, wies er den Bootsmann an. »Vierhundert Meter, Nordkurs und vierzig Knoten.«

Irgendwo an der Oberfläche knallte es dumpf, als eine Rakete in die Wasseroberfläche schlug.

»Schiff-Schiff?« Balakins Frage war eher eine Feststellung.

»Anzunehmen!«, pflichtete Sarubin ihm bei. »Die haben hier eher selten mit U-Booten zu tun. Bringen Sie uns hier weg, und dann wird es Zeit, unser Kälbchen zu überprüfen.« Nachdenklich strich er sich mit dem Handrücken übers Kinn. »Jemand muss das bereits vorher gewusst haben, meinen Sie nicht?«

»Schugarew?«

Sarubin nickte. »Er oder derjenige, der sich diesen ganzen hirnrissigen Plan ausgedacht hat.«

21. Kapitel

15. Tag, 12 : 09 Ortszeit, 10 : 09 Zulu – Mittelmeer,
32° 52'N/31° 8'O, etwa 90 Seemeilen
südwestlich von Zypern

Die *Patroklos* gehörte einem griechischen Milliardär, dem das Schiff dazu diente, es sich an Bord zusammen mit Geschäftsfreunden gutgehen zu lassen. Deren Gesellschaft war ihm persönlich immer noch angenehmer als die seiner Familie, die ohnehin nur auf sein Ableben wartete. Aber damit hatte es Sokrates Caistopolos noch nicht so eilig. Obwohl schon über siebzig, genoss er immer noch die Fahrten auf seiner sündhaft teuren Megayacht, erfreute sich an dem Anblick der hübschen jungen Damen, die keine waren, den edlen Weinen und erlesenen Speisen. Mit alten Freunden zusammen zu sein, die seinen Geschmack teilten, bereitete ihm einfach Vergnügen. Glücklicherweise hatte er keine Ahnung von der elektronischen Verwirrung, die sein Schiff auslöste.

Mit Mach eins Komma sechs unterwegs und drei Flugminuten entfernt, schalteten die Raketen auf automatische Zielerfassung um und begannen, alles, was ihr Radar erfasste, mit dem eingespeicherten Primärziel zu vergleichen. Eine der besonderen Stärken der Onyx-Raketen war es, dass sie miteinander kommunizierten, um so sicherzustellen, dass nie mehr als eine Rakete dieses Ziel angriff. Erst wenn es dadurch nicht zerstört wurde, folgte die nächste. Die übrigen Raketen der Salve würden sich nach Zerstörung des Primärziels auf die Sekundärziele stürzen, sofern sie nicht bereits von der Abwehr des angegriffenen Verbandes erledigt worden waren. Eine Technik, die sicherstellte, dass zumindest das eingespeicherte Primärziel getroffen wurde, jedenfalls solange den Flugkörpern nicht vorzeitig der Treibstoff ausging.

Das eingegebene Prioritätsziel wurde in diesem Falle jedoch nicht erfasst, da keiner der riesigen amerikanischen Flugzeugträger derzeit im Mittelmeer schwamm. Bereits seit 2003 waren Besuche dieser Giganten dort eher selten geworden, denn sie wurden anderweitig benötigt. Einen Sachverhalt, den sowohl Sarubin, der die Befehle gegeben hatte, als auch sein Waffenoffizier, der die Feuerleitlösung programmiert hatte, kannten.

Ebensowenig, wie es einen Flugzeugträger im Zielgebiet gab, gab es dort Sekundärziele. Alles, was die Sensoren der Raketen erfassen konnten, war die *Patroklos*. Die aber wiederum hatte weder von der Größe noch von den von ihr reflektierten Radarimpulsen her die geringste Ähnlichkeit mit einem Kriegsschiff. In einem Anfall elektronischer Ratlosigkeit begann das Geschwader der Raketen zu kreisen …

An Bord der Yacht zuckten Caistopolos und seine Gäste vor Schreck zusammen, als urplötzlich eine ganze Serie von Schlägen die Luft zerriss. Dann ertönte ein relativ leises Pfeifen, und bevor überhaupt jemand an Deck begriff, was da vor sich ging, stieg an der Backbordseite bereits die erste Wassersäule in die Höhe, der in kurzen Abständen weitere zwanzig folgten, manche an Backbord, manche an Steuerbord, manche voraus und manche achteraus. Nur der Yacht selber kam keine nahe.

Sokrates Caistopolos konnte nur noch staunen. »Äh ... das erlebt man nicht alle Tage.«

»Nein!« Einer seiner Freunde, ein italienischer Reeder, schüttelte den Kopf. »Ich habe keine Ahnung, was das war, ein abstürzendes Flugzeug jedenfalls nicht.«

»Trotzdem, eine Funkmeldung über den Vorfall an die Hafenmeisterei in Limassol kann vielleicht nicht schaden.«

15. Tag, 12 : 15 Ortszeit, 10 : 15 Zulu –
Limassol, Zypern

Captain DiAngelo brütete immer noch über den letzten Meldungen. »Wieso hat er«, fragte Bob Martinez, mit dem er in der Kommandantenkammer zusammensaß, »per Radar ein Gebiet außerhalb aller vernünftigen Schifffahrtsrouten abgesucht? Das ergibt keinen Sinn!«

Der Kommandant der *Alaska* studierte die ausgebreiteten Seekarten. »Vielleicht will er sich dort mit einem Schiff treffen?«

»Weit weg war er eigentlich nicht.« Missmutig blickte DiAngelo auf den Funkspruch. »Wenn die Information nicht mit so viel Verspätung eingetroffen wäre, hätten wir vielleicht seine Spur wiederaufnehmen können.«

»Verdammte Gringos. Bei den vier Stunden, die seitdem vergangen sind, kann die *Bizon* bereits sonstwo sein«, meinte Martinez bedauernd. »Ich wünschte, wir hätten die beiden anderen Boote hier. Das würde unsere Chancen, den Kerl zu finden, erheblich verbessern.«

»Das geht aber nicht, denn wir müssen Gibraltar

dichthalten. Solange er da nicht durchkommt, haben wir ihn im Sack, denn den Suezkanal kann er ja schwerlich benutzen.«

»Ein verdammt großer Sack, wenn Sie mich fragen. Demnach bleibt uns nur der Versuch, den Russen zu stellen, wenn er nach dem Wrack sucht?«

»So wie es aussieht, ja.« DiAngelo griff sich seine Mütze. »Ich gehe mal rüber zur *Wiesbaden.*«

»Wissen Sie, wie es Otten geht?«

»Der läuft strahlend rum wie ein Honigkuchenpferd. Das würde mir auch so gehen, wenn mir erst einer das Messer an die Kehle hielte und danach selbst so rasiert wird.«

»Ich frage mich, wie unser Botschafter das eigentlich gedeichselt haben mag.«

»Der gute Baker hat beste Drähte zur Firma und offenbar auch über jeden seiner werten Kollegen hier ein umfangreiches Dossier.«

Martinez prustete vor Lachen los. »Der Herr Wichtig von der deutschen Botschaft hat Dreck am Stecken?«

»Das ist immer eine Frage der Definition, Commander.« Bob schmunzelte. »Sehen Sie, solange einen keiner ärgert, gibt es auch keinen triftigen Grund, damit herauszurücken, dass man noch was Schönes in der Hinterhand hat. Doch sobald sich das ändert und dadurch so jemand wie Exzellenz Stoltze selbst in die Bredouille gerät, verschieben sich die Wertigkeiten. Den eigenen Hals zu retten wird plötzlich wichtiger, als einen kleinen Kaptiän zur See in die Pfanne zu hauen.«

»Die werden ihn sich vornehmen, wenn die Lage sich beruhigt hat.«

»Glaube ich nicht.« Bob hinkte zur Tür und stülpte sich die Mütze auf den Kopf. »Otten hat mitbekommen, was Baker Stoltze sehr detailliert aufs Butterbrot geschmiert hat – und dieses Wissen schützt ihn.« Der Captain hatte die Tür beinahe erreicht, als diese mit viel Wucht aufgestoßen wurde.

Lieutenant-Commander Turk kam hereingestürmt.

»Autsch!« DiAngelo hielt sich die Nase, aus der sofort Blut geschossen kam.

Turks Augen wurden rund. »Verzeihung, Sir! Ich wusste nicht …«

»Was gibt es denn so Wichtiges, dass Sie hier reinstürmen wie ein durchgehender Bulle?«

»Der Russe hat seine Raketen abgefeuert!«

»Was?« Dem Captain gelang es endlich, ein Taschentuch hervorzukramen. »Und worauf?«

»Das ist ja genau das Verrückte! Laut Radarbericht der Briten auf nichts. Mitten hinein ins leere Wasser, fernab der üblichen Schifffahrtsrouten.«

Bob presste sich das Taschentuch gegen die Nase. »Klingt, als sei der Russe total durchgeknallt – nur ist er das unter Garantie nicht.«

»Woher wollen Sie das wissen?«, fragte Martinez.

»Ich glaube, ich kenne den Burschen, und das sogar gut.« Er dachte einen Augenblick nach. »Seeklar! Wir laufen aus, so schnell es geht. Holen Sie die Besatzung an Bord zurück und machen Sie alles mit dem Hafenmeister klar. Verständigen Sie auch kurz die *Wiesbaden.*« Er stöhnte leise. »Und besorgen Sie mir etwas Eis, damit ich dieses verdammte Nasenbluten stillen kann.«

15. Tag, 16 : 00 Ortszeit, 14 : 00 Zulu – russisches
Jagd-U-Boot *Bizon*, südöstlich der Larnaca-Bucht

Teljonok, das Kälbchen, war ein beeindruckendes Exemplar seiner Gattung, obwohl Kleinst-U-Boote nun wirklich nichts Ungewöhnliches im militärischen Bereich waren. Zumeist handelte es sich dabei um die SDVs oder ASDVs, also *Seal Delivery Vehicles* beziehungsweise *Advanced Seal Delivery Vehicles*, die auf dem Mutterschiff festgemacht waren und vornehmlich dazu dienten, unter Wasser Kampfschwimmer an Land zu bringen, ohne Aufsehen zu erregen. Obwohl die Bezeichnungen amerikanisch waren, hatten sie nahezu alle Marinen übernommen.

Eine andere Variante bildeten beispielsweise die DSRVs, Tiefseerettungsboote, um eingeschlossene Besatzungen aus gesunkenen U-Booten rauszuholen. Und dann gab es auch noch die SRRVs, *Short Range Recon Vehicles*, Mini-U-Boote, die in flachen Gewässern Aufklärung betrieben. Nicht, dass damit die Liste militärischer Kleinst-U-Boote bereits vollständig gewesen wäre.

Teljonok war keinem dieser Typen zuzuordnen, denn das Kälbchen hatte das Licht der Welt eigentlich als ziviles Spezialtauchboot für Bergungen und Unterwasserreparaturen erblickt. Es war konstruiert worden, um Bergungen an Wracks vorzunehmen und unterseeische Gas- und Erdölleitungen zu flicken. Für diesen Zweck war der Winzling mit zwei Greifern, einer drahtgelenkten Drohne und einer Menge Werkzeug ausgerüstet, die dem ganzen Gebilde das Aussehen einer gutgelaunten Krabbe gaben. Auch der Farbanstrich in strahlendem Weiß, wie bei den legendären russischen Tauchbooten Mir 1 und Mir 2, die Tiefsee-

Forschungszwecken dienten, trug auch nicht gerade dazu bei, einen militärischen Eindruck zu vermitteln. Wer allerdings schon vor über einem Jahr beschlossen hatte, die *Bizon* mit dem Kälbchen auszurüsten, statt einem ursprünglich vorgesehenen SDV, musste damals schon von dieser Operation gewusst haben.

Kapitän Sarubin quetschte sich durch die enge Luke an der Unterseite und sah die beiden Männer in den Sitzen der Kanzel an. »Wie sieht es aus?«

Oberleutnant Balakin, der eine Spezialausbildung zum Piloten der Teljonok absolviert hatte, nickte entschlossen. »Alles ist so bereit, wie es nur sein kann. Batterien geladen, Pressluftflaschen gefüllt, alle Systeme geprüft und in Ordnung.«

»Jetzt müssen wir nur noch das Wrack finden und hoffen, dass uns dabei keiner dazwischenfunkt.« Er blickte durch die beiden Bullaugen im Bug über die zusammengefalteten Greifer. Die Wand des Hangars erschien unangenehm nahe, was daran lag, dass das kleine Boot den vorhandenen Raum fast völlig ausfüllte. Der Hangar bildete so etwas wie eine Druckhülle innerhalb der Druckhülle der *Bizon*. Sobald diese geflutet wurde, um das Kälbchen in die Freiheit zu entlassen, würde sich die Trimmung des ganzen Bootes erheblich ändern. »Passen Sie bloß auf, wenn Sie raustauchen, damit es keinen Schaden gibt.«

»Ich tue mein Bestes, Kommandant! Aus- und Einparken waren schon immer meine starke Seite«, scherzte Balakin, wurde aber sofort wieder ernst. »Was mir mehr Kopfzerbrechen bereitet, ist, wie wir an die Ladung überhaupt rankommen sollen. Wir haben nicht gerade viel Zeit.«

»Ich habe noch einmal mit Harb gesprochen und ihm diesbezüglich auf den Zahn gefühlt. Seinen Angaben zufolge ist das Gold in einem Container der Decksladung gewesen, weil es da nie jemand vermutet hätte.«

»Das ergibt einen gewissen Sinn«, räumte der Erste ein. »Es würde die Sache auch für uns leichter machen, kommt nur darauf an, ob wir den gesuchten Container von außen erkennen können.«

»Harb behauptet, es sei ein Container der japanischen Shinryu-Line, gelb mit breitem roten Streifen. Die Nummer ist 35261.«

»Das ist ja immerhin schon was«, meinte Balakin anerkennend. »Sie müssen ihm ganz schön zugesetzt haben.«

»Es war mir ein Vergnügen.« Sarubin massierte unwillkürlich die lädierten Knöchel seiner Rechten. »Viel Glück, Balakin!«

»Danke, Kommandant!« Der Oberleutnant legte die Hand an die Mütze. »Melde mich ab.«

15. Tag, 09 : 30 Ortszeit, 14 : 30 Zulu – New York, FBI-Plaza

Marsden beobachtete den alten Russen durch den Einwegspiegel zum Verhörraum. Koljunow hatte noch nichts von seiner gelassenen Selbstsicherheit verloren. Doch das wollte nichts heißen, denn die Befragung dauerte ja auch erst ein paar Stunden. »Konzentrieren Sie sich, wenn Sie weitermachen, ausschließlich auf die Komplexe Wahrheitsdroge und Mord«, erklärte der CIA-Vice-Director dem FBI-Agenten, der die Vernehmung durchführte.

»Sie haben keine speziellen Fragen?«

»Jede Menge, aber die wird er von sich aus nicht beantworten. Wenn Koljunow erst einmal glaubt, Sie wollen ihm ›nur‹ wegen Tötungs- und Drogendelikten an den Kragen, wird er versuchen, einen Deal zu machen.«

»Ich hasse es, wenn so einer einfach mit einem blauen Auge davonkommt«, bekannte der FBI-Mann. »Doch einen Richter davon zu überzeugen, einem Achtzigjährigen zwanzig Jahre Knast aufzubrummen, dürfte sich kaum erreichen lassen.«

Marsden warf erneut einen Blick durch die Scheibe. »So wie der Alte beieinander ist, überlebt er uns vermutlich alle noch.« Er atmete einmal tief durch. »Also machen Sie sich wieder ans Werk. Spätestens morgen früh muss er einem Haftrichter vorgeführt werden.«

»Das wird kein Problem geben, dafür haben wir bereits genug in der Hand.«

15. Tag, 15 : 00 Ortszeit, 15 : 00 Zulu – amerikanisches Jagd-U-Boot USS *Alaska*, auslaufend Limassol

Wasser strömte in die Tanks, als das Boot sich unter die Meeresoberfläche schob, kaum dass die Wassertiefe dafür ausreichte. »Wie sieht's aus?«, fragte Commander Martinez den Navigationsoffizier.

»Fünfundvierzig Meilen bis zum ersten Punkt des Suchkurses, Sir!«

Martinez wandte sich an DiAngelo, der das taktische Display stationierte. »Bei voller Fahrt schaffen wir das in etwas über einer Stunde.«

»Besser nicht, Commander! Der Russe hört uns ja sonst auf zwanzig Meilen kommen, und ich habe vor, ihn zu überraschen – in mehr als einer Hinsicht.«

»Mister Turk, Umdrehungen für fünfundzwanzig Knoten«, befahl Martinez prompt. »Ich hoffe, Sie wollen ihn sehr überraschen.«

Bob begann, in einer braunen Tasche zu kramen, die er aus der Kommandantenkammer mit in die Zentrale gebracht hatte, und drückte einem verdutzten Seemann ein paar CDs in die Hand. »Hier, bringen Sie die schon mal dem Sonaroffizier.«

»Warten Sie!« Martinez schnippte mit den Fingern. »Zeigen Sie mal her!« Er betrachtete die Cover, und sein Gesicht wurde etwas länger. »Movie Soundtracks? Was das soll, kapiere ich nicht.«

»Dahinter steckt eine lange Geschichte.«

»Wenn wir an Bord eine Disco aufmachen, dann wird er uns erst recht hören, Sir! Aber wenn es unbedingt sein muss ...« Der Kommandant machte aus seinem Befremden keinen Hehl und hielt eine CD in die Höhe, auf der ein paar als Cowboys gekleidete junge Männer mit E-Gitarren posierten.

»Ah, die Young Guns. Sind Sie Western-Fan?«

»Gott behüte!« Martinez sah den Captain ehrlich entsetzt an. »*Blaze of Glory* ... Jon Bon Jovi!«

»Kein schlechter Vorschlag, die CD abzuspielen. Nur dürfte der Russe das in seiner jetzigen Situation vielleicht missverstehen.«

»Wie kommen Sie überhaupt darauf?«, fragte Martinez völlig irritiert. Doch dann fiel bei ihm der Groschen. »Sie wissen, wer es ist?«

»Ich vermute es. Wir könnten uns schon mal unter der Polkappe begegnet sein*. Die Art und Weise, wie er vor Beirut manövriert hat, und nun diese Sache mit den Raketen deuten stark darauf hin. Allerdings habe ich keine Ahnung, was er sich angehört haben mag, als er auf die Idee kam. Muss was ziemlich Gewaltiges gewesen sein.« DiAngelo geriet richtig in Fahrt. »Josuah,

---

* Siehe Peter Brendt: Crashdive.

stellen Sie sich einmal für einen Augenblick vor, Sie würden gezwungen werden, Ihre Raketen abzufeuern, wollen das aber nicht wirklich.«

Martinez schluckte. »Fangen Sie etwa an, die Geschichte zu glauben, die die Russen auftischen, dass sich das Boot in den Händen von tschetschenischen Terroristen befindet?«

»Das mit den Tschetschenen ist natürlich Unfug. Aber dass sich an Bord der *Bizon* Terroristen irgendwelcher anderen Couleur befinden, halte ich mittlerweile sogar für ziemlich sicher. Ich glaube, ich fange an, diese Geschichte zu verstehen.«

»Na, darauf bin ich aber gespannt«, verkündete Jack Small, der über das Süll in die Zentrale stieg, gefolgt von Leutnant Rasik.

»Navigationsoffizier! Wie lange brauchen wir noch, bis wir auf zwanzig Meilen heran sind?«

»Ungefähr sechsundvierzig Minuten!«

Bob deutete mit dem Kopf eine Art Verbeugung gegenüber Small an. »Dann bleibt uns dafür ja noch ein bisschen Zeit.«

»Also schießen Sie mal los, Captain!«, forderte Small ihn auf.

»Na schön. Nach meinem Dafürhalten steckte in unserer Betrachtung der Dinge von Anfang an ein Denkfehler. Die Annahme war, dass irgendwelche Terroristen auf dem Gold des alten Arafat hocken und ein russisches U-Boot kommt, um es abzuholen. Was die russischen Gegenleistungen dafür anbetraf, tippten wir auf Waffenlieferungen, ein Geschäft, das für beide Seiten Sinn gemacht hätte. Doch genau das ist der Irrtum, dem wir aufgesessen sind. Als die Nachricht auflief, dass die *Bizon* ihre Raketen abgefeuert hat, begriff ich, worin der bestand. Die Islamisten gedachten sich mit dem Gold einen Terroranschlag zu kaufen, zu dem sie selbst technisch nicht in der Lage waren. Um sicherzugehen, dass alles abläuft wie verabredet, haben sie einen Mann an Bord geschleust, der die ›Schließfachnummer‹ des Goldes kannte. Ein klassisches Zug-um-Zug-Geschäft. Daher hat der Kommandant seine Raketen auch pflichtschuldigst abgefeuert, nur eben auf ein ganz anderes Ziel. Der Rest war einfach. Commander Martinez, erläutern Sie doch Agent Small bitte einmal, wie eine Feuerleitübung abläuft.«

»Na ja, es ist im Grunde ein Simulationsmodus. Wir machen alles so wie bei einem echten Abschuss, auch die Computer reagieren entsprechend, nur wird eben keine Waffe wirklich abgefeuert. Hier drinnen im Bootsinneren merkt man den Unterschied fast nicht, obwohl natürlich bei Raketen …« Er starrte den Captain an. »Das ist genial!«

DiAngelo nickte. »Leider stammt die Idee nicht von mir, und auch der russische Kommandant hat sie geklaut: *Sag niemals nie*, 1983, mit Sean Connery und Klaus-Maria Brandauer. Brandauer stiehlt zwei Cruise Missiles, indem er durch einen Agenten die Programmierung so ändert, dass sie ganz woanders hinfliegen als vorgesehen.« Alle in der Zentrale hingen wie gebannt an seinen Lippen. »Der *Bizon*-Kommandant brauchte nicht eigens einen Agenten zu bemühen, da er selber auf den Flugkörpern saß. Der Rest war Rechenarbeit, Vorzeichenfehler, wenn Sie so wollen. Seine Raketen absolvierten in Realzeit die richtige Entfernung, aber in der falschen Richtung.«

»Echter als echt könnten die Abschüsse an Bord überhaupt nicht wahrgenommen werden, da sie es ja auch tatsächlich waren.« Martinez schüttelte den Kopf. »Und gleich, als die Startsequenz initiiert war, hat er seine Waffensysteme auf Übungsmodus geschaltet. Wer immer auch Fremdes in seiner Zentrale herumgestanden haben mag, konnte zufrieden sein. Er hatte selber authentisch mitbekommen, dass die Raketen tatsächlich gestartet wurden und danach die Computer alle genau die richtige Flugbahn anzeigten.«

»Ich glaube, ich traue so schnell nicht wieder einem Computer«, bekannte der Commander.

»Der zweite Teil der Nummer war übrigens auch geklaut.«

»Ich nehme an, ebenfalls aus einem Film«, meinte Small dazu.

»*Stirb langsam*, Teil II, 1990, mit Bruce Willis. Dort wird ein ähnlicher Trick benutzt, um einem Flugzeug einen falschen Anflugwinkel vorzugaukeln.«

Martinez sah vom Captain zu Small und wieder auf DiAngelo. »Das bedeutet doch im Klartext, dass der russische Kommandant alle diese Filme kennt. Und Sie, Captain, wissen das und damit doch auch die CIA ...«

»Ja!« Bobs Stimme klang plötzlich müde. »Dieses kleine Geheimnis haben die Herren von der HUMINT für sich behalten. Der russische Kommandant ist der Kapitän dritten Ranges Igor Sarubin, der seinerzeit geholfen hat, die *Tuscaloosa* zu retten und damit meine Frau.«

»Zweiten Ranges mittlerweile!«*, korrigierte Small ihn. »Wie lange wissen Sie eigentlich schon, dass wir es mit Sarubin zu tun haben?«

---

* Entspricht etwa einem deutschen Korvettenkapitän oder einem amerikanischen Commander.

»Als ich hörte, wie die *Bizon* versuchte, Gibraltar zu passieren, wurde ich stutzig, denn das war schon ziemlich gekonnt und alles andere als schulbuchmäßig. Das war nicht Lehrbuch, aber vielleicht war es Zufall.« Bob sah sich in der Zentrale um. »Erinnern Sie sich, wie uns das Boot vor Beirut entwischte? Seine Klappen waren geschlossen, obwohl es uns mit einem seiner Schkwal-Torpedos hätte erreichen können, ohne überhaupt in die Reichweite unserer Torpedos zu kommen. Für Sarubin war das seine letzte Option, von der er aber keinen Gebrauch gemacht hat.«

»Genauso, wie Sie auf den Einsatz einer AGM-84 verzichtet haben.«

»Richtig!«, bestätigte DiAngelo und wirkte dabei fast verlegen. »Hinter dem Verhalten der *Bizon* konnte natürlich auch die simple taktische Überlegung stecken, uns nicht zu provozieren. Vielleicht stand aber dabei auch *The Bedford Incident* Pate, 1965, Richard Widmark und Sidney Poitier. Für mich war das ein ›vielleicht‹ zu viel.«

»Ist dieser Sarubin so phantasielos, dass er immer nur in Hollywood abkupfert?«, erkundigte sich Martinez verwirrt.

Bob zuckte mit den Schultern. »Es kommt immer darauf an, wie man Film-Ideen umsetzt.«

Dem Commander war förmlich anzumerken, wie es in seinem Kopf ratterte. »Heißt das, Sir, dass Sie das auf dieser Fahrt auch schon getan haben? Denn daraus könnte der Russe folgern, dass Sie sich an Bord der *Alaska* befinden.«

»Er vermutet es zumindest, und deswegen hat er nachgefragt.«

Auf den Gesichtern von Small und Martinez spiegelte sich nichts als pures Unverständnis wider.

»Auf seine eigene Art«, fuhr Bob fort. »Oder glauben Sie, er hätte es ansonsten nötig gehabt, gleich zwei Filmplots in seinen Raketentrick einzubauen? Zwei, die nur ein echter Fan erkennen würde?« Er deutete auf die CDs, die Martinez immer noch in den Händen hielt. »Es wird Zeit, ihm eine Antwort zu geben. Die rote bitte!«

Martinez blickte auf das Cover der Soundtracks. »*Holy Cow*! Das ist nicht Ihr Ernst!«

Bob nickte ruhig. »Doch!«

22. Kapitel

15. Tag, 17 : 45 Ortszeit, 15 : 45 Zulu – Russisches Tauchboot
Teljonok, südöstlich der Larnaca-Bucht

Etwa zwanzig Meilen südöstlich der Küste Zyperns stieg der Meeresbooden an und bildete ein unterseeisches Plateau in knapp dreihundert Metern Tiefe. Die ovale Erhebung maß an der breitesten Stelle etwas mehr als fünf Seemeilen und in der Länge etwa fünfzehn. Jenseits dieses Plateaus fielen die Ränder steil ab bis in über siebzehnhundert Meter Tiefe. Für die kleine *Teljonok*, das Kälbchen, kein Problem. Das Licht der Bugscheinwerfer riss ein paar flache, silbrig glitzernde Fische aus dem Dunkel.

»Laut Magnetometer müssten wir jetzt ziemlich bald dran sein«, sagte Balakin zu dem Unteroffizier, der mit ihm zusammen die Besatzung des kleinen Tauchbootes bildete.

Minuten verstrichen in gespannter Erwartung. Ein dicker, fetter Krake kam irgendwo von der Seite her und glotzte neugierig in die Bullaugen.

Der Oberleutnant spähte nach Steuerbord voraus und stellte den Schubhebel auf null zurück. Einen Augenblick später schwebte das Kälbchen reglos im Wasser. Vor ihm lag im Licht der Scheinwerfer ein Wrack, das der Beschreibung nach nur die *Eastern Flyer* sein konnte.

»Genauso hab ich mir die verdammte Scheiße vorgestellt«, knurrte Balakin und drückte den Knopf des Unterwassertelefons, um seinen Kapitän darüber zu informieren, dass der Frachter auf der Seite lag.

15. Tag, 18 : 15 Ortszeit, 16 : 15 Zulu – Amerikanisches Jagd-U-Boot USS *Alaska*, südöstlich der Larnaca-Bucht

»Magnetische Anomalien sind zumindest bisher noch nicht feststellbar«, meinte Martinez.

»Abwarten!« Robert DiAngelo hatte es sich im Kommandantensessel gemütlich gemacht. »Immerhin handelt es sich um ein ziemlich großes Plateau, und wir wissen nicht einmal sicher, ob die *Eastern Flyer* sich darauf befindet. Sie kann genauso gut irgendwo daneben liegen. Da wird es dann aber richtig tief, über fünftausend Fuß.«

»Sechs Meilen bis zum Plateau«, sagte der Navigationsoffizier an. »Weiter direkt auf die Spitze zu?«

»Negativ!«, beschied Bob. »Wir drehen erst einmal eine Ehrenrunde, und dann sehen wir weiter. Abstand drei Meilen. Commander Martinez, lassen Sie das Towed Array ausbringen!«

»Aye, aye, Sir! Wenn Sie gestatten, erst nachdem wir den Kurs gewechselt haben.«

Bob nickte zustimmend, denn der Einwand machte Sinn. Immerhin waren sie im Begriff, ein etwa dreieinhalbtausend Fuß langes Schleppsonar auszufahren. Nicht gerade etwas, das man sich unter Umständen über den eigenen Antrieb ziehen wollte. Das TB-19 Thin Line war das Modernste, was die US Navy auf diesem Gebiet zu bieten hatte. Die Software berücksichtigte bei ihrer Datenanalyse sogar die Windungen und verschiedenen Tiefen, in denen einige Abschnitte der langen Leine im Wasser hingen. Die Jagd auf Atom-U-Boote erforderte absolute Spitzentechnologie. Als die *Alaska* nach der Kursänderung die Schleppe ausfuhr, vergrößerte sich die Reichweite ihres Sonars erheblich, vor allem der Heckbereich, die ansonsten neuralgische Stelle, war nun abgedeckt. Aber der wahre Wert eines Towed Array bestand in einem ganz anderen Effekt. Ein normales Sonar konnte die Richtung eines Kontaktes feststellen und mit Hilfe von Computern per Vergleich mit bekannten Signalstärken für die Entfernung einen Näherungswert ermitteln. Durch die weit am Kabel auseinanderliegenden Sensoren aber war es möglich, die Position eines Gegners genau *zu berechnen*. Die Chancen der *Bizon*, unbemerkt zu bleiben, hatten sich rapide verschlechtert.

15. Tag, 18 : 30 Ortszeit, 16 : 30 Zulu –
Russisches Jagd-U-Boot *Bizon*, südöstlich
der Larnaca-Bucht

Die *Bizon* fuhr Kreise, nicht, weil Sarubin das ins Konzept gepasst hätte, sondern weil das Boot nicht mehr langsamer als etwa vierzehn Knoten laufen konnte, ohne dass der Effekt der Aufheizung wieder einsetzte, für den die Techniker keine Erklärung und, was schlimmer war, keine Lösung gefunden hatten.

Sarubin spielte mit dem Gedanken, sein Towed Array auszufahren. Aber dazu hätte er dann noch weitere Kreise ziehen müssen, und bereits jetzt brach die Verbindung zur *Teljonok* immer wieder für Minuten ab. Außerdem war seine Sonarschleppe ohnehin dem amerikanischen Modell unterlegen. Er griff zum

Telefon. Augenblicke später hatte er den Leitenden dran. »Wie sieht es aus?«

»Schlecht!« Der Ingenieur war der Verzweiflung nahe. »Die Temperatur steigt zwar nur langsam, aber nach wie vor stetig. Wir haben noch eine Sicherheitsreserve, aber …« Er brach ab.

»Ich möchte, dass Sie eine Rechenübung vornehmen.«

»Und die bestünde worin, Kapitän?«

»Ermitteln Sie unter Einbeziehung aller Ihnen bekannten Parameter, ab wann wir gezwungen sein werden, uns ständig wegen dieser Temperaturprobleme schneller als sagen wir einmal fünfundzwanzig Knoten zu bewegen, damit ich entsprechend planen kann.«

15. Tag, 18 : 30 Ortszeit, 16 : 30 Zulu – Amerikanisches Jagd-U-Boot USS *Alaska*, südöstlich der Larnaca-Bucht

»Kontakt, grün-null-null-vier, Abstand sechzehn Meilen, Tiefe zweitausendzweihundert Fuß, kleine Fahrt bei etwa fünfzehn Knoten.«

»Welchen Kurs steuert er?«

»Er dreht … geben Sie mir einen Augenblick.«

Sekunden verstrichen und strapazierten die Geduld von Martinez und DiAngelo, die in der Zentrale warteten. Als es Martinez zu viel wurde, drückte er den Knopf am Mikro. »Sonar?«

»Ja, Sir! Er dreht immer noch, nach Backbord auf uns zu!«

DiAngelo schaltete sich ein. »Sonar, kann es sein, dass er kreist, und wie groß wäre der Bogen ungefähr?«

»Wenn er so weitermacht, etwa drei Meilen!«

»Seltsam!«, befand Bob. »Wenn er über dieser Position bleiben will, dann könnte er doch einfach kleinere Fahrt laufen. Sonar, was zeigt das Magnetometer an?«

»Keine für ein normales U-Boot ungewöhnlichen Werte, Sir!«

Bob fiel es wie Schuppen von den Augen. »Von wegen! Der Kerl ist aus niedermagnetischem Stahl gebaut. Sie kriegen niemals die volle Anzeige seiner Masse.« Er sah Martinez an. »Der kurvt tatsächlich um die *Eastern Flyer* rum!«

»Und was nun?« Der Kommandant sah ihn fragend an. »Sollen wir ein paar Torpedos auf ihn abfeuern und hoffen, dass die Aale bei der Tiefe durchhalten? Oder sollen wir es mit Musik versuchen? Ich bin für alle Vorschläge offen!«

15. Tag, 18 : 33 Ortszeit, 16 : 33 Zulu – Russisches Jagd-U-Boot *Bizon*, über dem Wrack der *Eastern Flyer*

»Gelben Container mit der Shinryu-Line mit rotem Streifen gefunden«, meldete Balakin an Sarubin. »Allerdings wimmelt es hier von weiteren Containern aus der verstreuten Decksladung.«

»Suchen Sie nach der Nummer drei-fünf-zwei-sechs-eins.«

»Wird gemacht! Wir melden uns.«

»Viel Glück!«, wünschte der Kommandant seinem Oberleutnant. »Das können wir alle brauchen.« Nachdenklich sah er auf die Uhr.

Es dauerte mehr als eine Viertelstunde, bis es wieder im Lautsprecher knackte und sich der Pilot der *Teljonok* erneut vernehmen ließ: »Wir haben ihn!« Es klang irgendwie, als könne er es selber nicht glauben.

»Liegt hier unbeschädigt etwas abseits von den anderen Dingern rum.«

»Gratuliere. Das ist doch endlich mal eine gute Nachricht.« In der Zentrale der *Bizon* setzte sich deren Kommandant entspannt zurecht.

»Kontakt in eins-eins-vier Grad, Abstand unklar, Peilung steht! U-Boot, definitiv U-Boot!« Fjedoroff, der Sonaroffizier schien einer Panik nahe zu sein.

Sarubin schnappte sich das Mikrofon. »Frage: Antrieb?«

Fjedoroff ließ sich kurz Zeit mit einer Antwort. »Nicht zu bestimmen, Kapitän, denn die haben laute Musik laufen, die irgendwie russisch klingt.«

Der Kapitän hüpfte wie von der Tarantel gestochen aus seinem Sessel. »Geben Sie es sofort auf die Lautsprecher.« Den NO, der wegen des Einsatzes der *Teljonok* die Position des Ersten übernommen hatte, wies er an: »Wenn wir rum sind, geradewegs am Plateau entlang, und gehen Sie hoch auf zwanzig Knoten.«

»Jawohl, Herr Kapitän!«

Aus dem Lautsprecher tönte die angeforderte Musik. Trotz der geminderten Übertragungsqualität erkannte Sarubin sie als Filmfan sofort. Was ihn entsetzte, war die damit verbundene Botschaft. Er erstarrte in der Bewegung. Gedanken rasten durch seinen Kopf …

15. Tag, 18 : 35 Ortszeit, 16 : 35 Zulu – Amerikanisches Jagd-U-Boot *Alaska*, beinahe über dem Wrack der *Eastern Flyer*

»Worauf warten wir eigentlich?« Jack Small hatte es nicht mehr länger ausgehalten, in der Messe herumzusitzen, und war in die Zentrale gekommen.

Commander Martinez sah ihn gleichgültig an. »Auf

einen Torpedo ... oder auf eine musikalische Botschaft, je nachdem, wofür sich der Russe entscheidet.«

Etwas blechern ertönte aus dem Lautsprecher Zithermusik, und Robert DiAngelo summte ein paar Takte mit. »*Der Dritte Mann.*«

»Und was will er uns damit sagen?« Martinez fuhr sich etwas ratlos durch die Haare.

»Er hat jemanden an Bord, der dort eigentlich nicht hingehört!«

15. Tag, 18 : 35 Ortszeit, 16 : 35 Zulu –
Beirut, in einem Café

Aiman al-Sawahiri war aus Erfahrung klug geworden und telefonierte von einem Café aus. Das war sicherer, trotz der Gefahr, dass ihn jemand erkannte. Geduldig wartete er ab, bis sich eine Männerstimme meldete. »Hallo?«

»Mister Rogow, ich muss Sie dringend sprechen, es geht um Deep Hunter!«

Für einen Augenblick herrschte Schweigen, dann räusperte sich der Russe. »Wann und wo?«

»Sagen Sie es mir!«

Sergej Rogow dachte kurz nach. »In zwei Stunden unten am Hafen bei Ahmed's! Ist das Ihnen ein Begriff?«

»Ich habe davon gehört.« Das war untertrieben. Ahmed's war eine Institution, seit Ewigkeiten, ein Treffpunkt junger Studenten der Koranschule, ein politischer Nährboden. Aiman hatte selbst vor Jahrzehnten aus diesem Umfeld Rekrutierungen vorgenommen. »Das kann ich schaffen.«

»Gut, bis dann also!« Rogow legte auf.

Koljunow sprang auf und baute sich wütend vor dem Einwegspiegel auf. »Nun kommen Sie schon heraus, Marsden. Ich weiß, dass Sie da sind.«

Der FBI-Agent hinter ihm grinste. »Mister Marsden ist bereits vor zwei Stunden an seinen Schreibtisch zurückgekehrt, und Sie wissen, wo der steht, nehme ich an.«

»Hören Sie auf, mir Geschichten zu erzählen.« Der Russe sah den FBI-Agenten misstrauisch an. »Marsden würde niemals …«

»Er würde! Warum nicht? Sie sind ein abgehalfterter KGB-Mann und kein Fall der nationalen Sicherheit. Das macht Sie für ihn uninteressant. Vielleicht weiß er ja auch ohnehin schon alles, was Sie ihm erzählen wollen. Bei seinem Verein ist das nicht ausgeschlossen.« Die Stimme des FBI-Agenten wurde härter. »Sie haben Drogen eingeschmuggelt und sind in einen Mord verwickelt. Was ich wissen will, ist, wer sonst noch in der Sache mit drinsteckt. Vielleicht glauben Sie, Sie können mit Mr. Marsden besser verhandeln, aber Sie werden in diesem Fall mit mir vorliebnehmen müssen.«

»Ich bin ein alter Mann, Agent, womit also wollen Sie mir drohen?«

»Mit nichts! Sie werden einfach bis zum Ende Ihrer Tage im Knast verschwinden, Koljunow. Einen Al Capone haben wir wegen Steuerhinterziehung eingelocht, das bei einem russischen Spion wegen Mordes zu tun, ist eine wesentlich leichtere Übung.«

Der Russe sah ihn ausdruckslos an, aber hinter seiner Stirn rasten die Gedanken. Er konnte gar nicht anders, als sich mit dem zu befassen, was der Agent angedeutet hatte. *Hält Marsden mich wirklich für so unwichtig, dass er keinen Deal erwartet? Oder blufft er nur?* Sein Blick irrte wieder zu dem Einwegspiegel ab. *Was, wenn der Raum dahinter wirklich leer war?*

15. Tag, 19 : 30 Ortszeit, 17 : 30 Zulu – Russisches Jagd-U-Boot *Bizon*, südöstlich der Larnaca-Bucht.

An der Oberfläche wurde es so langsam dunkel, aber für die Besatzungen der U-Boote änderte sich dadurch nichts. Die Außenwelt spielte innerhalb ihrer isolierten Welt nur eine begrenzte Rolle.

Kapitän Sarubin studierte das taktische Display. »Er ist immer noch da, zehn Meilen achteraus und genau nach Backbord abgestaffelt, um sicherzugehen, dass wir ihn hören.« Er wandte sich an den Navigationsoffizier. »Wie lange brauchen wir, bis wir wieder über dem Wrack stehen?«

»Siebenundzwanzig Minuten, Kommandant!«

»Wir nehmen Balakin dann auf, mit allem, was er bis dahin eingesammelt hat. Auf der nächsten Runde setzen wir ihn wieder ab – und so weiter und so fort.«

»Und die Amerikaner?«

»Die Amerikaner haben bisher von unserem Kälbchen nichts mitbekommen. Mit etwas Glück bleibt das so. Dann kreisen wir eben die ganze Nacht um das Plateau und lassen sie rätseln.«

»Irgendwann werden sie darauf kommen.«

»Mag sein, aber bis dahin hoffe ich, hat Balakin uns schon einen großen Teil der Ladung an Bord gebracht. Und je nachhaltiger wir das amerikanische Boot ablenken, desto länger dauert es bis zu diesem ›irgendwann‹.«

15. Tag, 19 : 30 Ortszeit, 17 : 30 Zulu – Amerikanisches Jagd-U-Boot USS *Alaska*, südöstlich der Larnaca-Bucht.

Auf dem taktischen Display tat sich nicht viel.

»Seit dem *Dritten Mann* hat er sich nicht mehr geäußert, und das ist auch schon wieder eine Weile her«, stellte Martinez fest. »Was also hat er vor?«

»Ich nehme an, er versucht immer noch, Arafats Gold zu bergen.«

»Das sagen Sie so ruhig? Da müssen wir doch etwas tun!«

»Warum?« Robert DiAngelo sah ihn erstaunt an.

»Aber der Sinn der ganzen Operation war doch, zu verhindern ...«

»Und was passiert, wenn wir ihn von hier vertreiben? Selber bergen können wir den Schatz nicht. Und was brächte es, wenn wir mit dem notwendigen Gerät wiederkommen?« Bob beugte sich vor und sah den Commander ernst an. »Wenn diese Geschichte durchsickert, wird die ganze Welt verlangen, dass wir den armen Palästinensern das Gold wiedergeben, denn es waren ja ursprünglich alles Hilfsgelder, die der alte Arafat zweckentfremdet hat.«

»Und was ist mit Russland?«

»Geschenkt!« Der Captain schüttelte den Kopf. »Die Russen haben uns immerhin unterrichtet, dass eines ihrer Boote eventuell in den Händen von Terroristen ist. Damit sind sie doch fein raus, egal, was passiert. Allenfalls müssen die sich eine Entschuldigung abringen, dass dies bedauerlicherweise überhaupt passieren konnte.«

Martinez nickte. »Also, wir lassen die *Bizon* das Gold bergen, doch was wird dann?«

»Das hängt stark vom russischen Kommandanten

ab, entweder er redet mit uns, oder wir müssen ihn fertigmachen. Aus dem Mittelmeer kommt er jedenfalls nicht mehr raus.«

»Und wie lange geben Sie ihm Zeit?«

Der Captain sah auf die Uhr. »Er ist bald wieder über dem Wrack. Wenn er ein Tauchboot unten hat, muss er das jetzt wieder aufnehmen.«

23. Kapitel

16. Tag, 05 : 45 Ortszeit, 03 : 45 Zulu – amerikanisches Jagd-U-Boot USS *Alaska*, südöstlich der Larnaca-Bucht

Commander Martinez gähnte herzhaft. »Lassen Sie uns hoffen, dass das die letzte Runde wird!«

»Schön wär's!«, brummte Bob missmutig. »Was schätzen Sie, um wie viele Barren es sich handeln mag?«

»Keine Ahnung, woher auch?«

»Stimmt auch wieder!«, räumte der Captain ein. »Wenn Sie sich etwas hinhauen wollen, dann löse ich Sie ab.«

»Wäre nicht das Schlechteste, Sir. Wer weiß, wie lange das noch so weitergeht.«

»Aye, aye, Sir!« Der Kommandant tippte mit dem linken Zeigefinger als Gruß an die Stirn und verschwand über das Süll.

Bob ließ sich im Kommandantensessel nieder. »Für das Logbuch, Captain DiAngelo übernimmt die Zentrale!« Er lehnte sich zurück. Neunmal waren sie dem russischen Boot bisher um das Plateau gefolgt. Aber irgendwann würde es eine letzte Runde geben, und dann musste etwas geschehen. Vielleicht sollte er noch einmal versuchen, mit Sarubin zu reden … oder wie immer man diese Art der Kommunikation bezeichnen wollte. Er griff zum Mikrofon. »Sonar? Zeit für etwas Musik.«

»Haben Sie besondere Wünsche, Sir?«

Bob dachte einen Augenblick nach. »Die rote CD mit Gene Hackman drauf.«

16. Tag, 05 : 45 Ortszeit, 03 : 45 Zulu –
russisches Jagd-U-Boot *Bizon*, südöstlich
der Larnaca-Bucht

Der reichliche Kaffee und der zu wenige Schlaf machten Kapitän Sarubin zu schaffen, aber er ließ sich das äußerlich nicht anmerken, als er dem Bericht seines Ersten lauschte. »Mit anderen Worten, den größten Teil haben Sie geborgen?«

»Die Männer sind erst noch am Zählen und passen dabei höllisch aufeinander auf, damit nicht ein paar der Barren wieder verschwinden«, erklärte Balakin.

»Und was glauben Sie, wie viel von dem Zeug noch unten ist?«

»Eine Tour noch müsste reichen, allerdings liegen die ziemlich weit verstreut herum und das Einsammeln würde entsprechend lange dauern.«

Laut den Angaben Schugarews sollte es sich um 7718 Barren handeln, von denen jeder 12,44 kg wog. Das kleine Tauchboot war von jedem der fünf Tauchgänge so schwer beladen zurückgekehrt, dass Balakin alle Tricks hatte anwenden müssen, um *Teljonok* wieder in den Hangar zu steuern. Das Boot war offiziell für bis zu zehn Tonnen ausgelegt, aber der Erste hatte sich darüber hinweggesetzt und war bis an die Sicherheitsgrenzen gegangen. Alles in allem hatten sie zwischen fünfundsiebzig und achtzig Tonnen des wertvollen Materials an Bord der *Bizon* genommen, über den Daumen gepeilt sechstausendzweihundert Barren.

Eigentlich unvorstellbar, was aber nichts daran änderte, dass auf dem Grund des Meeres noch weitere eintausendfünfhundert verstreut herumlagen, von denen jeder mehr Wert war als der Jahressold eines jeden Seemannes. In Anbetracht des aktuellen Goldpreises würden sie etwa fünfhundert Millionen US-Dollar zurücklassen – einfach so.

Balakin konnte seinem Kommandanten die Skrupel ansehen. »Ich mache die *Teljonok* wieder bereit.«

»Warten Sie! Der Zeitaufwand wäre einfach zu groß!«

»Kommandant, das sind ...«

»Ich weiß. Kopfrechnen kann ich auch.«

»Dann hängen wir jetzt also als Nächstes die Amerikaner ab?«

»Ich warte nur noch auf den Bericht des Leitenden Ingenieurs. Sehen Sie zu, dass Sie inzwischen einen Kaffee und was zu Essen kriegen, Schlaf wird leider noch etwas warten müssen.«

»Und dann?«

»Laut Befehl sollen wir das Gold an das Forschungsschiff *Juri Gagarin* übergeben, bevor wir zurück nach Poljarny laufen.«

»Die *Gagarin* ist doch meines Wissens im Atlantik unterwegs.«

»Na und?«, fragte Sarubins härter als beabsichtigt zurück. »Raus aus dem Mittelmeer müssen wir sowieso wieder. Doch jetzt sollten Sie sich erst einmal stärken, Balakin. Wir haben eine harte Zeit vor uns. Ich löse zunächst mal den NO ab.« Er stand auf und verließ die Kammer.

In der Zentrale empfing ihn Musik aus dem Lautsprecher. »Die Übertragung hat gerade begonnen«, ließ der Navigationsoffizier ihn wissen. »Klingt richtig schön schaurig. Hört sich nach einem amerikanischen Thriller an.«

Sarubin schmunzelte. Seit der Amerikaner dieses Spiel begonnen hatte, wimmelte es auf der *Bizon* nur so von Experten. »*Crimson Tide,* Gene Hackman und Denzil Washington, 1995. Fiel in der russischen Kritik durch, weil das amerikanische Boot eines unserer Akulas unter einem absolut unfähigen Kommandanten versenkte.«

»Halten uns denn nicht alle Amis für unfähig?«, fragte der Oberleutnant verschmitzt.

Sarubin stutzte kurz. »Der, mit dem wir es zu tun haben, sicher nicht. Aber ihm ein Rätsel aufzugeben, kann nicht schaden.« Er griff zum Mikrofon. »Fedorow, Sie sind jetzt musikalisch gefragt. *On the Beach**, die CD ist oben weiß, unten schwarz und es ist ein amerikanisches U-Boot der Los-Angeles-Klasse auf dem Cover.«

16. Tag, 06 : 00 Ortszeit, 04 : 00 Zulu – amerikanisches Jagd-U-Boot USS *Alaska*, südöstlich der Larnaca-Bucht

»Und was ist das jetzt?« John Turk lauschte mit schiefgelegtem Kopf. »Klingt nicht nach einem Film, den ich kenne.«

»Der Soundtrack stammt aus einem australischen Fernsehfilm von Russell Mulcahy. So langsam bekommt die Sache ein Bild.«

---

* Der deutsche Titel war »USS Charleston – Die letzte Hoffnung der Welt«, was auch beweist, dass Titelübersetzungen nicht immer gut sind.

»Für Sie vielleicht. Ich tappe noch im Dunkeln, Sir. Es wäre schön, wenn Sie mich einweihen könnten, zumal ja im Moment auch nicht viel los ist.«

»Zuerst haben wir *Jagd auf Roter Oktober* gespielt. In dem Film geht es um einen U-Boot-Kommandanten, der überlaufen will und von der ganzen russischen Flotte gejagt wird.«

»So weit – so klar«, meinte der Lieutenant-Commander. Der Russe hat daraufhin mit Zithermusik aus *Der Dritte Mann* reagiert.«

»Genau. Inhaltlich geht es dabei um Penicillinschmuggel nach dem Krieg. Aber der dritte Mann, der Mann im Hintergrund, war ein Verräter in den eigenen Reihen. Der russische Kommandant fürchtet also, einen Spion oder Spitzel an Bord zu haben, was ich an seiner Stelle auch tun würde.«

»Und worin bestand die nächste Botschaft?«

»*Crimson Tide* handelt von einem XO, der seinen Kommandanten davon abhalten will, seine Raketen abzufeuern, bevor die Befehle nicht verifiziert sind.«

»Verstehe. Nur was besagt die Antwort?«

»*On the Beach*. Es geht um das Ende der Welt nach einem Nuklearkrieg. Eine der Schlüsselszenen ist, dass Towers, der Kommandant in diesem Film, seine Raketen nicht abgefeuert hat. Er hat sich dagegen entschieden, aber es machte ohnehin keinen Unterschied mehr.«

»Was schließen Sie daraus?«

»Vermutlich will er uns sagen, dass er versucht, zu retten, was zu retten ist. Etwas in der Art. Und dass er keinen Angriff plant.«

»Leicht zu behaupten, nachdem er seine Raketen bereits abgefeuert hat.«

Aus dem Lautsprecher erfolgte die Ansage des

Sonaroffiziers: »Radio Russland wechselt das Programm!«

»Bitte in die Zentrale stellen«, forderte der Captain.

»Erkennen Sie es?«, fragte Turk gespannt.

Bob warf ihm einen verächtlichen Seitenblick zu. »*Speed,* Sandra Bullock, Keanu Reeves, Dennis Hopper, ich glaube das war vierundneunzig.«

»An den Streifen erinnere ich mich, da ging es doch um einen Bus, der nicht langsamer als irgendeine Geschwindigkeit fahren konnte, weil sonst eine Bombe explo … oh holy shit!« Die Musikeinspielung endete abrupt, der Sonaroffizier meldete sich. »Der Russe geht hoch! Ist jetzt bei dreihundert Metern, hält stur Kurs nach Westen!«

»Es geht los!«, kommentierte der Captain. Dass die *Bizon* nicht nach Norden drehte, um erneut das Plateau zu umkreisen, konnte nur eins bedeuten: Sie hatten die Bergung des Goldes erfolgreich beendet.

»Mr. Turk, genau zwo-sieben-null, bringen Sie uns näher an die Oberfläche und halten Sie sich für eine plötzliche Fahrterhöhung bereit!«

»Das Schleppsonar ist noch draußen!«

»Das müssen wir eben notfalls opfern.«

16. Tag, 06 : 30 Ortszeit, 04 : 30 Zulu –
russisches Jagd-U-Boot *Bizon*, südlich Zypern

»Also, zu welchem Ergebnis sind Sie gekommen?«

Der Leitenden Ingenieur zögerte, und als er endlich antwortete, senkte er auch noch die Stimme. »Es bleiben zwischen zweiundsiebzig und sechsundneunzig Stunden. Danach … wir werden beständig über der taktischen Geschwindigkeit laufen müssen, und wenn es so weitergeht, ist zwei Tage später …« Er brach ab. »Wir tun, was wir können.«

»Danke!« Sarubins Stimme klang plötzlich noch müder, als er ohnehin schon war. Alles war schlimmer, als er sich das gedacht hatte.

»Umdrehungen für zweiundvierzig Knoten, Kurs zwo-sieben-null!« Er blickte Balakin an. »Es wird Zeit, hier rauszukommen.«

16. Tag, 06 : 33 Ortszeit, 04 : 33 Zulu – amerikanisches Jagd-U-Boot USS *Alaska*, südlich Zypern

»Er nimmt Fahrt auf!«

»Also los, Mr. Turk!«, forderte Captain DiAngelo. »Alles, was drin ist. Und kappen Sie das Towed Array.«

Der XO erteilte die entsprechenden Befehle und gab dann zu bedenken: »Wir kommen sowieso nicht hinterher, wenn er es ernst meint.«

Bob, der etwas auf einen Zettel schrieb, blieb gelassen. »Nein, der ist schneller als wir. Deswegen soll der Funkoffizier den Text hier verschlüsseln und dann senden, sobald dies möglich ist.«

»Aber wenn wir hochgehen, verlieren wir ihn!«

»Genau genommen haben wir das doch bereits!«

»Ihre Nerven möchte ich haben, Captain!«

»Wir werden ihn wieder treffen, keine Bange!«, beschwichtigte Bob den Lieutenant-Commander und angelte nach dem Mikrofon. »Sonar?«

»Sir?«

»Die *Bizon* ist wahrscheinlich etwa vier Knoten schneller als wir. Was glauben Sie, wie lange Sie sie verfolgen können?«

»Wenn sie weiter volle Pulle läuft? Verzeihung, Sir!«

DiAngelo nickte ungeduldig. »Bei voller Pulle, ja.«

»Drei Stunden, wenn wir wirklich nur vier Knoten langsamer sind.«

»Danke!« Bob hängte das Mikro ein und stand auf. »Mr. Turk, was fällt Ihnen ein, was einem U-Boot auf dem Weg von hier nach Gibraltar etliche Stunden Zeit kosten könnte?«

»Wie wäre es mit unserer Sechsten Flotte?«

»Genau!« DiAngelo wedelte mit seinem Notizzettel.

16. Tag, 10 : 00 Ortszeit, 08 : 00 Zulu – amerikanisches Jagd-U-Boot USS *Alaska*, fünfzig Seemeilen südwestlich von Zypern

»Er ist weg, Sir!«

»Das war zu erwarten«, sagte Martinez. »Also hoch mit uns und dann raus mit dem Funkspruch.«

»Umdrehungen für fünfundzwanzig Knoten. Achterlastig zehn!«, befahl John Turk umgehend. »Soll jemand den Captain wecken?«

»Wozu, der hat sich gerade erst hingehauen. Wir setzen den Funkspruch ab und tauchen wieder ab.«

Die Sechste Flotte war im Laufe der letzten Jahre so etwas wie das Stiefkind der Navy geworden. Wo früher ständig eine Trägerkampfgruppe operierte, gab es heute nur noch eine Handvoll Zerstörer und ein paar Hilfsschiffe. Die Anzahl der Flugzeuge, die von der US Air Force und der Navy zusammen rund um das Mittelmeer in die Luft gebracht werden konnten, war von mehr als eintausendzweihundert auf etwas unter vierhundert geschrumpft, und U-Jagd-Flugzeuge gab es überhaupt keine mehr, lediglich ungefähr vierzig Hubschrauber, von denen einunddreißig startklar waren.

Der politisch-militärische Fokus hatte sich in andere Gewässer verlagert.

Als DiAngelos Funkspruch eintraf, überprüften die zuständigen Kommandostellen natürlich zuerst einmal, inwieweit die Anforderungen überhaupt ernst zu nehmen waren. Erst als aus der fernen Heimat eindeutige Anweisungen, versehen mit dem deutlichen Wink auf die CIA, eintrafen, starteten die ersten der Hubschrauber. Aber zu diesem Zeitpunkt waren bereits wertvolle Stunden verstrichen.

16. Tag, 13 : 00 Ortszeit, 12 : 00 Zulu – amerikanisches Jagd-U-Boot USS *Tuscaloosa*, Straße von Gibraltar

»Das kann ja heiter werden«, befand Commander Dan Kearny nach Durchsicht der eingegangenen Funksprüche. Er blickte seinen XO an. »Fragt sich bloß, ob die *San Diego* auch schon von ihrem Glück weiß.«

»Anzunehmen, dass die ihre Antenne ebenfalls über Wasser gesteckt haben.«

Das ließ sich so gut wie keins der U-Boote nehmen, wenn sie nicht durch Einsatzumstände daran gehindert wurden. Denn alle sechs Stunden wurden neben für die amerikanische U-Boot-Flotte wichtigen Informationen auch die Baseball- und Footballergebnisse aus der Heimat wiederholt. Außerdem setzten Boote, die nicht unter Funkstille liefen, zu diesen Zeiten routinemäßig Positionsmeldungen ab. Demnach durfte das Schwesterboot die auf DiAngelos Wünschen basierenden Befehle empfangen haben.

»Sie haben wirklich keine Ahnung, wozu er ausgerechnet das Ding hier haben will?«, fragte Kearny.

»Nein, Sir! Nicht die geringste.«

16. Tag, 04 : 00 Ortszeit, 12 : 00 Zulu –
Air Force Basis Miramar, nahe San Diego

Der große Texaner nahm die Zigarre nicht aus dem Mund, sondern ließ sie nur von dem linken in den rechten Mundwinkel wandern. »Boys, passt mir bloß auf mit meinem Baby, sonst tret' ich euch in den Hintern, dass ihr nicht mehr wisst, ob ihr Männlein oder Weiblein seid!«

»Keine Bange, Tex, wir bringen das gute Stück schon heil in den Geier rein. Wie wäre es, wenn du dich etwas abregst?«

»Dann sputet euch. Wir haben vierundzwanzig Stunden Zeit, um in dem verdammten Gibraltar zu sein. Also los, Männer!« Er schien nahe dran zu sein, die blaue Wollmütze von seinem Kopf zu reißen und darauf rumzutrampeln.

»Sir?«

Commander Lee »Tex« Harper von der Deep Sea Rescue Unit drehte sich ungnädig zu dem Luftwaffenoffizier um, der sich lautlos hinter ihn geschlichen hatte. Aber dann hellte sich sein Gesicht auf. »Sieh mal einer an, Eliah Jasper! Sie also fliegen den Vogel.«

Der farbige Captain* wirkte nicht gerade begeistert. »Der Colonel fand dies eine gute Idee, da wir ja schon einmal das Vergnügen miteinander hatten.«**

»Was ich Ihnen damals sagte, gilt auch heute: Bringen Sie uns und das Geraffel rechtzeitig an Ort und Stelle, und ich zähle Sie zu meinen besten Freunden.«

Captain Jasper warf einen kurzen Blick auf die große Laderampe der C-5. »Wir haben den großen Vogel ge-

---

* Entspricht bei der Air Force dem Rang eines Hauptmanns.

** Siehe Peter Brendt: Subdown.

wählt, weil wir nicht wussten, wie viel Zeug Sie haben. Der Lademeister kümmert sich darum, dass alles fest verzurrt wird, dann können wir los.« Er musste brüllen, weil der Kopilot hoch oben in der Kanzel des gewaltigen Transportflugzeugs in diesem Augenblick bereits die Triebwerke startete. »Einmal Auftanken in der Luft ist vorgesehen, und das Wetter über dem Atlantik dürfte etwas rau werden.«

»Da es dieses Mal nur ein Boot ist, werden wir das Ding in ein paar Minuten drin haben.« Er sah zu, wie das Ende des Tiefladers mitsamt der unförmigen, unter Planen verborgenen Ladung im Bauch der Maschine verschwand.

Captain Jasper legte förmlich grüßend die Hand an die Mütze. »Dann mache ich alles klar!«

»Yeah, tun Sie das. Ich schau bei Ihnen rein, wenn wir oben sind.« Er tippte mit dem Zeigefinger an seine Wollmütze. Die Air-Force-Leute würde er nie verstehen, aber das war egal, Hauptsache sie brachten ihn schnell ans Ziel. Mit einer unwilligen Geste warf er den Zigarrenstummel auf den Boden und trat ihn aus. Es wurde Zeit, Captain DiAngelo hatte nach ihm gerufen, das reichte.

24. Kapitel

16. Tag, 09 : 00 Ortszeit, 14 : 00 Zulu – Langley, Virginia

Marsden sah den alten Russen ausdruckslos an. Koljunow war erst vor etwa dreißig Minuten in Langley angekommen, nachdem er den FBI-Agenten in New York einen Deal vorgeschlagen hatte, wobei der alte Fuchs damit natürlich bis zur letzten Minute gewartet hatte. »Unser letztes Treffen fand in einer angenehmeren Umgebung statt.«

»Sie kennen dieses Geschäft, Marsden. Manches kann man sich eben nicht aussuchen. Hätte ich diesen finalen Teil der Operation selbst überwacht, hätten Sie nichts, aber auch gar nichts in der Hand gehabt.«

»Ich weiß! Umgekehrt wird allerdings auch ein Schuh draus. Hätte ich mich persönlich um Ihre Überwachung gekümmert, dann hätten wir sie früher geschnappt.«

»Der Nachwuchs kennt sich mit tausend technischen Tricks aus, aber es fehlt am Handwerklichen.«

Marsden wusste, was Koljunow meinte. »Sie hätten in Russland bleiben und Ihren Ruhestand genießen sollen.«

»Vielleicht, vielleicht auch nicht. Zwanzig Jahre habe ich auf dem Altenteil verbracht. Als Freunde mich baten, diese eine Sache durchzuziehen, fühlte ich mich geschmeichelt. Sie benötigten jemanden, der die alten Regeln, die alten Netze kannte. Glauben Sie mir, es ist ein gutes Gefühl, noch einmal gebraucht zu werden.«

»Wenn ich bei der Firma aufhöre, werde ich mich irgendwohin zurückziehen und erst mal faulenzen. Doch das ist Zukunftsmusik. Bleiben wir bei der Gegenwart. Lassen Sie uns beginnen.«

»Straffreiheit in den USA, für alles, was mit dieser Sache zusammenhängt. Dafür rücke ich mit der ganzen Geschichte raus.« Der Russe sah ihn abwartend an.

»Kein Asyl?«

»Nein, ich will heim.«

Beide Männer wussten, was gemeint war, aber keiner sprach es aus. Es war einzig und allein Koljunows Entscheidung. »Wir setzen Sie in die nächste Maschine, sowie wir Ihre Geschichte überprüft haben.« Marsden schaltete demonstrativ den Rekorder ein. »Schießen Sie los.«

Der Russe räusperte sich. »Einen Teil dürften Sie selber schon herausgefunden haben. Yassir Arafat hat einen Haufen Hilfsgelder unterschlagen, die größtenteils von der EU stammten. Die Europäer haben sich drauf verlassen, dass die Weltbank deren Verwendung prüft, nur war die dafür nicht zuständig. Der alte Arafat war ein Schlitzohr, der hätte sich das Geld so oder so unter den Nagel gerissen, wer auch immer versucht hätte, ihn zu kontrollieren.«

»Es war also nicht zu verhindern?« Marsden beugte sich vor.

»Nicht mit halben Maßnahmen. Außerdem wusste es ja jeder, nur hatte keiner den Überblick, wie viel da eigentlich beiseitegeschafft wurde. Alle haben ihn unterschätzt, aber er hatte trotzdem ein Problem.«

»Er brauchte nicht Geld auf Konten, sondern Gold oder Cash«, stellte Marsden fest.

»Also hat er einen Deal mit Saddam Hussein gemacht.«

»Hussein wusste, dass seine Zeit ablief. Er wollte sich absetzen, aber dazu brauchte er Geld im Ausland. Alles was er hatte, war Gold, das er schon lange gehortet hatte. Da kam ihm Arafat gerade recht.«

»So weit haben wir das auch ausgeknobelt. Aber dann starb Arafat.«

»Der israelische Mossad bekam mit, dass etwas ablief, konnte aber nichts dagegen tun. Also haben sie den alten Yassir umgelegt und gehofft, der Deal würde platzen. Sein Neffe Musa und dessen Geldwäscher, der Goldene Ahmed, haben versucht, die Sache trotzdem über die Bühne zu bringen. Eigentlich ein guter Plan. Sie haben das Gold in einen Container gepackt und per Bahn durch den halben mittleren Osten in den Libanon transportiert. Wohin es von dort dann gelangen sollte, haben wir nie herausbekommen«, räumte Koljunow ein. »Ist auch egal, denn die Sache ging sowieso schief. Ein Hisbollah-Kommando war zur Stelle, wahrscheinlich, weil Waffen aus dem Iran über Syrien auf einem ähnlichen Weg geliefert wurden. Es kam zu einem Zusammenstoß, und die Hisbollah-Leute haben den Container mit dem Gold einfach auf einen Tieflader gepackt und sich damit aus dem Staub gemacht.«

»Da werden ein paar Leute ganz schön vor Wut gekocht haben.«

»Und ob! Die PLO und vor allem die Märtyrer-Brigaden verdächtigten Musa Arafat, sich das Gold unter den Nagel gerissen zu haben. Daher haben sie ihn umgelegt, mit Wissen der Polizei und der Palästinenserregierung. Es war ein Racheakt.«

»Nur war Musa nicht derjenige, der falsch gespielt hatte.«

Der Ex-KGB-Mann lächelte anerkennend. »Das haben Sie also auch herausgefunden.«

»Der wahre Schurke war der Goldene Ahmed. Er hatte seine Finger in allen schmutzigen Geschäften, und er war ja nicht nur Geldwäscher, sondern auch Waffenschmuggler.«

»Und der war untergetaucht. In den Autonomiegebieten konnte er sich nicht blicken lassen, in Israel auch nicht. Jordanien, Saudi-Arabien und die Emirate hätten ihn sofort aufgehängt.«

»Also brauchte er jemanden, der ihn schützte und mit dem er genug Geschäfte durchgezogen hatte, um ihm zu vertrauen.«

»Suleiman abd-er-Kadr, der Finanzchef von Al-Qaida. Über den Umweg über Al-Qaida bekamen dann die Gospodins Wind davon.«

»So ist das also gelaufen.«

»Natürlich! Was glauben Sie, warum die Terroristen, die Sie im Irak bekämpfen, russische Sturmgewehre, russische Munition und russische Landminen haben?«

»Sergej Rogow!«

»Genau der!« Koljunow lehnte sich zurück.

»Und wie kamen Sie dann ins Spiel? Das ist mir noch nicht ganz klar.«

»Rogow wollte bereits vor etwa zwei Jahren wissen, ob sich herausfinden ließe, wo das Gold geblieben ist. Wir haben gemeinsame Freunde, und so ist er auf mich verfallen. Aber die Hisbollah ist schwer zu infiltrieren. Was wir rausbekommen konnten, war, dass einer ihrer Führer hinter einem Frachter her war, der vor Zypern gesunken ist. Die Annahme, dass er seinerzeit die Verschiffung des Containers einfach organisiert hatte, lag auf der Hand. Sein Pech war nur, dass er Pott dann abgesoffen ist.«

»Das stimmt auch mit unseren Erkenntnissen überein«, erklärte der Vice-Director. »Aber warum das russische Interesse? Und erzählen Sie mir nicht, das seien nur die Gospodins.«

Koljunow warf ihm einen säuerlichen Blick zu. »Die werden manchmal erheblich überschätzt. Aber in diesem Fall waren sie hilfreich.« Er zögerte. »Sie wissen, wie es in der russischen Politik zugeht?«

»Etwas. Putin hat Schwierigkeiten, seinen Wunschnachfolger durchzubekommen.«

»Genau, hinter Iwanow stehen der FSB, das GRU und alles, was vom KGB noch übrig ist. Er kann sich sogar aufs Militär stützen. Das Einzige, was ihm fehlt, ist Popularität.«

»Die hat Putin auch gefehlt, als er neunzehnhundertneunundneunzig Präsident wurde. Nur die Anschläge der Tschetschenen und seine harte Hand in dieser Sache haben ihm die nötigen Stimmen in der Bevölkerung verschafft.«

»Haben Sie das mit den Tschetschenen eigentlich geglaubt?«, fragte Koljunow.

Marsden wiegte bedächtig den Kopf hin und her. »Es gibt nicht viel, woran ich glauben würde.«

»Es wurde immer wieder gemunkelt, die Anschläge in Moskau seien vom FSB organisiert worden. Dann hätte aber Jelzin die Befehle gegeben oder zumindest stillschweigend genickt. Für die Geheimdienste war natürlich Putin immer einer der ihren, zumal er ja lange genug selbst dabei war. Ich weiß nicht, ob der FSB diesen Litvinenko mundtot gemacht hat oder ob der auch noch anderswo unbeliebt war. Auf jeden Fall wurde er umgelegt, als er zu viel über diese Dinge redete. Wie Semitschastny es ausgedrückt hätte: die richtige Reaktion, aber die falsche Technik.«

»Das soll ich Ihnen abkaufen, dass Iwanow hinter dieser Sache steht?« Marsden war seine Skepsis deutlich anzumerken.

Koljunow seufzte. »Sie verstehen die Geschichte anscheinend noch immer nicht. Iwanow braucht eine spektakuläre Terroraktion der Tschetschenen, um als starker Mann in Erscheinung treten zu können. Was richtig Großes. Ein von Terroristen gekapertes Atom-U-Boot etwa, dazu ein paar geschickt gestreute Gerüchte über Nuklearwaffen an Bord. Und er als Krisenmanager verhindert durch sein schnelles hartes Eingreifen Schlimmeres. Für diese Szenario brauchte er aber eine doppelte Absicherung, für den Fall, dass etwas schiefging. Also scharte er ein paar Getreue aus den alten Zeiten um sich, und wir haben dann in dieser Runde die vorhandenen Möglichkeiten durchdiskutiert. Dabei ist dann jemand auf die glorreiche Idee gekommen, die Gospodins einzuspannen.« Er hob die Hände. »Die haben überallhin Verbindungen, und man wirft ihnen sowieso vor, an allem schuld zu sein. Außerdem ist dem FSB seit langem bekannt, dass die Mafia eine Menge Militärangehöriger in ihren Fängen hat.«

»Eine geldgierige Versammlung alter Männer, repräsentiert durch Sie, Koljunow. Alles, was Sie tun mussten, war, Rogow einen Köder hinzuhalten.«

»Er kapierte seinen Vorteil dabei sofort. Wenn wir für Suleiman abd-er-Kadr das Gold retten konnten, dann würde die Finanzierung des Terrorismus auf Jahre hinaus gesichert sein. Das würde noch profitablere Geschäfte für ihn bedeuten und bessere politische Optionen für uns. Und als abd-er-Kadr ihm noch den Vogel ins Ohr setzte, etablierte Terrorzellen zu benutzen, um Drogen und Waffen durch die halbe Welt und selbst bis nach Amerika zu schmuggeln, gab es für ihn kein Halten mehr.«

»Und dass die Hisbollah das Gold gestohlen hatte, wusste er nicht?«

»Ich glaube nicht einmal, dass der Trottel das heute weiß«, sagte Koljunow verächtlich. »Es ist völlig unerheblich.«

»Es ist …« Marsden sah den Russen an. Dann nickte er. »Ich verstehe.« *Die Russen fingen an, ihre Spuren zu verwischen, und mussten jetzt nur noch die* Bizon *versenken, um mit weißer Weste dazustehen.*

17. Tag, 16 : 00 Ortszeit, 14 : 00 Zulu – Bagdad, nahe des Souk

Sergej Rogow schaute sich gewohnheitsgemäß kurz um. Die Straße war voller Menschen, wie immer. Er sah auf die Uhr. Es war noch etwas zu früh, um Feierabend zu machen und sich zu amüsieren, aber die Geschäfte waren glatt und schnell über die Bühne gegangen. Morgen würde er zurück nach Russland fliegen und für ein paar Wochen wieder den braven Ehemann und Familienvater spielen. Gelassen schlenderte er weiter.

Die Explosion der Autobombe tötete vier Menschen, zu denen auch Sergej Rogow zählte, und verletzte zwanzig weitere. Es war einer von einundfünfzig Anschlägen dieses Tages und nicht einmal der schwerste. Und da alle diese Attentate üblicherweise von den allgemein bekannten islamistischen Gruppen durchgeführt wurden, verfiel auch niemand auf die

Idee, dass ausgerechnet bei dieser Autobombe etwas anders gewesen sein könnte.

18. Tag, 07 : 15 Ortszeit, 06 : 15 Zulu – amerikanisches Jagd-U-Boot USS *Alaska*, Straße von Gibraltar

DiAngelo spürte, wie die Vibrationen des Rumpfes unter seinen Füßen schwächer wurden. Zum ersten Mal seit etwas mehr als zwei Tagen lief das Boot nicht mehr AK.

Commander Martinez, der sich ebenfalls auf dem Turm befand, atmete tief durch und beobachtete durch sein Glas Algeciras, das in der Ferne aus dem morgendlichen Dunst auftauchte. Trotz der frühen Stunde herrschte bereits reger Schiffsverkehr, zumeist Tanker und Containerfrachter. Algeciras besaß eine große Raffinerie, deren Abgabepreise aufgrund von Steuerprivilegien günstiger waren als etwa in Rotterdam. Der Containerhafen selbst gehörte zu den wichtigsten seiner Art in Europa.

Bob blickte auf die andere Seite, aber von Tanger-Med war noch nichts auszumachen, was wahrscheinlich daran lag, dass die Sichtweite vom Turm eines aufgetauchten U-Bootes nicht sonderlich groß war, weil er einfach nicht hoch genug über der Wasseroberfläche stand. Tanger-Med, zwischen Tanger und Ceuta, den spanischen Enklaven, gelegen, war als Konkurrenz zu Algeciras gebaut worden und sollte, so die ehrgeizigen Pläne der marokkanischen Regierung, in den nächsten zehn Jahren zum größten Tiefwasserhafen Afrikas werden.

»Ganz schön Betrieb hier, Sir!«

»Aber nur oberflächlich, Commander!«

Der Befehlsübermittler meldete Martinez das Auslaufen der *San Diego*.

»Meinen Sie, wir haben es geschafft, die *Bizon* zu überholen?«

»Sie ist zwar das schnellere Boot, aber den Suchoperationen auszuweichen dürfte genug Zeit gekostet haben.«

»Laut den letzten Satellitenbildern steuert die *Juri Gagarin* mit voller Kraft nach Süden«, erklärte Martinez. »In sechzehn Stunden ist die *Bizon* durch und kann sich mit dem Forschungsschiff zur Beuteübergabe treffen.«

»In dieser Zeitspanne kann das Boot nordwestlich von Cadiz stehen, wenn es so schnell ist, wie ich vermute.« Etwas leiser setzte Bob hinzu: »Oder wenn es so schnell sein muss, wie ich glaube.«

»Was haben Ihre schlauen Leute denn dazu herausgefunden?«

»Sicher sind sie sich ihrer Sache nicht.« Der Captain hob abwehrend die Hände. »Das Ganze ist eher Spekulation. Der russische Kommandant selbst hat uns einen Fingerzeig gegeben, als er *Speed* gespielt hat. Er kann nicht unter eine bestimmte Geschwindigkeit gehen, und die nimmt ständig zu.« Er räusperte sich. »Die Experten vermuten, dass mit seinem Kühlkreislauf etwas nicht stimmt. Das Metall sollte geschmolzen bleiben und als Kühlmittel funktionieren. Bedingt durch die Enge eines U-Boots haben alle Rohre aber relativ geringe Querschnitte, doch dafür unzählige Bögen und Windungen. Und wenn sich da irgendwo an einer dieser Stellen Verunreinigungen absetzen, ist klar, was passiert.«

»Das Strömungsverhalten ändert sich mit der Zeit, es entstehen womöglich Taschen, in denen sich Blei und Wismut ansammelt und fest werden kann. Das führt dazu, dass ...«

»Gütiger Gott!«, rief Martinez entsetzt. »Das würde bedeuten, der Kerl sitzt auf einem durchgehenden Reaktor!«

Bobs Gesicht war ernst. »Ich bezweifle, dass er sich dessen bewusst ist. Wahrscheinlich haben seine Leute alle Pumpen schon x-fach überprüft, aber auf metallische Verunreinigungen als Ursache muss man ja erst mal kommen – und sie dann auch noch finden.«

18. Tag, 07 : 15 Ortszeit, 06 : 15 Zulu – russisches Jagd-U-Boot *Bizon*, östlich der Straße von Gibraltar

»Dreißig Meilen bis zum Verkehrstrennungsgebiet, Kommandant!«

»Danke, NO!« Dreißig Meilen, gerade einmal eine Stunde hinter dem Amerikaner zu sein war keine schlechte Leistung, wenn man ständig der aufgescheuchten NATO aus dem Wege gehen musste. Ein Glück nur, dass man sich in Europa auf den Bau von Luftabwehrschiffen konzentriert und die U-Boot-Jagd vernachlässigt hatte.

Sarubin zwang sich zu einem Lächeln. »Ein paar Stunden, und wir sind hier raus! Balakin, wir gehen auf sechshundert Meter. Volle Kraft! Navigation: Ständig auf die Tiefen achten.«

Oberleutnant Balakin starrte ihn entgeistert an. »Kapitän ...« Aber dann unterließ er es doch zu protestieren. Seine Stimme klang heiser. »Zehn Grad vorlastig, Umdrehungen für zweiundvierzig Knoten!« Er warf dem Navigationsoffizier einen Blick zu. »Einen Kurs, *dawai*!«

»Zwo-sechs-fünf, für fünfzehn Meilen!« Der NO drückte den Knopf an der Uhr. »Jetzt! Einundzwanzig Minuten und vierzig Sekunden.«

Das große Boot schwenkte unter Wasser ein paar Grad nach Backbord, während der Bug weiter in die Tiefe zeigte. Ein kreischendes Geräusch ging durch den Stahl, der vom zunehmenden Wasserdruck um Bruchteile eines Millimeters zusammengequetscht wurde. Sechshundert Meter, etwa zweitausend Fuß. Jeder wusste, dass die neuesten amerikanischen Torpedos bis in diese Tiefe kamen, auch wenn die U-Boote es nicht konnten. Stille hing über der Zentrale, nur von einem nervösen Husten unterbrochen. Sechshundert Meter, zweiundvierzig Knoten, nicht gerade leise. Wenn die Amis sie dieses Mal nicht kriegen würden, dann nie. Aber jeder an Bord wusste inzwischen, wie es um sie bestellt war. Sie konnten nicht mehr langsamer als fünfundzwanzig Knoten laufen, nicht mehr mit taktischer Geschwindigkeit am Gegner vorbeischleichen. Alles, was sie jetzt noch hatten, waren Geschwindigkeit und Tiefe. Nur, die zur Verfügung stehende Tiefe würde weniger werden, vierhundertfünfzig Meter in der Mitte der Straße. Dort, genau in diesem Bereich, würden die amerikanischen Boote lauern. Dort, wo sie selbst notfalls bis auf den Grund tauchen konnten, wo ihre Waffensysteme zuverlässig arbeiteten, wo die *Bizon* keine andere Wahl hatte, als immer weiter nur voranzustürmen.

»Zwei Minuten bis zur Kursänderung!« Die Stimme des Navigators klang ruhig und konzentriert. »Wir gehen auf zwo-sieben-sieben, acht Meilen! Tiefe achthundert ist möglich!« Der Offizier rechnete noch einmal nach. »Elf Minuten, zweiundvierzig Sekunden!«

Der Erste sah den Kommandanten kurz an, aber Sarubin nickte nur. »Achthundert Meter nach der Kursänderung!«

Die Sekunden verstrichen, langsam hob der Navigationsoffizier die Hand. »Auf zwo-sieben-sieben, jetzt!« Er riss die Hand nach unten.

»Steuerbord fünfzehn!« Balakin spähte auf den Kompass, der anfing auszuwandern. »Zehn Grad vorlastig!«

In tiefster Dunkelheit drehte das Boot und ließ sich gleichzeitig in eine Schlucht sinken. Acht Meilen in großer Tiefe, acht geschenkte Meilen. Mit nur wenigen Metern Abstand zu den nahen Felsen drehte das Boot genau in die gigantische Spalte im Meeresboden. Zweiundvierzig Knoten, das war zu schnell, viel zu schnell gegenüber den gerade einmal fünfzehn Knoten, mit denen russische Spezialisten bereits vor über dreißig Jahren den Weg durch dieses unterseeische Labyrinth berechnet hatten. Und schon lange hatte man den Vorteil, den man dadurch gewonnen hatte, wieder verloren, denn die NATO kannte diese Routen inzwischen auch, selbst wenn sie diese nicht nutzen konnte.

25. Kapitel

18. Tag, 07 : 45 Ortszeit, 06 : 45 Zulu – amerikanisches Jagd-U-Boot USS *Tuscaloosa*, Straße von Gibraltar

»Zeit zum Kurswechsel, Sir!«

Commander Dan Kearny griff zum Mikrofon. »Sonar, wo sind die beiden anderen?«

»*San Diego* steht sechs Meilen entfernt in grün-eins-vier-null, läuft nach Süden. *Alaska* ist sehr schwach zu hören, Sir. Etwa zehn Meilen in rot-eins-zwo-null.«

»Danke, Sonar!« Er hängte das Mikro wieder weg. »Wir drehen nach Backbord, und dann genau den gleichen Weg zurück.« Kearny warf einen flüchtigen Blick auf das taktische Display. Da die *Tuscaloosa* genau nach Norden lief, stand die *San Diego* Steuerbord achteraus. Sechs Meilen, und das andere Boot war bereits wieder am Ablaufen. Normalerweise genug Platz, aber nicht, wenn beide Boote jeweils ein eineinhalb Meilen langes Towed Array hinter sich herzogen. Di Angelo würde sie verhackstücken, wenn sich ihre Schleppsonars ineinander verwickelten. »Backbord zehn, Tiefe und Fahrt halten!«

Der Kommandant ließ den Kompass nicht aus den Augen. Endlich kam das Boot herum – in einem schönen weiten Bogen. »Stützruder! Neuer Kurs wird eins-acht-null!«

18. Tag, 07 : 45 Ortszeit, 06 : 45 Zulu – amerikanisches
Jagd-U-Boot USS *San Diego*, Straße von Gibraltar

Tex Harper sehnte sich nach einer Zigarre, aber er konnte sich kaum hier in der Zentrale eine anzünden. Man hätte ihn rausgeschmissen – wahrscheinlich ohne vorher aufzutauchen. »Wir haben ein Problem!«

»Und das wäre?«, fragte der Kommandant ziemlich gereizt.

Der Texaner hob abwehrend die Hände. »Die *Oz* sitzt nicht sauber auf.«

»Okay, okay!« Der Commander winkte ab. »Bedeutet das, unser Luk ist dicht, das an Ihrem Boot aber nicht?«

»Doch, doch, mein Luk hält schon. Wir kriegen nur keinen dichten Übergang hin. Kann sein, Ihre Schürze ist verzogen oder verbogen.«

»Das kriegen wir in See nicht hin! Was können wir tun?«

Der lange Texaner griente unverschämt breit. »Ich schlage vor, mit meinem Boot auf die *Alaska* umzuziehen, und zwar auf der Stelle, bevor dieser Russe hier aufkreuzt.«

»Wie stellen Sie sich das vor? Wir können die *Alaska* nicht erreichen, solange wir alle tauchend unterwegs sind. Das Unterwassertelefon hat dafür nicht die nötige Reichweite.«

»Die *Alaska* patrouilliert genau wie wir auf einer Nord-Süd-Linie, nur weiter westlich. Yeah, ich kann da doch einfach rüberfahren und warten, bis die Freunde auf Flirtdistanz mit meiner Gertrude kommen.«

Der Kommandant der *San Diego* überlegte einen Augenblick Pro und Kontra, dann stimmte er zu.

»Okay, bereiten Sie alles vor. Wir gehen beinahe bis an die Oberfläche, das nimmt den Druck von der Schürze.« Er taxierte Harper mit einem ernsten Blick. »Wenn ich mich täusche und der Russe kommt früher als erwartet, dann hüpfen Sie vermutlich auf das erste Boot, das in Ihre Nähe kommt.«

»Aye, aye, Sir!« Commander Harper tippte lässig an seine Wollmütze. »Wir brauchen zehn Minuten, melde mich ab!«

18. Tag, 07 : 55 Ortszeit, 06 : 55 Zulu – russisches
Jagd-U-Boot *Bizon*, Straße von Gibraltar

»Kontakt! zwo-neun-null-Grad, Los-Angeles-Klasse, Abstand achtzehn Meilen, Fahrt zwanzig, Tiefe zweihundert Meter!« Doch Fedorows Meldung war damit noch nicht beendet: »Weiterer Kontakt, drei-eins-null, Seawolf, sechsundzwanzig Meilen, Fahrt zwanzig, Tiefe zweihundertfünfzig!«

»Gute Arbeit, Fedorow«, lobte Kapitän Igor Sarubin. »Haben Sie schon die Kurse?«

»Einen Augenblick, Kommandant, wir koppeln sie gerade aus.« Der Sonaroffizier klang fröhlich, als würde ihm das alles einen Heidenspaß bereiten. »Mit dem Schleppsonar hatten Sie recht, bei unserer hohen Fahrt ist die Effizienz begrenzt, aber sie reicht aus!«

»Hoffen wir, dass die Leine hält!« Immerhin rauschte das Boot mit mehr als vierzig Knoten durch die Tiefe, tiefer zwar, als die amerikanischen Boote tauchen konnten – aber nicht zu tief für die Mk.48-Schwer-Torpedos. Alles hatte eben seine Grenzen. Das Towed Array hinter der *Bizon* erstreckte sich beinahe eine Meile weit in die Dunkelheit, und Sarubin wagte sich gar nicht auszumalen, welche Kräfte auf die Verankerung und auf den Trägerkörper wirkten, der wie eine Flosse aus dem Deck ragte. »Navigationsoffizier! Wann kommt die nächste Kursänderung?«

»Drei Minuten, auf eins-sechs-sieben, für dreizehn Meilen. Danach müssen wir dann aber hoch auf vierhundertzwanzig Meter!«

»Kontakt in eins-sieben-drei, Abstand vierzig Meilen, Fahrt neunundzwanzig Knoten.«

»Ein drittes Boot!«

»Oberflächenkontakt, korrigiere, Kontakte!« Fedorow ließ ein Seufzen hören. »Die Deutschen sind wieder da. Direkt hinter uns!«

»Die müssen ihrem Pferdchen aber mächtig die Sporen gegeben haben, um jetzt schon hier zu sein! Sonst noch was an der Oberfläche?«

»Nichts außer Frachtern und Tankern, einem Kreuzfahrtschiff und einem Dutzend alter Kolcher, die sonstwas sein können.«

»Na fein! Die Deutschen halten wir einfach hinter uns. Fragt sich nur, wo eigentlich die Engländer lauern.«

18. Tag, 08 : 00 Ortszeit, 07 : 00 Zulu – Fregatte *Wiesbaden* und begleitende Schnellboote, Straße von Gibraltar

Kapitän Otten starrte durch die Brückenfenster auf die sich verengende Straße von Gibraltar. Rechts lagen Spanien und die britische Kronkolonie, links schälte sich die afrikanische Küste wie ein Schemen aus dem Morgendunst. Er fühlte die Müdigkeit in seinen Knochen. Seit dem Auslaufen aus Limassol hatte er den Verband nur noch vorwärts geknüppelt und keinerlei

Zeit für die aufwendige Suche nach der *Bizon* verschwendet. Selbst die beiden Male, als die Schnellboote mit der Fahrt heruntergehen mussten, um Öl zu übernehmen – einmal von einem griechischen Flottentanker, einmal von einem französischen –, hatten die Männer die ganze Zeit an den Leinen gestanden, bereit, loszuwerfen, sowie der letzte Tropfen kostbaren Brennstoffs durch die Schläuche geflossen war, um wieder mit Brassfahrt hinter dem Flaggschiff herzujagen.

»Nach der letzten Bunkerpeilung haben wir noch acht Fahrtstunden bei dieser Fahrtstufe«, ließ Seelmann ihn mürrisch wissen, der offenbar immer noch daran zu knabbern hatte, dass Otten nicht abgesägt worden war.

»Wir sind hier, und das ist es, was zählt«, beschied ihm der Kapitän. »Und wenn der Sprit nicht reichen sollte, dann helfen uns die Engländer oder die Spanier aus.«

Das Gesicht des Ersten erstarrte vollends zu einer Maske. »Befehle, Herr Kapitän?«

»Die Signäler sollen uns bei den Briten anmelden!«

18. Tag, 08 : 02 Ortszeit, 07 : 02 Zulu – amerikanisches Jagd-U-Boot *San Diego*, Straße von Gibraltar

»Kontakt, Sir! grün-null-eins-fünf, Tiefe sechzehnhundert Fuß, Abstand fünf Meilen, Fahrt ...« Der Sonaroffizier brach ab.

»Was ist damit?«

Der Lieutenant-Commander vorne in der Sonarabteilung tat sich mit einer Antwort etwas schwer. »Sir, laut unseren Computern läuft er mehr als vierzig Knoten!«

»Kann es sein, dass Ihr Kasten spinnt?«

»Systemtest läuft!« Im Lautsprecher war das Klappern auf einer Tastatur zu hören. »Bis das Resultat vorliegt: Er läuft gemäß unserer Anzeige eins-sechs-sieben!«

Der Commander in der Zentrale verdrehte die Augen. Der Kontakt war gerade noch rechtzeitig erfolgt, bevor sie wieder nach Süden gedreht hätten. Die *Tuscaloosa* kehrte dem Russen, und es konnte ja niemand anderes sein, ihr Heck zu. Wahrscheinlich hatte Kearny den Kerl noch nicht einmal erfasst. Und die *Alaska*? Sein Sonaroffizier hörte Martinez' Boot nur ab und zu, wenn es zufällig näher kam oder einen engen Bogen zog. Solange das Boot einfach geradeaus lief, war dessen neuer Antrieb zu leise für sie.

»XO, Feuerleitlösung vorbereiten, Rohre fluten, aber nicht öffnen!«

Der LCDR an der Hauptkonsole wirkte etwas fassungslos. »Sie wollen auf ihn feuern, Sir?«

»Nein, ich will ihm zu seinem gelungenen Durchbruch gratulieren! Und nun machen Sie schon!«

»Aye, aye, Sir!«

Der Kommandant musste nicht lange rechnen. Der Russe lief über vierzig Knoten und war nur fünf Meilen entfernt, selbst wenn er jetzt auf AK ging, würde er ihn kaum noch erreichen. Einen Schwenk vorzunehmen und in eine Beschatterposition zu gehen, konnte er sich auch abschminken. Der Iwan würde seine *San Diego* einfach abhängen. Irgendwie musste er die anderen Boote warnen. »Klar bei Abwehrmaßnahmen!«

18. Tag, 08 : 03 Ortszeit, 07 : 03 Zulu – amerikanisches Tiefseerettungsboot *Oz*, Straße von Gibraltar

Commander Harpers kleines Tauchboot war dazu konstruiert, Besatzungen aus gesunkenen Booten zu bergen. Es verfügte sowohl über Aktiv- als auch Passivsonar, aber die Anlagen hielten keinem Vergleich mit der Technik auf den hochentwickelten Anlagen eines »richtigen« U-Bootes stand. Und das Aktivsonar lief im Augenblick nicht einmal, um den großen Jagdbooten nicht die Jagd zu verderben.

Vom Ansatz her hatte sein Plan relativ einfach angemutet: etwas mehr zur Nordseite der Straße halten, um den großen Booten nicht in die Quere zu kommen, und dann die *Alaska* anrufen, sowie sie das nördliche Ende ihres Patrouillenstreifens erreicht hatte. Nun, mitten in der Dunkelheit, war sich Tex Harper nicht mehr ganz so sicher. Er spähte aus den dicken Scheiben der Bullaugen, aber alles, was er im Licht der Scheinwerfer sah, waren Schwebteilchen. Algen, Dreck, wer konnte das hier in einer der stärkstbefahrenen Routen der Welt schon sagen? Trotzig summte er ein paar Takte von *My Exes all live in Texas* vor sich hin.

Doch damit war Schluss, als das kleine Boot plötzlich anfing zu rucken und bocken wie ein störrisches Muli. Für einen kurzen Augenblick glaubte der Commander, die *Oz* sei in eine Querströmung geraten, aber dann blickte er durch die Bullaugen, und sein Kiefer sackte nach unten.

Eine gigantische dunkelgraue Wand schob sich durch sein Sichtfeld. Im Lichterkegel der Schweinwerfer erschienen Details wie Torpedoklappen, Schweißnähte und ein riesiges Tiefenruder.

Harper schluckte und versuchte, sein Mini-U-Boot

weg von der gigantischen Stahlmasse zu steuern, aber der Sog zwischen den beiden ungleichen Rümpfen war zu groß. Der einzige Ausweg, der blieb, war nach oben! Er veränderte die Winkel der Verstellpropeller und zog die *Oz* nach oben. Ein großer, bucklig aussehender Turm zog an seinen Bullaugen vorbei. Verzweifelt zog er die Steuerung nach Backbord, um weg von diesem Ungetüm zu kommen. Weg, bevor die hochaufragende Flosse mit dem für russische Atom-U-Boote typischen achteren Sonardom seinen Winzling zerschmettern würde.

Trotzig kämpfte sich das kleine Boot aus dem Sog, Fuß um Fuß. Dann wurde es von dem ausgefahrenen Schleppsonar der *Bizon* wie von einer Peitsche getroffen und herumgewirbelt. Für einen Augenblick stand die Welt von Commander Harper auf dem Kopf.

18. Tag, 08 : 03 Ortszeit, 07 : 03 Zulu – russisches
Jagd-U-Boot *Bizon*, Straße von Gibraltar

»Wiederholen Sie, Sonar!«, forderte Sarubin.

»Unser Schleppsonar hat ganz in der Nähe kurz etwas gefunden, aber das war gleich wieder weg.« Fedorow klang ratlos,, doch er hatte bereits wieder etwas Neues auf den Kopfhörern. »Kontakt, zwo-sechs-acht, vier Meilen, Los-Angeles-Klasse, zwanzig Knoten, zweihundert Meter Tiefe, dreht genau auf uns zu.«

»Balakin, wie tief sind wir?«

»Beinahe hoch auf vierhundertzwanzig, nach unten ist kein Platz mehr!«, gab der Erste bekannt.

»Der Ami flutet seine Rohre!«, meldete Fedorow.

»Öffnet er seine Klappen?«, fragte Sarubin, in dessen Kopf sich die Gedanken überschlugen. Drei Boote hatten die Amerikaner hier aufgeboten, um ihn zu fangen und die Mausefalle kräftig zuschlagen zu lassen. Für die Dauer eines Herzschlages fühlte er Hilflosigkeit, doch dann gewannen Disziplin und Ausbildung wieder die Oberhand. »Auf dreihundert Meter hoch, Steuerbord fünfzehn!« Er wirbelte herum. »NO, wie weit kommen wir bei dieser Tiefe?«

»Bis etwa drei Meilen vor die Küste, Kapitän!«

»Das verschafft uns immerhin etwas Raum. Neuer Kurs wird zwo-acht-null, dreimal Wahnsinnige! Balakin, Feuerleitlösung aus den Heckrohren, fluten, Klappen aber noch nicht öffnen!«

Die Verwirrung auf der *Bizon* nahm weiter zu. Wieso hatte der Ami eigentlich noch nicht gefeuert? Die Erkenntnis kam Sarubin ganz plötzlich: weil er nicht konnte, da zu viele Zeugen rumschwirrten. Sein Kopf ruckte herum. »Schotten schließen, auf Kollision vorbereiten!«

Die Alarmklingeln rasten durch das Boot, die Männer wechselten die Stationen, und im Vorschiff blieben nur diejenigen auf ihren Posten, die dort nicht abkömmlich waren. Kollisionsalarm konnte alles Mögliche bedeuten, dass sie drauf und dran waren, etwas zu rammen, oder dass ihnen drohte, gerammt zu werden. Im ersten Fall würde es den Bug zuerst treffen, im zweiten Fall konnte der Einschlag überall erfolgen. Besorgt beobachteten die Männer die Wandungen ihrer stählernen Röhre. Ein Loch in dieser Hülle reichte, und den Rest würde die See erledigen.

Die Schotts schlugen zu, und Vorreiber wurden festgezogen. Die *Bizon* unterteilte sich in neun wasserdichte Abteilungen. Rettende Refugien oder Grabkammern, es kam darauf an, wo der andere sie erwischte und auf welcher Seite des Schotts man war.

18. Tag, 08 : 10 Ortszeit, 07 : 10 Zulu –
amerikanisches Jagd-U-Boot USS *Alaska*,
Straße von Gibraltar

Captain DiAngelo wies das Sonar an: »Versuchen Sie, seinen Kurs festzustellen!«

Commander Martinez, der neben dem Kommandantensessel stand, den er Bob überlassen hatte, murmelte: »Er kommt! Jetzt wird's spannend!«

»Fragt sich, nach welcher Seite er ausweicht?« An sich war die Antwort naheliegend. Die meisten Menschen, die irgendetwas ausweichen müssen, tun das automatisch nach rechts, weil die meisten Menschen Rechtshänder sind. Da Sarubin das auch wusste, würde er vermutlich nicht nach links gehen, weil ein solch gegenteiliges Verhalten von ihm erwartet wurde. »Versuchen wir unser Glück!«

»Ich sollte sie an dieser Stelle vielleicht darauf hinweisen, Sir, dass so etwas für beide Seiten ins Auge gehen kann«, erklärte Martinez, »obwohl ich glaube, dass Ihnen das nur zu bewusst ist.«

»Es bleibt uns keine andere Wahl, Commander! Also tacklen* Sie ihn!«

18. Tag, 08 : 15 Ortszeit, 07 : 15 Zulu – russisches
Jagd-U-Boot *Bizon*, Straße von Gibraltar

»Kontakt, drei-eins-null, Abstand acht Meilen, Fahrt fünfunddreißig, Tiefe zweihundertfünfzig, Los Angeles Boot!« Fedorow atmete einmal tief durch. »Kon-

---

* Football: Den gegnerischen Läufer mit dem Ball durch einen gezielten Sprung in die Körpermitte stoppen.

takt, eins-sieben-acht, Fahrt achtundzwanzig zunehmend, Tiefe hundertsechzig Meter zunehmend, Abstand vier Meilen. Auch ein Los Angeles. Die deutsche Fregatte ist auf dreißig Meilen heran, peilt in zwo-null-null. Dem Kasten fliegt bald seine verdammte Turbine um die Ohren.« Es klang, als warte der Sonaroffizier genau darauf. »Dann haben wir zwei britische Fregatten, die in null-eins-fünf, vierzehn Meilen und in zwo-sechs-acht, acht Meilen anlaufen. Dazu schwirren etwa zwanzig Frachter und Tanker rum, die auf verschiedenen Kursen liegen. Das Kreuzfahrtschiff läuft mit zwanzig Knoten nach Osten ab.«

Sarubin überlegte. Die beiden Los-Angeles-Boote hatten sie auf dem linken Fuß erwischt. Das eine konnte nur noch hinterherfahren, nachdem er sein Wahnsinnsmanöver durchgezogen hatte. Das andere stand zu weit an Backbord, um sie zu erreichen. Und die Fregatten? Er strich sie aus seinen Gedanken. Selbst wenn sie Kontakt hatten, was er annahm, konnten sie wohl kaum auf ihn feuern, weder die britischen noch die *Wiesbaden*. Die veranstalteten nur ein Schaulaufen. Er griff zum Mikro. »Fedorow: Einer fehlt. Wo ist das Seawolf?«

»Ich habe im Augenblick keinen Kontakt, Kommandant!«

Der Kapitän biss sich auf die Unterlippe. Dass der dritte Amerikaner nicht zu hören, konnte nur bedeuten, dass er beinahe auf ihrem Kurs lag, weswegen er langsam und sehr leise fahren konnte. Die anderen waren alles Treiber, die das Wild auf den Jäger zutrieben, die älteste Taktik der Welt – und immer wieder wirksam. Immerhin kannte er den Mann, der das dritte Boot befehligte, und der kannte wiederum ihn, denn sie hatten einander schon einmal getroffen und manövrieren sehen.* Aber ob der Amerikaner annehmen würde, dass er mit der *Bizon* nach links ausweichen würde, wie er das normalerweise getan hätte, und deshalb eben einen Rechtsschwenk erwartete, war eine offene Frage. Allerdings hatte er den Vorteil eines Schleppsonars auf seiner Seite, es musste nur noch ein paar Minuten durchhalten.

»Kontakt, Seawolf in …«

»Steuerbord fünfzehn! Balakin, anblasen!«

18. Tag, 08 : 16 Ortszeit, 07 : 16 Zulu – deutsche Fregatte *Wiesbaden*, Straße von Gibraltar

»Hubschrauber hat zwei Kontakte, beide stammen anscheinend von Pumpjets«, meldete der U-Jagdoffizier. »Der eine ist sehr leise, Daten kommen rein!«

Kapitän zur See Otten studierte die Symbole, die auf seinem taktischen Display erschienen. Hätte es sich um Flugzeuge gehandelt, hätte das System ihm nun Typ, Status der Freund-Feind-Kennung über Link16 und den Gefährdungsgrad mitgeteilt. Aber für U-Boote gab es nur ein paar einfache taktische Markierungen, Fahrt, Tiefe, Kurs. Zwei U-Boote, eines mit moderater Fahrt auf Ostkurs, eines auf Westkurs, mit einem Höllentempo! Es war der Moment, in dem er begriff, was DiAngelo vorhatte. Und das konnte auch verdammt danebengehen. Seine Stimme klang heiser. »Feuerleitoffizier, der Hubschrauber soll einen Torpedo bereithalten. Feuerleitlösung auf Kontakt zwei!«

»Für den Fall, dass Sie tatsächlich auf den Russen feuern wollen, möchte ich eine Harpoon vorschlagen.«

---

* Siehe Peter Brendt: *Crashdive*

»Einverstanden. Vorbereiten, aber auf mein Kommando warten. Das amerikanische Boot ist zu nahe dran. Sowie es abgedreht hat, erledigen wir unseren Job.«

18. Tag, 08 : 18 Ortszeit, 07 : 18 Zulu – amerikanisches Jagd-U-Boot USS *Alaska*, Straße von Gibraltar

»Kontakt, null-null-null, vierzig Knoten, Tiefe tausend Fuß!« Der Sonaroffizier hatte Mühe, seine Panik zu bezähmen. »Sechs Meilen!«

Addierte man die Geschwindigkeiten, mit der sie sich aufeinander zubewegten, blieben weniger als fünf Minuten, bis zwei Stahlmassen von zusammen etwa fünfzigtausend Tonnen aufeinanderprallen würden. DiAngelo erledigte die Rechenübung automatisch, noch während der Kollisionsalarm nervenzerfetzend durch den Rumpf raste. Seine Augen suchten Turk, der an den Tauchkontrollen auf Befehle wartete. »Backbord zehn!« Er zögerte kurz, dann fiel die Entscheidung: »Achterlastig zwanzig!«

Turk brüllte seine Befehle. Wahrscheinlich hatte das Jagdfieber auch ihn gepackt. Beinahe augenblicklich richtete sich der Bug auf, und das Boot begann eine Korkenzieherbewegung nach oben zu beschreiben!

»Eine Minute!« Der Navigationsoffizier hielt die Stoppuhr umklammert, als gäbe es nichts Wichtigeres in seinem Leben.

Bob schloss die Augen. Er versuchte an Angela zu denken und an den kleine Ethan. Aber alles, was sich in seinem Gehirn wiederholte, war die Zahl fünfzigtausend. Fünfzigtausend Tonnen Stahl, das Gewicht von zwei beladenen Güterzügen, würden in ein paar

Augenblicken in einigen hundert Fuß Tiefe aufeinandertreffen. Und ab diesem Moment war Überleben eine eher theoretische Möglichkeit.

18. Tag, 08 : 23 Ortszeit, 07 : 23 Zulu – amerikanisches Jagd-U-Boot USS *Tuscaloosa*, Straße von Gibraltar

Sie brauchten kein Sonar mehr, um zu hören, was vor sich ging. Das Kreischen reißenden Stahls, das unglaublich laute Blubbern von Blasen, eine gedämpfte Explosion. Dan Kearny fuhr herum, aber es gab keinen Befehl, den er hätte geben können, keine Worte, die etwas geändert hätten. Sein XO starrte ihn entsetzt an. »Die armen Teufel!« Er hatte Tränen in den Augen.

»Der Iwan ist voll in die Alaska gebrettert!« Der fassungslose Navigationsoffizier schien es nicht glauben zu können.

Commander Kearnys Vorstellungskraft lieferte die Bilder zu dem schrecklichen Szenario, das sich in der Tiefe abspielte. Aufgerissene Rümpfe, Wasser, das wie eine grüne Wand in die Räume brach und die Männer beider Boote ersäufte wie Ratten. Funken, Explosionen, als die kalte See die komplizierte Elektrik im Inneren der Röhren lahmlegte, und immer wieder die verzweifelten Schreie, die Suche nach einem Ausweg, den es nicht gab. Unwillkürlich nahm er die Mütze ab.

»Zentrale, hier Sonar: Sinkgeräusche, mindestens einer geht auf Tiefe!«

26. Kapitel

18. Tag, 08 : 27 Ortszeit, 07 : 27 Zulu – amerikanisches Jagd-U-Boot USS *Alaska*, Straße von Gibraltar

»Guter Trick!« Commander Martinez klang, als würde er sich gleich übergeben. »Verdammte Gringos!«

»Danke!« Bobs Stimme verriet wenig von seinen Gefühlen. »Vielleicht kann sich jemand mal um das Licht kümmern?«

Die Lichtkegel von Handlampen bewegten sich geisterhaft durch die finstere Zentrale. Zuerst war die Hauptbeleuchtung ausgefallen, dann die Notbeleuchtung angesprungen – nur, um Herzschläge später zu flackern und ebenfalls auszufallen.

»Hülle ist dicht!«, brüllte irgendjemand von achtern.

»Schadensmeldungen an die Zentrale!« Martinez versuchte sich Gehör zu verschaffen, als im selben Moment ein Ruck durch das Boot ging. Der unvermeidliche Spaßvogel, den es in jeder Besatzung gab, kommentierte lautstark.: «Angekommen!«

Die *Alaska* lag auf Grund, haltlos durchgesackt, als sie die Kontrolle verloren hatten. Wie schlimm die Schäden waren, vermochte DiAngelo nicht abzuschätzen, noch liefen die Meldungen spärlich ein, aber er wusste, dass sich das schon in den nächsten Minuten ändern würde. Jetzt kam alles darauf an, wie schwer sie den Russen erwischt hatten. Trotz der Situation musste Bob unwillkürlich grinsen. Er hatte selber mit dem Gedanken gespielt, Täuschkörper auszustoßen. Eine winzige Irritation für das Sonar nur, aber es hätte ihm erlaubt, den Turm als Rammbock zu benutzen, wobei er nur den Bug hätte nach unten drücken müssen. Das Einzige, was ihn davon abgehalten hatte, war die Vorstellung, dass Sarubin vielleicht auf den gleichen Einfall verfallen könnte.

18. Tag, 08 : 27 Ortszeit, 07 : 27 Zulu – russisches
Jagd-U-Boot *Bizon*, Straße von Gibraltar

»Verdammte Cowboys!« Sarubin gönnte sich den Luxus eines weiteren Fluches.

»Die haben versucht, uns zu rammen!«

»Balakin, sie *haben* uns gerammt!«, beschied ihm der Kommandant grimmig. Wenigstens brannte noch immer Licht. »Wie schlimm sind die Schäden? Rufen Sie achtern an!«

»Kapitän! Wir verlieren Fahrt!«

»Wie stark?«

»Im Moment sind wir bei dreiunddreißig Knoten!«

»Telefonverbindung nach achtern unterbrochen! Läufer unterwegs!«

Anscheinend hatte es sie doch schlimmer erwischt, als es zuerst aussah. Was für ein Wahnsinnsmanöver! Er klatschte in die Hände. »Ich will sofort einen Status über alle Systeme!« »Dawai, dawai, Männer!«

Nach und nach trafen die Meldungen ein. Der Rumpf war dicht, nur eine Schweißnaht hatte nachgegeben. Den Turm konnten sie abschreiben, der war geflutet, aber das war zu verschmerzen. Der Leitende hatte die

Welle kurz gestoppt, um ein verdächtiges Geräusch zu kontrollieren, versicherte aber, dass die *Bizon* in ein paar Minuten wieder volle Fahrt würde laufen können. Der einzige echte Verlust war der Ausfall des Schleppsonars. Selbst die Verletzungen der Besatzung beschränkten sich auf ein paar Prellungen. Die Flucht konnte weitergehen. Sarubin lehnte sich zurück. Er wusste, dass sie nur Glück gehabt hatten. Er hatte im letzten Moment Täuschkörper ausstoßen und die vorderen Zellen schnellfluten lassen. Dadurch war das amerikanische Boot nicht gegen den Rumpf, sondern gegen den Turm geprallt, der zudem noch speziell verstärkt war. Schließlich sollte das Boot ja auch in der Lage sein, die Eisdecke der Polkappe zu durchstoßen.

Der Kommandant wusste, dass es seinem Gegner wahrscheinlich schlechter ging als ihnen. Aber es war eine reine Glückssache gewesen. Wenn der Amerikaner auf den gleichen Trick verfallen wäre, würden sie jetzt beide auf dem Grund liegen.

18. Tag, 08 : 30 Ortszeit, 07 : 30 Zulu – deutsche Fregatte *Wiesbaden*, Straße von Gibraltar

»Er läuft weiter!« Der Fliegerleitoffizier schüttelte ungläubig den Kopf. »Woraus bauen die Iwans ihre Boote? Panzerstahl?«

»Der Hubschrauber soll dranbleiben!« Otten überflog kurz das taktische Display. »U-Jagd, melden, wenn er zehn Meilen von dem amerikanischen Boot entfernt ist! Klar zum Feuern!«

18. Tag, 08 : 45 Ortszeit, 07 : 45 Zulu –
Tauchboot *Oz*, Straße von Gibraltar

Commander Harper kaute auf seiner kalten Zigarre herum. Sie saßen mit der Schürze sauber auf, theoretisch konnten sie jederzeit mal anklopfen und nach einem Bier fragen. »Eigentlich geht es uns doch ganz gut hier, nachdem wir wie ein Floh auf einen Hund gehüpft sind.«

»Wenn ich mich richtig erinnere, hat vor ein paar Minuten jemand versucht, deinen Hund zu beißen, Tex!«

Der Commander kratzte sich genüsslich unter seiner Wollmütze. »Dann war es doch eine prima Idee, *hinter* dem Turm zu parken!«

Der Kopilot der *Oz,* ein in Ehren ergrauter Chief Petty Officer, schaute demonstrativ durch die Bullaugen. Die aufgerissene Struktur des buckelfürmigen Turmes der *Bizon* zeichnete sich ganz am Rande der Reichweite ihrer Scheinwerfer ab. »Ja, wirklich ein klasse Einfall!« Er brummte missmutig. »Das war die *Alaska*, wenn du mich fragst.«

»Kann sein! Aber die Zeit war zu knapp, um zu wechseln.« Er deutete auf die Fahrtmessanzeige. »Außerdem hat sie ihn nicht richtig erwischt.« Der Zeiger stand inzwischen wieder bei sechsunddreißig Knoten. Er blickte nach draußen. Die zwei Reihen der Raketenluken zeichneten sich im Licht der Scheinwerfer deutlich ab. »Angeblich hat er wenigstens keine Cruise Missiles mehr an Bord.« Die Hand des Commanders verhielt über einem großen roten Schalter. »Wir könnten das hier benutzen.«

»Die nehmen das vielleicht übel. Mitkriegen werden sie es auf jeden Fall, denn das ganze Notfallzeug ist ja international genormt, seit die Russen die *Kursk* verloren haben.«

»Und was wollen die dann tun?«

»Tex, ich bin mir jetzt wirklich nicht sicher, ob ich das wissen will!«

Der Schalter schnappte mit einem lauten »Klick« herum. Beinahe sofort vernahmen sie die Signalfolge des Distress Sonar Beacon, eine Reihe hoher Töne, jedenfalls soweit es den hörbaren Bereich betraf. Tatsächlich benutzte das Gerät zusätzlich auch niederfrequente Signale, wie sie von modernen Jagd-Sonaren benutzt werden. Auf dem Deck der *Bizon* war ein »akustisches Leuchtfeuer« zum Leben erwacht, das unter anderem per gutem, altmodischem Morsecode mitteilte, wer da um Hilfe rief.

18. Tag, 08 : 50 Ortszeit, 07 : 50 Zulu –
amerikanisches Jagd-U-Boot USS *Tuscaloosa*,
Straße von Gibraltar

»U-Boot in Not! Empfangen Distress-Signal!«

Commander Kearny atmete tief durch. »Von der *Alaska*?«

»Negativ! Es muss von dem Russen kommen, aber die Peilung verändert sich. Er ist in Bewegung und immer noch verdammt schnell!«

»Okay, was hören Sie von der *Alaska*?«

»Werkzeuggeräusche, Maschinen, Pumpen! Die sind alles andere als tot, Sir!«, verkündete der Sonaroffizier freudig.

»Warum reagieren die dann nicht auf das Unterwassertelefon?«

»Wahrscheinlich kaputt!«

»Können Sie mit Ihrem Zauberkasten irgendwas rübermorsen?«

»Der Russe würde das aber mitbekommen!«

»Vergessen Sie den, der weiß doch sowieso, wo wir sind! Teilen Sie der *Alaska* mit, dass wir hier sind, und fragen Sie, was sie brauchen.«

18. Tag, 08 : 50 Ortszeit, 07 : 50 Zulu – amerikanisches Jagd-U-Boot USS *Alaska*, Straße von Gibraltar

»Was wir brauchen?« Commander Martinez blickte unschlüssig in die Runde. »Etwa dreißig Minuten mehr.« An den Fingern zählte er auf: »Wir haben eine aufgerissene Trimmzelle, das ist zu verschmerzen; unser Bestand an Sicherungen ist runter auf null, und die Steuerbord-Stopfbuchse am vorderen Tiefenruder macht etwas Wasser. Ansonsten sind wir verbeult und haben an Steuerbord die Lateralsensoren beinahe komplett verloren.«

»Das geht ja immerhin noch«, stellte DiAngelo fest.

»Der größte Teil der Schäden entstand durch ausgefallene Sicherungen. Wie es zu einer solchen elektrischen Kettenreaktion kommen konnte, soll Electric Boat untersuchen, wenn wir diese Sache hier erledigt haben. Waffensysteme, Navigation und Antrieb sind einsatzbereit. Und wenn der verdammte Iwan noch laufen kann, dann können wir es auch. Nur keinen zweiten Rammstoß mehr, wenn ich bitten darf!«

»Versprochen!«, willigte DiAngelo ein. »Ich glaube, er weiß immer noch nicht, dass seine eigenen Leute ihn zum Abschuss freigegeben haben.«

»Das wird sich bald ändern.« Mit dem Finger fuhr Martinez auf der Karte ein paar Kurslinien entlang.

»Die *Juri Gagarin* ist bei ihrer Fahrtstufe nur noch zwölf Stunden entfernt. Dann werden wir sehen, was die machen, wenn er Kontakt aufnimmt.«

Das Telefon in der Kommandantenkammer summte leise, und Martinez nahm ab. »Kommandant?« Für ein paar Augenblicke lang lauschte er wortlos, dann legte er auf. Auf seinem Gesicht spiegelte sich pure Ungläubigkeit. »Sonar empfängt ein Distress-Signal von der *Bizon*, meint aber, es handelt sich um eine von unseren Signaturen.«

Auch der Captain staunte nicht schlecht. »Wie bitte?«

»Es ist die *Oz*, die sendet!«

»Man kann sagen, was man will, aber Tex Harper ist schon ein durch und durch verrückter Hund!«

18. Tag, 08 : 50 Ortszeit, 07 : 50 Zulu – deutsche Fregatte *Wiesbaden*, Straße von Gibraltar

»Abstand, Herr Kapitän! Zielentfernung achtundvierzig Seemeilen. Sicherheit!«

Kapitän Otten kontrollierte ein letztes Mal das taktische Display. Es war zwar ein Haufen ziviler Schiffe unterwegs, aber der Bereich nördlich von Punta Malabata, wo die Rakete auf die Wasseroberfläche treffen würde, war frei, teilte sich doch der Verkehr bereits vorher, entweder Richtung Tanger oder entlang der Küste nach Norden.

»Feuerleitlösung aktualisiert, Harpoon mit ASW-Gefechtskopf.«

Ein Knopf auf seiner Konsole begann zu blinken. Gerhard Otten presste ihn, ohne zu zögern, tief in die Fassung. Oben an Deck erscholl ein Zischen und Grollen, als die Rakete sich auf den Weg machte. Achtundvierzig Seemeilen waren für die Anti-Submarine-Harpoon ein Klacks. Gespannt verfolgte der Kapitän zur See das Raketen-Symbol, das über seinen Bildschirm zu rasen schien.

18. Tag, 08 : 52 Ortszeit, 07 : 52 Zulu – russisches
Jagd-U-Boot *Bizon*, beinahe im Atlantik

»Einschlag! Torpedo im Wasser, null-drei-fünf Grad, Abstand eineinhalb Meilen, nimmt Fahrt und Tiefe auf!« Fedorows Stimme überschlug sich fast.

»Balakin, Steuerbord fünfzehn, runter auf vierhundert Meter!« Sarubin reagierte beinahe augenblicklich. »Schotten schließen!« Der Kommandant begriff seinen Fehler. Die Amerikaner und ihre Verbündeten hätten keine Waffen einsetzen können, da nichts vorlag, was dies gerechtfertigt hätte. Aber nun, nach dem Zusammenstoß mit dem amerikanischen Boot, so provoziert er auch gewesen sein mochte, hatte er sich mit hoher Fahrt abgesetzt. Mit diesem höchst verdächtigen Verhalten hatte er seinen Verfolgern den notwendigen Vorwand geliefert. Schon konnten sie das rasende Ping des Torpedosuchkopfes hören, als der Aal begann, nach seinem Ziel zu suchen.

»U-Boot-Notsignal!« Der Sonaroffizier konnte es nicht fassen. »Ich empfange ein amerikanisches U-Boot-Notsignal!«

»Das muss warten!«

In einer engen Kurve glitt die *Bizon* nach unten, aber sie würden Glück brauchen. Der Torpedo war per Rakete von einem Überwasserschiff abgefeuert worden und hatte höchstwahrscheinlich keine Sicherheitsschaltung, die ihn entschärfen würde, sollte er um hundertachtzig Grad drehen. Den Aal in eine Tiefe zu locken, in der der Druck ihn zerquetschen würde, ging nicht, denn dafür war die See hier zu flach. Aufzutauchen und zu versuchen, den Torpedo abzuschütteln, ging ebenfalls nicht, denn an der Oberfläche warteten zu viele Jäger, als dass er mit diesem Manöver davongekommen wäre. Alles, was er tun konnte, war, den Torpedo so lange wie möglich zu verwirren. »Abwehrmaßnahmen!« Er zählte die Sekunden mit. »Raus!« Die beiden letzten Täuschkörper, die sie noch besaßen, wurden ausgestoßen.

»Fedorow, was macht der verdammte Torpedo?«, brüllte Sarubin ins Mikro. »Laufend melden! Balakin, wenn wir ganz rum sind, genau West steuern!«

Hinter sich hörte er den Navigationsoffizier aufstöhnen. »Geht nicht, Kommandant, der Grund steigt dort auf zweihundert Meter an!«

»Dann finden Sie gefälligst schnell eine Alternative!«

Sarubin ging davon aus, dass es sich um einen Leichttorpedo vom Typ Mk-46 handelte, wie die Amerikaner das System bezeichneten, Spitzengeschwindigkeit fünfundvierzig Knoten, aber immerhin hatte die *Bizon* bereits sechsunddreißig Knoten Fahrt im Boot gehabt, während der Torpedo erst das Ziel hatte erfassen müssen, um dann selbst Fahrt aufzunehmen.

»Torpedo in eins-sechs-null, Abstand dreihundert Meter, Fahrt über vierzig.« Fedorow gab einen verwunderten Ton von sich. »Entfernt sich!«

»Gut!« Der Kommandant versuchte, die Entfernungen und Geschwindigkeiten abzuschätzen. Es konnte hinkommen. »Balakin, festblasen, wir bleiben auf dieser Tiefe. Was haben wir?«

»Gerade einmal dreihundertdreißig Meter!«

»Reicht! Mal sehen, wie weit sein Sprit reicht!«

Für die komplizierte Elektronik des Torpedos hatte sich die Unterwasserwelt in einen großen Raum voller Geräusche verwandelt. Seit 1966 die ersten dieser Torpedos bei der US Navy eingeführt worden waren, hatte es eine lange Reihe von Verbesserungen gegeben. Der eingesetzte Torpedo war ein Mk-46 Mod.5, nur eine Generation vom aktuellsten Entwicklungsstand entfernt, was für die deutsche Marine dennoch schon so etwas wie einen Meilenstein darstellte. Und immerhin gehörte er damit zu den neueren Modellen, die nicht nur nach irgendwelchen Geräuschen, sondern nach ganz bestimmten suchten, die mit der Signatur des eingespeicherten Ziels übereinstimmten. Nur hatte die brandneue *Bizon* noch keine solche. Und bevor eine Geräuschquelle als ein U-Boot eingestuft wurde, musste sie bestimmte Kriterien erfüllen – andernfalls hätte es sich ja auch einfach um eine dieser lästigen Blasenwolken der Täuschkörper handeln können. Während dieser Sekunden jedoch war die Unterwasserwelt mit solchen Blasenwolken gefüllt. Nur ein »echtes« U-Boot fand der Torpedo nicht, immer nur für kurze Augenblicke empfingen die Sensoren Maschinengeräusch, aber bis der Torpedo den Kurs gewechselt hatte, verschwand das Geräusch wieder, und alles, was blieb, waren die sprudelnden Kanister mit ihren Blasenwolken.

Ein letztes Mal, um den letzten Kreis voll zu machen, stieß die *Bizon* durch die eigenen Blasenwolken, die ihre Täuschkörper auf dem Weg nach unten hinterlassen hatten. Vier Meilen betrug die Strecke, die ein solcher Leichttorpedo laufen konnte. Sarubin fragte sich, wie viel davon der Aal bereits zurückgelegt haben mochte. Aber selbst wenn das Biest sie jetzt noch erfassen sollte, würde ihm, bevor es sie erreichen konnte, wahrscheinlich der Sprit ausgehen.

»Der Torpedo hat uns verfehlt!« Es klang, als wisse Balakin nicht, ob er vor Erleichterung lachen oder weinen sollte.

Eine scharfe Explosion hallte durch die Tiefe, und das Boot erhielt einen plötzlichen Stoß von achtern. Das Licht flackerte kurz, und auf dem Schaltpult neben dem Kopf des Ersten begannen mehrere rote Lämpchen hektisch zu blinken.

Sarubin fühlte sich für einen Augenblick wie gelähmt. »Der Torpedo ist am Ende der Laufzeit hochgegangen!« Er konnte es kaum fassen. »Die lassen die Dinger am Ende der Laufzeit krepieren!« Wieder eine neue Erkenntnis, denn normalerweise ließ man die Aale einfach absaufen, um zu vermeiden, dass eine unnötige Explosion das eigene Sonar störte – es sei denn, man spekulierte darauf, dass das Ziel bereits nahe genug war. Er fluchte wütend vor sich hin.

»Schäden im Achterschiff!« Balakin leierte die Liste der Meldungen hinunter. »Die Welle rumort, der LI glaubt, sie ist verzogen, der Pumpjet-Antrieb hat wahrscheinlich ein paar Schaufelblätter verloren, Ruder ist schwergängig …« Er stockte. »Was ist das denn für ein Geräusch?«

»Hört sich an wie ein Hammer.« Sarubins Miene verfinsterte sich. »Stellen Sie fest, wer da so einen Lärm macht, verdammt noch mal!« Er lauschte erneut. Das Gehämmere ging unvermindert weiter. »Welcher Trottel …« Der Kommandant unterbrach abrupt die Schimpfkanonade, zu der er angesetzt hatte, und angelte nach dem Mikrofon. »Fedorow, Sie sagten da etwas von einem U-Boot-Notsignal?«

»Ein Distress Sender. Amerikanisch. Er sendet außerdem eine Bootsnummer, die wir nicht im Computer haben.«

»Entfernung?«

»So gut wie keine, aber ich kriege die Richtung nicht.« Fedorow wirkte, nicht zum ersten Mal an diesem Tag, verwirrt. »Es ist, als sendeten wir selber.«

»Verdammte Scheiße, der hockt auf uns drauf!« Der Kommandant ließ das Mikro einfach fallen. »Ich brauche sofort ein paar bewaffnete Leute, und eine Brechstange wäre nicht schlecht. Der Bootsmann soll zum achteren Notluk kommen.« Er lief durch das Schott nach achtern, wandte sich aber noch mal um. »Balakin, nehmen Sie Kurs auf die *Gagarin,* der LI soll rausschinden, was geht. Dieses Mal haben wir keine zweite Chance.«

18. Tag, 08 : 55 Ortszeit, 07 : 55 Zulu –
Tauchboot *Oz*, Straße von Gibraltar

»Tex, da will dich jemand sprechen!« Der Petty Officer tauchte aus dem Schacht zur Einstiegsluke auf und senkte die Stimme. »Unsere Jungs sehen nicht begeistert aus.«

Harper warf einen letzten Blick auf den dünnen Wasserstrahl, der aus einer Nahtstelle spritzte. »Seid nur vorsichtig, bei dem Druck schneidet euch der Strahl das Fleisch von den Knochen.«

»Dieses Mal stecken wir schön im Dreck!«, meinte einer aus seinem Team.

»Ich hatte ja nur einen kleinen Überführungstrip gebucht. Künstlerpech, dass der Russe zu früh kam.« Tex zuckte mit den Achseln und platschte ein paar Schritte durch das Wasser. Es stand etwa zwei Zoll hoch, stieg aber schnell. Durch den kleinen Riss kam mehr Wasser rein, als man denken sollte. Er beugte sich über den Schacht und spähte hinab. Die untere Luke der *Oz* war offen, und unter der Schürze war auch die Notausstiegsluke der *Bizon* geöffnet. Ein eher quadratisches Gesicht betrachtete ihn von unten mit unverhohlener Neugier. »Sind Sie jetzt fertig da oben, oder haben Sie noch was zu diskutieren?«

Das Englisch des Russen klang etwas schwerfällig, war aber gut verständlich. Tex schwang die Beine in den Schacht und kletterte betont langsam die Leiter hinunter. Nicht, dass er noch irgendwie missverstanden wurde.

Igor Sarubin trat einen Schritt zur Seite. Als Erstes erschienen in seinem Blickfeld durchnässte Cowboystiefel, dann ein blauer Overall und am Ende dann ein Kopf mit der wahrscheinlich lächerlichsten blauen Wollmütze, die er je in seinem Leben gesehen hatte. Der hagere Mann wandte sich vorsichtig um und musterte mit einem kurzen Blick die Seeleute in dem engen Gang und vor allem deren Waffen. Dann nickte er und legte die Hand an die Wollmütze. »Commander Tex Harper, US Navy! Bitte um Erlaubnis, an Bord kommen zu dürfen.«

Traditionen sind Traditionen. Kapitän Sarubin legte die Hand kurz an dem Kopf, die Mütze hatte er in der Zentrale vergessen, und deutete so etwas wie Haltung an. »Kapitän zweiter Klasse Igor Sarubin. Verzeihen Sie, wenn ich Sie nicht von Herzen auf meinem Boot willkommen heiße.«

»Äh, ja!« Tex grinste. »Wir hätten ja auch nicht angeklopft, aber wir haben da ein kleines Problem. Sie können uns nicht zufällig mit einem transportablen Schweißgerät aushelfen?«

Sarubin verdrehte die Augen. »Ein Schweißgerät, sagen Sie?« *Wahrscheinlich sollten wir ihm eins geben und ihn einfach zur Oberfläche abdampfen lassen. Das wäre das Einfachste. Ich könnte denen auch gleich diesen Sayyid Harb mitgeben, der noch immer in der Proviantlast schmort.* »Ich vermute, wir haben eines.« *Das ist keiner der Tage, an denen man zu viel nachdenken sollte.*

27. Kapitel

18. Tag, 20 : 45 Ortszeit, 19 : 45 Zulu – amerikanisches Jagd-U-Boot USS *Alaska*, Atlantik, vor der spanischen Küste

Die Jagd hatte sich zu einer langwierigen Angelegenheit entwickelt. Sarubin hatte sein Ziel erreicht und war durch die Straße von Gibraltar gekommen, auch wenn sein Boot offensichtlich beschädigt war. Seine Marschfahrt betrug nur noch siebenunddreißig Knoten, war aber dennoch zu viel für die Los-Angeles-Boote, die mit jeder Stunde weiter zurückfielen, obwohl sie nur einen Deut langsamer waren als die *Alaska*. Um kurz vor neun hatte die *Tuscaloosa* bereits einen Abstand von fünfundzwanzig Meilen, während die *Alaska* nur knappe fünf Meilen hinter der *Bizon* herhetzte – sehr zum Leidwesen des Leitenden Ingenieurs, der den Eindruck erweckte, als müsse er das Boot mit bloßen Händen zusammenhalten. Die *San Diego* war vor Gibraltar zurückgeblieben, um sich an der Suche nach der immer noch vermissten *Oz* zu beteiligen, und nur noch die *Wiesbaden*, deren Schnellbootgruppe längst mangels Brennstoff aufgegeben hatte, dampfte hartnäckig hinterher, inzwischen aber beinahe siebzig Meilen abgeschlagen.

Robert DiAngelo wärmte sich die Hände an seiner heißen Kaffeetasse. Er konnte sich überhaupt nicht mehr genau erinnern, wann er eigentlich das letzte Mal eine Nacht durchgeschlafen hatte. Sein Grübeln galt der Frage, wie sich der russische Kapitän nun weiter verhalten würde, ein ausgezeichneter Mann, der aber von seinen Vorgesetzten in einem Spiel um die Macht verraten worden war. Würde er sein Boot tatsächlich in einen aussichtslosen Kampf führen?

»So in Gedanken, Captain?«, fragte Commander Martinez und gähnte herzhaft. »Das Sonar hat übrigens die *Gagarin* mittlerweile erfasst.«

»Ich doktere immer noch daran herum, was ich täte, wenn ich in Sarubins Schuhen steckte.«

»Eigentlich kann er nur aufgeben, aber ...«

»Genau das ist es, das große Aber!« DiAngelo nahm einen Schluck von seinem Kaffee. Niemand konnte aus seiner Haut heraus, und kein Kommandant konnte so ohne weiteres sein Schiff übergeben.

18. Tag, 20 : 45 Ortszeit, 19 : 45 Zulu – russisches Jagd-U-Boot *Bizon*, Atlantik, vor der spanischen Küste

»Es ist die *Gagarin*, Kommandant!«

»Hmmm«, brummte Igor Sarubin.

Balakin versuchte es erneut. »Sollen wir Kontakt aufnehmen?«

Der Kommandant blickte auf. »Verraten Sie mir doch mal, was ein Goldbarren ganz genau wiegt?«

Die Antwort kam wie aus der Pistole geschossen: »Zwölf Komma vierundvierzig Kilogramm. Warum?«

Sarubin winkte ab. »Nur so ein Gedanke.«

»Hören Sie, Kapitän, die *Gagarin* ...«

»Ja, ja, die *Gagarin*! Wissen Sie, was uns auf der erwartet?« Der Kommandant registrierte am Rande, wie die Männer in der Zentrale sich umdrehten, um der seltsamen Unterhaltung besser folgen zu können. »Mir fällt in diesem Zusammenhang eine interessante Geschichte ein, die mir der komische Commander mit der Wollmütze erzählt hat.«

»Die wollen Sie ihm doch wohl nicht so ohne weiteres abkaufen, Kommandant?«

»Sieh mal einer an!«, sagte Sarubin und wartete einen Augenblick. »Woher kennen Sie denn deren Inhalt?«, fragte er scharf.

Der Erste erbleichte. »Ich habe keine Ahnung, aber irgendwas wird er Ihnen schon aufgetischt haben, um Sie dazu zu bringen, aufzugeben. Woher soll ich das wissen?« Wie ein gefangenes Tier sah er sich in der Zentrale um. Die Blicke der anderen Männer, denen er begegnete, waren plötzlich kalt und distanziert.

»Eben, woher?« Der Kommandant beugte sich etwas vor, und seine Hand verschwand unter der Konsole. »Darauf gibt es nur eine Antwort: Sie kannten sie von Anfang an.«

Der Navigationsoffizier schob sich von der Seite her in sein Blickfeld. »Worauf zielen Sie ab, Kapitän?«

Sarubin ließ den Ersten nicht aus den Augen. »Commander Harper hat mich davon in Kenntnis gesetzt, dass russische Regierungskreise die Amerikaner darüber informiert haben, dass sich die *Bizon* in den Händen tschetschenischer Terroristen befindet.«

Der NO stieß pfeifend den Atem aus. »Das bedeutet ...«

»Das bedeutet gar nichts!«, schrie der Erste, »außer dass der Amerikaner lügt. Er will, dass wir aufgeben, ganz einfach.«

Sarubin schüttelte leicht den Kopf. »Nichts an dieser Geschichte ist einfach. Ich habe mir, seit wir in See gestochen sind, alle Personalakten gründlich angesehen. Natürlich geht aus denen nicht hervor, wer bei wem der Gospodins in der Kreide steht. Aber sieht man etwa von Fedorow und einigen wenigen ab, die Frau und Kinder haben, fällt auf, dass die meisten von uns keine Familie haben. Nehmen Sie nur mich, unverheiratet, Eltern tot, keine Geschwister. Kein Hahn würde nach uns krähen, wenn wir nicht mehr in die Heimat zurückkehren. Ist doch seltsam, oder? Ich wusste seit der Offiziersbesprechung, dass Schugarew jemanden an Bord haben musste, einen Offizier, der gegebenenfalls auch qualifiziert genug wäre, um mich zu ersetzen. Sie alle wussten nur, dass wir ins Mittelmeer fahren, um rund hundert Tonnen Gold abzuholen. Mehr aber nicht. Doch die Details aus Schugarews Befehlen kannte außer mir noch jemand an Bord. Hätte sonst noch jemand von Ihnen beispielsweise das fragliche Barrengewicht aufs Gramm genau zu benennen gewusst, zumal diese handelsüblich in den unterschiedlichsten Größenordnungen existieren?«

Balakin wirbelte herum und hob den Arm, die bisher unter der Konsole gehaltene Hand des Kommandanten zuckte hoch. Beide Schüsse fielen fast gleichzeitig. Sarubin spürte einen heftigen Schlag, dann entglitt die Makarov seinen tauben Fingern. *Der verdammte Schweinehund hat mich erwischt!*

Oberleutnant Balakin dachte an gar nichts mehr. Er war tot, noch bevor die Beine unter ihm nachgaben und er langsam an seiner Konsole nach unten rutschte.

In der Zentrale erstarrten alle vor Schreck, andere Männer drängten durch das Schott, um zu sehen, was passiert war. Der Navigationsoffizier war der Erste, der die Fassung wiederfand. »Auf die Stationen!« Er beugte sich über den Kommandanten, der totenbleich in seinem Sessel hing. »Der Doktor soll sofort antanzen!«, forderte er.

Eine Riesenpranke schob ihn beiseite. »Das sieht ja ziemlich böse aus«, sagte Commander Tex Harper, der eigentlich gekommen war, um sich für die Überlassung des Schweißgerätes zu bedanken. »Und wozu dieses Schlachtfest?«, fragte er. »Sie bluten wie ein Schwein.«

Auf dem kreidebleichen Gesicht des Kommandanten erschien ein schwaches Lächeln. »Weil er ein programmierter Lügner war, der sich hinter der getürkten Legende verschanzte, Spielschulden bei den Gospodins zu haben.«

Harper verstand nur Bahnhof, aber das war jetzt definitiv der falsche Moment, um das mit einem angeschossenen Mann zu diskutieren, zumal der Bordarzt nun seinen Platz beanspruchte.

18. Tag, 20 : 45 Ortszeit, 19 : 45 Zulu – amerikanisches Jagd-U-Boot USS *Alaska*, Atlantik, vor der spanischen Küste

»Auf der *Bizon* wird geschossen! Zwei Schüsse, fast zeitgleich, sind gefallen. Im Moment herrscht Ruhe.«

»Findet da eine Meuterei an Bord statt?«, fragte Martinez DiAngelo.

»Ich habe nicht die geringste Ahnung!«

Über Lautsprecher traf die nächste Meldung aus dem Sonarraum ein. »Die *Gagarin* wechselt Kurs! Peilt jetzt in Rot null-zwo-drei, zwanzig Knoten.«

Bob versuchte, sich das Manöver vorzustellen. Da die *Gagarin* computermäßig abgespeichert war, konnte es an deren Identität keinen Zweifel geben. »Der Kommandant wird vermutlich versuchen, zunächst das

Gold an Bord zu bekommen und danach erst die *Bizon* unter Wasser zu treten.«

»Offiziell ist die Gagarin ein Forschungsschiff und unbewaffnet«, wandte Martinez ein.

»Offiziell sind die russischen Fischtrawler vor der amerikanischen Küste auch keine elektronischen Überwachungsschiffe, sie haben nur sehr viele Antennen. Das ist ja kein neues Spiel!«

Der Lautsprecher erwachte erneut zum Leben. »Auf der *Gagarin* tut sich was!«

»Und das wäre?«

»Wenn ich das wüsste, Sir? Hört sich an, als würden die ein paar Winschen und Motoren starten. Wenn es nicht so verrückt klänge, dann würde ich sagen, da hat jemand den Knopf zur Betätigung eines riesigen Aufzugs gedrückt.«

»Aufzug, sagen Sie?«, vergewisserte sich Bob nochmals.

»Klingt jedenfalls so.«

Die Reaktion des Captains erfolgte auf der Stelle. »Klar Schiff zum Gefecht! Mister Turk, ich hätte gerne eine Feuerleitlösung auf die *Gagarin*!«

18. Tag, 20 : 50 Ortszeit, 19 : 50 Zulu – russisches Jagd-U-Boot *Bizon*, Atlantik, vor der spanischen Küste

Kapitän Igor Sarubin spürte eine ungewöhnliche Leichtigkeit im Kopf, die von seinem Blutverlust herrührte. Es kostete ihn Mühe, sich zu konzentrieren. »Was macht die *Gagarin*?«

»Sie versucht immer noch, uns auf dem Unterwassertelefon zu erreichen«, erklärte der Navigationsoffizier. »Wenn Sie recht haben, stellen wir uns besser tot!«

Die Männer in der Zentrale beobachteten jede seiner Bewegungen, jede noch so kleine Geste. Sarubin war sich dessen bewusst. Er spürte den straffen Verband und die Armschlinge. Aber das war alles nebensächlich. Er musste eine Entscheidung treffen, einfach, weil jeder an Bord das von ihm erwartete. Dabei war ihre Zeit längst abgelaufen. Um die Reaktorkühlung bei »Laune« zu halten, musste er ständig über dreißig Knoten bleiben. Sobald er stoppte, um das Gold an die *Gagarin* zu übergeben, war die *Bizon* sowieso erledigt. »Und wie soll es Ihrer Meinung nach weitergehen?«, fragte er seinen Oberleutnant.

»Wenn dieser Commander Harper recht hat, dann werden sie unser Boot versenken, sowie sie das Gold haben. Bleibt das Dilemma, dass wir uns nicht in irgendwelche sicheren Gefilde begeben könnten, weil wir sowieso nicht mehr so weit kämen.«

Tex Harper, der gelangweilt am Kartentisch stand und von der auf Russisch geführten Unterhaltung nichts verstand, blickte auf, als sein Name fiel. »Was ist mit mir?«

Sarubin rekapitulierte den Gesprächsinhalt auf Englisch.

»Yeah, von den eigenen Leuten in die Tiefe geschickt zu werden ist nicht spaßig. Bei fast zehntausend Fuß ist das ein verdammt langer Weg da runter.«

Die Meldung des Sonaroffiziers per Lautsprecher entband Sarubin zunächst einer Antwort. »Auf der *Gagarin* fahren Hilfsaggregate hoch, ich höre Hydraulik, Motoren, Winschen!«

Der Kommandant der *Bizon* war zu erschüttert, um einen seiner üblichen Flüche loszulassen. »Der Bart ist ab, die *Gagarin* macht gefechtsklar.«

18. Tag, 20 : 50 Ortszeit, 19 : 50 Zulu –
russisches Forschungsschiff *Juri Gagarin*, Atlantik,
vor der spanischen Küste

Die Gagarin war natürlich alles andere als ein Forschungsschiff, obwohl, wenn man gewollt hätte, sie wahrscheinlich auch dafür hätte verwendet werden können. Gebaut worden war sie allerdings bereits in den sechziger Jahren für den damaligen Geheimdienst KGB, um Radarsignaturen auszuspähen und die Bewegungen der amerikanischen Atom-U-Boote zu verfolgen. Die beiden großen Dome auf dem Vor- und Achterschiff bargen eine Unzahl von Antennen, aktives Radar und Passivortung für so ziemlich allen Frequenzen, die der Militärtechnik zugänglich waren. Von der Zentrale im Rumpf des Zwölftausend-Tonnen-Schiffes war es sogar möglich, den Sprechfunk der amerikanischen Spaceshuttles mitzuhören und Satelliten einzupeilen. Selbst bei den kodierten Funksignalen des angeblich einbruchsicheren strategischen Netzwerkes der NATO waren die Computer an Bord in der Lage, die Meldungen beinahe in Echtzeit zu dechiffrieren.

Das war die eine Seite der *Gagarin,* deren andere in einigen Einrichtungen bestand, die selbst von Analytikern kaum wahrgenommen wurden, wenn sie Satellitenbilder von dem Schiff betrachteten. Die beiden großen weißen Radardome zogen das Augenmerk auf sich, doch befand sich auch noch ein Pfortenkran direkt achtern eines Deckshauses. Letzteres wiederum verbarg ein Schleppsonar, welches denen der U-Boote ebenbürtig war. Zusätzlich konnten die beiden Hubschrauber des Schiffes Tauchsonare ausbringen. Und gut getarnt durch einen weiteren Aufbau vorne, befand sich ein Mehrfachraketenwerfer für RPK-7 Veder, eine Anti-U-Boot-Rakete.

18. Tag, 20 : 52 Ortszeit, 19 : 52 Zulu – amerikanisches Jagd-U-Boot USS *Alaska*, Atlantik, vor der spanischen Küste

Captain DiAngelo, der bereits eine Feuerleitlösung auf die *Gagarin* angefordert hatte, gab den Befehl, die Rohre zu fluten und die Klappen zu öffnen.

18. Tag, 20 : 52 Ortszeit, 19 : 52 Zulu – russisches Jagd-U-Boot *Bizon*, Atlantik, vor der spanischen Küste

»Der Amerikaner macht sich feuerbereit!«

Der Kommandant erwog für einen Augenblick die verschiedenen Optionen. »Bringen Sie uns runter. Tausend Meter.« Auf Englisch wandte er sich an Commander Harper. »Verträgt ihr Floh eine Tiefe von tausend Metern?«

»Theoretisch ...« Harper starrte ihn ungläubig an. »Soll das heißen, Sie können über dreitausend Fuß mit diesem Boot machen?«

Sarubin ging auf diese Frage nicht ein. »Holen Sie Ihre Männer runter und verriegeln Sie alles. Nur für den Fall der Fälle.«

Schon begann sich der Bug der *Bizon* nach unten zu senken. »Backbord zehn!«

18. Tag, 20 : 53 Ortszeit, 19 : 53 Zulu – amerikanisches Jagd-U-Boot USS *Alaska*, Atlantik, vor der spanischen Küste

»Der geht auf Tiefe, wahrscheinlich weiß er, was droht!« DiAngelo verzog das Gesicht. »Wenn wir schlau sind, halten wir uns raus.«

»Sind wir das denn?«

Bob schüttelte den Kopf. »Da soll ein purer Massenmord passieren, bei dem wir nicht einfach zuschauen können.«

»*Gagarin* feuert!«

»Zielkoordinaten, Torpedos? Was?« Der Captain hielt das Mikrofon umklammert.

Der Lautsprecher blieb ein paar Sekunden still, dann meldete sich der Sonaroffizier zurück. »Einschlag, Torpedo im Wasser, Rot-null-zwo-eins, etwa zweitausend Yards! Ein weiterer folgt Grün-null-null-fünf, eintausendzweihundert Yards. Nehmen Fahrt auf und gehen auf Tiefe!«

»Steuerbord fünfzehn!« Das erste Ping eines Suchkopfes traf die Hülle. »Was soll das denn?«, wunderte sich Martinez.

»Klassischer Fall von Verwechslung. Er hat zwei Boote mit Pumpjet-Antrieb«, von denen eines ein amerikanisches Distress-Signal aussendet. Nur da wir das nicht sind, werden wir als der Russe, den es gilt abzuschießen, wahrgenommen.«

Die Folge der harten abgehackten Sonarimpulse wurde schneller, drängender und gleichzeitig unregelmäßiger. Der zweite Torpedo hatte sein Ziel ebenfalls erfasst.

»Achthundert Yards! Einschlag in sechsundzwanzig Sekunden! Topedos peilen in Grün eins-sechs-null und Rot eins-sieben-drei!«

»Noch eine Winzigkeit herum!«, forderte Bob und hob langsam die Hand. Sekunden verstrichen.

»Abwehrmaßnahmen, jetzt! Mister Turk, runter auf neunhundert Fuß!«

»Vorlastig zwanzig, volle Kraft!« Die *Alaska* kippte regelrecht ab. Turk ließ seinen klar erteilten Befehlen ein langgezogenes »Oooh« folgen, als er den Halt verlor. Commander Martinez stand in einem irrwitzigen Winkel gegen die Kommandokonsole gelehnt, während seine Füße begannen, langsam auf der Schiefe des Decks abzurutschen.

»Backbord zwanzig!« Das Boot richtete sich aus der Seitenlage auf und ging in eine gerade Tauchfahrt über, nur um sofort wieder nach der anderen Seite zu kippen, als das Ruder die Stahlmasse in einen noch engeren Bogen zur anderen Seite zwang.

Stahl knirschte und kreischte, als die *Alaska* ihre offizielle Maximaltauchtiefe überschritt. Aber DiAngelos Gesicht zeigte nichts als ruhige Konzentration. »Tiefer, Mister Turk, das Boot verträgt schon noch was.«

»Tausend Fuß gehen durch!« Der Zentralemaat klang, als habe er mit dem Leben abgeschlossen.

»Tiefer!«, wiederholte DiAngelo mit Entschiedenheit. »Stützruder, Umdrehungen für fünfundzwanzig Knoten!« Er peilte auf den elektronischen Kompass der Konsole. »Neuer Kurs wird drei-vier-null! Sonar, wo steht die *Gagarin*?«

18. Tag, 20 : 58 Ortszeit, 19 : 58 Zulu –
deutsche Fregatte *Wiesbaden*, Atlantik,
vor der spanischen Küste

»Der will offenbar feuern!« Die Stimme des Feuerleitoffiziers überschlug sich. »Seine Systeme sind heiß!«

»Ich gehe davon aus, dass ARPA die Flugkörper erfassen kann?«, fragte Kapitän Otten, obwohl er die zu erwartende Antwort ohnehin kannte, auch wenn die Gagarin knapp siebzig Meilen entfernt war. Die Fregatte war ja schließlich primär darauf ausgelegt worden, Schiffsverbände vor Angriffen durch Flugzeuge oder Flugkörper zu schützen, und sie vermochte diverse Luftziele gleichzeitig zu bekämpfen. »Feuerleitlösung für je vier SM-2 und vier ESSM.«

»Feuerleitlösung kommt!«

Darüber, dass er im Begriff war, mal eben drei Millionen Euro im wahrsten Sinne des Wortes in die Luft zu jagen, mochte der Kapitän überhaupt nicht nachdenken. Das konnte bis später warten.

»*Gagarin* feuert!«

»Feuer frei«, befahl Otten sofort, und die Raketen seines Schiffes schossen aus den Rohren, lange Flammenstrahlen hinter sich herziehend. Sekundenbruchteile später hatten die ESSMs bereits beinahe Mach vier erreicht. Die russischen Veders, die nicht einmal die Hälfte dieser Geschwindigkeit erreichten, waren damit chancenlos und wurden kurz darauf von jeweils neununddreißig Kilogramm hochbrisantem Sprengstoff in kleine Stücke zerfetzt.

18. Tag, 20 : 58 Ortszeit, 19 : 58 Zulu –
russisches Jagd-U-Boot *Bizon*, Atlantik,
vor der spanischen Küste

»Die *Gagarin* hat gar nicht auf uns gefeuert, sondern die *Alaska* ins Visier genommen!« Kapitän Sarubin beugte sich trotz der Schmerzen in seiner Schulter vor.

»Den Irrtum wird der Kommandant allerdings ziemlich rasch bemerken«, meinte Tex Harper, der hinter Sarubins Sessel stand. »Er wird keine Zeit mehr haben, das zu bedauern! Ich habe so langsam die Schnauze voll!«, erklärte Sarubin wutendbrannt. »Feuerleitlösung, Rohr drei, auf die *Gagarin*! Wir gehen hoch auf vierhundert Meter! Dawai! Angeblich sind wir ja tschetschenische Terroristen und freigegeben zum Abschuss von unseren eigenen Leuten!«

Der Bug der *Bizon* richtete sich steil nach oben, und der Texaner suchte Halt an Sarubins Sitzlehne. »Was steckt in Rohr drei?«

»Sie werden vermutlich begeistert sein!« Die Stimme des Kommandanten hatte einen etwas heiseren Klang angenommen. »VA-111 Schkwal.« Er spürte das Zusammenzucken des Mannes hinter sich mehr, als dass er es sah. »Das neueste Modell zwar, aber nur konventionell bestückt.«

18. Tag, 20 : 59 Ortszeit, 19 : 59 Zulu – amerikanisches
Jagd-U-Boot USS *Alaska*, Atlantik, vor der spanischen Küste

»Die suchen jetzt in der falschen Richtung.« Commander Martinez rieb sich zufrieden die Hände. »Wie haben Sie das gewusst?«

»Nennen Sie es eine begründete Annahme.« Bob

wandte sich um. »Kurs und Tiefe halten! Sonar: Was macht die *Bizon*?«

Die Antwort ließ einen Augenblick auf sich warten. Wahrscheinlich hatte der Sonaroffizier in den letzten Minuten nur Ohren für die beiden Torpedos gehabt. »Sie taucht wieder auf, aber ich kriege sie nicht genau rein. Etwa Rot drei-fünf-fünf, sagen wir achtzehnhundert Fuß, weniger als vier Meilen, aber sie steigt weiter, ich höre ihre Zelle knacken!«

Kein Wunder, so tief, wie die waren! Bob setzte die Peilungen automatisch im Kopf in ein Bild um. Das große russische Boot kam also aus der Tiefe zurück, ziemlich direkt vor ihnen. Es würde aber nicht bis zur Oberfläche aufsteigen, sondern allenfalls bis zu ihrer eigenen Tiefe. »Sieht so aus, als hätte Sarubin seine Entscheidung getroffen.« Seine Augen suchten Lieutenant-Commander Turk auf der anderen Seite der Zentrale. »Umdrehungen für dreißig Knoten. Nicht, dass wir dem Kerl noch ins Heck fahren!«

18. Tag, 21 : 00 Ortszeit, 20 : 00 Zulu – deutsche Fregatte *Wiesbaden*, Atlantik, vor der spanischen Küste

Alles, was die Sonarsysteme aufnahmen, war das dumpfe Zischen, als ein Torpedo mit Pressluft aus einem Rohr gestoßen wurde, doch das Geräusch wurde sofort von einem unwirklichen Kreischen und Pfeifen überlagert.

Auf Kapitän Ottens Display erschien aus dem Nichts eine weitere Markierung, die sich mit erstaunlicher Geschwindigkeit fortbewegte. Spätere, diskret durchgeführte Analysen der Datenaufzeichnung sollten zeigen, dass das Objekt innerhalb der ersten tausend Meter Laufstrecke auf etwas über vierhundert Kilometer pro Stunde beschleunigte. Interessant würden die Experten auch die Tatsache finden, dass der Raketentorpedo unterwegs seinen Kurs änderte, und zwar in einer unüblichen Form, die verriet, dass er in ganz neuartiger Weise steuerbar war.

Gerhard Otten sprang auf und rannte den nächsten Niedergang empor. Die zwei Decks nach oben schaffte er in Rekordzeit. Er richtete sein Glas in die Richtung, in der sich die *Gagarin* befinden musste.

18. Tag, 21 : 00 Ortszeit, 20 : 00 Zulu –
russisches Forschungsschiff *Juri Gagarin*, Atlantik,
vor der spanischen Küste

Das Wasser um das Schiff herum schäumte plötzlich weiß auf, als die schwere Ladung des Torpedos genau unter dem Kiel explodierte und die *Gagarin* wie ein Spielzeug in zwei Teile zerbrach. Das Achterschiff kippte nach vorne, während sich die immer noch drehenden Schrauben aus dem Wasser hoben. Das Vorschiff machte Anstalten, der Bewegung zu folgen, als Tausende Tonnen Wasser in den aufgerissenen Rumpf strömten. Für ein paar kurze Sekunden konnte man die Decks wie in einer Risszeichnung erkennen, aber der verblüffende Anblick war von kurzer Dauer.

Eine gedämpfte Explosion, gefolgt von einer zweiten stärkeren, erschütterte das immer noch treibende Vorschiff. Trümmer wurden teilweise hundert Meter in die Höhe geschleudert. Es war, als würde ein Vulkan aus der See brechen, aber in Wirklichkeit handelte es sich nur um die Munitionslast. Eine Rauchsäule stieg in den Himmel, als Öl aus aufgerissenen Treibölbunkern Feuer fing. Ein brennendes Inferno nahm von dem Wrack Besitz und tötete die wenigen, denen es in diesen kurzen Augenblicken noch gelungen war, aus dem Rumpf zu entkommen. Feuer und eiskaltes Wasser taten gnadenlos ihr Werk.

Als die Flammen in sich zusammenfielen, war vom Vorschiff nichts mehr zu sehen. Das Achterschiff hingegen richtete sich weiter und weiter auf. Für Minuten trieb das halbe Schiff wie ein Turm inmitten der eigenen Einäscherung. Dann, als Schotts unter dem ungeheuren Druck nachgaben, begann auch das Heck, in die Tiefe zu sacken, zuerst langsam, dann immer schneller und schneller, als könnte das geschundene Schiff es nicht mehr erwarten, sich den Blicken zu entziehen.

Epilog

DiAngelo hinkte zur Tür und öffnete. »Hallo, schön, dass Sie da sind. Und wie geht es Ihren Männern?«

Igor Sarubin stapfte in den Flur und hängte seine Mütze an den Ständer. »Seeleute, Sie wissen, wie das ist. Die kommen überall zurecht, und Ihre Navy lässt sich ja nicht lumpen, was die Gastfreundschaft angeht.«

Die Blicke der beiden Männer begegneten sich. Vier Tage war es erst her, dass die *Gagarin* gesunken war. Vier Tage, als Sarubin nichts anderes übriggeblieben war, als die *Bizon* aufzugeben, deren Kühlsystem endgültig kapituliert hatte. Alles, was sie noch hatten tun können, war, den Reaktor zu sichern. Und die Zeit, die insgesamt zur Verfügung gestanden hatte, war knapp bemessen gewesen, denn nachdem der Reaktor erst einmal stand, reichte die Kapazität der Notfallbatterien eben noch für zwei Stunden aus. Fünf Fahrten hatte die *Oz* gemacht, um die Besatzung abzubergen. Es hatte gerade so geklappt. Als Sarubin das Boot als Letzter verließ, hatte selbst die Notbeleuchtung nur noch schwach gebrannt. Um das Gold konnte sich niemand mehr kümmern.

Sarubin war in der Zentrale der *Alaska* gewesen, als

sie die *Bizon* mit einem Torpedo endgültig in die Tiefe geschickt hatten, dreitausend Meter, beinahe zehntausend Fuß. Es war unwahrscheinlich, dass jemals etwas von dem Boot geborgen werden würde.

»Haben Sie eine der letzten Nachrichtensendungen mitbekommen?«, fragte Bob seinen Besucher.

»Gab's was Aufregendes?« Sarubin zeigte sich nicht sonderlich interessiert.

Bob verzog das Gesicht. »Wie man es nimmt. Wie heute bekannt wurde, hat die Partei Einiges Russland bereits vor einigen Tagen Dimitri Medwedew als Präsidentschaftskandidaten bestätigt.«

»Nicht Iwanow?« Sarubin zog eine Augenbraue in die Höhe.

»Nein, denn die CIA hat ein paar Leuten beim FSB über die sogenannten üblichen Kanäle mitteilen lassen, dass wir Bescheid wissen über die Geschichte mit den angeblichen tschetschenischen Terroristen.« Er lächelte.

»Wie lange wollt ihr beiden noch im Flur rumstehen?«, rief Angela aus der Küche. »Bob, ich brauche kurz deine Hilfe bei unserem Truthahn. Und Igor, Sie können ja währenddessen unsere Filmesammlung inspizieren.«

»Tut mir aufrichtig leid, Kapitän, die Pflicht ruft«, sagte Bob augenzwinkernd.

»Befehl ist Befehl, da kann man nichts machen«, meinte Sarubin und ging ins Wohnzimmer, wo er begann, die Regale mit den Filmen zu studieren. Beinahe automatisch zog er eine DVD heraus und betrachtete das Cover, das einen panikerfüllten Bill Murray und eine Knochenhand zeigte: *Scrooged*. Eine alte Geschichte mit neuer Besetzung, aber auf der Welt gab es ohnehin nur wenig Neues, um darüber zu lachen.

Für einen kurzen Augenblick genoss er den Frieden. Weihnachten. Sie hatten es gerade noch so zum Fest geschafft, und wenn nicht die *Wiesbaden* Behelfsflugplatz gespielt hätte, dann wäre es noch einmal eng geworden. Einhundertvierzig Amerikaner und dreiundachtzig Russen, auf der *Alaska* war es zugegangen wie in einer Sardinenbüchse. Er grinste. Ein neues Land, ein neues Leben. Vielleicht würden ein paar von seinen Leuten nach Russland zurückkehren. Sie waren jetzt sicher, die Regierung selbst würde darauf achten, die Amerikaner nicht zu irgendwelchen Presseverlautbarungen zu provozieren. *Medwedew also!*

Nachtrag

Die Hoffnungen Sergej Borissowitsch Iwanows auf die Präsidentschaft in Russland endeten am 10. Dezember 2007, als der noch amtierende Präsident Putin ihm die Unterstützung entzog. Am gleichen Tag wurde Dimitri Anatoljewitsch Medwedew als Kandidat erstmals erwähnt. Am 17. Dezember wurde Medwedew offiziell Kandidat, und Iwanow, der bereits vorher wegen einiger Geheimdienstaffären in die Schlagzeilen geraten war, verschwand in der politischen Versenkung.

In einer Presseverlautbarung der russischen Marine vom 22. Dezember 2007 dementierte die Marine, dass die *Bizon* überhaupt jemals auf Stapel gelegt worden sei. Richtig sei, dass die von der Planung her baugleiche *Sewerodwinsk* 2010 der Flotte übergeben werde, ausgestattet mit einem Druckwasserreaktor vom Typ OK-650B. Die existierenden Gerüchte über den Bau eines weiterentwickelten flüssigmetallgekühlten Reaktortyps inklusive des kompletten Kühl- und Antriebssystems bezeichnete Admiral Wladimir Kurojedow, Oberkommandierender der russischen Seestreitkräfte, als »haltlos«.

Peter Brendt

Crashdive

Roman

Originalausgabe

ISBN 978-3-548-26456-1

Herbst 2005: Im Nordatlantik stößt ein Fischtrawler auf ein Schlauchboot, in dem acht tote Offiziere des amerikanischen Atom-U-Boots *Tuscaloosa* treiben. Im Pentagon herrscht Alarmstimmung. Commander DiAngelo, Analytiker beim Marinegeheimdienst, organisiert eine gigantische Suchoperation nach dem spurlos verschwundenen Boot. Und hat eine Idee, die ihn auf eine heiße Spur bringt.
An Bord der baugleichen *USS San Diego* startet er eine Unterwasserhatz auf Leben und Tod, bei der die Entscheidung unter der Eisdecke der Arktis fallen muß, in die sich aber auch ein russisches Boot der Alfa-Klasse noch einmischt …

Ein hochkarätiger Thriller um die modernsten U-Boote der Welt. Spannung, die einen Namen trägt: Peter Brendt

maritim

Mar. 08